莫言研究书系
总主编　张华

The Research on the Classicalization of Mo Yan's Works

莫言创作的经典化问题研究

张书群　著

山东大学出版社

《莫言研究书系》编委会

《莫言研究书系》总序

◇张　华

我们谋划编辑出版《莫言研究书系》可谓由来已久。

早在1986年，创刊《青年思想家》杂志的时候，我们就注意到了当时的青年先锋作家莫言；1988年，由《青年思想家》杂志牵头，在莫言的故乡山东高密召开了全国首次莫言文学创作研讨会，会后出版了全国第一部《莫言研究资料》（山东大学出版社出版）；同时，莫言成了《青年思想家》的栋梁作者，他写故乡的许多短篇作品集中发表在《青年思想家》里。2000年后，莫言被聘为山东大学教授和研究生导师，更成了我们重要的教学科研合作导师……与莫言交往二十多年，可谓知根知底，友情笃厚，持续关注。我们一直想编辑出版一套莫言研究系列丛书。

近三十年来，海内外研究莫言的论文和专著众多，从表层到深层，从宏观到微观，从文学领域延伸至边缘学科，研究的视角不断拓展，研究的水平也不断提高。这些研究成果对莫言小说的创作主体、审美意识、主题内涵、艺术风格、人物形象与意象、语言特色等都有广泛的探索，在影响研究、比较研究、叙事学研究等领域也提出了诸多有价值、令人耳目一新的见解和观点。莫言是从山东高密走进他的文学世界的，他笔下的“高密东北乡”是一个“文学的幻境”，也是一个“中国的缩影”。他说：“我努力地要使那里的痛苦和欢乐，与全人类的痛苦和欢乐保持一致，我努力地要使我的高密东北乡的故事能够打动各个国家的读者，这将是我终生的奋斗目标。”（莫言《小说的气味》）因此，莫言是山东的，是中国的，也是世界的。莫言获得诺贝尔文学奖之后，国内外一股“莫言热”正在持续升温。无论是大众读者还是研究者，都在以更大的热情和更新的眼光去欣赏、解读、探索莫言的文学世界。特别是在研究者中，将在已有研究基础上，出现更多更新的理论、方法、范畴和观点。无论是什么，有一点是可以肯定的，那就是以一种更加宏阔的“世界眼光”去审视、解读莫言的文学世界。

正是基于以上想法，我们现在推出这套《莫言研究书系》。这个书系的作者群，既邀请了莫言的家人和莫言的学生们加入，也有国内外重要的研究学者，这无疑拓宽了莫言研究的视界，丰富了第一手研究资料。我们希望面向大众读者和研究者两个群体，给他们提供各自或共同感兴趣的作家生活点滴和作品阐释。我们努力在本套书系的可读性和学术性之间找到某种恰当的结合点。

《莫言研究书系》是一个包容国内外研究莫言成果的集中地，是一个开放的书系。第一批书——《莫言研究三十年》、《莫言弟子说莫言》、《乡亲好友说莫言》、《莫言研究硕博论文选编》、《海外莫言研究》、《莫言与世界》六种，2013年一经推出即引起了强大的反响，广受学界好评。这也坚定了我们继续将更多莫言研究的优秀学术成果纳入该书系出版下去的信心和决心。2014年，该书系将推出第二批：《莫言创作的经典化问题研究》、《莫言：全球视野与本土经验》、《莫言的另类解读——西蒙与莫言的写作比较》、《民间中国的发现与建构——莫言小说创作论》、《“狂欢化”写作：莫言小说的艺术特征与叛逆精神》等。敬请方家指正。

本书系是个开放的书库，今后还将陆续推出莫言研究的其他成果，欢迎国内外学者加盟支持！

2014年3月

（张华：山东社会科学院党委书记、教授、博导，
原《青年思想家》杂志第一任社长）

序

◇程光炜

2009年夏，我与北京大学中文系的陈晓明老师一起受聘于新疆石河子大学文艺学院，认识了在该院中文系任教的张书群。之后书群北来人民大学文学院跟我读博士学位，这样就更熟悉了。书群原籍河南，硕士导师是郑州大学的樊洛平老师，专治台港文学，所以在他考博复试环节老师问到黄春明等作家的创作情况时，他应答如流，可以说是如数家珍。三年读博期间，书群的勤奋在同学中是人所共知的，人缘也一直不错。我与书群师徒三年，关系一直非常融洽。2012年，我约哈佛大学东亚系的王德威老师来人大演讲，让书群去北大博雅饭店接他。演讲原定上午9点开始，我7点就到人大作准备，在校内世纪体育馆碰上急匆匆去北大迎候王教授的书群，走路的样子非常着急。书群之为人厚道由此可见一斑。

书群读书肯下苦工，他经常泡在人大图书馆中，似乎对窗外俗世不感兴趣。也因为这种勤苦，他在学业上收获很大，曾在《文艺争鸣》、《小说评论》等有影响的学术杂志刊登文章。尤其是《最早的〈莫言研究资料〉校读札记》一文发表后，得到了山东大学文学院贺立华老师的认可，认为这是一篇学风严谨扎实的考证文章。书群在我主持的博士生讨论课上发表了多篇讨论论文，其中，关于20世纪70年代手抄本小说《一双绣花鞋》的研究文章，获得了大家的一致好评。我个人认为，这是20世纪70年代手抄本小说研究领域的一项资料丰富和非常有新意的成果，曾经推荐给多人阅读。鉴于书群做学问非常认真、扎实，在与他商定博士论文题目时，他选择了研究莫言作品经典化过程这个课题，想从最基本的文献入手，观察这位作家从作品发表、文学批评到与杂志互动等具体的情况，再从中捋出过去莫言研究不曾注意的问题，一一加以研究。理论并不是书群的强项，然而资料的收集、整理和筛选，却一直是他最擅长的。他对此有清醒的认识："在三十余年的创作生涯中，莫言逐渐从一个名不见经传的作者成为一个具有经典性意义的文学大师，既与其创作天赋、不懈耕耘有着密不可分的联系，也与期刊、选刊、选本和研究界的推介，社会的转型，文学经典评定标准的变动以及文学思潮的演变、文学史的定位紧密相连……本书拟以莫言的创作历程为主要观照对象，以'经典化'理论为支撑，以相关史料的搜集、整理为基础，对莫言文学经典地位形成历程中的各种复杂因素进行发掘与考察。"抓住这个宗旨，他运用材料、组织观点、谋篇布局时始终围绕着它展开。应该说，这是国内第一部从实证研究角度研究莫言创作经典化问题的博士论文。本书即是在其博士论文的基础上修改、整理而成的，它的学术价值，自有读者的公正评价。

本书对莫言长篇小说版次变化的考证可谓详尽至极，我想以后如果有人从事这方面的研究，恐怕难以绕开书群这方面的学术积累。一般的当代文学史研究，比较注重思想问题，如对作家创作与时代风潮之间关系的考察，很少像书群这样回到中国传统学术的轨道，一点一滴地从具体材料中发现问题，提出自己的看法。从书群的博士论文开始，我就有意识地引导博士生回到学术传统当中，做朴实、扎实的学问，一个问题一个问题地研究，题目也越做越小。这种研究的效果到底如何，有待时间的检验。我想，经过仔细朴实的学术训练和在图书馆寂寞的文献搜集整理与研究的过程，书群以后的治学之路，一定会是非常扎实和可以期待的。书群毕业以后，由于远隔天涯，我们见面的机会日渐稀少，但情谊依然如旧。好在我们是学术同行，以后合作交流的机会还很多。

2014年5月

（程光炜：中国人民大学文学院教授，博士生导师，现当代文学专业学科带头人，文艺思潮研究所所长）

目　录

绪 论

第一节 本书缘起

作为新时期走上文坛的著名作家，莫言在当代文学史上具有举足轻重的地位，既是当今文坛耀眼的明星[①]，也是引起争议较多的作家。据笔者初步统计，莫言自 1981 年登上文坛，在期刊《莲池》上发表小说处女作《春夜雨霏霏》开始，到 2010 年在《收获》第 10 期发表长篇小说《蛙》的 29 年间，共发表长篇小说 11 部，中篇小说 30 部，短篇小说 80 余篇。[②] 而且其小说多次被《小说选刊》、《小说月报》、《中篇小说选刊》、《新华文摘》等选刊转载，多次被一些文学选本选编。其作品被翻译成英语、法语、日语、俄语、德语、西班牙语、韩语、瑞典语等十几种语言，并先后荣获了海内外诸多奖项。20 世纪 80 年代《民间音乐》受到老作家孙犁的褒奖，《透明的红萝卜》引起文坛热烈的讨论，《红高粱》横空出世；90 年代《酒国》产生轰动效应，《丰乳肥臀》荣获首届“大家·红河文学奖”并受到褒贬不一的争议和评价，致使莫言曾一度搁笔。两年后，他再度抛出具有“人类生命主体存在境况的当代寓言”[③]美誉的短篇小说《拇指铐》。新世纪以来，长篇小说《檀香刑》轰动文坛，鸿篇巨制《生死疲劳》创造史诗性的追求，《蛙》问鼎“茅盾文学奖”。这一切，无不显示出莫言创作实力的雄厚与创作生命力的绵长。

作为 1985 年后成名的作家，莫言登上文坛时，也正是当代中国众声喧哗的年代。莫言文学经典地位的形成，见证了新时期以来中国当代文学发展的脉动。其复杂、曲

---

① 参见程正民：《叙述的源泉：莫言小说与民间文化中的生命主体精神·序言》，张灵：《叙述的源泉：莫言小说与民间文化中的生命主体精神》，中央编译出版社 2010 年版，第 1 页。

② 笔者统计时间截至 2010 年 12 月。

③ 张灵：《叙述的源泉：莫言小说与民间文化中的生命主体精神》，第 170 页。

折的创作经历不仅蕴含着中国新时期文学发展、嬗变的种种迹象和丰富信息，而且在一定意义上延续了鲁迅等作家开创的国民性关怀的视角，承续了沈从文“营造原乡视野，化腐朽为神奇”(王德威语)的理想抱负。[①] 对莫言文学经典化的历程进行研究，无疑可以成为观照新时期文学发展的一个重要参照系。另外，综观莫言的创作历程及其经典化地位的形成过程，可以看出：他不仅是一位创作颇丰的作家，而且也是一位不断寻求创新和变化的作家；其创作对“高密东北乡”这张“小小邮票”的精心营构，不仅受到齐文化等传统文化的濡染，而且与福克纳、马尔克斯、大江健三郎建立起了精神上的联系和对话；其创作不仅与新时期文坛有着或隐或显的勾连，而且彰显出其个性鲜明、独特的文学魅力。因此，把莫言文学经典地位的形成作为个案进行观照，将是一个具有多重意义和文学史价值的选题。尽管莫言绝对可以称为新时期以来的经典作家之一，然而其也是遭遇诟病较多的作家之一。在“本质主义经典化”理论为旨归的美学评价标准下，莫言的一些创作如《红蝗》、《食草家族》、《欢乐》、《丰乳肥臀》等因对人们传统文化观念的颠覆、冲击，因泥沙俱下甚或稍显污秽、粗俗的语言与意象而备受争议。尽管许多研究者从生命意识、审丑描写、感觉描写、民间叙述、重构家族历史、魔幻现实主义等方面肯定了莫言创作的文学价值，巩固了其在当代文学史上的文学经典地位，然而，他们的研究更多的是在批评视野下对莫言创作成就的一种观照，更多地着眼于对莫言创作“主题/艺术”、“内容/形式”的解读，对于莫言文学经典地位形成的各种复杂因素并没有作出集中的探讨。

“实际上经典化产生在一个累积形成的模式里，包括了文本、它的阅读、读者、文学史、批评、出版手段(例如，书籍销量，图书馆使用等等)、政治等等。”[②]“任何文学现象、作家作品如果不通过报纸、杂志、学校等大众媒介的传播，以及这一过程中的过滤和筛选，是很难形成文学‘经典’的。”[③]因此，莫言文学经典地位的形成虽然不能排除文学自身展示出来的主题意蕴的丰富与美学风格的魅力等因素，然而，许多“非文学”因素的推动显然也扮演着重要的角色。也就是说，莫言创作的经典化既有作品内在因素的影响，也有着复杂的外部因素的作用。可以说，在三十余年的创作生涯中，莫言逐渐从一个名不见经传的作者成为一个具有经典性意义的文学大师，既与其创作天赋、不懈耕耘有着密不可分的联系，也与期刊、选刊、选本和研究界的推介，社会的转型，文学经典评定标准的变动以及文学思潮的演变、文学史的定位等因素紧密相连。因此，对莫

① 参见谢静国：《论莫言小说(1983～1999)的几个母题叙述意识》，台北秀威资讯科技股份有限公司 2006 年版，第 40 页。

② [加]斯蒂文·托托西：《文学研究的合法化》，马瑞琦译，北京大学出版社 1997 年版，第 44 页。

③ 程光炜：《文学史研究的兴起》，福建教育出版社 2008 年版，第 25 页。

言文学的经典化历程进行研究，对于我们考察整个新时期文学的发展历史具有示范性意义。基于此，本书拟以莫言的创作历程为主要观照对象，以“经典化”理论为支撑，以相关史料的搜集、整理为基础，对莫言文学经典地位形成历程中的各种复杂因素进行发掘与考察，并尝试解决以下问题：莫言是如何由一个不知名的作者逐渐成为一个具有经典地位的文学大师的？莫言文学经典化的主要标志是什么？在莫言文学经典地位的形成过程中哪些因素发挥了作用？莫言文学经典地位的形成与新时期文学思潮、社会思潮以及文学场域之间有哪些联系？如何看待莫言文学经典地位的形成？莫言文学经典地位形成的启示是什么？

本书在具体论述过程中主要以莫言小说创作的经典化为考察对象，以创作谈、讲演录、对话录等其他文类作为论述时的引证材料，对莫言文学经典地位的形成历程进行研究与考察。另外，本书主要以“建构主义经典化”理论为主要理论支撑，同时结合“本质主义经典化”理论，侧重于对形成莫言文学经典地位的外部因素进行研究。之所以如此，基于以下三个方面的考虑：

首先，从创作主体来看，与其他文类的创作相比，小说最能代表莫言的创作实绩，最能展示莫言对农村文化底蕴的思索与聚焦，也体现出对中西方文化传统的创造性继承与超越。

其次，从文学思潮、社会思潮的角度来看，莫言小说创作与新时期文学的演变有着撕扯不开的联系，如传统现实主义、寻根思潮、魔幻现实主义、怪诞现实主义、战争文学、家族文学、新历史主义、先锋文学等等似乎与莫言小说之间都存在着或多或少的勾连。同时，莫言小说通过对“高密东北乡”世界的艺术营构，体现出独特的风格和文学史意义。

再次，无论从中短篇小说的公开发表与转载，还是从小说集和长篇小说的出版、再版、重印与发行来看，莫言小说的创作量无疑都是非常丰富的，也是其他创作文类无法比拟的。

最后，从接受和消费的角度来看，莫言的小说得到许多读者的拥护，满足了许多读者的审美需求和阅读期待。关于莫言小说的批评、研究文章和专著更是非常丰富。莫言的许多小说已经被写入教材，被文学史定位为文学经典。如《红高粱》因被张艺谋改编为电影并获得柏林国际电影节金熊奖而受到社会的广泛关注，并成为中国当代文学史上公认的文学经典；出版时反映平淡的长篇小说《酒国》则被林建法等主编的“新经典文库”系列丛书辑录，成为文学史上的经典杰作。因此，对莫言的小说进行考察，对于研究莫言经典地位的形成无疑最具有说服力。

当然，研究莫言文学经典地位的形成历程，最终是为了对新时期以来的文学场域进行观照。因此，本书将尽可能把莫言小说放在新时期以来的历史语境和文学场域里，并致力于对形成莫言经典化的各种复杂因素进行观照，力求做到从材料中见问题。

第二节 莫言创作研究现状综述①

伴随着莫言小说创作的日益成熟，学界对莫言的研究也成为热点。据笔者不完全统计，截至2012年10月，关于莫言创作的研究专著有8本，莫言评传有2本，莫言研究资料汇编有3本；关于莫言创作的博士学位论文共计9篇，硕士学位论文共计131篇，国内外公开发表、出版的关于莫言的学术研究论文有1000余篇。对于莫言与文学批评之间的关系，程光炜教授在《魔幻化、本土化与民间资源——莫言与文学批评》一文中作出了精到的概括。在他看来，“文学的分裂，加剧了创作和批评的分裂，使关于莫言创作的评论经常处在矛盾、反复和不确定的状态……在这个意义上，当批评家对当时涌现的各种知识、话语、视角等加以吸收，并自以为是‘自己的眼光’时，他对莫言的批评很难再说是个人批评，而是代表着社会观念对文学的批评，即按照社会需求对‘作家形象’进行不断改型和变换(而作家本人未必都愿意接受这种变形术)。因此，有关莫言批评所产生的分歧、争论或共识，实际不仅是发生在批评家之间的一个文学现象，也包含了时代在这一阶段的困惑、探索和痛苦”②。

目前，关于莫言小说创作的研究专著主要从主题意蕴、叙述特征、文体特征等方面对莫言小说进行观照和研究。如作为第一部研究莫言创作的专著——张志忠的《莫言论》以生命意识和艺术感觉为切入点，以对中国农民文化的思考为旨归，对莫言小说进行了精彩的分析。该书主要按照“知人论世”的研究方法，首先从发生学的角度，由莫言压抑、孤寂的人生经验入手，对形成莫言独特创作的艺术积淀和文化熏陶进行探讨，进而探究莫言独特、鲜明的艺术体验和艺术世界，并对莫言作品所营构的“高密东北乡神话”以及蓬勃洋溢的“酒神精神”作出了独到的价值判断。钟怡雯的《莫言小说：“历

① 目前较为全面地梳理、评价国内莫言小说研究状况的文章有：(1)灌林的《近年莫言小说评论漫述》(《福建文坛》1987年第2期)，认为近年关于莫言小说的研究主要聚焦于对莫言小说的“艺术感觉”、“艺术创新”以及“对红高粱系列小说主题内涵、象征意蕴的阐释”几个方面。(2)白烨的《莫言小说研究概述》(贺立华、杨守森编：《莫言研究资料》，山东大学出版社1992年版)，主要对1986～1988年出现的莫言小说的研究进行了概述。(3)陈吉德的《穿越高粱地——莫言研究综述》(《山东师范大学学报》1997年第2期)，把1985～1997年莫言小说的研究现状概括为怪味寻踪、审丑扫描、感觉探微、文体透视四个方面。(4)黄萍的《莫言小说研究述评》(《新世纪论丛》2006年第1期)，以1985年为莫言小说研究的起点，依据其研究的阶段性特点，将莫言小说的研究划分为三个时期，并对每个时期的研究特点与问题作了共时性的概括与归纳。(5)马艳艳、裴秀红的《莫言小说研究综述》(《现代语文》2006年第6期)，主要把学界对莫言小说的研究归纳为艺术感觉、审丑描写、继承与借鉴、民间立场四个方面。

② 程光炜：《魔幻化、本土化与民间资源——莫言与文学批评》，《文学史的兴起——程光炜自选集》，河南大学出版社2009年版，第386页。

史"的重构》主要借助巴赫金的对话理论和主体建构理论,并以巴赫金的"小说化"、"狂欢化"理论为指导,对莫言 1981～1995 年所发表的作品进行论述,集中讨论了莫言小说对历史的重构。认为莫言是以主体性建构山东"高密东北乡"虚实相生的神话,莫言构建的"纸上原乡"是以"小我"的叙述方式叙述出来的产物,是历史想象的艺术结晶。同时,该著作对莫言小说语言的戏拟性、对文学与正义的犬儒式思考等叙述特色也进行了阐释。黄文倩的《莫言〈丰乳肥臀〉论》主要以新批评理论,适当结合外部材料和比较文学的方法,从创作观论、主题思想论、艺术表现论、核心定位论几个方面出发,侧重对《丰乳肥臀》的文本细评,并对小说的意义与局限作出了价值判断。谢静国的《论莫言小说(1983～1999)的几个母题和叙述意识》在新时期政治、社会与文学的整体历史氛围下,结合当代文艺理论思潮,以同时期风格、类型相近的创作为参照,对莫言小说中出现的家族、乡土、寻根、种的退化、感觉、饥饿、性等几个母题以及对话和多重文本的叙述意识等议题进行诠释和探究。付艳霞的《莫言的小说世界》主要从文体学的角度对莫言小说中的语言、叙事个性、整体文体形态以及莫言小说文体形态形成的文化语境进行研究和发掘。在付艳霞看来,莫言的小说语言具有"拟演讲"式特征,具有语言的渲情效应和造像效应。在叙事角度上,莫言的小说由于多采取第一人称叙事和转述人叙事的方式,从而形成了双重视角和视角套视角的叙事特征;在叙事结构上则呈现出框架式的叙述结构和叙述分层,在多层文本空间中拓展了小说的时空界限。莫言小说的整体形态是以"史剧框架下的传奇故事"为主的"杂体小说"。至于形成莫言小说的文化语境,该著作认为主要有三点:其一是"双重他者"的身份意识和"作为老百姓写作"的创作立场,以及魔幻化原始思维构成的内语境;其二是历时性乡土文学传统和共时性寻根文学以及先锋文学对比的外语境;其三是感官体验时代的小说与影视改编相互借重的文化语境。[①]

朱宾忠和张文颖则采取比较的视角分别对莫言小说与福克纳和大江健三郎的小说之间的异同进行了分析与阐释。其中,朱宾忠的《跨越时空的对话:福克纳与莫言比较论》主要采取影响研究、平行研究的理论思路,侧重从创作历程、文艺观念、创作主题、人物形象与创作特色等几个方面对福克纳与莫言二人创作的异同进行了比较和观照,并对他们创作的价值进行了评估和把握。张文颖的《来自边缘的声音:莫言与大江健三郎的文学》主要采用平行研究的方法,以"怀乡"为切入点,从边缘思想、构建充满想象力的文学王国、高昂的生命力几个方面对莫言与大江健三郎在文学理念和创作手法上的相似之处进行了分析与阐释。

值得注意的是,上述这几本研究专著都或多或少地触及对莫言创作历程及其创作

---

① 参见付艳霞:《莫言的小说世界》,中国文史出版社 2011 年版,第 1～2 页。

资源与原动力的梳理和分析，对于研究莫言从文学习作者到文学大师的经典化过程将具有一定的启示意义。只是他们更多地着眼于对莫言小说思想主题或者艺术特征的阐述和探讨，虽然对莫言创作的发展历程以及莫言创作的意义也有所触及，但是对莫言经典地位的建构过程并没有集中探讨。

早在 1990 年 11 月，贺立华、杨守森等的《怪才莫言》即以“怪味”为支点，从身世经历、“怪味寻踪”、语言风格、叙述模式、人物塑造以及中西文化的融合与超越等几个方面对莫言近十年的创作进行了整体的观照和把握。作为较早出现的较为全面、系统地对莫言创作进行评说的一本专著，该书为读者提供了大量第一手的资料，成为后来学界研究莫言的较好参照。叶开的《莫言评传》于 2008 年 4 月由河南文艺出版社出版发行，作为“中国当代作家评传丛书”之一种。该书本着和传主的人生、灵魂对话的书写姿态，采取“传”与“评”相互对照、相互解释的方法，详尽描述了莫言灰色的童年记忆、压抑的军旅生活以及莫言对故乡“高密东北乡”这片“血地”既爱又恨的情感姿态，并对莫言由幼稚到成熟的创作历程进行了条分缕析的爬梳。值得注意的是，该书“附录”中对莫言由出生到 2007 年近 52 年的生平年表的梳理，为人们更好地了解莫言的生平事迹提供了弥足珍贵的借鉴资料。

作为莫言研究资料的汇编性书籍，有三本《莫言研究资料》可以作为研究莫言创作的主要参照。其中贺立华、杨守森编选的《莫言研究资料》主要从莫言的生平与创作、莫言创作研究、莫言谈创作三个方面辑录了自莫言登上文坛到 1991 年这一期间关于莫言的相关研究资料。尤其是第一辑汇集了莫言身边比较知情的朋友如其大哥管谟贤、童年伙伴张世家、好友贺立华等关于莫言的回忆文章，为了解莫言的生平以及莫言创作的人物原型无疑提供了第一手的背景性材料。杨扬编的《莫言研究资料》不仅汇集了 2003 年以前莫言的一些创作谈、演讲录及关于莫言研究的代表性论文，而且汇集了学界关于莫言创作的争议性文章，为了解莫言小说研究的复杂性提供了较好的参照。孔范今、施战军主编，路晓冰选编的《莫言研究资料》主要辑录了 2005 年以前关于“莫言生平与创作自述”以及“莫言研究资料”的代表性文章。这三本研究资料在附录中都提供了莫言作品以及莫言研究文章的目录索引。比较而言，杨扬辑录的相关目录索引较为齐全，汇集了 2003 年以前关于“莫言主要作品梗概”、“莫言研究论文与论著”、“莫言作品篇目”几个方面的资料性索引，为考察历时性变化中的莫言创作提供了翔实的文献性材料。

虽然莫言可能是遭遇口水较多的作家之一，然而对于莫言经典地位的肯定性论述远远大于批评的声音。如张清华在《叙述的极限——论莫言》一文中盛赞莫言的写作：“……尤其是在《丰乳肥臀》和《檀香刑》之后，莫言已不再是一个仅用某些文化或者美学的新词概念就能概括和描述的作家了，而成了一个异常多面和丰厚的，包含了复杂的人文、历史、道德和艺术的广大领域中几乎所有命题的作家……莫言在其小说的思想与美学的容量、在由所有二元要素所构成的空间张力上,已达到了最大的程度。他由此书写了当代小说的一系列'记录',创造了一系列极限式的景观——自然,文学的写作不是'跳高',一切尺度都必定是建立在艺术之上的,莫言在艺术的范畴里做出了最惊险、最具有观赏性和'难度系数'的动作,这使他成为了最富含艺术的'元命题'的、最值得谈论的作家。"在张清华看来,《红高粱家族》标志着莫言创作的一次突破和蜕变:他由此成为一个真正意义上的"大地的感官",也由一个民间的歌手变成了一个"现代"的作家。尽管《丰乳肥臀》曾经引起很多争议,但是张清华认为这是一部真正具备了"诗"和"史"的品质、一部富有思想和美学含量、具有天籁品质、磅礴而宏伟的、通向伟大的汉语小说。《檀香刑》则标志着奇书的限度和逼近历史的可能。① 可以看出,在张清华对莫言小说价值的定位中,主要是以《红高粱家族》、《丰乳肥臀》、《檀香刑》作为评价莫言小说的标尺。其实,莫言小说经典地位的构筑也主要是建立在这三部小说的成就上。只是,如果仅仅注目于这几部小说在莫言小说经典化过程中所起的作用,显然会把纷纭复杂的问题简单化。王光东也给予莫言小说极高的评价:"在近二十年中国当代文学的发展过程中,莫言无疑是一个重要的存在。"②刘再复给予莫言更高的赞誉,甚至称赞莫言为最有原创性的旗手:"他是生命,他是搏动在中国大地上赤裸裸的生命,他的作品全是生命的血气与蒸气……十多年来,莫言的作品,一部接一部,在叙述方式上并不重复自己,但是,在中国八九十年代的文学中,他始终是一个最有原创力的生命的旗手,他高擎着生命自由的旗帜和火炬,震撼了中国的千百万读者。"③很显然,他们对于莫言小说经典地位的肯定更多地建立在本质主义经典化理论的基础之上,也即从莫言小说本身的美学价值和思想内涵进行考察。本书拟更多地从外部因素对莫言经典地位的建构过程进行发掘与考察。

第三节　国内文学经典研究现状综述

国内关于文学经典的研究是在当代中国社会文化转型的历史场域下,在中西方文化交融、碰撞后出现的一个热门话题。根据笔者有限的了解,首先将西方(主要是英美)文学经典的相关研究成果介绍给中国的国外学者是荷兰学者佛克马和蚁布思夫

① 参见张清华:《叙述的极限——论莫言》,《当代作家评论》2003 年第 2 期。

② 王光东:《民间的现代之子——重读莫言的〈红高粱家族〉》,《当代作家评论》2000 年第 5 期。

③ 转引自苍狼、李建军等:《与魔鬼下棋——五作家批判书》,中国工人出版社 2004 年版,第 133 页。

妇。[①] 早在1993年9～10月份，荷兰学者佛克马在北京大学举办的系列讲座中专门讲到文学经典以及文学经典的内部构成尤其是中国现代经典构成的历史发展问题，在我国学界引起了很大的反响，并影响到洪子诚等学者对中国文学经典问题的研究。1997年，钱理群、谢冕主编的八卷本《百年中国文学经典》由北京大学出版社出版发行，谢冕、孟繁华主编的《中国百年文学经典》由海天出版社隆重推出。这两套书分别采取年代和体裁两种编选体例，把特别好的、能够被广泛认同并且在百年来已显示出较强的艺术生命力的作品编选入书，引发了学界关于"百年中国文学经典的评定"、"20世纪中国文学大师的排位"等有关文学经典问题的研讨。此后尤其是进入新世纪以来，洪子诚[②]、程光炜[③]、孟繁华[④]、童庆炳[⑤]、陶东风[⑥]、董乃斌[⑦]、南帆[⑧]、方忠[⑨]、黄曼君[⑩]等国内知名专家、学者，撰写了一系列文章，就文学经典的相关问题发表了极具见地的见解和观点。

值得一提的是，进入21世纪，学界出现了许多富有学术价值的总结性研究著作和博士学位论文。如孙康宜的《文学经典的挑战》分别从经典的阅读、诗歌·政治·爱情、性别与声音、从解构到重构四个方面，采取个案分析与整体研究相结合的方法，对文学经典的相关问题进行了深入而独到的探讨。[⑪] 阎景娟的《文学经典论争在美国》主要对1980年以来发生在美国学界的围绕"西方文学经典"的论争进行了详尽的梳理和考察。[⑫] 李爱红的《〈封神演义〉的艺术想象与经典化研究》分别以艺术想象和经典化为切入点，对《封神演义》的成书过程进行了详细的分析，对《封神演义》的艺术想象

---

① 参见[荷]D. 佛克马、E. 蚁布思：《文学研究与文化参与》，俞国强译，北京大学出版社1996年版，第37～65页。

② 洪子诚：《中国当代的"文学经典"问题》，《中国比较文学》2003年第3期。

③ 程光炜：《经典的构筑和变动》，《文学讲稿："八十年代"作为方法》，北京大学出版社2009年版，第193～223页。

④ 孟繁华：《经典观与经典消费》，《中国戏剧》2001年第1期；《新世纪：文学经典的终结》，《文艺争鸣》2005年第5期。

⑤ 童庆炳：《文学经典建构的内部要素》，《天津社会科学》2005年第3期；《文学经典建构诸因素及其关系》，《北京大学学报》2005年第5期。

⑥ 陶东风：《文化经典在百年中国的命运》，《文艺理论研究》1995年第3期；《文学经典与文化权力（上）——文化研究视野中的文学经典问题》，《中国比较文学》2004年第3期；《"大话文化"与文学经典的命运》，《中州学刊》2005年第4期；《精英化——去精英化与文学经典建构机制的转换》，《文艺研究》2007年第12期。

⑦ 董乃斌：《论文本与经典——关于文学史本体的思考》，《陕西师范大学学报》2006年第4期。

⑧ 南帆：《文学史与经典》，《文艺理论研究》1998年第5期；《文学经典、审美与文化权力博弈》，《学术月刊》2012年第1期。

⑨ 方忠：《论文学的经典化与中国现代文学史的重构》，《江汉学刊》2005年第3期。

⑩ 黄曼君：《回到经典　重释经典——关于20世纪中国新文学经典化问题》，《文学评论》2004年第4期。

⑪ 参见孙康宜：《文学经典的挑战》，百花洲文艺出版社2001年版。

⑫ 参见阎景娟：《文学经典论争在美国》，社会科学文献出版社2010年版。

作了充分的肯定，对《封神演义》的经典化历程进行了详尽的梳理，对其在文学史上的特殊地位作出了恰切的判断。王健的博士学位论文《“经典焦虑症”透视——“后文学”视野中的“经典问题”研究》通过对“经典焦虑症”的深入分析，试图重新认识当前中国的文学经典问题。[①] 比较重要的与经典化相关的博士学位论文还有奚念的《翻译在外国文学经典建构中的作用——〈简·爱〉汉译研究》[②]、王炜的《现代视野下的经典选择——1919～1999年间的汉语外国文学史研究》[③]、罗昔明的《消费主义视域下经典的生成与延存——爱伦·坡美国本土际遇的一个侧面》[④]、韩颖琦的《中国传统小说叙事模式的“红色经典”化》[⑤]和蔡颖华的《沈从文文学经典化研究》[⑥]。

值得注意的是，新世纪以来，学界多次召开关于文学经典的研讨会，为人们更为广泛而深入地研究文学经典问题搭建了一个全面而良好的对话与交流平台。更为可喜的是，与会者分别围绕文学经典的建构与解构、文学经典的传承与重构、经典与权力、经典与人文学科制度、中国革命与中国文学等话题展开了多角度、多方位的研讨，进一步扩大了文学经典化问题的研究领域，出现了许多新的研究视野，真正做到了“以文学经典为纽带，吸引了中国古典文学、中国古典文献学、中国现当代文学、比较文学与世界文学、语言学、文艺学、民间文化与文学、美学等专业的著名专家，在真正意义上体现了中文学科不同专业间的互补与融合，展现出在中国文学这一大背景下对同一学术命题的审视和观照……”[⑦]如2005年5月27～30日，首都师范大学文学院文艺学科、北京师范大学文艺学研究中心和《文艺研究》杂志社在首都师范大学培训中心联合主办了“文化研究语境中文学经典的建构与重构国际学术会议”。2006年4月26～28日，由中国社会科学院文学研究所、《文学评论》编辑部和陕西师范大学文学院联合主办的“文学经典的承传与重构”学术研讨会在西安陕西师范大学召开。2006年10月28～30日，中国社会科学院文学研究所、厦门大学文学院与《外国文学评论》编辑部联合举办了“与经典对话”全国学术研讨会。2007年8月24～27日，首都师范大学文学院比较文学系在北戴河首都师范大学培训中心举行了“文学经典化问题：文学研究与人文

---

① 参见王健：《“经典焦虑症”透视——“后文学”视野中的“经典问题”研究》，吉林大学博士学位论文，2010年。

② 奚念：《翻译在外国文学经典建构中的作用——〈简·爱〉汉译研究》，上海外国语大学博士学位论文，2009年。

③ 王炜：《现代视野下的经典选择——1919～1999年间的汉语外国文学史研究》，四川大学博士学位论文，2007年。

④ 罗昔明：《消费主义视域下经典的生成与延存——爱伦·坡美国本土际遇的一个侧面》，华东师范大学博士学位论文，2011年。

⑤ 韩颖琦：《中国传统小说叙事模式的“红色经典”化》，苏州大学博士学位论文，2008年。

⑥ 蔡颖华：《沈从文文学经典化研究》，福建师范大学博士学位论文，2011年。

⑦ 刘生良、王荣整理：《文学经典的承传与重构学术研讨会综述》，《文学评论》2006年第5期。

学科制度 2007 年国际学术论坛”，该论坛主要围绕后现代的知识观和全球化如何影响文学经典的理论界定、不同国家的文学经典所遭遇的问题、文学学科疆域变动等议题展开了广泛而深入的探讨与对话。[①] 2007 年 10 月，由首都师范大学文学院与《文学评论》编辑部联合主办的“中国革命与中国文学”国际学术研讨会在北京召开，这是中外部分学者对中国现代经典问题的一次再解读。[②]

尤其是首都师范大学文学院文艺学科、北京师范大学文艺学研究中心和《文艺研究》杂志社于 2005 年 5 月 27～30 日在首都师范大学培训中心联合主办的“文化研究语境中文学经典的建构与重构国际学术会议”，在学界产生了不容忽视的影响。本次会议吸引了国内外 70 多位知名学者参加，共收到学术论文 50 余篇，在学术界产生了深远的影响。童庆炳、陶东风在这次会议论文的基础上主编、出版了论文集《文学经典的建构、解构和重构》一书，辑录了许多富有建设性的关于文学经典、经典化问题的讨论文章。[③] 该书收录的论文主要侧重于五个方面的研究：

一是对“经典是本质的还是建构的，是永恒的还是历史的”也即“经典”的概念和基本特征进行探讨。其中比较值得注意的论文有：(1)阎景娟的《试论文学经典的永恒性》一文，对理论界关于文学经典永恒性的几种言说路径进行了详尽的爬梳。在她看来，确定一部作品是不是经典，主要有三种方法：第一种，从作品本身寻找答案；第二种，在作品之间进行寻觅；第三种，从阐释学的角度看经典的永恒性问题。(2)美国著名经典研究专家保罗・劳特在《经典——彼时和此时》一文中，以西格尼诗歌由兴盛到衰落再到复兴的变化过程为个案，分析了经典变化不拘的特征及其背后所体现出的文化、政治特别是种族权力在经典建构、解构与重构过程中所起的支配性作用。同时，他提出了“经典”并非抽象普遍意义上的经典，而是“谁的经典”的独到见解。(3)荷兰著名学者佛克马在《所有的经典都是平等的，但有一些比其他更平等》一文中认为，研究经典的途径主要有两种：一是从历史的和社会学的角度，对以前的经典的形成进行研究；一是从批评的角度出发，研究新的经典如何形成或现成的经典如何被修订。

总体而言，关于经典的基本特征存在着本质主义和建构主义两种立场。所谓“本质主义经典化理论”侧重于强调文学作品自身的美学价值和道德典范，也即把形成文学经典的条件限定在文学作品的内部；而建构主义则认为经典是外部因素所发明出来或生产出来的，而不是由于自身的美学条件。更多的学者是在本质主义和建构主义之

---

① 本次会议提交的论文后由林精华、李冰梅、周以亮等主编、结集为论文集《文学经典化问题研究》，人民文学出版社 2009 年版。

② 本次会议提交的论文后由陶东风主编、结集为论文集《中国革命与中国文学》，黑龙江人民出版社 2009 年版。

③ 参见童庆炳、陶东风主编：《文学经典的建构、解构和重构》，北京大学出版社 2007 年版。

间寻求协调和综合。如朱国华在《文学经典化的可能性》一文中分别对本质主义和建构主义两种理论进行了详尽的考察,对二者各自的局限性进行了辨析并尝试超越这两种理论的局限。

二是对"经典化和经典建构"理论进行探讨。比较有代表性的论文有吴思敬的《一切尚在路上——新诗经典化刍议》、童庆炳的《文学经典建构诸因素及其关系》、程正民的《经典在对话中生成》、杨春忠的《经典再生产与"本事迁移理论"》等。他们多认为很少有作品会天然地成为经典,大多要经过经典化或经典的建构过程,而经典的建构包括复杂、多元的因素。如吴思敬以中国新诗的经典化为例指出:"经典并不是由某一种因素建构的,而是各种因素共同促成的,是一种'合力'的结果,这些合力至少包含了文本、读者的接受、批评家的阐释以及政治体制、新闻出版、学校教育等。"[①]童庆炳则从六个方面具体分析了建构经典的各个要素及其关系:"(1)文学作品的艺术价值;(2)文学作品的可阐释的空间;(3)意识形态和文化权力变动;(4)文学理论和批评的价值取向;(5)特定时期读者的期待视野;(6)发现人(赞助人)。"[②]很显然,在童庆炳看来,经典的建构既包含内部也即文本自身的因素,也包含影响文本的外部因素,同时还包括内部与外部之间的沟通因素。程正民从对话的角度指出文学经典是在作者同前代作家的对话、文本内部的对话、作者同各代读者的对话中形成的。[③] 杨春忠则从"本事迁移"的角度对经典的再生产问题进行了讨论。所谓"本事"指的是"原发性、原态性的事件,它可以是实际发生的事件,也可以是虚构的事件;它存在于日常生活、神话传说、历史、文学艺术等领域之中"。所谓"本事迁移",指的是"特定原发性事件被其他文本所引用、转换、扩充、改编、续写、重写、戏仿等"。[④]

三是对"中国文学的经典化、解经典、再经典化机制"进行讨论。这方面的研究文章主要借助经典化理论,以我国文学史上曾经出现过的文学经典为个案,研究、分析这些文学经典的经典化过程,并尝试把它们与对文学史学科的思索相结合。如陈文忠的《"长篇之圣"的经典化进程——〈孔雀东南飞〉1800 年接受史考察》一文,通过考察《孔雀东南飞》的接受史,既可以了解到这篇杰作曲折的审美历程,也可以从中窥探到我国古代叙事诗的经典化历程。[⑤] 张福贵的《不变的主题:鲁迅经典价值的当代意义》对学

---

① 吴思敬:《一切尚在路上——新诗经典化刍议》,童庆炳、陶东风主编:《文学经典的建构、解构和重构》,第 5 页。

② 童庆炳:《文学经典建构诸因示及其关系》,童庆炳、陶东风主编:《文学经典的建构、解构和重构》,第 5 页。

③ 参见程正民:《经典在对话中生成》,童庆炳、陶东风主编:《文学经典的建构、解构和重构》,第 91~97 页。

④ 杨春忠:《经典再生产与"本事迁移理论"》,童庆炳、陶东风主编:《文学经典的建构、解构和重构》,第 138 页。

⑤ 参见陈文忠:《"长篇之圣"的经典化进程——〈孔雀东南飞〉1800 年接受史考察》,童庆炳、陶东风主编:《文学经典的建构、解构和重构》,第 293 页。

界有人把鲁迅“平民化”的现象进行了分析。[①] 张志忠的《“红色经典”定位：资源再开发和再解读的必要前提》一文首先分析了建国初十七年表现革命历史题材的文学作品，即所谓“红色经典”的影视改编面临的错位与尴尬，进而指出“红色经典”是资源再开发和再解读的必要前提的价值定位。[②] 新西兰学者蒋海新的《解构红色经典：读张抗抗的〈赤彤丹朱〉》从解构红色经典的角度出发，对张抗抗的《赤彤丹朱》进行了独具特色的再解读。他首先对“经典”和“红色经典”的概念作出了精到的界定，接下来分析指出《赤彤丹朱》符合解构红色经典小说的三个条件：其一，是小说；其二，叙述者亲历事件，回忆是叙事的框架；其三，与宏大叙事之间充满张力，是革命的另类故事。同时，小说还以富于想象力的语言在叙事中辟出了一片片的童话天地。最后，他总结指出：对红色经典的解构既源于个人体验和回忆，又源于中国传统文化传统的经典语言。基于人性之上的童心的“本真”既是解构红色经典的出发点，也是一代知识分子守卫的最后立场和精神旨归。[③]

四是对“文化研究对文学经典理论的冲击”进行讨论。如王宁的《文学经典的形成与文化阐释》一文从文化研究的视角出发，首先指出，经典在形成过程中面临着接受美学、文学史的重新建构等方面的挑战，接下来指出，在中国语境下讨论经典的形成与重构问题，无法回避中国现代文学在世界文学中的地位问题。最后，他认为文学的文化阐释方向是使我们走出文学研究和文化研究之二元对立的必然之路。[④] 季广茂的《经典的由来与命运》从文化研究的视野出发，认为经典是经典化的结果，经典化的过程至少包括“排座次”、“上皇榜”、“入教材”等几种，并分析了去经典化的正面价值，进而指出去经典化势在必行。[⑤]

五是对“大众消费文化对经典化与解经典化、再经典化产生的影响”进行研究。如西蒙·杜林的《高雅文化对低俗文化：从文化研究的视角进行的讨论》一文即指出：随着大众文化的兴起，高雅文化的经典地位受到动摇，在经典研究中需要对“价值”、“质

---

① 参见张福贵：《不变的主题：鲁迅经典价值的当代意义》，童庆炳、陶东风主编：《文学经典的建构、解构和重构》，第 8 页。

② 参见张志忠：《“红色经典”定位：资源再开发和再解读的必要前提》，童庆炳、陶东风主编：《文学经典的建构、解构和重构》，第 324 页。

③ 参见蒋海新：《解构红色经典：读张抗抗的〈赤彤丹朱〉》，童庆炳、陶东风主编：《文学经典的建构、解构和重构》，第 338～350 页。

④ 参见王宁：《文学经典的形成与文化阐释》，童庆炳、陶东风主编：《文学经典的建构、解构和重构》，第 192～201 页。

⑤ 参见季广茂：《经典的由来和命运》，童庆炳、陶东风主编：《文学经典的建构、解构和重构》，第 119～131 页。

量”和“趣味”这几个概念进行区分。[①] 吴兴明的《从消费关系座架看文学经典的商业扩张》一文则从消费文化与经典的关系入手指出：在消费社会时代，文学经典常伴随着巨大的商业性扩张，传统意义上的文学经典在消费社会的命运是走向终结。[②]

综观学术会议、期刊论文以及相关的研究专书和学位论文，国内学者对文学经典的相关研究大致体现在以下几个方面：

1. 对何谓经典、何谓文学经典、经典的时代意义等基本概念进行界定。如黄曼君从精神内蕴、艺术审美和史的定位三个方面对文学经典的内涵进行了界定和概括。她认为：“文学经典是特定历史时空与文化语境中思、诗、史相交融的结晶。”[③]韦苇则从思想的含金量，意蕴的丰富性和层次性、多义性和模糊性，是否经受住时间的检验，超越了认知价值而在追求审美价值方面取得突破性成就等几个方面对文学经典应该具备的品格进行了界定。[④] 吴义勤则认为：“……似乎没有人敢于理直气壮地对当代文学作品进行‘经典’的命名，甚至还有人认为当代人连写当代史的权利都没有。这实际上就人为地阻隔了当代人、当代文学通向经典的道路，并以悬置的方式剥夺了当代人认识和言说当代经典的话语权。”在他看来：“一部被后代命名为‘经典’的作品，在它所处的时代也一定会是被认可为‘经典’的作品……”他不相信：“在当代默默无闻的作品在后代会被‘考古’挖掘为‘经典’。（换句话说，即使它被后人‘考古’挖掘为‘经典’，那它对所处时代的读者也是毫无意义的。很难想象一部对它所处的时代和它所处时代的读者毫无精神影响的作品会成为‘经典’）”[⑤]尽管不同学者对文学经典的认识和界定可谓众说纷纭，仁者见仁、智者见智，但是在文学经典具有的思想价值和审美维度上的典范性、经受时间检验的永恒性、意蕴的丰富性、彰显民族审美风尚和美学精神、深具原创性等方面基本上持大致相近的观点。

2. 对文学经典的建构、解构与重构及经典化过程进行研究。如前文提到童庆炳从文学作品的艺术价值、可阐释的空间、意识形态和文化权力变动、文学理论和批评的价值取向、特定时期读者的期待视野、发现人（赞助人）六个方面具体分析了文学经典建

---

① 参见[美]西蒙·杜林：《高雅文化对低俗文化：从文化研究的视角进行的讨论》，冉利华译，童庆炳、陶东风主编：《文学经典的建构、解构和重构》，第 157～173 页。

② 参见吴兴明：《从消费关系座架看文学经典的商业扩张》，童庆炳、陶东风主编：《文学经典的建构、解构和重构》，第 227～239 页。

③ 黄曼君：《回到经典 重释经典——关于 20 世纪中国新文学经典化问题》，《文学评论》2004 年第 4 期。

④ 参见韦苇：《文学经典品格谈》，《浙江师范大学学报》(社会科学版)2000 年第 3 期。

⑤ 吴义勤：《2006 年中国中篇小说经典·前言：我们该为“经典”做点什么?》，吴义勤主编：《2006 年中国中篇小说经典》，山东文艺出版社 2007 年版，第 2 页。

构的各个因素及其相互关系。[①] 洪子诚认为，权威性质的文学理论体系、文学书籍出版的管理、批评和阐释的干预、丛书、选本、学校教育与文学史编撰都属于文学经典确立和建构的重要环节。[②] 吴义勤则一方面指出文学经典化过程的历史化和当代化："文学经典化的过程，既是一个历史化的过程，又更是一个当代化的过程，它不应是'过去时态'，而应该是'现在进行时态'的。文学的经典化时时刻刻都在进行着，它需要当代人的积极参与和实践。"另一方面又指出所有读者都具有为文学经典命名的权力："文学的经典不是由某一个'权威'命名的，而是由一个时代所有的阅读者共同命名的，可以说，每一个阅读者都是一个命名者，他都有命名的'权力'。"他同时指出："作为一个文学研究者或一个文学出版者，参与当代文学的进程，参与当代文学经典的筛选、淘洗和确立过程，更是一种义不容辞的责任和使命。"[③]最后，吴义勤不容置疑地指出："说到底，'经典'是主观的，'经典'的确立是一个持续不断的'过程'，'经典'的价值是逐步呈现的，对于一部经典作品来说，它的当代认可、当代评价是不可或缺的。尽管这种认可和评价也许有偏颇，但是没有这种认可和评价，它就无法从浩如烟海的文本世界中突围而出，它就会永久地被埋没。在这个意义上，在当代任何一部能够被阅读、谈论的文本都是幸运的，这是它变成'经典'的必要洗礼和必然路径。"[④]其他比较重要的研究文章还有陶东风的《精英化——去精英化与文学经典建构机制的转换》[⑤]、刘晗的《文学经典的建构及其在当下的命运》[⑥]、盖生的《文学的文化研究退潮与经典化文艺学重建的可能》[⑦]、赵勇的《谁在建构当代文学经典？当代文学能否建构成经典？——"当代文学经典化"问题的反思》[⑧]等。

3. 从文学史的视角出发对文学经典、文学经典化与文学史之间的关系进行审视与观照，并通过重新评价现当代文学经典，尝试完成文学史的重写。如洪子诚从以下几个方面对20世纪中国大陆当代(20世纪50～70年代)文学经典的重评问题进行了探索和阐述：文学经典在当代社会生活中的位置，经典重评实施的机构与制度，当代文学

---

① 参见童庆炳：《文学经典建构的内部要素》，《天津社会科学》2005年第3期。

② 参见洪子诚：《中国当代的"文学经典"问题》，《中国比较文学》2003年第3期。

③ 吴义勤：《2006年中国中篇小说经典·前言：我们该为"经典"做点什么？》，吴义勤主编：《2006年中国中篇小说经典》，第3页。

④ 吴义勤：《2006年中国中篇小说经典·前言：我们该为"经典"做点什么？》，吴义勤主编：《2006年中国中篇小说经典》，第4页。

⑤ 陶东风：《精英化——去精英化与文学经典建构机制的转换》，《文艺研究》2007年第12期。

⑥ 刘晗：《文学经典的建构及其在当下的命运》，《吉首大学学报》2003年第4期。

⑦ 盖生：《文学的文化研究退潮与经典化文艺学重建的可能》，《文艺理论与批评》2004年第4期。

⑧ 赵勇：《谁在建构当代文学经典？当代文学能否建构成经典？——"当代文学经典化"问题的反思》，《文学与文化》2010年第2期。

重评的焦点，经典确立的标准（“成规”）和重评遇到的难题。[①] 程光炜教授则以“关注文学经典的生成背景”为观察视角，对 20 世纪 80 年代文学经典化过程中，经典作品不断构筑和变动的情况以及各个文学流派自我形象的塑造过程进行了重点考察与分析。[②] 其他比较重要的相关研究成果还有孙绍振的《西方文论的引进和我国文学经典的解读》[③]、方忠的《论文学的经典化与中国现代文学史的重构》[④]、董乃斌的《论文本与经典——关于文学史本体的思考》[⑤]、南帆的《文学史与经典》[⑥]等。

4. 一些学者对消费文化语境下文学经典面临的机遇与挑战以及全球化视野中的文学经典境遇进行了积极的前瞻式研究和探讨。如孟繁华认为 21 世纪不可能再出现像 18 世纪的法国文学、19 世纪的俄国文学、20 世纪的美国文学或中国古代文学、现代文学那样深入人心的文学经典了，21 世纪是一个文学经典终结的时代。[⑦] 陶东风则对文化经典在中国近代以来近百年时间内的命运变迁进行了梳理。[⑧] 李春青则认为，目前，大众文化对文学经典的冲击是前所未有的，具体体现在以下几个方面：首先，大众文化所具有的无可比拟的娱乐性把文学经典挤出了人们的业余时间；其次，大众文化以其蔑视权威、蔑视经典的解构功能摧毁了文学经典的神圣性；最后，大众文化并不是通过改变价值观念来贬低旧经典，确立新经典，而是以毫无竞争的姿态，甚至还公然将文学经典作为自己的资源来肆无忌惮地疯狂吸取。[⑨] 其他重要的相关研究成果还有《中州学刊》2005 年第 4 期刊登的四篇“消费文化背景下的经典命运”笔谈文章（分别是陶东风的《“大话文化”与文学经典的命运》、张淳的《从四大名著的“变脸”看文学经典在当下的命运》、吴泽泉的《快感的诞生——对“戏说经典”现象的文化学分析》、李治建的《消费文化语境中通俗文学、大众文化的经典化》）以及朱立元的《“经典”观念的淡化和消解——对 20 世纪 90 年代“全球化”语境中中国审美文化的审视之二》[⑩]、孙士聪的《经典的焦虑与文艺学的边界》[⑪]、王健的博士学位论文《“经典焦虑症”透视——

① 参见洪子诚：《中国当代的“文学经典”问题》，《中国比较文学》2003 年第 3 期。

② 参见程光炜：《文学讲稿：“八十年代”作为方法》，第 193～223 页。

③ 孙绍振：《西方文论的引进和我国文学经典的解读》，《文学评论》1999 年第 5 期。

④ 方忠：《论文学的经典化与中国现代文学史的重构》，《江汉学刊》2005 年第 3 期。

⑤ 董乃斌：《论文本与经典——关于文学史本体的思考》，《陕西师范大学学报》2006 年第 4 期。

⑥ 南帆：《文学史与经典》，《文艺理论研究》1998 年第 5 期。

⑦ 参见孟繁华：《新世纪文学经典的终结》，《文艺争鸣》2005 年第 5 期。

⑧ 参见陶东风：《文化经典在百年中国的命运》，《文艺理论研究》1995 年第 3 期。

⑨ 参见李春青：《文学经典面临挑战》，《天津社会科学》2005 年第 3 期。

⑩ 朱立元：《“经典”观念的淡化和消解——对 20 世纪 90 年代“全球化”语境中中国审美文化的审视之二》，《文艺理论研究》2001 年第 5 期。

⑪ 孙士聪：《经典的焦虑与文艺学的边界》，《天津师范大学学报》（社会科学版）2005 年第 3 期。

"后文学"视野中的"经典问题"研究》[①]等。

总之,文学经典的建构、解构与重构,文学经典的批评、重评与阐释,现状与前景等相关问题的研究正在引起越来越多的学者的重视。学界涌现出的丰硕的研究成果既为本书的研究提供了弥足珍贵的方法、视角和资料方面的理论支持和坚实基础,也增强了笔者对"莫言创作的经典化过程和问题"这一课题进行研究的学术信心。

第四节 经典、经典化的概念厘清和理论界定

莫言小说的经典化过程,既有莫言小说自身所拥有的思想价值和美学魅力,也有不容忽视的各种外在因素的合力作用。本书拟在对莫言小说经典化自身所具备的内在因素进行体认的基础上,重点对形成莫言小说经典化的各种外在因素(如作品的原创、修改、出版、销售、阅读、批评、评奖、文学史叙述、意识形态的影响等环节)的历时互动进行知识考古学式的考察,并尝试把莫言小说历史化。为了便于对莫言小说的经典化过程和问题进行细致考察与深入发掘,本书有必要先对文学经典、经典化以及与之相关的理论问题进行概念厘清和理论界定。

一、文学经典和经典化的内涵

先说一下"经"。周予同在其专著《中国经学史讲义》一书中认为:"经"字最早见于周代铜器,在金文里写作"经"、"径"、"泾"等,其本义近似于"纵"。[②](汉)许慎把"经"解释为"经,织也,从糸,坙声"[③]。段玉裁认为:"织之从丝谓之经。必先有经而后有纬。是故三纲五常六艺谓之天地之常经。"[④]由此可见,"经"的原始意义是指编织物的纵线,与"纬"相对。"经"也可引申为"常道"、"规范"之义。《礼记·中庸》"凡为天下国家有九经"、《左传·宣公十二年》"兼弱攻昧,武之善经也"中的"经"显然即有此义。东汉班固的《白虎通·五经》则开始把"经"训诂为"常",认为儒家经典含有永恒不变的"常道"。《释名·释典艺》则称:"经,径也,常典也,如径路无所不通,可常用也。"[⑤]与此接近,许多典籍也把"经"引申为"典范的书"。如《荀子·劝学》:"其数则始乎诵经,

① 王健:《"经典焦虑症"透视——"后文学"视野中的"经典问题"研究》,吉林大学博士学位论文,2010年。

② 参见周予同:《中国经史学讲义》,上海文艺出版社1999年版,第14页。

③ (汉)许慎撰、(五代宋)徐铉校:《说文解字》,中华书局1963年版,第271页。

④ (汉)许慎撰、(清)段玉裁注:《说文解字段注》,浙江古籍出版社1998年版,第200页。

⑤ (汉)刘熙:《释名》,《四库全书》本,上海古籍出版社1964年版,第413页。

终乎读礼。”杨倞注曰：“经谓《诗》、《书》；礼谓典礼之属也。”[①]专述某一事物、技艺之书亦称“经”，如《山海经》、《黄帝内经》等。《国语·吴语》“建涟提鼓，挟经秉枹”[②]中的“经”，即指兵书。

“典”指常道、准则、制度、法则以及记载法则、典章制度的重要典籍。如《说文解字》：“典，五帝之书，从册，在几上，尊阁之也。”[③]段玉裁称：“三坟五典见《左传》。”[④]《尚书·多士》中也有：“惟殷先人，有册有典。”[⑤]《尔雅·释诂》则称：“典，常也。”[⑥]可见，“经”与“典”是可以互训的。而《左传·昭公十五年》“数典而忘祖”中的“典”则引申为“故事”、“典故”的意思。

“经典”连举，在中国古典文献中最早何时出现，尚待考证。查《辞源》可知，至迟可见于《汉书·孙宝传》。根据《辞源》的解释，“经典”一词旧指“作为典范的经书”[⑦]。如汉代王充《论衡·难岁》曰：“俗人险心，好信禁忌，知者亦疑，莫能实定。是以儒雅服从，工伎得胜。吉凶之书，伐经典之义；工伎之说，凌儒雅之论。”[⑧]此处“经典”一词即属此意，指“五经之书”。在中国古代文献记载中，孔子无疑最早谈到文学经典。经过孔子搜集、整理、编辑而成的中国第一部诗歌总集《诗经》，一直被认为是中国第一部文学经典。[⑨] 孔子教导弟子们阅读这部文学经典时说：“小子何莫学夫诗，诗可以兴，可以观，可以群，可以怨。迩之事父，远之事君，多识于鸟兽草木之名。”[⑩]这些关于文学经典的精辟论述也成为中国传统文化中源远流长的“兴、观、群、怨说”，被历代文论家津津乐道。它一方面从文学社会作用论的角度阐释了文学经典的社会功能和文学价值，另一方面也成为中国古代文论认定一部作品是否为文学经典的一个重要原则和标准。到了南北朝，刘勰在《文心雕龙》中已经开始大量使用“经典”一词，并对“文学经典”的相关问题进行了探讨。如他在《文学雕龙·宗经》篇中说：“三极彝训，其书言经。经也者，恒久之至道，不刊之鸿论。”显然，在刘勰看来，能够说明天、地、人三者至理的书即为“经典”。这种书蕴含着恒久不变而又至高无上的真理和不可磨灭的教导。

---

① （清）王先谦：《荀子集解》，《诸子集成》本，中华书局 1954 年版，第 7 页。

② 《国语》，上海古籍出版社 1988 年版，第 608 页。

③ （汉）许慎撰、（五代宋）徐铉校：《说文解字》，第 99 页。

④ （汉）许慎撰、（清）段玉裁注：《说文解字段注》，第 200 页。

⑤ （汉）孔安国传、（唐）孔颖达等正义：《尚书正义》，《十三经注疏》本，浙江古籍出版社 1998 年版，第 200 页。

⑥ 刘方元、刘松来等：《十三经直解》，江西人民出版社 1993 年版，第 202 页。

⑦ 《辞源》（合订本），商务印书馆 1988 年版，第 1372 页。

⑧ （汉）王充：《论衡》，上海人民出版社 1974 年版，第 376 页。

⑨ 此说法参考冯宪光、傅其林：《文学经典的存在和认定》，童庆炳、陶东风主编：《文学经典的建构、解构和重构》，第 37 页。

⑩ （三国魏）何晏注、（宋）邢昺疏：《论语注疏·阳货》，《十三经注疏》本，上海古籍出版社 1997 年版，第 2525 页。

在西方文化史上，对“经典”最早而且影响最大的命名体现在宗教与政治意识形态领域。古希腊一位重要的美学家和雕塑家波利克里托斯写的美学著作《经典》，则是最早把“经典”作为术语使用的学术著作。遗憾的是，这部著作已经失传。[①] 在英文中，与汉语中的“经典”对应的词有三个：(1)canno。根据美国著名学者罗伯特·斯库尔斯(Robert Scholes)的考证，现代英语中的 canno 是由 kanna 和 kanon 这两个古希腊文字衍生而来的。kanna 的原义是“芦苇”。kanon 的原义是“直棍，条，尺子，(管琴的)芦秆，规则，标准，模型，严厉的批评，测量系统，占星图表，限度，界限，征税评估”[②]，比喻性地引申出与测量和控制有关的意义，如“管理”、“尺度”等。“canon”一词的早期含义与基督教中的宗教典籍相关，本义指真经、真本，引申为教规，具有律令、法规、经书、准绳的意思。20 世纪 60 年代，伴随着西方女权主义、民权主义等社会运动与文化思潮的发展，“canon”一词的含义由宗教术语演变、扩大到对文学经典的包容。根据乔治·肯尼迪(George A. Kennedy)的研究，狄奥尼西奥斯在《写给庞培的信》一书中，最早采用“canon”即“经典”一词来描述书写文本，并认为希罗多德[③]是最好的经典。[④] (2)sutra。专指宗教文本，如印度教中公元前 500 年～前 200 年结集而成的箴言性教义集。(3)经典在英语中还有一个译法是 classic。根据《朗文当代高级英语辞典：英英、英汉双解》，classic 既可以作形容词，也可以作名词。作形容词时，它有三种解释：①最优秀的，第一流的；(可作)典范的；经典的。②典型的；众所周知的。③式样简朴的；传统式样的。作名词时，其意思是：①经典作品；杰作；名著。②历史悠久的活动(尤指重大的比赛)。[⑤] 如果从词源学上来看，classic 来自拉丁文 classicus，该词原形是 classici，在古罗马中，被税务官专门用来指称至少拥有某种固定收入的头等公民。公元 2 世纪，拉丁文法家和批评家奥吕杰尔在其著作里，用“classicus”一词指代有一定价值和才能，同时又有名望和不动产的作家。这意味着该词已经被引申为指称作家的等级。

《牛津英语词典》对“classic”的解释是“一流的，最高一级的、被证明是典范的、标准、第一位的”，并且“特别指用古希腊或拉丁语写作的第一流作者和文学作品”。由此可见，该词主要用于对作者的地位进行描述和评定，具有更多的文学意义。到了文艺复兴时期，“classic”一词依旧保留着其最初的意思，主要用于指称、点评作家，并逐渐

---

① 参见聂珍钊：《文学经典：阅读、阐释和价值发现》，林精华等主编：《文学经典化问题研究》，第 25 页。

② 阎景娟：《文学经典论争在美国》，社会科学文献出版社 2010 年版，第 15～16 页。

③ 希罗多德(Herodotus)，古希腊历史学家。撰写了古代第一部记载波希战争的伟大的叙述性历史著作——《历史》。

④ 参见阎景娟：《文学经典论争在美国》，第 19 页。

⑤ 参见朱原等译：《朗文当代高级英语辞典：英英、英汉双解》，商务印书馆 1998 年版，第 258 页。

具有了经典的现当代意义。由此可见,"classic"一词显然更强调一个作家或一部作品的等级性、典范性和古典性。而古典这个观念本身含有连贯的、坚实的、整体和传统的、自然结构的、自然相传而永久持续的意思。[①] 相对而言,canon 则指与宗教相关的所有经典。依据《牛津英语词典》,在英文中最早使用 canon 指世俗作品的,是 1885 年版的《不列颠百科全书》,其中提到"柏拉图的经典"。因更多地与宗教和法律相关,canon 一词侧重于管理、尺度、律令、法规等含义,更强调权威性与强制性。杰米里·霍桑在《当代文学批评术语》一书中明确解释说:"canon 起源于基督教内部关于希伯来圣经和新约全书书籍的本真性(authenticity)的争论。在教会中认定具有神圣权威而接受的,就被称作经典,而那些没有权威或者权威可疑的,就被说成是伪经。"[②]因此,其权威性的确立更多地受到诸多外在成规(如社会制度、时代主潮、阶级利益、认定机制、评定标准、文化权力、文化传统等因素)的制约和影响。在文学领域,对 canon 的认定则主要受到政治意识形态、文学史观念、教育制度、评价机制等人为建构因素的影响。

随着时代的变迁,文学经典的含义也不断变化。简单地说,最初的文学经典主要指由权威机构认定、由某一位特定作者创作的世俗作品,强调文学作品等级地位与身份归属的真实性。尤其是在古典社会,文学经典的合法性建立在宗教、政治、道德的基础上。今天的文学经典则指获得读者(包括文学经典的发现人即出版商和一般阅读者)、评论家、教授和文学史的一致认同的作品,是通过各种不同的经典化机制在各种复杂的历史语境下获得其经典性的。也就是说,它们在一定时期内被不断地印刷、出版,被不同的书店销售、传播,被图书管理员以一组数字而不是另一组数字分类,被文学批评家和文学史学家频繁地研讨,被各种不同的文学选集编选、辑入,被写入文学史教科书并进入大学文学课堂……这些因素都将成为推断文学经典的评定标准。而"莫言文学经典化过程和问题研究"主要侧重于对莫言文学经典性形成与建构的外部人为因素进行研究和发掘,因此在本书中"经典"一词的界定相当于英文中的 canon,其内涵既包括文学经典建构的文学作品的内部因素,也考虑到政治意识形态与文化权力的变动等外部因素对于文学经典之建构的重大影响。

经典是经典化的结果。与经典化对应的英语是 canonization,最初也是宗教用语,指某些人只有通过诸如天主教等"体制化宗教"常常采用的某些程序,在死后才能够被封为"圣人",教会将会把其塑像放置在教堂内,以供后人瞻仰。因此,cononization 经常被译为"封圣",引申为"典范化"、"正典化"。后来逐渐引申为"经典化"。具体到文

① 参见[法]圣·佩韦:《什么是古典作家》,《文艺理论译丛》1958 年第 4 期。

② 转引自阎景娟:《文学经典论争在美国》,第 27 页。

学领域，关于经典化的界定可谓众说纷纭。加拿大学者斯蒂文·托托西曾经认为："'经典化'意味着那些文学形式和作品，被一种文化的主流圈子接受而合法化，并且其引人瞩目的作品，被此共同体保存为历史传统的一部分。"[①]显然，这一界定带有一定的片面性，而且缺乏学术的规范性和逻辑的严密性。目前，学界对"经典化"较为明确的界定是：文学经典的形成过程，也即"文学的经典化"。[②]不过，如果仅仅把"文学的经典化"理解为文学经典形成的客观过程，将会使问题简单化。进行文学经典化研究，还应该对使一个普通文本成为文学经典所采取的一系列策略与手段等因素进行考察。也就是说，对文学经典化的研究，不仅仅是对文学经典的形成过程的历时性溯源与还原，还包括对时间、空间、文化政治以及社会事件参与者的行为手段的考察与探讨。"经典不能只被描绘成一组文本，它的空间的、时间的和社会的维度也一定要被说明。"[③]简言之，对文学经典化的研究，即研究一部作品是如何形成经典的。换句话说："我们应该对经典形成的运作性和功能性因素加以注意，即经典'怎样'形成的。"[④]回到今天的文学场域，经典化的方式至少包括"排座次"（如"鲁郭茅巴老曹"的次序排定）、"上皇榜"（如把金庸的武侠小说收入某某"大师文库"或"百年中国文学经典"，或称其为"金庸现象"）和"入教材"等很多种。

二、两种不同的文学经典理论

关于文学经典、文学经典化的研究和讨论俨然已经成为最近三十多年国际文学理论、世界文学与比较文学、文化研究界的一个焦点问题。尤其是在 20 世纪 80 年代，一度成为西方文学理论界最热门的话题。随着文学经典逐渐进入我国研究者的讨论领

① [加]斯蒂文·托托西：《文学研究的合法化》，第 43 页。

② 如钟厚涛的《文学经典化何以成为越来越需要讨论的话题——来自首都师范大学文学经典化问题国际学术论坛的报告》（林精华等主编：《文学经典化问题研究》，第 370～376 页）、王瑾的《文化交流视野中的文学经典——关于 20 世纪外国文学经典化问题》（童庆炳、陶东风主编：《文学经典的建构、解构和重构》，第 146～154 页）、张荣翼的《文学史，文学经典化的历史》（《河北学刊》1997 年第 4 期）、陈家定的《文学的经典化与去经典化》（高翔主编：《中国社会科学学术前沿（2006～2007）》，社会科学文献出版社 2007 年版，第 484～501 页）中都有这样的界定。尤以哈罗德·布鲁姆的《西方正典——伟大作家和不朽作品》一书的译者前言对"经典化"的定义较有代表："经典化过程就是过去和现在之间所进行的一种永恒的竞争，而要认识这个过程就必须引入历史的观念，批评家必须从历史的、文本传承的角度去重新建构文学经典的历史。"（[美]哈罗德·布鲁姆：《西方正典——伟大作家和不朽作品·译者前言》，江宁康译，译林出版社 2011 年版，第 3 页）

③ [荷]杜卫·佛克马：《所有的经典都是平等的，但有一些比其他更平等》，李会芳译，童庆炳、陶东风主编：《文学经典的建构、解构和重构》，第 18 页。

④ [加]斯蒂文·托托西：《文学研究的合法化》，第 44 页。

域，自20世纪90年代以来，关于文学经典的讨论也日益引起我国学术界的高度关注，成为一个持续升温的热点话题。如果对关于文学经典的各种讨论进行概括，大致可分为两种文学经典观：一种是本质主义经典化理论，另一种是建构主义经典化理论。[①]

所谓本质主义经典化理论，即仅仅以文学作品自身的美学价值作为评定其是否是经典的构成条件。持这种观点的人认为：经典之所以是经典，在于其美学特质作为一种潜能客观地存在于经典的内部，期待着读者从经典自身寻找使之成为不朽作品的特征，并进而将其激活。如本质主义经典化理论最突出的代表人物之一——哈罗德·布鲁姆在其代表作《西方正典——伟大作家和不朽作品》一书中，集中体现了他的文学经典观。该书选取了莎士比亚、但丁、乔叟、普鲁斯特、博尔赫斯等26位作者作为研究对象，对这些作家及作品成为经典的原因进行了辨析和论述。他认为成就经典之作的不是批评家，只有美学力量能够造就文学经典，“而这力量又主要是一种混合力：娴熟的形象语言、原创性、认知能力、知识以及丰富的词汇”[②]。其经典理论最突出的特色是以与影响的焦虑相结合的“原创性”以及美学尊严作为评定文学经典的标准，重构经典的历史。而“但一部作品能够赢得经典地位的原创性标志是某种陌生性”[③]。“为美感添加陌生性”是所有正典之作的特性。因此，布鲁姆立场坚定地说：“世俗经典的形成涉及一个深刻的真理：它既不是由批评家也不是由学术界，更不是由政治家来进行的。作家、艺术家和作曲家们自己决定了经典，因为他们把最出色的前辈和最重要的后者联系了起来。”[④]

以哈罗德·布鲁姆为代表的本质主义经典理论固然有其合理性，一部作品能否成为经典与其自身具备的审美价值密不可分。问题是，即便我们关注作品本身的美学价值，也不能把一部作品孤立起来加以审视。诸多文学经典化的实例其实足以证明本质主义文学经典化理论的偏颇，陶渊明的经典化过程无疑最能说明问题。在其生活的时代，陶渊明被人们视为品格高洁的隐士，其诗作并未引起人们的兴趣而成为经典。在文学史上，他的经典化的一个主要因素是苏东坡宣称陶潜是一位空前的大诗人，以及方回称赞陶潜和杜甫为中国文学传统中的两位至圣先师。[⑤] 苏东坡在《与苏辙书》中赞之曰：“其诗质而实绮，癯而实腴，自曹、刘、鲍、谢、李、杜诸人，皆莫及也。”方回在其组诗《诗思》中赞之曰：“万古陶兼杜，谁堪配飨之。”至此，陶渊明的诗作开始入选各种文本，受到广泛的推崇和膜拜，从而成为经典。在这个意义上，“经典是被册封的，用拉康的话说，是

① 参见朱国华：《文学经典的可能性》，童庆炳、陶东风主编：《文学经典的建构、解构和重构》，第98页。

② [美]哈罗德·布鲁姆：《西方正典——伟大作家和不朽作品》，第23页。

③ [美]哈罗德·布鲁姆：《西方正典——伟大作家和不朽作品》，第3页。

④ [美]哈罗德·布鲁姆：《西方正典——伟大作家和不朽作品》，第433页。

⑤ 参见孙康宜：《文学经典的挑战》，第3页。

在经历了若干年的积淀之后‘回溯性地’(retroactively)确立起来的”①,“文学经典……是被动地建构起来的”。② 这实际上属于建构主义文学经典化理论的范畴。

大部分建构主义文学经典理论者认为,经典是由一系列外部因素所创造出来的,其内部也即自身先天的美学条件并不能成为经典之所以成为经典的合法性。也就是说,文学经典是被建构出来而不是由其本质构成要素所决定的。在对文学经典化过程和问题进行研究时,如果说本质主义经典化理论主要关注“什么是经典文学”的问题,那么建构主义经典化理论则注重“谁的经典”的问题。这就将一个纯粹审美的认知问题,置换成建构或解构的问题,也即文化政治的问题。实际上,文学经典化的生成条件,并不存在一个古往今来普遍适用或者说通约的经典化结构原则。换句话说,今天拥有权威位置的文学经典,是通过各种不同的经典化生产机制在不同的历史语境下获取其存在的合法性的。作为建构主义经典化理论的代表人物,佛克马、蚁布思首先肯定了经典的重要作用:“长期以来,经典在宗教、伦理、审美和社会生活的众多方面都发生了重要的作用,它们是指导的思想宝库……经典一直都是解决问题的一门工具,它提供了一个可能的问题和可能的答案的发源地。”③然后通过对西方和现代中国经典构成(canon)的历史发展历程进行爬梳,他们认为不同的历史语境、不同的历史需求、不同的评判标准将会产生不同的经典。意识形态的灌输、政治制度的变化、文本的可得性(accessibility)、报刊检查制度以及认知动机等诸多因素都将会影响经典的构成和变动。“经典的一个功能之一就是提供解决问题的模式。历史意识的一次变化将会引出新的问题和答案,因而也就会引出新的经典。”④而且,他们在阐释在经典形成过程中的作用这一点上,特别认同弗兰克·科尔穆德的观点,非常重视阐释在经典形成过程中的整合作用,认为:“文本能否保存下来取决于一个不变的文本和不断变化着的评论之间的结合。”⑤

第五节 研究方法和研究思路

本书会用到下列方法与技术手段:

1. 本书将运用跨学科研究方法,应用文学社会学、统计学、文化地理学等知识展开多学科交叉研究。

---

① 季广茂:《经典的由来和命运》,童庆炳、陶东风主编:《文学经典的建构、解构和重构》,第124页。

② 金宏宇:《“五四”文学经典的构成》,《江汉论坛》2000年第7期。

③ [荷]D. 佛克马、E. 蚁布思:《文学研究与文化参与》,第39页。

④ [荷]D. 佛克马、E. 蚁布思:《文学研究与文化参与》,第49页。

⑤ [荷]D. 佛克马、E. 蚁布思:《文学研究与文化参与》,第22页。

2.本书将运用动态比较方法，研究多种要素如社会思潮、文学思潮、文学生产、文学接受、文学批评等各种合力对莫言小说经典化在不同时期产生的影响。

3.本书将运用调查访谈、对比研究、点面结合等方法，尝试在条件许可的情况下，对莫言以及莫言小说的主要编辑者、研究者进行访谈，力图挖掘出与莫言小说经典化相关的第一手资料。另外，在北京一些高校如北京大学、清华大学、中国人民大学、北京师范大学等学校中对莫言小说的阅读与接受情况进行问卷调查，并与同时期一些作家进行横向比较，从中发现莫言小说在读者中产生的阅读期待。

4.本书将运用定量分析法，对自 1981 年莫言开始在河北保定的文学期刊《莲池》上发表第一篇小说《春夜雨霏霏》一直到 2010 年公开发表、出版的小说以及不同选本对莫言小说编选的情况进行统计、分析，从中折射出在新时期以来的文学场域里，文学生产机制、各种文学成规等合力因素在莫言小说经典化过程中所起的推动作用。

第六节　本书大纲及主要内容

本书主要包括绪论、主体、余论三部分。

绪论部分主要介绍本书的选题依据和研究对象、莫言创作的研究现状与文献综述、研究方法和研究思路以及对经典和经典化的理论界定等。

主体部分分为六章：

第一章：期刊与莫言小说的发表与宣传。本章力求绘出莫言中短篇小说在文学期刊上的详尽文学地图，然后利用文学统计学的研究方法，建立讨论莫言文学经典化的文学场域，尝试观察、分析莫言由作者到作家的创作道路及其与文学期刊之间的互动关系。本章分为四节：第一节，详细梳理莫言中短篇小说创作与发表的路线图，从中看出莫言是如何一步步由最初在地方期刊发表小说到被一些重要的文学期刊如《人民文学》、《收获》等认可的。第二节，以河北保定的《莲池》期刊为个案，探讨地方文学期刊《莲池》及其编辑毛兆晃老师发现、扶植莫言的历史化过程，通过分析研究发现：《莲池》为莫言叩响文学殿堂的大门提供了不容忽视的契机，为莫言创作的经典化道路作出了不容忽视的前期准备。第三节，以《人民文学》期刊为个案，从中发掘作为新中国第一家全国性的文学大刊，在莫言三十多年的创作历程中，其对于莫言重要作家地位形成的作用。第四节，对《中国作家》、《收获》、《北京文学》等其他文学期刊在莫言创作经典化道路上所发挥的作用进行考察与研讨。

第二章：出版社与莫言小说的生产与传播。本章尝试建立莫言的长篇小说、小说集在出版社出版、发行的文学地图，分析、探讨莫言的成名与出版机构对莫言长篇小说以及中短篇小说集的大力宣传和包装之间密不可分的关系。本章共分三节：第一节，对莫言长篇小说、小说集的出版、发行情况作出统计与梳理。第二节，以作家出版社为个案，分析、研究作为国家级的文学出版社——作家出版社在莫言小说创作的经典化过程中所作出的努力。第三节，以上海文艺出版社为个案，分析、探讨作为最为集中也是最为频繁地出版、印刷莫言长篇小说与小说集的一家出版社，上海文艺出版社在出版、发行莫言小说时所采取的出版策略。

第三章：文学选刊与莫言小说的推介。主要结合《小说月报》、《小说选刊》、《中篇小说选刊》三种文学选刊在中国文学场中的角色和地位，分析文学选刊对莫言文学经典化的推动作用。新时期以来，这三种文学选刊在对小说的评介与导引方面具有重要的作用：第一，它们做的是从众多发表出来的作品中挑选出优秀作品的筛选工作，使许多好作品不至于被埋没；第二，"文学选刊"一般紧跟文坛动态，反应迅速，可以使读者快速地读到好的作品；第三，《小说月报》、《小说选刊》等经常举办评奖活动，因此，在当代文坛影响很大。

第四章：文学选本与名作的淘选。本章主要从选本的重要作用出发，分析文学选本在莫言小说经典化过程中所发挥的作用。

第五章：文学评奖与文学的经典化。本章主要对莫言的获奖以及莫言的研究现状进行梳理，从中发现文学评奖以及文学批评在莫言创作的经典化道路上所发挥的重要作用。本章首先对莫言的获奖情况进行考察，然后以"诺贝尔文学奖"为个案，探讨莫言获"诺奖"后在我国乃至世界文坛引起的轰动效应，使莫言创作的经典化地位最终确立。

第六章：文学批评与作家的定位。本章首先尽可能对莫言的研究现状作出详尽的考察，以批评家和文学经典化之间的关系为切入视角分析、阐释谁最先发现莫言小说的价值，莫言批评对于莫言文学地位的形成起到了哪些作用。尝试分析批评在莫言经典化过程中扮演的角色。

余论部分以几本重要的文学史著作为个案，结合文学史定位所涉及的问题，通过对莫言在不同版本的文学史中所占的比例和不同的叙述进行统计、分析，考察不同的文学史是如何对莫言进行定位的，从中分析出它们之间的异同，也有助于看出莫言文学经典化与文学史之间的相互关系。因为，文学史对于作家的经典化形成起着很大的作用，作家及其作品的入史率往往成为评定作家作品经典化的一个重要参考指数，尤其是对于大学文科学生来说，他们一般把文学史中提到的重要作家作品作为认定文学经典的重要参数。

第一章
期刊与莫言小说的发表与宣传

美国当代文艺学家M. H. 艾布拉姆斯曾经提出过文学四要素的观点，他认为文学作为一种活动总是由作品、艺术家、世界（自然、生活）、欣赏者四个要素组成的。[①] 作为文学四要素之一，文学作品的公开发表与出版是研究一个作家文学创作经典化过程的起点。一位作家经过精心构思、酝酿，对生活进行加工改造，尽管已经创作出具有经典性意义的作品，但是，如果作品束之高阁，不能公开发表与广大读者见面，也只能成为“抽屉文学”。因此，无论在任何时代，发表与出版始终是文学生产机制中不可或缺的重要一环。即便其本身具有布鲁姆所认为的本质主义经典化理论的美学特质，也将会因其无法与广大读者的美学性情相遇而不能被激活，最终极有可能成为文学史上的“活化石”。这样的范例并不罕见，如西方文学经典名著简·奥斯汀的《傲慢与偏见》初稿完成于1796年，当时却没有一家出版商愿意出版。所以，其作为经典的美学特质一直因不能与读者见面而无法得以体现。简·奥斯汀在经过一改再改之后，直到1813年也即作者去世前四年，作品才得以问世。因此，对莫言小说的经典化过程和问题进行考察，首先需要对莫言中短篇小说在期刊上的发表及发表背后的故事进行梳理和发掘。

第一节　莫言中短篇小说发表的文学地图

“在中国当代文学生产机制中，文学期刊是最基础的一个环节。绝大多数作家登上文坛是从在文学期刊上发表作品开始的，大多数作品也最初从文学期刊进入传播流通领域。虽然就个体读者而言，期刊未必是每个人获取文学作品的最重要途径，但一

① 参见［美］M. H. 艾布拉姆斯：《镜与灯——浪漫主义文论及批评传统》，郦稚牛等译，北京大学出版社1989年版，第5～6页。

个时期的文学面貌则是通过期刊获得最全面和直接的反映。”[①]对于莫言来说，同样如此。应该说，在莫言由一个默默无闻的写作者逐渐成长为一个创作风格日臻成熟的作家的经典化过程中，文学期刊俨然承担着最基础的职能和最重要的推手作用。莫言小说在期刊上发表的情况如何？期刊编辑对于莫言小说的发表是否进行过重点推介？莫言中短篇小说的公开发表与莫言文学地位的逐渐提升存在哪些密切的关系？本书将首先采取表格和数据统计的方法，对莫言登上文坛以来在期刊公开发表的中短篇小说情况作出统计。

表 1-1　　1981～1990 年莫言短篇小说发表情况一览表

序　号	作品名称	发表期刊	发表时间
1	《春夜雨霏霏》	《莲池》	1981 年第 5 期
2	《丑兵》	《莲池》	1982 年第 1 期
3	《因为孩子》	《莲池》	1982 年第 5 期
4	《售棉大路》	《莲池》	1983 年第 3 期
5	《民间音乐》	《莲池》	1983 年第 5 期
6	《金翅鲤鱼》	《无名文学》	1984 年第 1 期
7	《放鸭》	《无名文学》	1984 年第 1 期
8	《白鸥前导在春船》	《小说创作》	1984 年第 2 期
9	《岛上的风》	《长城》	1984 年第 2 期
10	《黑沙滩》	《解放军文艺》	1984 年第 7 期
11	《流水》	《风流》	1985 年第 2 期
12	《秋千架》	《中国作家》	1985 年第 4 期
13	《石磨》	《小说界》	1985 年第 5 期
14	《老枪》	《昆仑》	1985 年第 6 期
15	《秋水》	《奔流》	1985 年第 8 期
16	《枯河》	《北京文学》	1985 年第 8 期
17	《大风》	《小说创作》	1985 年第 6 期
18	《五个饽饽》	《当代小说》	1985 年第 9 期

① 邵燕君：《倾斜的文学场——当代文学生产机制的市场化转型》，江苏人民出版社 2003 年版，第 22 页。

续表

序　号	作品名称	发表期刊	发表时间
19	《三匹马》	《奔流》	1985 年第 9 期
20	《草鞋窨子》	《青年文学》	1986 年第 2 期
21	《断手》	《北京文艺》	1986 年第 3 期
22	《苍蝇·门牙》	《解放军文艺》	1986 年第 6 期
23	《战争印象》	《虎门》	1987 年第 1 期
24	《罪过》	《上海文学》	1987 年第 3 期
25	《飞艇》	《北京文学》	1987 年第 12 期
26	《养猫专业户》	《天津文学》	1988 年第 2 期
27	《革命浪漫主义》	《西北军事文学》	1988 年第 5 期
28	《马驹横穿沼泽》	《青年文学》	1988 年第 11 期
29	《遥远的亲人》	《时代文学》	1989 年第 4 期
30	《爱情故事》	《作家》	1989 年第 6 期
31	《奇遇》	《北方文学》	1989 年第 10 期
32	《落日》	《西北军事文学》	1989 年第 1 期

表 1-2　　　　1981～1990 年莫言中篇小说发表情况一览表

序　号	作品名称	发表期刊	发表时间
1	《雨中的河》	《长城》	1984 年第 5 期
2	《金发婴儿》	《钟山》	1985 年第 1 期
3	《透明的红萝卜》	《中国作家》	1985 年第 2 期
4	《球状闪电》	《收获》	1985 年第 5 期
5	《爆炸》	《人民文学》	1985 年第 12 期
6	《红高粱》	《人民文学》	1986 年第 3 期
7	《筑路》	《中国作家》	1986 年第 4 期
8	《狗道》	《十月》	1986 年第 4 期
9	《奇死》	《昆仑》	1986 年第 6 期

续表

序　号	作品名称	发表期刊	发表时间
10	《高粱酒》	《解放军文艺》	1986 年第 7 期
11	《高粱殡》	《北京文学》	1986 年第 8 期
12	《欢乐》	《人民文学》	1987 年第 1、2 期合刊
13	《弃婴》	《中外文学》	1987 年第 1 期
14	《红蝗》	《收获》	1987 年第 3 期
15	《猫事荟萃》	《上海文学》	1987 年第 11 期
16	《玫瑰玫瑰香气扑鼻》	《钟山》	1988 年第 1 期
17	《生蹼的祖先》	《长河》	1988 年第 10 期
18	《复仇记——〈五梦集〉之一》	《青年文学》	1988 年第 11 期
19	《你的行为使我们恐惧》	《人民文学》	1989 年第 6 期
20	《父亲在民夫连里》	《花城》	1990 年第 1 期

通过表 1-1 和表 1-2 可以发现：1981～1990 年十年间，我国各级文学期刊上公开发表的莫言短篇小说共计 32 篇，公开发表的莫言中篇小说共计 20 篇。

1981～1984 年四年是莫言小说创作与发表的草创期或者说准备期，主要以短篇小说的创作和发表为主，而且主要发表在名气不太显赫的地方性文学期刊上。莫言只在《长城》1984 年第 5 期上发表中篇小说 1 篇；在其他 5 种文学期刊发表短篇小说 10 篇，分别是：1981 年 1 篇，1982 年 2 篇，1983 年 2 篇，1984 年 5 篇。其中 1983 年以前的 5 篇均发表在河北保定创办的《莲池》上；1984 年在《无名文学》上发表 2 篇，在《莲池》更名后的《小说创作》上发表 1 篇，在《长城》上发表 1 篇，在《解放军文艺》上发表 1 篇。

就数据反映的情况来看，1985～1988 年四年间是莫言中短篇小说公开发表的高峰期，而且他开始在《人民文学》、《中国作家》等大型文学刊物上一显身手。尤其是 1985 年，可谓是莫言中短篇小说创作与发表的顶峰，该年 11 种文学期刊公开发表莫言创作的中短篇小说 13 篇。该年莫言中短篇小说发表的情况是：《钟山》发表中篇小说 1 篇，《中国作家》发表中短篇小说各 1 篇，《风流》发表短篇小说 1 篇，《收获》发表中篇小说 1 篇，《小说界》、《昆仑》各发表短篇小说 1 篇，《奔流》发表短篇小说 2 篇，《北京文学》发表短篇小说 1 篇，《当代小说》和《小说创作》各发表短篇小说 1 篇，《人民文学》发表中篇小说 1 篇。

比之于 1985 年莫言小说的发表情况，1986～1988 年三年间主要以中篇小说的创作与发表为主。1986 年在我国 7 种文学期刊上共发表中篇小说 6 篇、短篇小说 3 篇，其中《青年文学》发表短篇小说 1 篇，《人民文学》发表中篇小说 1 篇，《北京文艺》(后改名《北京文学》)发表短篇小说 1 篇，《中国作家》发表中篇小说 1 篇，《十月》、《昆仑》各发表中篇小说 1 篇，《解放军文艺》发表短篇小说、中篇小说各 1 篇，《北京文学》发表中篇小说 1 篇。1987 年在我国 6 种文学期刊上共发表中篇小说 4 篇，分别是《人民文学》1 篇、《收获》1 篇、《中外文学》1 篇、《上海文学》1 篇；短篇小说 3 篇，分别是《上海文学》1 篇、《北京文学》1 篇、《虎门》1 篇。1988 年在我国 3 种文学期刊上共发表中篇小说 3 篇，分别是《钟山》1 篇、《长河》、《虎门》1 篇、《青年文学》1 篇；短篇小说 3 篇，分别是《天津文学》1 篇、《西北军事文学》1 篇、《青年文学》1 篇。

从数据分析的结果来看，从 1985 年到 1988 年这四年间，莫言几乎在发疯般地创作，共写了 200 多万字的小说。因此可以说："文学不仅改变了莫言的人生和命运，还改变了他的世界。"[①]1986 年，莫言加入中国作协。1987 年，莫言参加中国作家代表团访问了当时的西德西柏林等地，由一位"高密东北乡"的"土著"，凭借着文学的神力，摇身一变，成为走向世界的"新科当红青年作家"[②]。

表 1-3　　1991～2000 年莫言短篇小说发表情况一览表

序　号	作品名称	发表期刊	发表时间
1	《地道》	《青年思想家》	1991 年第 3 期
2	《辫子》	《青年思想家》	1991 年第 4 期
3	《人与兽》	《山野文学》	1991 年第 4 期
4	《屠户的女儿》	《时代文学》	1992 年第 5 期
5	《拇指铐》	《钟山》	1998 年第 1 期
6	《长安大道上的骑驴美人》	《钟山》	1998 年第 5 期
7	《蝗虫奇谈》	《山花》	1998 年第 5 期
8	《白杨林里的战斗》	《北京文学》	1998 年第 7 期
9	《一匹倒挂在杏树上的狼》	《北京文学》	1998 年第 10 期

① 叶开：《莫言评传》，河南文艺出版社 2008 年版，第 278 页。

② 叶开：《莫言评传》，第 278 页。

续表

序　号	作品名称	发表期刊	发表时间
10	《祖母的门牙》	《作家》	1999 年第 1 期
11	《沈园》	《长城》	1999 年第 5 期
12	《儿子的敌人》	《天涯》	1999 年第 5 期
13	《天花乱坠》	《小说界》	2000 年第 3 期
14	《枣木凳子摩托车》	《钟山》	2000 年第 4 期
15	《嗅味族》	《山花》	2000 年第 10 期
16	《冰雪美人》	《上海文学》	2000 年第 11 期

表 1-4　　1991～2000 年莫言中篇小说发表情况一览表

序　号	作品名称	发表期刊	发表时间
1	《幽默与趣味》	《小说家》	1991 年第 4 期
2	《白棉花》	《花城》	1991 年第 5 期
3	《怀抱鲜花的女人》	《人民文学》	1991 年第 7、8 合期
4	《高密东北乡故事》	《小说家》	1992 年第 2 期
5	《红耳朵》	《小说林》	1992 年第 5 期
6	《梦境与杂种》	《钟山》	1992 年第 5 期
7	《战友重逢》	《长城》	1992 年第 6 期
8	《模式与原型》	《小说林》	1992 年第 6 期
9	《三十年前的一场长跑比赛》	《收获》	1998 年第 6 期
10	《牛》	《东海》	1998 年第 6 期
11	《我们的七叔》	《花城》	1999 年第 1 期
12	《师傅越来越幽默》	《收获》	1999 年第 2 期
13	《藏宝图》	《钟山》	1999 年第 4 期
14	《司令的女人》	《收获》	2000 年第 1 期

通过对表 1-3 和表 1-4 的统计数据进行分析，可以发现：1991～2000 年十年间，我国各级文学期刊上公开发表莫言的短篇小说共计 16 篇，公开发表莫言的中篇小说共计 14 篇。

在经过一段创作的高峰期之后，1989～1993年这四年，莫言中短篇小说的创作数量有所降低，而且以短篇小说的创作与发表为主。1989年只在《人民文学》第6期发表中篇小说1篇；在我国4种文学期刊上发表短篇小说4篇，分别是《作家》1篇、《时代文学》1篇、《北方文学》1篇、《西北军事文学》1篇。1990年只在《花城》第1期上发表中篇小说1篇。

就发表的数量而言，与1985～1988年四年间中短篇小说创作和发表的高峰期相比，1991～2000年十年间，莫言中短篇小说创作和发表的情况虽然略显下降，但是与高峰期发表的期刊情况相比，莫言中短篇小说仍旧多发表在《人民文学》、《收获》、《钟山》等相对较为重要的期刊上。这10年间，莫言在我国10种文学期刊上发表中短篇小说共计30篇。

1991年在我国两种文学期刊上发表短篇小说3篇，分别是《青年思想家》2篇、《山野文学》1篇；在我国3种文学期刊上发表中篇小说3篇，分别是《小说家》1篇、《花城》1篇、《人民文学》1篇。

1992年在我国4种文学期刊发表中篇小说5篇，分别是《小说家》1篇、《小说林》2篇、《钟山》1篇、《长城》1篇；在《时代文学》上发表短篇小说1篇。

1993～1997年六年间，莫言在我国文学期刊上发表的中短篇小说为零篇。这一方面由于莫言更多地致力于长篇小说的创作；一方面缘于1996年《丰乳肥臀》的发表与出版，曾经受到社会各界不同程度的指责和质疑，一度使莫言辍笔两年，在文坛保持沉默，也可能是为后来新的突破而准备素材。

1998年，一度沉默的莫言再度复出，在我国5种文学刊物上共发表中短篇小说7篇。其中，中篇小说2篇，分别是《收获》1篇、《东海》1篇；短篇小说5篇，分别是《钟山》2篇、《山花》1篇、《北京文学》2篇。

1999年在我国6种文学刊物上发表中短篇小说6篇。其中，短篇小说3篇，分别是《作家》1篇、《长城》1篇、《天涯》1篇；中篇小说3篇，分别是《花城》1篇、《收获》1篇、《钟山》1篇。

2000年在我国5种文学刊物上发表中短篇小说5篇。其中，短篇小说4篇，分别是《小说界》1篇、《钟山》1篇、《山花》1篇、《上海文学》1篇；中篇小说1篇，发表在《收获》上。

表 1-5　　2001～2010 年莫言短篇小说发表情况一览表

序　号	作品名称	发表期刊	发表时间
1	《倒立》	《山花》	2001 年第 1 期
2	《马语》	《时代文学》	2001 年第 1 期
3	《木匠和狗》	《收获》	2003 年第 5 期
4	《火烧花篮阁》	《小说选刊》	2003 年第 6 期
5	《养兔手册》	《江南》	2004 年第 1 期
6	《挂像》	《收获》	2004 年第 3 期
7	《大嘴》	《收获》	2004 年第 3 期
8	《麻风女人的情人》	《收获》	2004 年第 3 期
9	《月光斩》	《人民文学》	2004 年第 12 期
10	《小说九段》	《上海文学》	2005 年第 1 期
11	《大嘴》	《上海文学》	2005 年第 3 期

表 1-6　　2001～2010 年莫言中篇小说发表情况一览表

序　号	作品名称	发表期刊	发表时间
1	《变》	《人民文学》	2009 年第 10 期

通过对表 1-5 和表 1-6 的统计数据进行分析，可以发现：2001～2010 年十年间，我国各级文学期刊公开发表莫言的短篇小说共计 11 篇(其中《大嘴》分别被《收获》2004 年第 3 期和《上海文学》2005 年第 3 期发表)。分别是《收获》4 篇、《人民文学》1 篇、《上海文学》2 篇、《山花》1 篇、《时代文学》1 篇、《江南》1 篇、《小说选刊》1 篇，而且《上海文学》发表的《大嘴》乃重复发表。中篇小说只有《人民文学》发表 1 篇。

通过对 1981～2010 年三十年间莫言中短篇小说在我国各级文学期刊公开发表的数据统计情况进行综合分析，可以笼统地说：(1)莫言的中短篇小说发表的期刊相对比较集中，而且经常会在同一种期刊上不止一次地发表小说。再者，1985 年之后，大部分小说发表在名气相对较大的文学期刊如《人民文学》、《收获》、《北京文学》、《上海文学》、《钟山》等上。根据笔者粗略统计：莫言自从在河北保定创办的地方性文学期刊《莲池》1981 年第 5 期以头条位置发表小说处女作《春夜雨霏霏》，到 2009 年在《人民文学》发表中篇小说《变》为止，共在我国大陆 34 种文学期刊上发表中短篇小说 95 篇。其中，《收获》、《人民文学》各 9 篇，《钟山》7 篇，《北京文学》6 篇，《莲池》、《上海文学》各

5 篇，《长城》4 篇，《中国作家》、《花城》、《解放军文艺》、《山花》、《青年文学》、《时代文学》各 3 篇，《昆仑》、《无名文学》、《小说创作》、《小说界》、《奔流》、《西北军事文学》、《青年思想家》、《小说家》、《小说林》、《作家》各 2 篇，《十月》、《当代小说》、《虎门》、《中外文学》、《天津文学》、《长河》、《北方文学》、《山野文学》、《风流》、《天涯》、《东海》、《小说选刊》各 1 篇。(2)莫言小说创作的篇幅由准备期的短篇小说逐渐向中篇小说过渡。(3)就中短篇小说发表的情况看，1985～1988 年是莫言创作的巅峰期，这几年也是新时期小说逐渐走向繁荣的时期。1989 年以后，随着商业大潮的冲击，文学开始边缘化，许多作家开始逐渐转向，致力于长篇小说的创作。对于莫言来说，似乎也不例外，就在各级文学期刊上发表的数量而言，其中短篇小说的创作总体而言呈下降趋势。

当然，《人民文学》、《中国作家》、《北京文学》等重要文学期刊对莫言中短篇小说的发表在莫言小说经典化过程中无疑扮演了重要的角色。《莲池》期刊虽然只是一个名气不太大的地方性文学刊物，然而在莫言的经典化过程中同样起着不可忽视的原点性作用。它们在对莫言小说的发表过程中进行了哪些重要的宣传、策划与推介？这将是本书重点关注的内容。

第二节 《莲池》的起步与毛兆晃的“慧眼识英才”

一、起步《莲池》

对于莫言的研究，文学史似乎早已经达成一种“共识”：一般认为其因在《中国作家》1985 年第 2 期发表《透明的红萝卜》而成名，在《人民文学》1986 年第 3 期发表《红高粱》而走红，从而奠定了其在新时期以来文坛上的独特地位。而对于莫言与地方性期刊《莲池》之间的关系，则鲜有人提及。这就在某种程度上忽略了莫言在《透明的红萝卜》、《红高粱》这一“历史原点”和“标志性作品”之前所曾在场的更为丰富的历史信息。其实，正是河北保定的期刊《莲池》为莫言早期创作搭建了一个较好的发展平台。正是由于它的推波助澜，一个默默无闻的作者莫言凭着在《莲池》期刊上的文学实验与出色起步，叩响了文学艺术的神圣殿堂，成为新时期以来的知名作家。

1981 年 9 月，当代著名作家莫言在《莲池》期刊上发表了小说处女作《春夜雨霏霏》。从此，莫言与《莲池》之间建立了割舍不断的关系。在《莲池》期刊出刊期间，莫言曾有多篇小说在上面发表。莫言在《莲池》上发表的作品在当代文学史上虽然并未产生太大的影响，但是在莫言最初并不太平坦的创作道路上，《莲池》期刊在扶植、培养莫言方面起到了无可替代的作用。莫言正是通过《莲池》“扑腾”出来，成为享誉中国乃至世界文坛的一颗“耀眼的明星”。可以说,《莲池》之于莫言而言永远是一块“圣地”。①

《莲池》,1981 年 1 月 15 日创刊于河北保定,著名作家徐光耀担任主编。《莲池》的创刊,受到了广大读者的欢迎,著名诗人田间在《对〈莲池〉的祝愿》中说:“我是《莲池》的一位读者,也是《莲池》的一位作者。自《莲池》问世以来,博得了读者的赞许,今后在更新上,望能更上一层楼。”②1984 年,《莲池》小说双月刊更名为《小说创作》。《莲池》1983 年第 5 期(总第 17 期)刊登的《本刊更名启事》中以广告的形式阐发了《小说创作》的办刊性质、办刊宗旨以及征文要求等相关内容:“《小说创作》坚持四项基本原则,繁荣社会主义文学创作,衷心欢迎小说作家赐稿,热情扶植文学新人。《小说创作》注重反映新时期的火热生活,提倡题材、风格多样化。《小说创作》以发表短篇小说为主,也欢迎三万字以内的中篇和艺术上富有特色的翻译小说。《小说创作》提倡把作品写短,辟有‘小小说’、‘小说杂谈’等专栏,力求短小精悍,内容充实,引人入胜。”

《莲池》是一个坚持四项基本原则、“双百”方针、“二为”方向,具有探索与创新性质的刊物。徐光耀在《莲池》总第 1 期的《心愿——代发刊词》一文中,对该刊的性质作出了明确的阐释:“总之,探新路,说实话,忌一般,起新风,甘为孺子牛,办出刊物自己的面目,在为人民服务、为社会主义服务的方向下,积极贯彻百花齐放、百家争鸣方针,举白洋淀作明镜,反映祖国壮丽的名山大川,并为此而一拼热血,便是本刊同志们的共同心愿。”③“探新路,说实话,忌一般,起新风”,办出刊物自己鲜明的特色,力求新颖、独创,力求作品真实地反映生活,是该刊的办刊追求。“甘为孺子牛”表明了该刊为人民服务、为社会主义文化繁荣服务的办刊宗旨。李英儒在该刊创刊号里的《桑梓莲花别样清——为〈莲池〉公开发行致祝》一文中,对于该刊的组稿重点及办刊任务也作了明确的阐释:“编辑部的组稿重点,自然应该是反映现实生活和斗争的作品。歌颂当前工农兵和广大知识分子为四化作出的丰功伟绩和他们献身奋斗的精神。塑造堪为群众表率的先进人物。可以写战争年代的访穷问苦和忆苦思甜,也可写今天的访富问甜和忆甜思苦……刊物的任务之一,是团结广大文艺爱好者;指导文艺骨干分子的创作和学习;从而培养出朝气蓬勃的青年作家来。”④

统观《莲池》各期刊发的文章,该刊物基本上遵循办刊宗旨、办刊任务以及刊物的性质,进行了精心的栏目设计,设置了“作家谈创作”、“新人新作”、“中学生作文选登”、“民间文学集锦”等专栏,内容充实,题材丰富,风格多样,图文并茂,鼓励创新。“新人

① 参见莫言:《莫言散文新编》,文化艺术出版社 2010 年版,第 235 页。

② 田间:《对〈莲池〉的祝愿》,《莲池》1981 年第 1 期。

③ 徐光耀:《心愿——代发刊词》,《莲池》1981 年第 1 期。

④ 李英儒:《桑梓莲花别样清——为〈莲池〉公开发行致祝》,《莲池》1981 年第 1 期。

新作”专栏主要致力于奖掖后进、扶植新人，对于培育文学新人作出了应有的贡献。莫言正是凭借着《莲池》对他的发现而终于实现了自己的文学梦想。

20世纪70年代，许多农村青年特别爱好文学，渴望通过文学改变自己的人生道路。莫言正是这许多青年中的一个，童年备尝饥饿和孤独之苦的他早在“文革”后期，就已经跃跃欲试，希望通过文学改变自己的人生命运。据莫言回忆，1970年，他的一位山东师范大学中文系毕业的邻居总是向他灌输“三名三高”的思想，像刘绍棠“为三万元而奋斗”，丁玲的“一本书主义”，等等。同时，他的这位大学生叔叔还煞有介事地向莫言承诺：“如果能写成一本书，不仅可以不在农村劳动，而且可以一天三顿吃饺子。”1973年，莫言在参加胶莱河水利工地的劳动之余，便模仿着当时流行的题材和创作方法，开始写一部名叫《胶莱河畔》的长篇小说。只是，由于劳动疲倦而中途夭折。1976年，莫言当兵后，继续为自己的文学梦而默默奋斗着，只是多次投稿都石沉大海，最后因在《莲池》上连续发表小说而得以起步。因此，莫言正是因为《莲池》而成功地实现了早期小说的试验，从而走向文坛并逐渐被文学视界的目光所认识和关注。

莫言的小说处女作《春夜雨霏霏》公开发表在《莲池》1981年第5期头条上。紧接着，《莲池》期刊于1982年第1期刊发了莫言的第二篇小说《丑兵》。而且，编辑在编后附记中对新人莫言作出了隆重推介：“作者莫言，是驻军某部的一位年轻战士。本刊去年第五期发表了他的处女作《春夜雨霏霏》得到读者的好评。这一期的《丑兵》写得也不错。作者熟悉兵的生活，对解放军战士洋溢着深情厚爱。其作品的特点：感情真挚，笔调细腻，语言明快。写作技巧虽还不很纯熟，但态度是认真的，用力的。如不懈地坚持下去，定会写出佳作。”编后附记一方面充分肯定了莫言的处女作《春夜雨霏霏》的创作成就；另一方面，也向读者郑重介绍了莫言的另一篇新作《丑兵》，对广大读者更好地了解文学新人莫言起到了积极的引导作用，充分体现了《莲池》期刊奖掖、扶植文坛新人的办刊宗旨。同时，编后附记中的“其作品的特点：感情真挚，笔调细腻，语言明快”显然也是对莫言创作的最早而且是最恰切的评价。而“写作技巧虽还不很纯熟，但态度是认真的，用力的。如不懈地坚持下去，定会写出佳作”则是对莫言最好的鼓励和最充分的肯定与期待，对于莫言日后创作成就的取得更是一种无形的鞭策。同年第5期，《莲池》又发表了莫言的小说《因为孩子》；1983年，《莲池》第3期、第5期又发表了莫言的新作《售棉大路》和《民间音乐》，而且两篇小说都是刊登在期刊的头条位置，足以看出期刊编辑对莫言小说的重视，这也从一个侧面显示出莫言创作的进步。《莲池》改名为《小说创作》后，莫言又有两篇小说在上面发表：一篇是发表在1984年第2期的《白鸥前导在春船》，一篇是发表在1985年第6期的《大风》。

在《莲池》上发表的这几篇小说，在许多人看来还不成熟，甚或带有一些模仿的痕迹。也有一些读者在网上揭发说莫言早期的《售棉大路》“抄袭”阿根廷作家科塔萨尔的《南方高速公路》,《民间音乐》“抄袭”美国作家卡森·麦卡勒斯的《伤心咖啡馆之歌》。笔者在这里不打算对此事件作过多的辨伪与考据工作,只是认为:作为莫言文学创作的原点性作品,作为莫言成名前的前史,这几篇小说毕竟是年轻的莫言在20世纪80年代前期文艺思想战线进行奋斗的生动记录,见证了莫言成名前的创作思想和创作足迹。这几篇小说也充分体现了《莲池》期刊“以各种形式的作品,歌颂爱国主义和革命英雄主义精神,塑造建设四化、振兴中华的社会主义新人形象,为人民服务,为社会主义服务”的办刊方针。

作为莫言的小说处女作——《莲池》1981年第5期头条发表的小说《春夜雨霏霏》,以饱蘸感情的细腻笔触,用第一人称描写了一位新婚的妻子春日雨夜对在海岛带兵的丈夫的深情怀恋,也借对妻子的心理描写为读者塑造了一位爱岛如家的边防战士的英雄形象。由于小说文笔婉约细腻、抒情性强,以一位温柔贤淑的妻子思念丈夫的意识流动为小说的情节线索,所以当时《莲池》编辑毛兆晃曾经误认为小说的作者可能是一位感情细腻、丰富的女性。对于这篇小说的发表,莫言在1981年10月7日写给大哥管谟贤的家信中,曾经如此评价:“暑假里,我写了一篇小说,已在保定《莲池》发了首篇,这是瞎猫碰着了死耗子。这篇东西费力最少,一上午写成,竟成功了。有好多‘呕心沥血’之作竟篇篇流产,不知是何道理。”[①]透过莫言幽默风趣的言语,一方面可以看出其近乎庆幸与侥幸的心理,另一方面也可以窥探出其公开发表作品前的种种“酸甜苦辣”。其实,莫言当兵后学写的第一篇小说是《妈妈》,寄给《解放军文艺》后,仅仅收到一封铅印的退稿信。[②]

《莲池》期刊发表的莫言的第二篇小说《丑兵》是一篇以军营生活为题材的小说,同样采用第一人称的叙述视角为读者描写了一个虽然相貌丑陋,但却时刻不忘报效祖国的士兵形象。这个所谓的“丑兵”平时总是默默无闻地为军营奉献着自己的光和热而无怨无悔,最后积极争取参加对越反击战,在保卫祖国边疆领土不受侵犯的正义战争中壮烈牺牲。

1983年,《莲池》第3期和第4期均以头条推出莫言的小说《售棉大路》和《民间音乐》,使莫言崭露头角。莫言的创作也开始引起评论界的注意。

《售棉大路》的题材来源于莫言在县棉花加工厂的生活体验。1973年,莫言通过在县棉花加工厂做主管会计的五叔的关系,“走后门”进厂做农民合同工。根据其在县棉花加工厂时间不长的生活体验,莫言撷取日常生活中的浪花,努力开掘生活美,创作了以棉农排队卖棉花为题材的短篇小说《售棉大路》。小说通过描写一次看似普通,然

① 莫言研究会编:《莫言与高密》,中国青年出版社2011年版,第280页。

② 参见莫言:《说吧莫言·恐惧与希望(演讲创作集)》,海天出版社2007年版,第344～348页。

而却令人焦急等待30多个小时的售棉经历，塑造了“杜秋妹”、“车把式”、“拖拉机手”和军嫂“腊梅”这一组性格鲜活、丰满的农村男女青年的艺术形象；写了他们之间的关切和帮助，也写了发生在他们之间不愉快的矛盾与冲突；歌颂了“真善美”，抨击了“假恶丑”，最后“假恶丑”的代表“拖拉机手”受到了感化，转变了思想。小说的主题思想及其折射出的惩恶扬善的道德观看起来都不新鲜，只是这篇短篇小说已经初步显示出当时莫言从生活中撷取美的创作实力。在这篇可能在某些人看来还稍显稚嫩的小说里，莫言“已经找到了自己表达的趣味和出发点”[①]。《莲池》同期刊登的肖煜、周渺合写的《努力开掘生活美——读〈售棉大路〉随笔》，是学界第一篇正式对莫言创作进行评论的理论性文章。肖煜和周渺虽然指出该篇小说存在的一些缺点，如“前半段的铺垫，有点冗长、滞闷；语言还显得粗糙、稚嫩，有些地方表达不尽准确；较为次要的人物（如拖拉机手）略嫌单薄，给人脸谱化的印象”等，但是，他们也满怀自信地把小说《售棉大路》誉为一篇散文诗般的好小说：

> 人们常爱把好的小说比作诗，读来有如咀嚼橄榄，耐人寻味，回味尢穷。我们读《售棉大路》，每每从心头升起这种感觉。这篇作品的含蕴和意境，有诗的醇厚和深邃；而那不拘一格的结构、行云流水的文字，又很像一篇洋洋洒洒的散文。不过，随着作品情节的推展，人物形象跃然纸上，呼之欲出，性格各异，决不雷同，又确实是一篇地地道道的小说。从立意到谋篇，是那样有情有致，出手不俗。我们的这种感觉，自信不是对作者的过誉。[②]

同年，《小说月报》第7期以头条位置转载了这篇小说。《售棉大路》被《小说月报》转载，一方面是对莫言创作成就的第一次权威性肯定；另一方面，也可以增进莫言小说的广泛阅读与传播，对于莫言小说经典地位的形成起到了一种推波助澜的引导和推介作用。因为作为国内最早出现的一份“当代文学选刊”，由天津百花洲文艺出版社主办、创刊于1980年1月的《小说月报》，自创刊以来其发行量绝大多数时候都居全国严肃文学期刊之首，拥有广泛的读者群和较高的知名度。如果谁的小说能够被《小说月报》转载，其知名度便会无形中得到提升。而且，“经典化的作者总是处于不断变化的流程中的读者反馈的产物”[③]，尽管《售棉大路》还不能算是真正意义上的经典性文本，但是其能够被读者反复接受，对于莫言作家形象的建构则起到了一种无形的引导作用。

《民间音乐》已经初步显示出莫言创作力求突破传统的写实手法，善于营造独特意

---

① 叶开：《莫言评传》，第148页。

② 肖煜、周渺：《努力开掘生活美——读〈售棉大路〉随笔》，《莲池》1983年第3期。

③ 孙康宜：《文学经典的挑战》，百花洲文艺出版社2001年版，第17页。

象的“怪才”风格。[①] 这篇小说发表后不久，受到独具慧眼的老作家孙犁的好评。他在《天津日报》上发表的一篇文章，其中一段特意提到了莫言，充分肯定了《民间音乐》的文学价值：

> 去年的一期《莲池》，登了莫言一篇小说，题为《民间音乐》。我读过后，觉得写得不错。他写一个小瞎子，好乐器，天黑到达一个小镇，为一女店主收留。女店主想利用他的音乐天才，作为一种生财之道。小瞎子不愿意，很悲哀，一个人又向远方走去了。事情虽不甚典型，但也反映当前农村集镇一些生活风貌，以及从事商业的人们的一些心理变化。小说的写法，有些欧化，基本上还是现实主义的。主题有些艺术至上的味道，小说的气氛，还是不同一般的，小瞎子的形象，有些飘飘欲仙的空灵之感。[②]

老作家孙犁在文中对《民间音乐》的主题意蕴和艺术氛围作出了恰如其分的点评，字里行间流露出对文学新人莫言的呵护与关爱，这对于莫言日后创作的渐趋成熟起到了无以替代的推动作用。而莫言也正是凭借着这篇曾经得到老作家孙犁赞许的习作，于1984年叩响了解放军艺术学院的大门，由一名业余作者成为一名专业作家。

值得注意的是，《民间音乐》中塑造的小瞎子和花茉莉身上已经显示出莫言对独立人格和生命意识的极力张扬。而花茉莉俨然与《红高粱》中的戴凤莲有一种精神上的密切联系。同时，这篇小说也已经昭示出莫言尝试寻求新的探索进而形成自己的独特风格的艺术追求。他曾经这样谈他的《民间音乐》：

> 我这篇东西刚开始写时是有文艺商品化倾向的，写着写着又掺进了新的思想。小瞎子和花茉莉都在追求人格的独立化，追求内心世界的自由和解放。总之，我是想把这个人物塑造成脱尽俗气的人物。花茉莉未能完全脱俗，她本身是个处于脱俗过程中的人物。当然，这种人在生活中实际上是不存在的，是一种观念的化身，是寄托着我的人生观的人物，这些人物一个也站不起来，我故意使小说时代感淡薄，增添神秘朦胧甚至是荒诞的气氛，目的就是让读者不要用传统的审美观念来看待我的人物……我现在确实正在折服于拉美的“爆炸文学”——“魔幻现实主义”的创作方法，认为必须用动荡不安的语言、反传统的形式来形成自己的风格。[③]

回顾莫言的早期创作道路，可以发现，莫言1984年之前创作的几篇小说都是发表在《莲池》上。在河北保定的这一个地方性刊物上，莫言发现了自己的一方文学实验场。在

① 参见贺立华、杨守森等：《怪才莫言》，花山文艺出版社1992年版，第15页。

② 转引自莫言：《莫言散文新编》，第235页。

③ 转引自贺立华、杨守森等：《怪才莫言》，第16页。

《莲池》编辑部这个神圣的文学殿堂里，莫言遇到了一位慧眼识英才的伯乐——毛兆晃。由于毛兆晃编辑对莫言的发现和培养，莫言最终实现了自己的文学梦想，向着自己以后漫长、曲折而又辉煌的文学之旅迈出了不可忽视的第一步。因此，《莲池》期刊以及编辑毛兆晃的发现与培养也成为莫言以后成为经典作家不可或缺的因素。

二、毛兆晃“慧眼识英才”

1978 年，解放军郑州工程技术学院电子计算机系招生，莫言获得了考大学的机会。1978 年 7 月，莫言正在积极备考时，接到教导员的通知，因没有名额，不用考了。1979 年 7 月，失去考大学机会的莫言回家结婚。[①] 结婚后一个星期，局里把莫言调到一个训练大队当班长，原打算对莫言提干，但是因为局里没有名额，只能等到第二年提干。1979 年底，总政治部发来文件，不能从战士里面直接提干。当时，莫言 24 岁，年龄已经过大，提干的希望非常渺茫。1979 年在黄县时，莫言就已经开始创作小说，后来被调到保定担任政治教员后，最初一门心思想着提干，一度停止了创作。但是，后来发现提干无望，感觉前途渺茫，精神一度陷入苦闷状态。1979 年，对越自卫反击战打响了，莫言不甘落后，积极报名，要求上前线，但是没有得到批准。莫言决定借写作宣泄自己无处诉说的苦闷心理，先是根据大哥管谟贤提供的素材写了一个“大跃进”农村动乱生活的短篇小说，因显稚嫩未能发表。当时，正是话剧《于无声处》走红的时候，莫言又兴致极高地创作了一部六幕话剧《离婚》，寄到《解放军文艺》，结果只是盼到一封盖着鲜红印章的退稿信。在屡屡受挫后，莫言曾经沮丧地给大哥管谟贤写信说：“我的文学创作，连战连败，使人丧气得很，看来我没有这方面的天才。不过，我总不死心，还是想继续尝试下去，今年搞一年，实在不行，就只好偃旗息鼓了。”[②]

经过多次投稿、退稿，就在莫言心灰意冷、打算偃旗息鼓之际，终于有一天，收到《莲池》编辑部的一封信，通知他到编辑部谈谈。当时的莫言激动得彻夜难眠，第二天一大早就搭乘长途汽车到保定市，根据信封上提供的地址，找到了《莲池》编辑部。紧张得双手流汗的他一进门就不停地对编辑部人员鞠躬，并拿出编辑部的信交给编辑们看。当被告知自己的责任编辑毛兆晃老师因路途遥远还未到时，莫言一边等待着毛兆晃老师的到来，一边怀着崇敬的心情偷眼观察埋头认真处理稿件的编辑们。出于对文学事业的景仰，莫言感到“他们的工作庄严得要命”[③]。与编辑毛兆晃的第一次接触，

---

① 参见莫言：《莫言对话新录》，文化艺术出版社 2010 年版，第 54～55 页。

② 转引自贺立华、杨守森等：《怪才莫言》，第 13 页。

③ 莫言：《莫言散文新编》，第 233 页。

更给莫言留下了难以忘怀的深刻印象:“就这样我见到了我永远不敢忘记的毛兆晃老师。他个子很高,人很瘦,穿一身空空荡荡的、油渍麻花的中山装,身上散发出一股浓浓的烟味。他把我让到他的桌子前,简单地问了一下我的情况,然后把我那篇稿子拿出来,说稿子有一定基础,希望我能拿回去改改。说完了稿子,他问我喝不喝水,我说不喝,然后我就走了。”①此次交谈虽然只是一次简单而短暂的交流,但是对于屡次遭遇退稿的莫言来说,无疑是一次使之振奋不已的人生经历,而此次经历对于他迈向经典作家之途无疑起到了不可替代的奠基作用。

与毛兆晃谈话之后,莫言回到部队,决定重新创作一篇小说。只是,编辑毛兆晃认为新作还不如原来的那篇好。毛兆晃的评价并未使莫言感到气馁,他决定把两篇小说糅合在一起,修改后再次寄给《莲池》编辑部。修改后的小说得到编辑毛兆晃的首肯,认为小说修改得很成功,期刊决定刊用,并于 1981 年第 5 期头条位置刊发,这就是前面提到的小说处女作《春夜雨霏霏》。它的发表,而且刊登在头条位置,对于初入文坛的莫言来说,无疑是一件令其鼓舞的人生大事。从此,他在文学创作的道路上,勤奋耕耘,并接连向《莲池》投稿。

之后不久,毛兆晃老师出于对文学后辈的关爱,亲自到部队看望莫言。言谈之间,莫言得知毛兆晃老师喜欢养石头。他便在进城时背去了两块重达 80 斤的大石头,送给毛兆晃老师。因毛兆晃老师家住保定南郊,当时郊区不通车,莫言只好背着石头走了十几里路,找到毛老师的住处。可是,当莫言气喘吁吁地爬到六楼敲开毛老师的家门时,毛老师看到莫言背的两块大石头,似乎有些恼火,毛老师说他只需要拳头大的一块就可以了。

后来,莫言还写了一些描写水乡生活的小说,颇得毛兆晃老师欣赏,认为有孙犁开创的“荷花淀”派小说的味道。为了把文学新人莫言培养成一位知名作家,毛兆晃老师亲自带领莫言到荷花淀体验生活。毛兆晃老师对莫言的期望、呵护与刻意栽培由此可见一斑。

莫言与《莲池》资深编辑毛兆晃之间的交往可谓文坛上一段颇具情趣的佳话。莫言也曾经不止一次地在多种场合提及,并且深情缱绻地把它形成文字、诉诸笔端。字里行间充满着对《莲池》期刊尤其是对编辑毛兆晃老师的感激之情:“转眼过去了几十年,毛老师应已经六十多岁了吧?他的样子经常出现在我的眼前。北京距保定好像很近,又好像非常遥远。我是从《莲池》里扑腾出来的,它对于我永远是圣地。”②

总之,仔细分析莫言连续发表在《莲池》期刊上的小说,虽然他还没有建立属于自

① 莫言:《莫言散文新编》,第 233 页。
② 莫言:《莫言散文新编》,第 235 页。

己的“高密东北乡”王国，但是其早期创作其实还是颇为丰富可观的，这足以证明他曾经有一个相当出色的创作起点。我们在进行文学研究时，往往只注重一些大刊、名刊与一个作家之间的关系，而忽视地方性期刊在一个作家成长过程中的重要作用，这样显然会形成对一个作家整个创作履历的简单化理解。对于莫言来说，他何尝不是因为《莲池》这一地方性期刊而进行着早期的文学试验，迈开走向经典性作家的关键一步？因此，多年之后，莫言曾经感慨万千地说：“地区级文学刊物对于培养本地区的作者作用很大，对于繁荣文学创作作用也很大。它好像一级台阶，踏着它可以往上登攀。我不敢想象，如果没有《莲池》给我的勇气，我会不会成为一个作家。”[①]从莫言深情缱绻的言谈中，可以发现其对《莲池》近乎感恩戴德般的情感认同。而《莲池》期刊尤其是编辑毛兆晃对莫言的发现，无疑是人们认识莫言和莫言的创作道路不可或缺的第一手材料。可以说，没有《莲池》，没有编辑毛兆晃的发现和扶植，也许莫言就会放弃文学创作，那样就不会有今天的世界级当红作家莫言，甚至可以说就没有首位中国籍诺贝尔文学奖获得者莫言。从这个意义上讲，《莲池》对莫言小说的发表、编辑毛兆晃对莫言的发现和扶植，才真正为莫言叩响文学殿堂的大门提供了不容忽视的契机。

第三节 《人民文学》发稿的重要性

作为中国作家协会的直属机关刊物，作为新中国第一家全国性的文学期刊，作为“中国当代文学界具有权威性和代表性的刊物”[②]，1949 年 10 月 25 日创办于北京的《人民文学》在我国当代文学的发展历程中，很大程度上扮演着宣传新中国的文艺政策和文艺观念、彰显主流意识形态要求、指导文学创作实践的重要角色。同时，《人民文学》还担负着紧密联系和广泛团结全国作家、发现和重点扶持文学新人的使命，承担着切实推举和及时展示中国当代文学创作最新成果、以高质量并有特色的作品满足人民群众诸多方面精神需求的任务。倾力打造以发表各类文艺作品为主的国家最高文学刊物则始终是《人民文学》的办刊定位。“‘人民’与‘文学’抵肩互嵌式生存，一直是《人民文学》最可贵的追求与坚持。”[③]正如《人民文学》原主编韩作荣所言：“《人民文学》所承载的历史使命是一种文化承担，是呈现中国当代文学神奇、美丽、丰富的创造力的责任。它将通过不同形式与丰厚内涵的作品，最大限度地满足广大人民群众日益增长的

---

① 莫言：《莫言散文新编》，第 235 页。

② 韩作荣：《〈人民文学〉：心灵的深度，人性的高度——〈人民文学〉原主编韩作荣访谈节选》，郝振省、汤潮主编：《期刊主编访谈》，中国书籍出版社 2009 年版，第 234 页。

③ 赵晖：《人民文学综述》，http://www.eduww.com/pkupk/ShowArticle.asp? ArticleID=10698.

精神文化需求。"①

自创刊以来,茅盾(1949年10月～1953年6月),邵荃麟(1953年7月～1955年11月),严文井(1955年12月～1957年11月),张天翼(1957年12月～1966年5月),袁水拍(1976年1月～1976年冬),张光年(1977年初～1978年10月),李季(1978年11月～1980年3月),王蒙(1983年8月～1986年12月),刘心武(1987年1月～1990年3月),刘白羽、程树榛、韩作荣(2004年9月～2008年7月),李敬泽(2008年7月至今)等国内享有盛誉、卓有贡献与威望的资深作家和评论家先后担任《人民文学》主编。

据相关数据统计,1956年以来,除1966年6月～1975年12月因"文革"而被迫停刊以外,截至2005年7月,《人民文学》总计出版551期。这551期刊物,见证了中国当代文学的发展历程。新时期以来,许多产生过重大影响、具有轰动效应的作品,都是由《人民文学》策划、加工、运筹、修改后首发的。如刘心武的《班主任》、蒋子龙的《乔厂长上任记》、徐怀中的《西线轶事》、宗璞的《弦上的梦》、陆文夫的《献身》、茹志鹃的《剪辑错了的故事》、张弦的《记忆》、李国文的《月食》、高晓声的《陈奂生上城》、王蒙的《春之声》、刘厚明的《黑箭》、张承志的《骑手为什么歌唱母亲》、何士光的《乡场上》、柯云路的《三千万》、张抗抗的《夏》、韩少功的《西望茅草地》等,都出自《人民文学》。一批又一批成就卓著的作家,通过《人民文学》走进文学的殿堂,成为享誉国内外的经典性作家。《人民文学》所发作品在历届全国性文学评奖中,获奖率之高引人注目:

> 仅复刊以来,在历届全国性文学评奖中,《人民文学》所发表的作品有99篇获奖。其中,73篇小说获全国优秀短篇小说、中篇小说奖;25篇报告文学获全国报告文学奖。在刚刚颁发的第三届鲁迅文学奖评奖中,《人民文学》有两部中篇小说、一部短篇小说、一部报告文学获奖,囊括了所有单篇奖项,并分别占各项全部获奖作品的二分之一、四分之一、五分之一。一以贯之地成为独占鳌头、获奖率最高的文学期刊。而鲁迅文学奖大部分获奖诗集,其中的一些代表作,亦原发于历年的《人民文学》。《人民文学》所发表的作品,在各省、市及不同行业的重要评奖中,大都被评为一等奖。②

因此,《人民文学》在中国当代文学的发展历程中无疑具有引领潮流的历史性作用,在中国当代文学界具有举足轻重的地位,其在中国各类、各级文学期刊中具有的权威性和代表性不言而喻。2004年,上海华东师范大学教授、批评家吴俊曾经对《人民

---

① 韩作荣:《〈人民文学〉:心灵的深度,人性的高度——〈人民文学〉原主编韩作荣访谈节选》,郝振省、汤潮主编:《期刊主编访谈》,第234页。

② http://baike.baidu.com/view/1116869.htm.

文学》独具的历史地位作出过精确的概述：

> 《人民文学》创刊迄今已逾55周年。55年中，除1966年6月～1975年12月间长约十年的停刊外，在中国当代文学（共和国文学）的历史上，无论从哪方面来看，创刊迄今的《人民文学》无疑都堪称最为重要、最为突出也最具权威性和代表性的文学刊物。《人民文学》这种独特的历史和文学地位，是由中国当代具体的政治、社会和文化条件所决定的，这从它的创刊及创刊初期的刊物定位、基本风貌和编刊特色与实践中就能得到鲜明的验证。①

因此，能够在《人民文学》上发表文章，无疑意味着被国家权威性期刊接纳和认同，对于作者尤其是一个年轻作者来说，则意味着获得了进入主流文学圈子的入场券。曾任《人民文学》小说组编辑的涂光群老师在接受笔者的访谈时曾坦言："毫不夸张地说，在1980年代，如果一个作家能在《人民文学》发表一篇或几篇作品，就可以确立其在文坛的重要作家地位。"②

1984年以前，莫言虽然在《莲池》、《长城》等刊物上发表了一些小说，但是并没有真正找到属于自己的文学位置。成名前的莫言显然面对着文坛准入机制的检验，而能够被国家权威期刊接纳，以便使自己的小说进入较大领域的文学阅读空间，便成为其获得文坛入场券最需要解决的问题。在这种情况下，《人民文学》1985年第12期对莫言的中篇小说《爆炸》的发表，无疑成为莫言创作道路上一个极为重要的转折点。

值得注意的是，在卷首"编者的话"中，编者对莫言作出了重点推介：

> 这一期我们向读者重点推荐两篇小说：莫言的《爆炸》，刘心武的《公共汽车咏叹调》。都没有惊心动魄的"事件"，没有曲折离奇的情节。前者重在心灵感觉映像——纷至沓来，真切强烈，且又互相冲突纽结；……两篇作品反映现实角度与取材迥异，却都贴近时代，直面人生，令人思考。

"编者的话"一方面从思想和艺术两方面对作品作出了高度评价和充分肯定；另一方面则无形中唤起了读者的好奇心理，提高了读者对作品的阅读兴趣。而且，把莫言的《爆炸》和刘心武的《公共汽车咏叹调》放在一起进行推介，显示了编者的精心策划。众所周知，刘心武曾经因在《人民文学》发表伤痕文学的发端之作《班主任》而被文学史追认为"伤痕文学之父"，其作为经典作家的地位也因此而得以确立。当然，刘心武的成名，与当时的历史场域密不可分："刘心武所以一夜间爆得'大名'，是他率先、大胆和尖锐

① 吴俊、郭战涛：《国家文学的想象和实践：以〈人民文学〉为中心的考察》，上海古籍出版社2007年版，第1页。
② 涂光群、张书群：《我和〈乔厂长上任记〉及其他》，《长城》2012年第2期。

地揭开了'文革'留给青少年精神'创伤'的问题。"[①]刘心武本人也曾经坦承:"在写《班主任》时,我只是觉得骨鲠在喉,必须一吐为快;我凭着一种真挚的责任心,一股遏制不住的激情,提笔勾勒着我所熟悉的人物,呼唤人们警觉起来,'救救四人帮坑害了的孩子'。"[②]从文学史的叙述和刘心武本人的创作感言可以看出:一方面,刘心武当年之所以成名,与其小说《班主任》及时反映"文革"给青年人造成的精神"内伤"密切相关,而其当年创作小说《班主任》,仅是出于社会和历史的使命感和责任感,并未过于追求艺术的创新和精致;另一方面,也从侧面折射出《人民文学》关注社会民生、注重扶持新人的办刊理念。也正是因为《班主任》在《人民文学》的发表,刘心武一夜成名,成为"经典性作家"。《爆炸》虽然并未使莫言像刘心武当年那样一炮走红,但是,对于莫言来说,他不仅仅获得了进入主流文坛的入场券,而且其迫切需要被人承认、肯定的心理需求也在编者的肯定中得到了一定意义上的满足。

在当代文学的生产机制中,约稿对于一个作家的成长具有重要的意义,尤其是被《人民文学》这样的国家权威性期刊的编辑约稿,有时往往会成为推动作家勤奋耕耘的最大动力。钱振文在研究中国青年出版社与《红岩》的生产之间的关系时,就指出约稿在当代文学生产中的重要意义:

> 在中国当代文学生产中,约稿是一个重要环节,一部作品生产的开端往往不是写作而是约稿。50 年代以后,专业作家不再是出版社工作的主要目标或者说唯一目标,有丰富革命斗争经验又有一定创作能力、创作热情的人成为重要的创作资源。搞写作对他们来说往往热情有余而能力不足,但是,如果出版社找上门来主动约稿,也会点燃他们参与革命历史叙述的极大热情。这凸显了出版媒介在当代文学生产中的主导作用。[③]

虽然钱振文所谈主要针对 20 世纪 50 年代那种特殊的历史场域下出现的文学生产方式,然而,对于 80 年代登上文坛的莫言来说,也是如此。自莫言的中篇小说《爆炸》在《人民文学》发表后,其责任编辑、时任《人民文学》编辑部主任的朱伟自此便瞄上了莫言,多次向莫言约稿。1985 年,莫言把自己仅用一个星期写成初稿的《红高粱》交给了《人民文学》:

> 几年之后,我考进了解放军艺术学院,正好又赶上纪念抗日战争胜利四十周年,张世家村子里发生过的、张世家亲口给我讲述过的兄弟爷们打鬼子的故事就

---

① 孟繁华、程光炜:《中国当代文学发展史》,人民文学出版社 2004 年版,第 146 页。

② 刘心武:《班主任·后记》,中国青年出版社 2004 年版。

③ 钱振文:《〈红岩〉是怎样炼成的:国家文学的生产和消费》,北京大学出版社 2011 年版,第 131~132 页。

猛然地撞响了我的灵感之钟。只用了一个星期，我就写出了初稿，又用了一个星期，抄改完毕，然后就给了《人民文学》。又是春节，我在高密休假，收到了《人民文学》编辑的信，信上说《红高粱》得到了时任《人民文学》主编王蒙的好评。[①]

而且，有趣的是，围绕着《红高粱》，《十月》的老编辑和朱伟之间因莫言的随意而产生了一场小小的误会：

……出来以后，给我几个同学看了，他们摇头说不怎么样，一般化。但此书走红后，他们的观点也变了。这是《人民文学》朱伟约的稿，我刚把稿子抄出来，《十月》的一个老编辑来了，说要拿回去看看，看了以后要发。朱伟给我打电话问，稿子呢？我说给人拿去了。朱伟听了很生气，说你不是给我写的吗？我说，他要拿过去看看。《十月》这样的大刊物，对我也很有吸引力。朱伟找到《十月》的郑万隆硬把稿子给追回来了。结果那个老编辑对我有意见，朱伟对我也有意见。这当然是我的错误。后来我1985年回去过年的时候，收到朱伟的一封信，说《人民文学》主编王蒙看了《红高粱》，很喜欢，明年第3期头条发表。朱伟在之前看过我的作品，在发《红高粱》之前，《人民文学》发过《爆炸》这个中篇，许多人评价比《红高粱》还要高，然后就是《红高粱》。我记得由于《爆炸》修改的问题，《光明日报》社的冯立三先生带我去王蒙家，王蒙家当时住在虎坊桥，他正在和鲍昌、唐达成商量事情，也没说几句话，王蒙就说改一改。冯立三说，为什么要改？你认为好，就不必要改啊。我觉得他说得也有道理。朱伟给我写信，说王蒙看了《红高粱》很感叹，说莫言是写什么有什么。原话记不得了，反正是两句赞赏的话。被王蒙赞赏，我心里面沾沾自喜，信心大增。[②]

1985年底，朱伟拿到莫言修改过的《红高粱》稿件，立即送给当时的主编王蒙审阅，王蒙很快审阅完毕，并立即拍板，决定在《人民文学》1986年第3期头条位置发表。如果说《爆炸》以编者重点推荐的形式在《人民文学》1985年第12期的公开发表，使莫言获得了一张被国家权威期刊接纳、认同的入场券，那么，从《红高粱》的发表以及发表背后的故事可以看出，此时的莫言俨然成为期刊的香饽饽。

在《红高粱》走红之后，《人民文学》于1987年第1、2期合刊第6～42页第三次发表了莫言描写学生生活的中篇小说《欢乐》(《中学生浪漫曲第一部》)，并且在附录中特意附上莫言的个人简介：

① 莫言:《红高粱与张世家》,《莫言研究》2006年第1期。

② 莫言、王尧:《莫言王尧对话录》,苏州大学出版社2003年版,第120～121页。

莫言，山东高密人。生于1956年。自小热爱共产党，热爱祖国，热爱人民，热爱劳动。当一名光荣的解放军战士是他终生的愿望，当兵后他又想加入共产党，入党后他又想当军官，当军官后他又想写小说混入中国作家协会。现在他想认真攻读马列主义，全心全意为祖国服务。生活困难时期他饿坏了脑子，神经系统不太健全，喜欢胡言乱语，但说过就忘。他富有批评和自我批评精神，勇于向真理投降，欢迎批评，从不记仇。

此处略带调侃意味的作者简介无形中起到了一种为莫言做宣传、推介的效果，对于扩大莫言的影响相应地起到了推波助澜的作用。

作为文学生产的一个重要环节，文学期刊最终决定一部作品的存在形态和流通方式。而在20世纪80年代，《人民文学》的发行量居全国文学期刊发行量的前列。对于莫言来说，其小说能连续三年在《人民文学》显著位置发表，无疑成为其创作道路上一件意义重大的事情。而且，《人民文学》又特意以广告宣传的形式登载明显带有褒扬色彩的莫言简介，则是对莫言作家身份的公开肯定。对于广大读者来说，一方面可以品味莫言的作品，另一方面又可以通过作者简介增强对其本人的了解。

小说《欢乐》在《人民文学》发表之后，莫言又有几篇小说在《人民文学》公开发表。如：1989年第6期发表了莫言带有试验色彩的中篇小说《你的行为使我们恐惧》，1991年第7、8期合刊发表了他的中篇小说《怀抱鲜花的女人》，1993年第3期发表了中篇小说《二姑随后就到》，2004年第12期发表了莫言带有魔幻色彩的短篇小说《月光斩》。2009年，《人民文学》第10期再度推出莫言富有人生哲理色彩的中篇小说《变》。责任编辑邱华栋在责编稿签中认为：

这部带有浓厚的自传性的小说，以内敛而丰润的语言讲述了一个有关个人命运与时代变迁的故事：倚在墙角偷窥乒乓球比赛的退学少年"变"成了著名的作家；"离经叛道"的"混世魔王""变"成了富翁；被同学们竞相暗恋的班花"变"成了境遇凄凉的"寡妇"……不同的青春，有着不同的记忆；不同的人生，有着不同的轨迹和境遇。这些个体生命所遭遇的"变"，也是改革开放三十年来，中国社会的巨大变化在他们的生活中的投影。那些在时代的日新月异中，无论是纹丝不动还是与之抗争的人，终于在某一天，与自己的内心相遇了。

从莫言在《人民文学》上发表的小说篇目可以看出，自80年代中期在《人民文学》首次发表小说，到2009年在《人民文学》发表小说《变》止，无论是20世纪80年代、90年代还是新世纪，其与《人民文学》一直保持着密切的联系。因此，可以说，在莫言三十年的创作历程中，《人民文学》的发稿对于莫言重要作家地位的形成显然具有其他文学期刊无法替代的作用。

第四节　其他期刊的推波助澜

虽然《人民文学》对于莫言经典作家地位的形成起到了举足轻重的作用，但是其他文学期刊的推介作用也不容忽视。从各种文学期刊在莫言创作道路上所起的作用看，它们主要通过为莫言召开作品座谈会、加“编者按”、在头条位置刊发或在封面重点推荐、后附作者创作谈等形式对莫言进行重点推介。

一、召开作品座谈会

为一个作家召开研讨会无疑意味着对其文学价值和文学水平的一种认可。可以说，为莫言的小说召开座谈会和作品研讨会为莫言的成功提供了最好的契机。《中国作家》正是第一家为莫言的小说举办座谈会和作品研讨会的期刊。因此，提到莫言的成名，不能不提及期刊《中国作家》。早在 1985 年 3 月，创刊不久的《中国作家》于第 2 期刊发了莫言的小说《透明的红萝卜》，这也是莫言的成名作。值得一提的是，当时莫言正在解放军艺术学院学习。为了扩大作品的影响力度，该篇小说的责任编辑萧立军到解放军艺术学院文学系组织了一场座谈会，并在本期附上系主任徐怀中与解放军艺术学院文学系同学金辉、李本深、施放跟莫言关于小说《透明的红萝卜》的座谈会纪要《有追求才有特色——关于〈透明的红萝卜〉的对话》。同时，在纪要前面加上“编者按”：

> 对《透明的红萝卜》(见本期)的作者莫言，读者大概很陌生。他是一位青年军人，发表过一些短篇小说，其中《民间音乐》一篇受到著名作家孙犁的赞赏。本篇是莫言的第一部中篇小说，写作上有新意，艺术上有追求，是值得一读的作品。当然，《透明的红萝卜》自有不足之处，但对一个刚刚步入文坛的青年作者的追求、探索的精神，我们认为是应充分肯定的。为此，我们在刊登这篇小说的同时，发表了作者和他的老师、著名作家徐怀中，以及其他几位青年作者的对话。

关于《透明的红萝卜》的座谈会举办不久后，中国作家协会又在华侨大厦举办了有许多评论家和作家参加的关于该篇小说的讨论会，讨论会由《中国作家》的主编、作协领导人冯牧先生亲自主持。这样，莫言就一下子声名远扬。[①] 这篇小说的成功，使莫言信心倍增。接下来，《爆炸》、《球状闪电》、《秋水》、《三匹马》、《老枪》等作品脱颖而出。这一批小说的发表基本上奠定了莫言青年作家的地位，莫言在文坛上已经开始引人关注。[②]

---

① 参见莫言:《我与〈中国作家〉的交往》，莫言:《说吧莫言・恐惧与希望(演讲创作集)》，第 349 页。

② 莫言、王尧:《莫言王尧对话录》，第 118 页。

二、加“编者按”

作为一种代表报刊权威观点的新闻文体，“编者按语”是最能直接反映选刊的价值立场的文本。“编者按”多放在特定文章之前，往往采取“编者的话”、“编者稿签”、“卷首语”等形式介绍文章的主要特色和存在的问题，对文章进行评价。因此，“编者按”对文章阅读导向和舆论生产起着重要作用。著名学者程光炜在对《文艺报》的“编者按”进行研究时，曾经指出过“编者按”在新中国成立后的文学批评中充当的重要角色：“在当代文学史上，《文艺报》‘编者按’一向是反映文艺新动向的极其敏感的风向标之一。1949～1976 年间当代文学史的‘变化’、‘调整’和‘转折’，大多是以‘编者按’为预兆和归宿的。在这个意义上，‘编者按’实际参与策划了中国当代文学草创期的格局和具体操作……‘编者按’对文学创作的评价和规范，对文学史的自我想象和生成，有着十分重要的影响。”①当然，程老师主要是从文学史的宏观视角对十七年报刊的“编者按”进行了理论上的阐释，指出其在中国当代文学草创期发挥的重要作用。而在中国文学史的版图里，从事文学创作的作家无疑是重要的一份子。因此，加“编者按”或在卷首利用“编者的话”对作品作重点推荐，自然也成为许多文学期刊推介作家的重要方法。这也是许多期刊在发表、推介莫言作品时最常用的一种方法。如《北京文学》、《昆仑》、《中国作家》、《青年文学》、《上海文学》、《西北军事文学》在发表莫言小说时，都曾经采取过这种形式对莫言及其作品进行推介。

《解放军文艺》于 1984 年第 4 期第一次发表莫言的短篇小说《黑沙滩》时，责任编辑刘增新在卷首“编者的话”中指出：“小说《黑沙滩》，格调深沉而泼辣。写的虽然是十年动乱的部队农场生活，但作品却具有很强的思辨和艺术力量。我们透过那一幅幅沉重、压抑的画面，可以强烈地感到深潜着的党心、军心、民心涌流的巨大力量。主人公那铮铮铁骨和浩然正气，不愧为光荣的共产党员。”

《昆仑》1985 年第 4 期在发表莫言的小说《老枪》时，责任编辑袁厚春通过“三言两语”的形式对该篇小说进行了推介：“……这一期还有解放军艺术学院文学系学员的三个中短篇小说：《雨夹雪》、《衣里水葵的阿哥哟》、《老枪》。青年作家在思索，在苦读，在奋笔，在刻意求新。对他们的追求，您也许鼓掌欢迎，也许有所保留，但我们和您在这一点上必能得到一致：路总是要人去踩的。”《昆仑》1986 年第 6 期在发表莫言的小说《奇死》时，责任编辑张俊南在“三言两语”也即“编者的话”中对莫言的小说创作进行了高度的评价，指出了莫言创作的独特性，并对新作《奇死》进行了重点推介：“今年以来，

① 程光炜：《文学史的兴起——程光炜自选集》，第 172 页。

不少青年作家把目光转向革命战争题材，莫言的创作如异军突起，卓然不群。继《红高粱》之后，他接连向读者捧出了一幅幅用鲜血和黑土皴染的苍茫雄浑的‘红高粱’画卷，本期刊出的《奇死》便是《红高粱》系列的杀青之作。作者的爱与恨和家乡那片猩红的土地凝成一体，于如火如荼的高粱丛中，腾跃起一股凛然的民族正气。”

《钟山》1985 年第 5 期发表莫言的中篇小说《金发婴儿》时，责任编辑特意把该篇小说作为本期重要篇目加以简介：“《金发婴儿》写一个连队指导员手持望远镜向窗外瞭望。近处是少妇裸体塑像和战士，远处是年轻妻子和黄毛小伙。背后是什么呢……这是部队年轻作家莫言所奉献给读者的又一篇力作。”

《青年文学》1986 年第 2 期第一次发表莫言的短篇小说《草鞋窨子》时，编辑在卷首“编者的话”中表示了对小说的高度认同：“莫言的《草鞋窨子》，近乎信马由缰的散文，没有完整情节，读来却不觉艰涩，倘若您要探寻作品真正的艺术价值，不花番力气恐怕不行。”《青年文学》1988 年第 11 期在刊发莫言的小说《复仇记　马驹横穿沼泽》时，在卷首语中，编者从小说所展示出的感觉世界、童话世界以及生命形式几个方面对小说进行了最早的评价：

> 这是莫言能各自独立成篇的“五梦集”小说中的最后两篇。动荡的湖水中，碧绿的月光下，纷呈的感觉世界里，藏着一个复仇的故事。在这个故事里，美与丑、善与恶的评价倒在其次，我们更关注的，是那些活生生的生命形式，在那些激烈、错综复杂的冲突中，每个人物都得到了酣畅淋漓的表现；后一篇则像是一个美丽的童话，但读完此篇，你仍能感到，现实生活的投影无法摆脱地印证到了这相传久远的童话世界里。

《中国作家》在 1986 年第 4 期刊发莫言的中篇小说《筑路》时，责任编辑周晓红在卷首“编者的话”中对小说作了重点推介：“一群人筑一条不知起于何处，通向哪方向的路，随着路的延伸，激起了生活中大大小小的、平凡而又惊心动魄的浪花。这是中篇小说《筑路》给那个荒谬的年代描绘的又一幅图画。它极度写实，又富于象征，显示了青年作家莫言的一贯的独特风格。过分的悲凉感，或许是其不足。”此次推介既对小说的思想和艺术进行了精到的概括，同时也客观地指出了莫言创作存在的不足，为莫言在创作道路上的继续探索提供了启示，也使读者对莫言有了一种整体的了解。

《西北军事文学》1989 年第 1 期发表莫言、王树增、李本深三人的同题小说《落日》时，主编贺晓风在“主编赘言”中不仅指出了这三篇小说的来源，而且指出了这三篇小说所具有的“西部风格”，充分肯定了小说具有的艺术魅力：“本刊去年第 1 期曾发表了唐栋、李境、李斌奎、李本深的四人同题小说《孤烟》，作品问世后，引起读者和评论界的注意。这一期，我们又高兴地奉献给大家一组新的三人同题小说《落日》。有一点要说及的，即今年的‘同题’得来意外——莫言与另外两位青年作家王树增、李本深在兰州的一次神聊中，说到本刊的同题小说《孤烟》，以为‘大漠孤烟直，长河落日圆’，只有‘孤烟’，尚无‘落日’，决意以‘落日’为题，为本刊各写一篇新的同题小说，算是《孤烟》的续篇。三人中除李本深是多年生活在西北外，莫言、王树增都少有机会涉足西北，他们的作品却一律是苍凉壮阔、奇谲冷峻的‘西部’风格。相信读者朋友们一定会从三位作家各具魅力的描写中获得美好的艺术享受。”

《大家》1995 年第 5 期刊发莫言的长篇小说《丰乳肥臀》第一至四章时，责任编辑李巍、潘良在“编者按”中，从思想内涵、历史跨度、故事内容、时空容量等几个方面指出了小说在思想内涵和艺术架构上所具有的史诗品格，对小说的文学价值进行了充分的肯定：

> 这是莫言从事创作迄今，一部总结性的长篇小说。莫言说此书从狭义上讲是奉献给母亲在天之灵的，从广义上讲是敬献给中国农村所有母亲们的。因此，在这部作品中，作家极为清醒明确地对长篇小说的意义所在进行了一次冷静深入的阐释，无论从小说的思想内涵、历史跨度、故事内容、时空容量等都进行了匠心独具的架构，使这部具有史诗品格的作品终于与读者见面了。

《北京文学》1998 年第 10 期刊发莫言的短篇小说《一匹挂在树上的狼》时，责任编辑章德宁特意附“编者按”：“本刊倡导‘好看的小说’，既是对小说现状的忧虑，更是对当下乃至将来小说写作趋向的一种设想。何谓好看，当然是仁者见仁，智者见智的事，虽然‘好看’不一定就是好小说，但一部‘不好看’的小说无论它多么被‘看好’，也是让人起疑的。本期我们刊登的两篇小说或许可以作为一种参照。从好小说这个角度看，两篇作品各具优势，但它们都有一个共同点，那就是好看。希望这一问题能引起更多作家和广大读者的关注与讨论。”此“编者按”一方面对小说的价值作出了定位，一方面在客观上起到了对更多作家和广大读者的导向作用。

《上海文学》2000 年第 11 期在发表莫言的小说《冰雪美人》时，责任编辑姚育明在“编者的话”中以《一片冰心在玉壶》为题对小说作了重点推介：

> 莫言是大家喜爱的一位作家，本期杂志发表他的短篇小说《冰雪美人》。在这篇作品中，莫言再一次从少年的视角，为我们讲述了一个故事。不过，在此次的少年视角中观照出的，不再是“透明的红萝卜”，亦不是高密县的“红高粱”，而是活泼泼的当下生命。作者保持着其一贯的叙事力度，直指人心深处。

从作者附注可以看出，当时的莫言显然已经成为批评界关注的焦点人物。

三、在头条位置刊发或在封面重点推荐

一般而言,头条位置刊发的作品都是编辑认为最能代表刊物自身倾向和立场的重要文本,因此头条都是每期刊物所刊发作品中的重头戏。在期刊头条位置刊发或者以重点推荐作品的形式印在封面上,以突显对莫言小说的重视,也成为莫言文学创作成就日益突出的一个重要表现。如:《解放军文艺》1986 年第 7 期,《昆仑》1986 年第 6 期,《西北军事文学》1989 年第 1 期,《收获》1987 年第 3 期、1998 年第 6 期、1999 年第 2 期、1999 年第 5 期、2000 年第 1 期,曾经在 1987 年第 3 期第一次发表莫言的短篇小说《罪过》的《上海文学》2000 年第 11 期,分别以头条位置刊发过莫言的《高粱酒》、《奇死》,《落日》、《红蝗》、《三十年前的一次长跑比赛》、《师傅越来越幽默》、《野骡子》、《司令的女人》和《冰雪美人》。《北京文学》1998 年第 7 期、第 10 期也以头条位置刊发了莫言的短篇小说《白杨林里的战斗》和《一匹挂在树上的狼》。

值得一提的是,为了吸引读者,增加期刊的卖点,除非有特殊的考虑,许多刊物一般情况下总是习惯将名家之作置于头条。20 世纪 80 年代中后期,莫言还仅仅是一个初登文坛的青年作家,这些期刊却把莫言的小说置于头条刊发,一方面显示出期刊对莫言的推重,另一方面也从客观上推动了莫言的成长与成熟。尤其值得一提的是,作为新中国成立以来全国第一本大型文学月刊,由巴金和靳以创办的《收获》1986 年即开始自负盈亏,在中国文坛上具有举足轻重的地位,许多作家都以在此发表作品为荣,把自己最好的作品投于此,甚至有的作家声明不要稿费。当今活跃在文坛的一批颇具实力的中青年作家,如苏童、叶兆言、陈村、余华、格非、杨争光、张炜、陆天明等的成名作或是有影响的重要作品都是由《收获》刊发的。① 具有如此高声誉的一家大型文学期刊竟然 5 次以头条位置刊发莫言的作品,这对于莫言来说是何等的荣耀!《解放军文艺》还把小说《奇死》放在封面排名第一的位置作重点推荐,同期放在封面位置的还有邹小童与叶楠合写的《士兵与作家》、王立新的报告文学《震撼大地的十年》、公刘等的《百家军旅诗》。除了《解放军文艺》,把莫言小说放在封面位置的还有《上海文学》2000 年第 1 期,它刊发了莫言的短篇小说《冰雪美人》。同期放在封面位置的还有王祥夫的中篇小说《旱天雷》、王景超与杨显惠的《夹边沟记事》、虹影的《利口福酒楼》。《山花》1998 年第 5 期刊发莫言的《蝗虫奇谈》时,责任编辑何锐也是把其放在封面排名第二的位置以作重点推介。同期放在封面位置推介的文章还有李洱的《奥斯卡超级

---

① 参见《〈收获〉:中国当代文学的剪影——〈收获〉副主编肖元敏访谈节选》,郝振省、汤潮主编:《期刊主编访谈》,第 327~328 页。

市场》、谢友林的《老黑鱼号的短暂旅程》、王开林的《顿悟》、杨克的《轻松山房》、耿占春的《一场诗学与社会学的内心争论》。与《当代》(人民文学出版社主办,1979 年 6 月创刊)、《收获》(1957 年创办,1979 年复刊)、《十月》(北京出版社主办,1978 年 8 月创刊)并称为"四大名旦"的《花城》(花城出版社主办,1979 年 4 月创刊)1991 年第 5 期刊发莫言的中篇小说《白棉花》时,责任编辑文能也把小说放在封面第一的位置以作重点推荐(同时放在封面位置的还有周梅森的《沉红》、王朔的《谁比谁傻多少》、黄石的《远景》)。《小说林》1992 年第 5 期在刊发莫言的中篇小说《红耳朵》时,责任编辑阿威、鲍煜学索性用莫言画像作为封面,俨然把莫言作为学界名人进行宣传。《钟山》2000 年第 4 期在刊发莫言的短篇新作《枣木凳子摩托车》时,责任编辑傅晓红不仅把小说放在头条位置,而且放在封面上作重点推荐。同期放在封面的还有迟子建的长篇小说《满洲国》、蔡测海的短篇小说《阿太正传》、史铁生和李健鸣的《作家通讯》、汪政和晓华的《论王安忆》。《小说家》1992 年第 2 期刊发莫言的小说《高密东北乡故事》时也是把小说放在头条位置而且放在封面第一的位置。同期放在封面位置的还有肖建国的《年轮》、许辉的《人种》和尤凤伟的《泱泱水》。上述期刊的这些策划足以显示出对莫言小说的推重。

对一个作家约稿无疑会增加一个作家的创作信心,也为一个作家创作的成功提供了更多的契机。莫言成名后,曾有一些期刊纷纷向莫言约稿,这对于莫言创作风格的成熟俨然起到了一种催化剂的助推作用。《小说家》1991 年第 4 期刊发莫言的中篇小说《幽默与趣味》时,值班编辑魏久环特意在期刊封面右下角标明此作为"特约专稿",以显示其重要性。20 世纪 90 年代初,导演张艺谋成功地把小说《红高粱》改编成电影并荣获"柏林金熊奖",从而一炮走红后,《中国作家》主动向莫言约稿,莫言为此连续创作了三部中篇小说。已经多次在《中国作家》上发表小说的莫言一次性交给时任《中国作家》副主编的章仲锷《战友重逢》、《红耳朵》和《白棉花》三个中篇,章仲锷选中了《白棉花》,提出了宝贵的修改意见,并决定刊发。但是,就在稿子修改好准备发表时,莫言故乡一份限在省内发行的刊物《风筝都》把这篇小说提前发表了。章仲锷当即决定撤下稿件,并愤怒地说:"不惯他这些毛病!"[①]从这段一稿多投的小插曲,可以看出,当时的莫言已经不是初出茅庐、多次遭遇退稿的莫言,而已经成为一些期刊重点约稿的对象。

顺便提及的是,就整个文学界来看,1989 年是新时期文学一个重要的分界线。1989 年以前,大家对文学的热情普遍很高。1989 年整个社会进入商品社会以后,作家和读者的心态都发生了很大的转变:作家纷纷下海经商,文学从社会的热点、关注点逐渐走向边缘化。[②] 莫言虽然没有下海经商、做生意,但是,1989～1993 年这一段时期是

① 莫言:《我与〈中国作家〉的交往》,莫言:《说吧莫言·恐惧与希望(演讲创作集)》,第 350 页。

② 参见莫言、王尧:《莫言王尧对话录》,第 143～145 页。

其创作的低落期。在此期间，一向以创作严肃文学为主的莫言也抱着游戏文学的心态以戏谑的笔法改写革命样板戏《沙家浜》，把郭建光与阿庆嫂写成身带暗器、飞檐走壁的武林高手。写好这篇戏说"红色经典"的小说后，莫言把手稿寄给《花城》期刊的编辑文能，被退稿。1990 年的暑假，莫言陷入创作的困惑期。住在高密县城的他，白天无所事事，百无聊赖，拿着苍蝇拍子在院子里种的葵花地里打苍蝇，打发日子。1991 年春天，莫言在新加坡遇到中国"台湾"作家张大春、朱天心。张大春向莫言约稿，为了完成约稿，1991 年暑假，莫言写了 16 个短篇：《飞鸟》、《夜渔》、《翱翔》、《地震》、《铁孩》、《灵药》、《良医》、《神嫖》、《鱼市》、《麻风病的儿子》、《屠户的女儿》、《姑妈的宝刀》、《粮食》、《初恋》等，主要发表于马来西亚的《南洋商报》、《星洲日报》和中国台湾的《中国时报》、《联合文学》上。写完这组小说，莫言似乎重新找回了创作的感觉。[①] 可以说，如果没有张大春的约稿，或许莫言就会从此陷入创作的"瓶颈期"。正是这次约稿，使莫言渡过了创作的低谷期，实现了创作上的新突破，出现了写作上的"井喷式"爆发，而最终成为中国乃至世界当代文坛上的一位名副其实的高产作家。

一般而言，把一个作家的作品以专栏的形式刊发，也有助于读者形成对该作家某一种创作风格的全新认识。有时，编辑为了增加期刊的特色，也会以专栏的形式刊登一些名家的创作，以突显刊物的办刊特色。成名后的莫言，其作品曾经多次被一些刊物作为专栏品牌文本推出。

20 世纪 90 年代，为了扩大文学期刊的影响和品牌效应，许多期刊纷纷改刊。在此情形下，《北京文学》开办了许多专栏。1998 年第 9 期，《北京文学》编辑部发表《我们要好看的小说——〈北京文学〉吁请作家关注》的"公告"，直接喊出了"好看"的口号，明确表示把杂志由"圈内"转向"圈外"，把判定怎样的小说才是"好看的小说"的"判决权"交给读者。[②]《北京文学》执行主编杨晓升在接受记者访谈时也提到：

> 小说的栏目名为"好看小说"，顾名思义，就是要求刊发的小说真正好看。在我看来，好看小说包括这样的一些因素：新颖的故事、紧张的情节、生动的人物、个性化的语言、丰富的意蕴和深刻的内涵……总之，我们所刊发的小说作品必须具有小说应有的感染力，要符合大多数读者的审美趣味。相反，那些打着探索的旗号故弄玄虚，因而对大多数读者晦涩难懂的小说，就不符合我们的选稿标准。[③]

为此，《北京文学》开设了"短篇小说公开赛"栏目。1998 年，莫言的两篇小说成为

---

① 参见莫言、王尧：《莫言王尧对话录》，第 145～148 页。

② 参见邵燕君：《倾斜的文学场——当代文学生产机制的市场化转型》，第 77 页。

③ 《〈北京文学〉：篇篇好看，期期精彩——〈北京文学〉执行主编杨晓升访谈节选》，郝振省、汤潮主编：《期刊主编访谈》，第 7 页。

《北京文学》期刊开设的"短篇小说公开赛"专栏作品，分别是：发表在第 7 期的《白杨林里的战斗》和第 10 期的《一匹挂在树上的狼》。莫言的小说能够两次被《北京文学》专栏选中，足以显示这两篇小说在故事、情节、人物、语言以及思想内涵上真正符合《北京文学》"好看"的标准，展示了其所具有的文学价值和内在魅力。

进入 20 世纪 90 年代，在"改刊潮"这一历史语境的裹挟下，《收获》也出现趋向流行时尚的倾向。尤其是进入新世纪，在《收获》不断遭人诟病，被一些读者指责为中庸、保守时，其不得不通过吸纳各种具有流行时尚性的作家，进行"维新"。如：2000 年第 1 期发表富有争议性的"70 年代作家"棉棉的长篇小说《糖》；2001 年第 4 期发表网络作家安妮宝贝的中篇小说《四月邂逅小至》；2002 年与云南人民出版社联合推出的"金收获丛书"，首批选中的四位作家池莉(《怀念声名狼藉的日子》)、张欣(《浮华背后》)、洪峰(《生死约会》)、皮皮(《所谓生死》)全都是在市场上走红的作家，其中洪峰和皮皮还是国内最大的畅销品牌丛书"布老虎"的主力作家。[①] 但是，为了坚持把期刊打造成一本"始终恪守严肃文学理想"、"汇一流作品，聚一流作家"[②]的杂志，《收获》在注重时尚的同时，也注意刊登一些国内知名作家的新作。在这种情况下，《收获》分别于 1998 年第 6 期、1999 年第 2 期、1999 年第 5 期和 2000 年第 1 期发表了莫言的中篇小说《三十年前的一次长跑比赛》、《师傅越来越幽默》、《野骡子》和《司令的女人》。

进入新世纪，已经多次在显著位置发表莫言小说的《上海文学》于 2000 年第 11 期、2005 年第 3 期"月月小说"栏目分别以头条位置发表莫言的代表性作品——短篇小说《冰雪美人》和《大嘴》。小说《冰雪美人》发表后，引起其他评论类期刊的注意，曾被《名作欣赏》2003 年第 1 期"佳作邀赏"栏目转载。

《时代文学》曾经在 1989 年第 4 期发表过莫言的短篇小说《遥远的亲人》，1992 年第 5 期发表过莫言的短篇小说《屠户的女儿》。进入新世纪之后，《时代文学》依旧与莫言保持着密切的关系：2001 年第 1 期，"名家侧影"专栏刊发了莫言的小说《马语》，而且邀请了与莫言有忘年之交的老作家从维熙以及专注于莫言创作研究并取得引人瞩目的成果的两位学者杨守森和张志忠及主持人何镇邦一起谈莫言。在小说之后，同期刊发了从维熙的《话说莫言》、杨守森的《我的高密同乡莫言》、张志忠的《莫言的 90 年代进行曲》和何镇邦的《我与莫言》。同时，何镇邦还在"主持人语"中对莫言坚实的创作实力和特立独行的艺术个性进行了充分的肯定："在八十年代中期登上文坛的一批青年作家中，莫言无疑是最具有创作实力、也最具有艺术个性的一位。从八十年代中期的《透明的红萝卜》、《红高粱》系列到九十年代中期的《丰乳肥臀》，他在文坛上闹了

---

① 参见邵燕君：《倾斜的文学场——当代文学生产机制的市场化转型》，第 103 页。

② 《收获》2002 年征订广告。

不少的动静；而从一个'高密小子'到成长为一个著名作家，莫言又走过一段颇有点传奇色彩的人生道路。看来，莫言及其创作，是值得聊一聊的。这也是我们把关于他的一组文字放在2001年'名家侧影'第1期的原因所在。"

《钟山》也曾经在1992年第5期"'廉泉杯'中青年小说大奖赛"专栏中刊发过莫言的中篇小说《梦境与杂种》，同期刊发的还有周梅森的《心狱》、储福金的《与其同在》、格非的《傻瓜的诗篇》。《小说家》1992年第2期责任编辑闻树国也曾经在"精短中篇擂台赛"专栏中刊发过莫言的《高密东北乡故事》(由《辫子》、《天才》、《良医》、《鱼市》、《夜渔》、《翱翔》组成)，同期刊发的还有肖建国的《年轮》、许辉的《人种》、尤凤伟的《泱泱水》。

任何一个作家在最初从事创作时，都难免会遭遇退稿的失望和打击，甚至心灰意冷，如果其被同一家期刊连续几次退稿后，最终得到该家刊物的认同并被采纳，那么，这对于一个作家的成长来说无疑会起到积极的作用。这一点在莫言与期刊《解放军文艺》之间表现得尤为突出。根据莫言的个人回忆，其与解放军总政治部创办的机关刊物《解放军文艺》之间有着割舍不断的交往。早在"文革"前，莫言初识文字，就在大哥管谟贤的书箱里发现了一本《解放军文艺》。也正是因为这次的偶然发现，莫言读到了一部长篇选载的小说《狂风暴雨日》。前文也谈到，十几年后，莫言当兵后模仿着《狂风暴雨日》写了第一篇小说《妈妈》，满怀着希望寄给了《解放军文艺》。遗憾的是，这篇习作并没有获得编辑的接纳，在翘首以待的长期盼望中，莫言收到的只是手稿《妈妈》和一封铅印的退稿信。后来，莫言又创作了一部六幕话剧，寄到《解放军文艺》，再次遭遇退稿。只是与上次不同的是，此次莫言收到了一封盖着鲜红印章的手写退稿信。不过，功夫不负有心人。紧接着，《解放军文艺》1986年第6期、第7期连续两期分别发表了莫言的短篇小说《苍蝇·门牙》和中篇小说《高粱酒》。由最初投稿遭遇退稿，到最终被刊物接纳，莫言通过自己的作品与《解放军文艺》之间建立了密切的关系。因此，时隔多年，每每提起《解放军文艺》，莫言依旧心存感激："《解放军文艺》是个好刊物，在我的文学道路上，给过我很大帮助，我不敢忘记。我这个前军旅作者，一定要逮着机会就宣传它……"①

四、后附作者创作谈

在小说文本的后面附上作者的自我简介、作者后记、创作谈或者读者对某些作品的反馈与评论，对于读者更好地了解作者本人以及更好地解读作品显然会起到一种引

① 莫言：《星汉灿烂，若出其里——祝贺〈解放军文艺〉600期》，莫言：《说吧莫言·恐惧与希望(演讲创作集)》，第348页。

导作用。而举办年度评奖,则既可以提升刊物的自身价值,也可以扩大获奖作者在学界的影响度。许多期刊在刊登莫言的小说时,也利用了这一点。如《北京文学》早在1985年第8期发表莫言的短篇小说《枯河》时,即附作者后记:"本文可以说是一部中篇小说,也可以看成是一部长篇小说中的相对独立的一章,其中某些有悖传统抗日程式的厮杀场面,并非作者杜撰,而且作者将在今后的小说里揭示这种残酷厮杀的必然性和合理性以及这种必然性中和合理性中所包含的深刻的悲剧意味。"此作者后记为读者更好地解读小说的思想性提供了帮助,也给予当时想了解莫言未来创作思想历程的读者不少的启示。小说《枯河》荣获该刊本年度优秀小说奖,对于扩大莫言在文学界的影响起到了积极的作用。因为作为新中国成立后由文联、作协系统创办的最早的文学期刊之一的《北京文学》,也是与整个文学的发展历史紧密联系在一起的重要刊物之一,自1950年创刊以来,刊发了许多在文学史上具有重要价值的作品。如:50年代,该刊曾因发表新编历史剧《海瑞罢官》而引起广泛的社会关注。新时期之后,该刊发表了汪曾祺的《受戒》、张洁的《爱是不能忘记的》、邓友梅的《那五》、陈建功的《丹凤眼》、余华的《现实一种》、刘震云的《单位》、刘恒的《伏羲伏羲》等名家名篇,号称中国期刊界的"甲级队"[①],辐射面广及全国,对新时期文学的繁荣与发展作出了不可磨灭的贡献。所以,作为一个初出茅庐的名不见经传的作家,莫言能够获得该刊本年度优秀小说奖,既显示了莫言本人创作上的进步,也显示出期刊对莫言文学水平的认同。

在我国文学类期刊中占据重要地位的《收获》于1987年第3期发表莫言的中篇小说《红蝗》时,也特意附加了作者附注:"①文中所写的'高密东北乡'并非地理学意义上的高密东北乡,望高密东北乡的父老乡亲们不要当真。②文中的叙事主人公'我'并不是作者莫言,同'红高粱系列'里的'我'不是莫言一样。希望有关文艺团体开会批评作品时,不要把'我'与莫言混为一体。"从作者附注可以看出,当时的莫言显然已经成为批评界关注的人物。

《青年文学》1986年第2期刊发莫言的短篇小说《草鞋窨子》时,在后面附的作者简介不仅介绍了莫言的创作观,而且指出了莫言创作的高潮期,并列举出一度引起强烈反响的莫言作品:"莫言,男,三十岁,某艺术学院文学系学员。1981年发表作品,小说《黑沙滩》曾获《解放军文艺》奖。他认为,小说就是带着淡淡的忧愁寻找自己失落的家园。去年是他小说创作的高潮期,《透明的红萝卜》、《枯河》、《秋千架》、《金发婴儿》等作品,引起了强烈影响。"同时,后面还附上了莫言的创作谈《黔驴之鸣》。

《钟山》期刊曾经分别于1985年第5期、1988年第1期、1992年第5期、1998年第1期、1998年第5期、1999年第5期、2000年第4期7次刊发莫言的《金发婴儿》、

---

① 邵燕君:《倾斜的文学场——当代文学生产机制的市场化转型》,第68页。

《玫瑰玫瑰香气扑鼻》、《梦境与杂种》、《拇指铐》、《长安大道上的骑驴美人》、《藏宝图》和《枣木凳子摩托车》。1988 年第 1 期发表莫言的中篇小说《玫瑰玫瑰香气扑鼻》时，特意在后面附上了莫言的创作谈《也算创作谈》和陈思和的评论文章《历史与现实的二元对话——兼谈莫言新作〈玫瑰玫瑰香气扑鼻〉》以及莫言小传、莫言作品目录等。1998 年第 1 期刊发莫言的短篇小说《拇指铐》时，责任编辑傅晓红特意邀请莫言撰写创作谈《胡扯蛋》，足以显示对莫言的创作实力的肯定。尤其是在刊发莫言具有试验性的新作《玫瑰玫瑰香气扑鼻》时，特意同步刊发著名学者、评论家陈思和的阐释文章，在文本范围内进行严肃认真的解读，使文本与对文本的阐释相互印证、补充。这一方面可以消除读者的阅读障碍，不至于使读者感到晦涩、费解，从而加深对作品的理解；另一方面也有助于拓展读者的审美想象空间。

第二章
出版社与莫言小说的生产与传播

“文化熟知化”是一个作家迈向经典化途中不可或缺的重要条件。所谓“文化熟知化(cultural familiarization)”,是指“某一文学作品在特定文化范围内为尽可能广大的民众所知晓和熟悉的社会化过程”[①]。而在我国当代文学的生产机制中,出版在文学作品的传播与接受过程中无疑处于中心环节。因此,如果说在国内各级文学期刊上发表的中短篇小说是莫言走向文学舞台的基础环节,长篇小说以及小说集的集中出版则为莫言展示自己独特的艺术世界营构了广阔的空间。正是从这个意义上来说,莫言的成名与出版机构对莫言长篇小说以及中短篇小说集的大力宣传和包装也有着密不可分的关系。

1984年,地方出版社工作会议在哈尔滨召开,会议明确提出:我国的出版单位要由“单纯的生产型”逐步转变为“生产经营型”,同时适当扩大出版单位的自主权,出版单位实行岗位责任制。1988年,根据中共十三大精神,出版社普遍推行社长负责制和多种形式的责任制,依据个人为出版社贡献的大小拉开分配差距,自此,出版社开始实行“承包制”。[②] 从此之后,出版社的文学生产开始纳入市场体系。出版社作为建立在市场机制中的一种生产经营单位,要自主经营、自负盈亏。为了扩大经营规模,为了实现更多的盈利,出版一些名家名著,便成为一些出版社的首选。作为20世纪80年代中期已经成名的青年作家,90年代后,莫言创作了大量的长篇小说。其与一些出版社之间也相应地建立了一种密切的合约关系。出版社为了实现自己的经济利益,对莫言的作品进行了大规模的宣传、包装。这也在客观效果上加快了莫言创作的传播速度,使得莫言创作在社会上的影响越来越大,莫言也相应地成为更多读者熟知的“知名作

---

① 李玉平:《新世纪文学经典的生成与“文化熟知化”》,《文艺评论》2010年第7期。

② 参见于友先:《回顾辉煌岁月 继续高歌奋进——在“中国出版改革发展20年研讨会”上的讲话》,1998年12月17日《新闻出版报》。

家”，成为享誉国内外文坛的“高产作家”，并成为家乡高密人的骄傲：

从《红高粱》问世到现在的20多年来，莫言先后发表了十几部长篇小说，主要作品被翻译成十几种外文，获十几次国内和国外大奖。1990年前，莫言在《人民日报》先后发表了《高密之光》、《高密之星》、《高密之梦》3篇报告文学，热情讴歌了家乡的改革开放，空前提高了高密在国内外的知名度。今天已经在海内外赢得广泛声誉的莫言，在家乡人的心目中，当之无愧的是“高密之星”、“高密之光”。他所走过的道路，取得的成就，十分自然地成为当代文学爱好者，特别是文学青年所追寻的梦。①

第一节　长篇小说、小说集出版情况考

莫言的一些代表性长篇小说，如《红高粱家族》系列小说、《檀香刑》、《丰乳肥臀》、《生死疲劳》等对广大读者产生巨大影响，固然跟作品本身的质量密不可分，但出版社的大规模印刷、出版与发行也起到了一种推波助澜的作用。出版社是如何对莫言的小说创作进行倾力打造、精心包装与宣传，从而使得莫言小说创作日益迈入经典的行列的，是本书重点观照的问题。而对莫言小说的不同版本以及不同出版社对莫言创作的出版、宣传，学界很少有人关注。因此，笔者有必要首先对莫言小说的出版、发行情况作出统计和梳理。为了更清楚地显示莫言长篇小说的出版、发行情况，笔者依据目前掌握的资料，将莫言长篇小说的出版情况列表如下（见表2-1）：

表2-1　莫言长篇小说出版情况

序　号	作品名称	出版社名称	出版日期
1	《红高粱家族》	解放军文艺出版社	1987.05
2	《天堂蒜薹之歌》	作家出版社	1988.04
3	《十三步》	作家出版社	1989.04
4	《酒国》	湖南文艺出版社	1993.02
5	《食草家族》	华艺出版社	1993.12
6	《愤怒的蒜薹》	北京师范大学出版社	1993.12
7	《红高粱》	作家出版社	1994.09
8	《酩酊国》	作家出版社	1994.09

① 毛维杰：《写在莫言文学馆开馆之时》，莫言研究会编：《莫言与高密》，第208页。

续表

序　号	作品名称	出版社名称	出版日期
9	《丰乳肥臀》	作家出版社	1995.09
10	《酩酊国》	作家出版社	1995.09
11	《红树林》	海天出版社	1999.03
12	《红高粱家族》	南海出版公司	1999.05
13	《酒国》	南海出版公司	2000.02
14	《红高粱家族》	人民文学出版社	2000.07
15	《红高粱家族》	南海出版公司	2000.08
16	《檀香刑》	作家出版社	2001.03
17	《天堂蒜薹之歌》	北岳文艺出版社	2001.04
18	《生蹼的祖先们》	文化艺术出版社	2001.08
19	《红高粱家族》	山东文艺出版社	2002.09
20	《酒国》	山东文艺出版社	2002.09
21	《红树林》	花山文艺出版社	2002.09
22	《良心作证》	春风文艺出版社	2002.10
23	《红树林》	海天出版社	2003.01
24	《四十一炮》	春风文艺出版社	2003.07
25	《丰乳肥臀》	中国工人出版社	2003.09
26	《十三步》	春风文艺出版社	2003.10
27	《红高粱》	中国青年出版社	2004.01
28	《红高粱家族》	当代世界出版社	2004.01
29	《十三步》	当代世界出版社	2004.01
30	《酒国》	当代世界出版社	2004.01
31	《红树林》	当代世界出版社	2004.01
32	《丰乳肥臀》	当代世界出版社	2004.01
33	《檀香刑》	当代世界出版社	2004.01
34	《天堂蒜薹之歌》	当代世界出版社	2004.01

续表

序　号	作品名称	出版社名称	出版日期
35	《食草家族》	当代世界出版社	2004.01
36	《酒国》	春风文艺出版社	2005.01
37	《红高粱家族》	上海文艺出版社	2005.06
38	《食草家族》	上海文艺出版社	2005.06
39	《天堂蒜薹之歌》	南海出版公司	2005.08
40	《红树林》	现代出版社	2005.08
41	《檀香刑》	作家出版社	2005.10
42	《生死疲劳》	作家出版社	2006.01
43	《四十一炮》	春风文艺出版社	2006.01
44	《红高粱家族》	人民文学出版社	2007.09
45	《檀香刑》	作家出版社	2007.12
46	《红高粱》	中国青年出版社	2008.08
47	《生死疲劳》	上海文艺出版社	2008.08
48	《酒国》	上海文艺出版社	2008.08
49	《四十一炮》	上海文艺出版社	2008.08
50	《檀香刑》	上海文艺出版社	2008.08
51	《红高粱家族》	上海文艺出版社	2008.08
52	《红树林》	上海文艺出版社	2009.08
53	《十三步》	上海文艺出版社	2009.08
54	《食草家族》	上海文艺出版社	2009.08
55	《天堂蒜薹之歌》	上海文艺出版社	2009.08
56	《生死疲劳》	作家出版社	2009.10
57	《蛙》	上海文艺出版社	2009.12
58	《丰乳肥臀》	十月文艺出版社	2010.01
59	《檀香刑》	长江文艺出版社	2010.04
60	《红树林》	海天出版社	2010.09

续表

序号	作品名称	出版社名称	出版日期
61	《红高粱》	花城出版社	2011.08
62	《丰乳肥臀》	上海文艺出版社	2012.06
63	《红高粱家族》	上海文艺出版社	2012.10
64	《天堂蒜薹之歌》	上海文艺出版社	2012.10
65	《丰乳肥臀》	上海文艺出版社	2012.10
66	《十三步》	上海文艺出版社	2012.10
67	《食草家族》	上海文艺出版社	2012.10
68	《檀香刑》	上海文艺出版社	2012.10
69	《酒国》	上海文艺出版社	2012.10
70	《红树林》	上海文艺出版社	2012.10
71	《生死疲劳》	上海文艺出版社	2012.10
72	《四十一炮》	上海文艺出版社	2012.10
73	《檀香刑》	作家出版社	2012.10
74	《丰乳肥臀》	作家出版社	2012.10

根据上表可以发现：从解放军文艺出版社于 1987 年 5 月第 1 版第 1 次印刷、出版莫言的长篇小说《红高粱家族》到作家出版社于 2012 年 10 月印刷、出版莫言的长篇小说《丰乳肥臀》止，共有 21 家出版社出版过莫言的 11 部长篇小说。其中：(1)上海文艺出版社 23 次；(2)作家出版社 13 次；(3)当代世界出版社 8 次；(4)春风文艺出版社 5 次；(5)南海出版公司 4 次；(6)海天出版社 3 次；(7)人民文学出版社 2 次；(8)中国青年出版社 2 次；(9)山东文艺出版社 2 次；(10)花山文艺出版社 1 次；(11)解放军文艺出版社 1 次；(12)文化艺术出版社 1 次；(13)华艺出版社 1 次；(14)湖南文艺出版社 1 次；(15)中国工人出版社 1 次；(16)北京师范大学出版社 1 次；(17)北岳文艺出版社 1 次；(18)现代出版社 1 次；(19)十月文艺出版社 1 次；(20)长江文艺出版社 1 次；(21)花城出版社 1 次。

多部长篇小说被多家出版社多次印刷、出版：(1)《红高粱家族》先后被 6 家出版社出版过 10 次。这 6 家出版社分别是：解放军文艺出版社、南海出版公司、人民文学出版社、山东文艺出版社、当代世界出版社、上海文艺出版社。其中，人民文学出版社分别于 2000 年 7 月、2007 年 9 月 2 次出版《红高粱家族》；上海文艺出版社分别于 2005

年 6 月、2008 年 8 月、2012 年 10 月 3 次出版《红高粱家族》；南海出版公司分别于 1999 年 5 月、2000 年 8 月 2 次出版《红高粱家族》。(2)《酒国》(最初名为《酩酊国》，后修订时改为《酒国》)被 7 家出版社出版过 9 次。这 7 家出版社分别是：作家出版社、湖南文艺出版社、南海出版公司、山东文艺出版社、当代世界出版社、春风文艺出版社、上海文艺出版社。其中，作家出版社分别于 1994 年 9 月、1995 年 9 月 2 次出版《酒国》(出版时名为《酩酊国》)；上海文艺出版社分别于 2008 年 8 月、2012 年 10 月 2 次出版《酒国》。(3)《红树林》被 5 家出版社出版过 8 次。这 5 家出版社分别是：海天出版社、现代出版社、当代世界出版社、上海文艺出版社、花山文艺出版社。其中，海天出版社分别于 1999 年 3 月、2003 年 1 月、2010 年 9 月 3 次出版长篇小说《红树林》；上海文艺出版社分别于 2009 年 8 月、2012 年 10 月 2 次出版《红树林》。(4)《檀香刑》被 4 家出版社出版过 8 次。这 4 家出版社分别是：作家出版社、当代世界出版社、长江文艺出版社、上海文艺出版社。其中，作家出版社分别于 2001 年 3 月、2005 年 10 月、2007 年 12 月、2012 年 10 月 4 次出版长篇小说《檀香刑》；上海文艺出版社分别于 2008 年 8 月、2012 年 10 月 2 次出版《檀香刑》。(5)《天堂蒜薹之歌》被 6 家出版社出版过 7 次。这 6 家出版社分别是：作家出版社、北京师范大学出版社、北岳文艺出版社、当代世界出版社、南海出版公司、上海文艺出版社。(6)《丰乳肥臀》被 5 家出版社出版过 7 次。这 5 家出版社分别是：作家出版社、中国工人出版社、当代世界出版社、十月文艺出版社、上海文艺出版社。(7)《食草家族》被 3 家出版社出版过 5 次。这 3 家出版社分别是：华艺出版社、当代世界出版社、上海文艺出版社。其中上海文艺出版社分别于 2005 年 6 月、2009 年 8 月、2012 年 12 月 3 次出版《食草家族》。(8)《十三步》被 4 家出版社出版过 5 次。这 4 家出版社分别是：作家出版社、当代世界出版社、春风文艺出版社、上海文艺出版社。(9)《四十一炮》三年间被春风文艺出版社和上海文艺出版社出版过 4 次。其中，春风文艺出版社分别于 2003 年 7 月、2006 年 1 月 2 次出版《四十一炮》。(10)《生死疲劳》被作家出版社和上海文艺出版社出版过 4 次。其中，作家出版社 2006 年 1 月版，首印数高达 12 万册。

其实，不仅莫言的 11 部长篇巨著被多家出版社一版再版，其已经在期刊上公开发表过的中短篇小说也曾经被多家出版社搜集、整理成各种版本的小说集反复出版，这在某种意义上也使得读者对莫言的中短篇小说有了一个整体与系统的了解。为便于说明问题，笔者依据目前掌握的资料，将莫言小说集的出版情况列表如下(见表 2-2)：

表 2-2　　莫言小说集出版情况统计表

序　号	小说集名称	出版社名称	出版时间
1	《透明的红萝卜》	作家出版社	1986.03
2	《爆炸》	解放军文艺出版社	1988.08
3	《爆炸》(昆仑文学丛书)	昆仑出版社	1988.08
4	《欢乐十三章》	作家出版社	1989.04
5	《白棉花》(中国当代著名作家新作大系)	华艺出版社	1991.10
6	《怀抱鲜花的女人》	中国社会科学出版社	1993.03
7	《白棉花》	华艺出版社	1993.03
8	《金发婴儿》(跨世纪文丛)	长江文艺出版社	1993.06
9	《神聊》	北京师范大学出版社	1993.12
10	《红高粱》(《莫言文集》卷一)	作家出版社	1994.09
11	《酩酊国》(《莫言文集》卷二)	作家出版社	1994.09
12	《再爆炸》(《莫言文集》卷三)	作家出版社	1994.09
13	《鲜女人》(《莫言文集》卷四)	作家出版社	1994.09
14	《道神嫖》(《莫言文集》卷五)	作家出版社	1994.09
15	《猫事荟萃》	新世界出版社	1994.10
16	《白棉花》	华艺出版社	1995.06
17	《金发婴儿》(跨世纪文丛)	长江文艺出版社	1996.02
18	《红高粱》(《莫言文集》卷一)	作家出版社	1996.02
19	《酩酊国》(《莫言文集》卷二)	作家出版社	1996.02
20	《鲜女人》(《莫言文集》卷三)	作家出版社	1996.02
21	《道神嫖》(《莫言文集》卷四)	作家出版社	1996.02
22	《再爆炸》(《莫言文集》卷五)	作家出版社	1996.02
23	《长安大道上的骑驴美人》	海天出版社	1999.09
24	《师傅越来越幽默》	解放军文艺出版社	1999.12
25	《苍蝇·门牙》	上海文艺出版社	2000.11
26	《老枪·宝刀》	上海文艺出版社	2000.11

续表

序　号	小说集名称	出版社名称	出版时间
27	《初恋·神嫖》	上海文艺出版社	2000.11
28	《野骡子》	南海出版公司	2001.01
29	《师傅越来越幽默》	解放军文艺出版社	2001.01
30	《金发婴儿》	长江文艺出版社	2001.05
31	《走向诺贝尔·莫言卷》(当代中国小说名家珍藏版)	文化艺术出版社	2001.05
32	《战友重逢》	解放军文艺出版社	2001.08
33	《冰雪美人》(华语新经典文库)	文化艺术出版社	2001.08
34	《新作家话剧合集》	文化艺术出版社	2001.09
35	《莫言中篇小说集》(上、下)	作家出版社	2002.02
36	《拇指铐》(东岳文库)	山东文艺出版社	2002.09
37	《罪过》(东岳文库)	山东文艺出版社	2002.09
38	《师傅越来越幽默》(东岳文库)	山东文艺出版社	2002.09
39	《透明的红萝卜》(东岳文库)	山东文艺出版社	2002.09
40	《透明的红萝卜》(中短篇小说精选)	青海人民出版社	2002.10
41	《司令的女人》	云南人民出版社	2002.11
42	《拇指铐》(二十世纪作家文库)	江苏文艺出版社	2003.01
43	《莫言中短篇小说精选》	青海人民出版社	2003.01
44	《藏宝图》	春风文艺出版社	2003.10
45	《莫言自选精品集》	贵州人民出版社	2003.11
46	《白狗秋千架》	当代世界出版社	2004.01
47	《民间音乐》(经典文库、莫言代表作)	春风文艺出版社	2004.01
48	《白棉花》	民族出版社	2004.04
49	《红蝗》	民族出版社	2004.04
50	《欢乐》	民族出版社	2004.04
51	《战友重逢》	民族出版社	2004.04
52	《牛》	民族出版社	2004.04

续表

序号	小说集名称	出版社名称	出版时间
53	《筑路》	民族出版社	2004.04
54	《莫言中篇小说选》	上海社会科学院出版社	2004.05
55	《莫言作品精选》	长江文艺出版社	2005.05
56	《与大师约会》	上海文艺出版社	2005.06
57	《白狗秋千架》	上海文艺出版社	2005.06
58	《复仇记》	华艺出版社	2005.08
59	《司令的女人》(金收获丛书)	云南人民出版社	2005.09
60	20世纪文学60家:《莫言精选集》	北京燕山出版社	2006.01
61	《月光斩》	北京十月文艺出版社	2006.01
62	《牛》	人民出版社	2006.03
63	《与大师约会》	上海文艺出版社	2009.01
64	《白狗秋千架》	上海文艺出版社	2009.01
65	《欢乐》	上海文艺出版社	2010.08
66	《怀抱鲜花的女人》	上海文艺出版社	2010.08
67	《师傅越来越幽默》	上海文艺出版社	2010.08
68	《学习蒲松龄》	中国青年出版社	2011.03
69	《世纪文学经典·莫言精选集》	北京燕山出版社	2011.05

根据上表可以发现:从作家出版社1986年3月第1次出版莫言的中短篇小说集《透明的红萝卜》到2011年5月北京燕山出版社出版《世纪文学经典·莫言精选集》,共有25家出版社出版过莫言的小说集69次。其中:(1)作家出版社13次;(2)上海文艺出版社10次;(3)民族出版社6次;(4)解放军文艺出版社4次;(5)华艺出版社4次;(6)长江文艺出版社4次;(7)山东文艺出版社4次;(8)文化艺术出版社3次;(9)北京燕山出版社2次;(10)春风文艺出版社2次;(11)青海人民出版社2次;(12)云南人民出版社2次;(13)人民出版社1次;(14)中国社会科学出版社1次;(15)中国青年出版社1次;(16)北京十月文艺出版社1次;(17)北京师范大学出版社1次;(18)江苏文艺出版社1次;(19)南海出版公司1次;(20)贵州人民出版社1次;(21)上海社会科学院出版社1次;(22)当代世界出版社1次;(23)新世界出版社1次;

(24)昆仑出版社1次;(25)海天出版社1次。

美国学者韦勒克和沃伦曾指出:“书目上所记载的一个作品的重印次数与开本,有助于了解该书的成就与声誉。”[①]同样的道理,考察一个作家的作品被多家出版社反复印刷、出版的情况,则有助于了解该作家的创作成就与影响。根据对上面两个表格得出的统计数据的分析可以发现:莫言的11部长篇小说以及小说集都曾经被多家出版社反复出版,这说明莫言的小说创作曾经产生过广泛的影响,有较高的受众群体。因为在出版业转向自主经营、自负盈亏的市场化生产机制下,出版社只有出版一些有利可图的书,才能维持较高的收入。如果莫言的小说缺少受众群体,出版社也就不会反复印刷、出版其小说文本。另外,一部作品或者一个作家被经典化的过程,固然与其本身所具有的文化品位有关系,但是出版社对其进行的正确定位、精心包装、倾力打造和宣传营销也发挥着重要的作用。余秋雨的文化散文集《文化苦旅》的成功即是一个最具说服力的例证。余秋雨在20世纪80年代写的《文化苦旅》,一部分篇目在《收获》期刊发表后,虽然在圈子里获得好评和关注,但是并未产生太大的影响。后来南方一家出版社向余秋雨约稿,但是只打算把《文化苦旅》当作旅游指南小册子,并未真正意识到《文化苦旅》的文化价值。后来,余秋雨又多次向几家出版社投稿,编辑部也只是把它放在作家散文丛书中出版,并没有把《文化苦旅》当回事,《文化苦旅》也一直不被人看好。[②] 直到1992年由上海知识出版中心(东方出版中心的前身)正式出版,《文化苦旅》才产生了广泛而深远的影响:“《文化苦旅》不单是上海知识出版社和东方出版中心历史上最畅销、社会影响最大的图书之一,而且还领衔创造了文化大散文品牌,带动了文化大散文系列的畅销。同时,一本书产生的巨大蝴蝶效应,把余秋雨从书斋引向社会大众,成为当今知名度最高的社会文化名人之一。”[③]如果回头考察一下《文化苦旅》被经典化的过程,可以发现:“《文化苦旅》的成功,是天时、地利、人和综合因素合力所致。作品本身的质量,作品所表达的文化诉求与时代气氛的契合,出书的时机和图书定位的准确把握,合适、成功的市场营销,都是《文化苦旅》成功的必要条件。”[④]对莫言长篇小说及其小说集产生的广泛影响,同样不能忽视出版社的运营作用。而且,通过统计数据可以发现:作家出版社、上海文艺出版社这两家出版社出版莫言小说较为集中。因此,本书拟以这两家出版社为个案,重点分析出版社在莫言长篇小说创作经典化过程中在宣传、推介与传播方面所采取的一些策略。

---

① [美]勒内·韦勒克、奥斯汀·沃伦:《文学理论》,刘象愚等译,文化艺术出版社2010年版,第52页。

② 参见王国伟:《〈文化苦旅〉:从冷落走向畅销》,郝振省主编:《名著的故事》,中国书籍出版社2009年版,第307页。

③ 王国伟:《〈文化苦旅〉:从冷落走向畅销》,郝振省主编:《名著的故事》,第306页。

④ 王国伟:《〈文化苦旅〉:从冷落走向畅销》,郝振省主编:《名著的故事》,第306~307页。

第二节 作家出版社系列

作家出版社是较早也是较为集中出版莫言小说的一家出版社，一般情况下，莫言创作的长篇小说多是由作家出版社最先出版。如《天堂蒜薹之歌》、《十三步》、《丰乳肥臀》、《檀香刑》、《生死疲劳》都是由作家出版社最先出版。从1988年4月到2007年12月，作家出版社先后10次出版过莫言的长篇小说7部，分别是：1988年4月版的《天堂蒜薹之歌》、1989年4月版的《十三步》、1994年9月版的《酩酊国》、1994年9月版的《红高粱》、1995年9月版的《酩酊国》、1995年9月版的《丰乳肥臀》、2001年3月版的《檀香刑》、2005年10月版的《檀香刑》、2007年12月版的《檀香刑》、2006年1月版的《生死疲劳》。作家出版社对于莫言小说集的出版也比较集中，根据笔者考查，作家出版社应该是最早出版莫言文集的一家出版社。从1986年3月到2002年2月，作家出版社共出版过莫言的小说集13部，分别是：1986年3月版的《透明的红萝卜》，1989年4月版的《欢乐十三章》，1994年9月版的《红高粱》（《莫言文集》卷一）、《酩酊国》（《莫言文集》卷二）、《再爆炸》（《莫言文集》卷三）、《鲜女人》（《莫言文集》卷四）、《道神嫖》（《莫言文集》卷五），1996年2月再度出版《红高粱》（《莫言文集》卷一）、《酩酊国》（《莫言文集》卷二）、《再爆炸》（《莫言文集》卷三）、《鲜女人》（《莫言文集》卷四）、《道神嫖》（《莫言文集》卷五），2002年2月版的《莫言中篇小说集》。

成立于1957年的作家出版社，作为“国家级”的文学出版社①，早在20世纪五六十年代，就作为人民文学出版社的副牌存在，而人民文学出版社主要出版比较经典的作品。因此，作家出版社多次出版莫言的作品，自然会提升莫言小说创作的“价值”。而且，作家出版社在出版莫言的小说时，通过精心策划、倾力打造，采取很多策略使莫言作品的“价值”得以提升。本节集中探讨作家出版社在莫言创作经典化过程中所作出的努力。

首先，采取编辑岗位承包制原则，加强了责任编辑与作家莫言之间的合作关系。由于作家出版社与莫言之间的密切合作关系已经形成，每当有新作出现，莫言便多数交给作家出版社出版。这在客观上可以使莫言的小说文本及时与读者见面，从而加快了莫言创作的传播与流通速度。如果对作家出版社出版过的莫言作品进行跟踪考察，可以发现，除了1989年4月第1版第1次印刷的小说集《欢乐十三章》是资深编辑朱珩青责编、李睦负责装帧设计外，其余10次长篇小说、10次小说集的出版，都是由资

① 20世纪50年代，“国家级”的出版社主要有1951年3月成立的人民文学出版社、1957年成立的作家出版社以及上海文艺出版社和中国青年出版社。

深编辑张懿翎担任责任编辑，由曹全弘负责装帧设计。作为资深编辑，张懿翎曾经担任过轻工业出版社编辑，作家出版社编辑、编辑室主任、副编审等职务，工作经验丰富。她曾经编辑、出版过当代许多知名作家如贾平凹、王蒙、叶兆言、周梅森、张平、阎连科等人的长篇小说；同时，她还编辑过《张洁文集》、《铁凝文集》、《马原文集》、《莫言文集》等，在编辑界享有盛名。另外，张懿翎还是一位作家，曾经著有长篇小说《十三阶》、《把绵羊和山羊分开》、《冷春》，中篇小说《最后一个季节》、《乌云》、《牺牲》等，短篇小说《流动的壕沟》、《冬天的风琴》等，发表诗歌数百首。作为一名兼具编辑与作家双重身份的资深编辑，她长期担任莫言小说创作的责任编辑，一方面可以更好地鉴赏、品评作品，选择具有较高品位的作品进行编辑、出版，另一方面也在无形中起到了对读者的引领作用。

其次，在对莫言小说进行出版时，作家出版社的责任编辑和负责装帧设计的编辑对小说的封面进行了精心包装。作为“副文本”[①]的一个重要因素，封面除了具备装饰性的物质形态因素外，还具有图解式的内容性因素。尤其是新文学作品的版本有大量图解文本内容的封面画，这些封面画既是对文本内容的形象界定和高度概括，也可以为读者阅读文本内容提供一种情感氛围和阅读期待。因此，封面的精心设计往往会影响读者阅读时的情绪和情感基调，进而影响着读者对作品意义的解读。另外，许多封面画的色彩和图像又能给读者带来视觉上的直观性以及图像自身具备的多义性、抽象性、变形性，所以，一幅装帧精美的封面画往往具备写实、写意与象征之间的深刻内蕴。如陶元庆为鲁迅的小说集《彷徨》初版本设计的封面画既象征又写实地传达出一种彷徨的情绪；萧红为自己的《生死场》初版本设计的封面画则不仅寓示了正文本的内涵，而且象征性地表现了身在关内、心系关外的作家背井离乡、失去故土的酽酽乡愁。有的封面画不仅寓示正文本的内涵，而且还扩展到文本之外，丰富了文本意义。如徐志摩的散文集《自剖》初版本的封面画不仅暗示了“自剖”的主题，还被其学生赵景深读出了谶言的意义。他在《新月》第 4 卷第 1 期上撰文《志摩师哀辞》说：“徐师的散文集题作《自剖》，封面画着他的面容，一把红刀把他的面容分作两半，旁边是些圆圈、海扇之类。以迷信说来，这似是预兆。红刀是红火，圆圈之类就是飞机的机件。集中并有《想飞》一篇。难道徐师真的应了谶言了吗?”张爱玲在《〈传奇〉再版本的话》中对其好友炎樱为自己的《传奇》再版本设计的封面画作出了解释：“像古绸缎上盘了深色云头，又像黑压压涌起了一个潮头，轻轻落下了许多嘈切嚓嚓的浪花。细看却是小的玉连环，有

---

① “副文本”概念是法国文论家热奈特在谈跨文本类型的一篇文章里提出的。它可以涵盖封面、插图、标题、副标题、题词或引言、序、跋、注释、广告等正文本之外的文字内容和图像内容。（参见金宏宇：《新文学的版本批评》，武汉大学出版社 2007 年版，第 8 页）

的两两三三勾搭住了，解不开；有的单独像月亮，自归自圆了；两个在一起，只淡淡地挨着一点，却已经事过境迁——用来代表书中人相互间的关系，也没有什么不可以。”[①]从上述例子可以看出，封面所代表的意义与正文本之间有着密切的联系，作家出版社在出版莫言小说时对封面的设计在莫言创作经典化过程中的重要性同样不容忽视。

作家出版社于1996年1月第1版第1次印刷《丰乳肥臀》时，封面最上方居中以黑色宋体标出作者“莫言”二字，下面居中以黑色宋体初号字体标明小说题目“丰乳肥臀”，再下面是居中端坐着一位身着偏襟粉红色上衣、草绿色裤子，脚穿尖口粉红色鞋子的女子，此女子一手抚摸着脑后的长发，一手搁置在腿上，其身旁站着一只尖喙的黑色大鸟。衬底背景则是皲裂的血红色土地，一方面可能喻示土地的干裂和沉重，一方面也可能喻示母亲像土地般承受着人类经历的灾难。封底则是裂开黑色大缝的血红色土地，居中以绿色作衬底，以三行竖排版、黑色宋体字体标明“谨将此书献给母亲与大地　莫言”。其中“谨将此书献给”占一行，“母亲与大地”占一行，“莫言”二字居于左下角，字号明显小于前两行。这样的设计，无疑增加了作品所具有的历史厚重感，彰显了作品的神圣感与庄严感。众所周知，古今中外，不少文人墨客把母亲誉为大地，对母亲和土地进行讴歌、礼赞的经典性作品更是数不胜数。

在对封面进行精心设计和包装时，聘请名人题字、对作品内容与艺术进行褒奖式的点评也是作家出版社首次出版莫言小说时精心设计的一种策略。如在2001年3月第1版第1次印刷、出版莫言代表性长篇小说《檀香刑》时，封面题字特邀当代著名作家贾平凹题写。该书后面的封面则以“编辑推荐语”的形式从思想性与艺术性两个方面充分肯定了小说所具有的文学价值：

> 《檀香刑》是莫言潜心五年完成的一部长篇新作。在这部神品妙构的小说中，莫言以1900年德国人在山东修建胶济铁路、袁世凯镇压山东义和团运动、八国联军攻陷北京、慈禧仓皇出逃为历史背景，用摇曳多姿的笔触，大悲大喜的激情，高瞻深睿的思想，活灵活现地讲述了发生在“高密东北乡”的一场可歌可泣的运动，一桩骇人听闻的酷刑，一段惊心动魄的爱情。
>
> 小说情节以女主人公眉娘与她的亲爹、干爹、公爹之间的恩恩怨怨，生生死死展开……
>
> 这部小说是对魔幻现实主义和西方现代派小说的反动，更是对坊间流行的历史小说的快意叫板，全书具有民间文学那种雅俗共赏，人相传诵的生动性。作者用公然炫技的“凤头——猪肚——豹尾”的结构模式，将一个千头万绪的故事讲述

① 转引自金宏宇：《新文学的版本批评》，第9～11页。

得时而让人毛骨悚然,时而又让人柔情万种。

这是一部真正民族化的小说,是一部真正来自民间、献给大众的小说。[①]

值得注意的是,这则"编辑推荐语"可谓匠心独运。编辑首先指出了"《檀香刑》是莫言潜心五年完成的一部长篇新作",这实际上向广大读者暗示了这部长篇力作是作者莫言长期酝酿与精雕细刻的结晶,正如"编辑推荐语"所言,此乃一部"神品妙构的小说",可谓吊足了读者的胃口。其次,编辑以言简意赅的简介把小说情节介绍给读者,强调了"1900 年德国人在山东修建胶济铁路、袁世凯镇压山东义和团运动、八国联军攻陷北京、慈禧仓皇出逃"这些作为背景的重大历史事件,赋予小说以浓郁、厚重、鲜活的历史感。再次,编辑又以饱蘸感情的笔触,从艺术上对小说作出了高度的评介:"用摇曳多姿的笔触,大悲大喜的激情,高瞻深睿的思想,活灵活现地讲述了……"尤其值得注意的是,编辑又从"这部小说是对魔幻现实主义和西方现代派小说的反动,更是对坊间流行的历史小说的快意叫板……"入手,对小说的艺术价值进行了高度的评价,特别对结构艺术方面的造诣进行了肯定:"作者用公然炫技的'凤头—猪肚—豹尾'的结构模式,将一个千头万绪的故事讲述得时而让人毛骨悚然,时而又让人柔情万种。"同时,从内容上给小说蒙上一层悬疑的面纱,尤其是诸如"一场可歌可泣的运动,一桩骇人听闻的酷刑,一段惊心动魄的爱情"等语句的巧妙运用,既增强了小说自身的传奇色彩,也给读者留下了悬念,为读者进一步对作品进行文化想象提供了一扇窗口。正是在一系列充分肯定的评价基础上,编辑对小说进行了不容置疑的总体价值判断:"这是一部真正民族化的小说,是一部真正来自民间、献给大众的小说。"这样的评价一方面突出了小说文本的民族性,彰显了小说具有的深远文化意蕴;另一方面也突出了小说的民间性以及受众上的雅俗共赏性,显然在小说的经典化过程中迈出了关键的第一步。值得一提的是,作家出版社在 2005 年 10 月重印 2001 年 3 月版的《檀香刑》时,在封面的顶端标出"重温经典"四个字,直接赋予此部小说文学经典的地位。

2006 年 1 月第 1 版第 1 次印刷、出版莫言的长篇巨著《生死疲劳》时,作家出版社特意邀请书法家曾来德书写封面题字,封面、封底都是一幅椭圆形的彩色佛珠,封面的椭圆形佛珠内上部以竖行红色楷体标明"莫言著",中部采取从右至左的顺序标明题名"生死疲劳",下部以竖排版红色字体标明"作家出版社"。整个封面设计显得雅俗并举、亦庄亦谐,而封面和封底的椭圆形佛珠显然与作品内容有一定的关联,喻示着佛教六道轮回的寓意。封底的装帧设计更为巧妙,把"编辑推荐语"镶嵌在佛珠内,对莫言小说进行精彩而又不无煽情式的点评和推介:

① 莫言:《檀香刑》,作家出版社 2001 年版,封底语。

一

莫言怀抱华美颓败的土地,决意对半个世纪的土地做出重述。莫言郑重地将土地放在记忆的丰碑前,看着它在历史中渐渐荒废并确认它在荒废中重新获得庄严、熔铸、锋利。

二

《生死疲劳》是一部向中国古典小说和民间叙事的伟大传统致敬的书。在这次神圣的"认祖归宗"仪式中,小说将六道轮回这一东方想象力草灰蛇线般隐没在全书的字里行间,写出了农民对生命无比执着的颂歌和悲歌。

三

地主西门闹一家和农民蓝解放一家的故事充满了吊诡和狂热,唏嘘和罹难。当转世为人的"大头儿"终于执著坚定地叙述时,我们看到了一条生气沛然的人与土地、生与死,苦难与慈悲的大河,流进了我们的心田。

四

在莫言对伟大古典小说呼应的那一刻,聆听到了"章回体"那最亲切熟悉的大音;莫言承受着生死疲劳的磨砺以及冤缠孽结,将中国人百感交集、庞杂喧哗的苦难经验化为纯美准确的诗篇,祈祷祖国庄严、宁静,祈望人类丰沛的生命祥和、自然。①

这样的推荐语一方面突显了莫言创作时阔大的胸襟和气魄:"怀抱华美颓败的土地,决意对半个世纪的土地作出重述。"另一方面也突显了小说自身所具有的历史厚重感:"莫言郑重地将土地放在记忆的丰碑前,看着它在历史中渐渐荒废并确认它在荒废中重新获得庄严、熔铸、锋利。"一方面还指出了小说中人物所具有的执着的生命意识,并使之升华到国族大叙事历史层面:"小说将六道轮回这一东方想象力草灰蛇线般隐没在全书的字里行间,写出了农民对生命无比执着的颂歌和悲歌……莫言承受着生死疲劳的磨砺以及冤缠孽结,将中国人百感交集、庞杂喧哗的苦难经验化为纯美准确的诗篇,祈祷祖国庄严、宁静,祈望人类丰沛的生命祥和、自然。"另一方面也充分肯定了小说对中国民间叙事与古典小说的传统艺术手法的完美借鉴:"《生死疲劳》是一部向中国古典小说和民间叙事的伟大传统致敬的书。"在这里,笔者不想对"编辑推介"作出点评,只是想说明这一"编辑用语"本身已经对小说和作家莫言的文学地位作出了近乎完美的肯定,这也在某种意义上初步完成了对小说《生死疲劳》价值的提升,为小说迈向"经典"奠定了坚实的基础,对于读者无疑会起到一种极具诱惑力的广告宣传效应。

再次,涉选一些与莫言生活、创作等相关的照片,以附页置于书前,供读者参阅,既

① 莫言:《生死疲劳》,作家出版社 2006 年版,封底语。

可以使读者增强对作者的了解，满足读者对作者的猎奇心理，也有助于读者对莫言小说的解读，正是所谓的“知人论世”。这些做法也是作家出版社在编辑、出版莫言小说时，为了更好地进行宣传所采用的主要策略。如1996年1月第1版第1次印刷的《丰乳肥臀》在正文本前的扉页插入莫言抽烟的彩色生活照，照片下用草书写着“莫言”二字，拉近了读者与作家莫言之间的距离，为读者更好地了解生活中的莫言提供了一扇想象和亲近的窗户。同时，在扉页上还插入了作者手迹(短篇小说《怀抱鲜花的女人》中的片段)：“她穿着一条质地非常好的墨绿色长裙……当时，在打火机的微弱光芒下，最先跳入他的眼帘并使他感到突然袭来莫名兴奋的，是女人怀里抱着的那束鲜花。”2001年3月第1版第1次印刷的《檀香刑》即在正文前插入莫言黑白色的生活照以及对莫言的文字简介，为读者更好地了解莫言提供了线索。

除了在正文前插入一些与莫言的生活、创作相关的材料，编辑还注重在正文前的书页或扉页上插入引言(或题词)，以显示其重要性。具体而言，在对莫言小说进行编辑、出版时，主要利用了这样几种类型的引言或题词：

一是写明谨以此书献给某某某，以强调本书是为谁而写。如1996年1月北京第1版第1次印刷的《丰乳肥臀》即在扉页上标注“谨以此书献给母亲在天之灵”，一方面标明作者的母亲已不在人世，另一方面则展示了莫言与母亲之间的特殊感情，同时也增加了“丰乳肥臀”这一后来备受争议的题目的庄严性与神圣性。

二是引用重要的格言、谚语或者莫言小说中的一些经典性语言作为题词。一方面，增加了小说自身的文化内蕴；另一方面，则对莫言的其他小说起到了一种变相的广告宣传作用。如2006年1月第1版第1次印刷的《生死疲劳》，扉页是一朵素净的黑白色花朵配以一句佛教用语：“佛说，生死疲劳，从贪欲起。少欲无为，身心自在。”这一用语既增加了小说《生死疲劳》的人生教化意蕴，享用了佛教经典的精神资源，与经典构成一种互文性，从而既可以使得作品自身的思想价值得以提升，又可以显示出莫言与先贤圣哲之间的精神交流，表明了莫言高洁的思想境界和胸襟。1995年5月第1版第1次印刷的五卷本《莫言文集》在每一卷目录前的扉页上都引用了莫言话语作为引言或题词，而且这些话语都摘自莫言长篇小说《丰乳肥臀》第九章“会唱歌的墙”。这五卷的引言依次是：

一

我留恋跟随爷爷去赶“雪集”的情景。在那里，你只能用眼睛看、用手势比划、用全部心思去体会，但是你绝对不能开口说话。开口说话会带来什么样的后果呢？我们心照不宣。女人们都用肥大的棉袄袖口罩住嘴巴，似乎是为了防止寒风侵入，我认为是怕话语溢出。

二

我们遵守着古老的约定，将千言万语压在心头。保尔·柯察金说不抽烟就不抽烟，高密东北乡人说不说话就不说话。当年我亲眼目睹着因为不说话，"雪集"上的交易以神奇的速度进行着，一切都变得简捷利索，一切都变得清楚明了，可见人世的话语中百分之九十九的都是废话。闭住嘴巴，省出力量来思想。

三

不说话使你捕捉到更多的信息，关于颜色、关于气味、关于形状。不说话使人处在一种相互理解的和谐气氛中。不说话使人避免了过分亲昵也避免了争斗。不说话使人与人之间拉开了一层透明的帷幕，由于有了这层帷幕，彼此反倒更深刻更亲切地记住了对方的容貌。不说话你能听到世间更多、更美好的声音。不说话女人嫣然一笑更令人神魂颠倒。

四

在"雪集"上，你愿意说话也可以，但无数的目光会谴责你，使你感到无趣。大家都能说而不说，你为什么偏要说？人民的沉默据说是一个可怕的征兆。当人民七嘴八舌地议论着时，这社会大概还有救；当人民都冷言不语、连骂娘都不愿意了时，这社会其实已经到了尽头。当然，"雪集"上的沉默仅仅是我们的古老的游戏，没有任何的沉默仅仅是我们的古老的游戏，没有任何的政治含义。

五

"雪集"的外边便是那道用数十万只酒瓶子砌成的墙。有风的天气里，瓶子们发出音色各异的呼啸。这些声音混合在一起，便成了亘古没有的音乐。我们肃立在雪地里，倾听着这变幻莫测、五彩缤纷、五味杂陈、百感交集的声音，眼睛里往往饱含着泪水，心里常怀着对祖先的崇拜、对大自然的恐惧、对未来的憧憬、对神的感激。

笔者之所以不厌其详地把这五卷的引言一一列出，是想从中看出编辑在出版这套文集时的良苦用心：如果把这五卷文集目录前扉页上的"莫言话语"连缀在一起，便构成一段完整的文字，透过这段文字，可以了解到"雪集"的风俗以及"会唱歌的墙"所指涉的意义。同时，这几段文字都出自长篇小说《丰乳肥臀》，把这几段文字以"莫言的话"的形式写在莫言文集扉页上，在一定意义上也是对即将出版的莫言新作《丰乳肥臀》的一种提前广告与大肆宣传。[①]

作为图像内容，正文中的插图如封面画一样，也具有与正文本内容、情节相联系的因素。因此，许多重视书籍的装帧、编排顺序与插图的人都非常重视插图所起的作用。如20世纪30年代着手翻译《牛虻》的李俍民就认为："好的插图所起的教育作用与原文的文字相同，有时与原文文字比起来，甚至会起更大的作用。"[②]在对莫言的小说进行编辑、出版时，编辑不仅在正文前插入莫言本人的生活照，而且为了使小说正文本显得图文并茂，还精心挑选一些与作品内容相关的图片插入书中，以此引起读者对小说文本中的人物与情节的想象。如2001年3月第1版第1次印刷的长篇小说《檀香刑》在正文本中插入了八幅与情节相关的内容。第一幅插图在第9页，画的是一位头戴插花、身穿古装、斜挎着竹篮、身材苗条、搔首弄姿的女子。这幅图像位于小说正文第一章"眉娘浪语"中，与小说中描写的眉娘一番梳洗装扮后，迎着西下的月亮，沿着青石板道，去县衙探监的情节相关。这样的插画不仅可以增加小说人物的形象感、真实感，也可以使得读者在阅读文字的同时，对小说中的眉娘进行各种各样的文学想象。其他几幅画也具有这样的作用。如位于小说第75页的第二幅插图，画的是一个呆头呆脑的汉子，这个汉子头发稀疏，上身穿着露肩的带袢肚兜，腰系打着结的布腰带，下身穿着粗腿裤，脚穿圆口布鞋，歪着头看着一条吐着信子的长蛇，其右边是一只戴着佛珠的老虎。如果不读正文，读者可能会觉得这幅图像荒唐而不得其解，读过正文，才能明白：小说中的小甲是一个缺心眼的傻瓜。小说写道：他拿着一根被当作宝贝的虎须，看到老婆眉娘是一条吐着紫色信子、如水桶般粗细的白色大蛇。县长钱丁钱大老爷则是一只头如柳斗般大的白虎精转世。插入这幅插图，就有助于读者更好地理解正文。

最后，跋对于促进小说创作的经典化也起到了重要的推进作用，这一点作家出版社在出版莫言小说时也没有忽视。根据金宏宇的研究，跋又称"书后"、"后序"，新文学版本中多称之为"后记"。如果对莫言一些小说的后记进行考察，那么可以发现，后记在使莫言小说经典化过程中起到了很大的作用。最值得一提的是，在2001年3月版的《檀香刑》的后记里，莫言不仅向读者详述了其创作、构思这部小说的最早动机来自于两种声音（一是在古老的胶济铁路上奔驰了一百年的火车的声音，节奏分明，铿锵有力，有黑与蓝

---

① 《丰乳肥臀》最初在《大家》1995年第5、6两期连载，贾平凹主持，李巍、潘灵为责任编辑。在小说正文前的"编者按"里，编辑曾对小说作出过隆重推介："这是莫言从事创作迄今，一部总结性的长篇小说。莫言说此书从狭义上讲是奉献给母亲在天之灵的，从广义上讲是敬献给中国农村所有母亲们的。因此，在这部作品中，作家极为清醒明确地对长篇小说的意义所在进行了一次冷静深入的阐释，从小说的思想内涵、历史跨度、故事内容、时空容量等都进行了匠心独具的架构，使这部具有史诗品格的作品终于与读者相见了。这部小说创作历时两年。小说共分七章，包括补遗另一章，分两期刊出，此书即将由作家出版社隆重推出。"由作家出版社于1996年1月第1版第1次印刷。

② 胡守文：《〈牛虻〉故事》，郝振省主编：《名著的故事》，第7页。

混合在一起的严肃的颜色，有钢铁般的重量，有冰凉的温度；一是流传在高密一带的地方小戏猫腔），而且还向读者交代了《檀香刑》的题材渊源与嬗变历程。早在清末民初，关于孙丙抗德的故事已经被民间猫腔艺人搬上了舞台。“文革”后期，形势宽松之后，猫腔《檀香刑》应运而生。1986年春节，火车和猫腔这两种与莫言的青少年交织在一起的声音已经在莫言心中埋下了种子。而且，莫言深信：它们总有一天会发育成一棵大树，成为他的一部重要作品。1996年秋天，莫言即开始动笔创作长篇小说《檀香刑》。值得注意的是，莫言在后记中针对这部小说的创作表明了自己的创作立场和创作理念，对读者解读他的小说起到了一种积极的引导作用，也曲折地表达了他自己的文学经典观。为了更好地说明问题，不妨摘录如下：

> 1996年秋天，我开始写《檀香刑》。围绕着有关火车和铁路的神奇传说，写了大概有五万字，放了一段时间回头看，明显地带着魔幻现实主义的味道，于是推倒重来，许多精彩的细节，因为很容易有魔幻气，也就舍弃不用。最后决定把铁路和火车的声音减弱，突出了猫腔的声音，尽管这样会使作品的丰富性减弱，但为了保持比较多的民间气息，为了比较纯粹的中国风格，我毫不犹豫地做出了牺牲。
>
> 就像猫腔不可能进入辉煌的殿堂与意大利的歌剧、俄罗斯的芭蕾同台演出一样，我的这部小说也不大可能被钟爱西方文艺、特别阳春白雪的读者欣赏。就像猫腔只能在广场上为劳苦大众演出一样，我的这部小说也只能被对民间文化持比较亲和态度的读者阅读。也许，这部小说更适合在广场上由一个嗓音嘶哑的人来高声朗诵，在他的周围围绕着听众，这是一种用耳朵的阅读，是一种全身心的参与。为了适合广场化的、用耳朵的阅读，我有意地大量使用了韵文，有意地使用了戏剧化的叙事手段，制造出了流畅、浅显、夸张、华丽的叙事效果。民间说唱艺术，曾经是小说的基础。在小说这种原本是民间的俗艺渐渐的成为庙堂里的雅言的今天，在对西方文学的借鉴压倒了对民间文学的继承的今天，《檀香刑》大概是一本不合时尚的书。《檀香刑》是我的创作过程中的一次有意识地大踏步撤退，可惜我撤退得还不够到位。[①]

这段后记不仅可以使读者了解到莫言创作历程中文学理念的蜕变，而且也指出了小说《檀香刑》的主要服务对象，充分体现出莫言力求使作品具有比较纯粹的中国风格、保持比较多的民间气息的文学追求。因此，这段后记也是中国当代文学史上一段弥足珍贵的史料，它为我们更好地了解莫言及其创作提供了一部极其丰富多彩的文学档案，它对读者思想的启迪，更是绵长而深远。

① 莫言：《檀香刑·后记》，第517～518页。

第三节　上海文艺出版社系列

如果说作家出版社是较早也是较为集中地出版莫言长篇小说与小说集的一家出版社，那么上海文艺出版社则是最为集中也是最为频繁地出版莫言长篇小说与小说集的一家出版社。

从前文莫言长篇小说的统计情况可以看出，自2005年6月第1版第1次印刷由几个中篇小说连缀而成的长篇小说《红高粱家族》到2012年10月集中出版由莫言11部长篇小说组成的《莫言文集》止，上海文艺出版社八年时间内出版的莫言的长篇小说主要有：(1)《红高粱家族》先后被出版过3次。第一次是2005年6月版，第二次是2008年8月版，第三次是2012年10月版。(2)《天堂蒜薹之歌》先后被出版过2次。第一次是2009年8月版，第二次是2012年10月版。(3)《十三步》先后被出版过2次。第一次是2009年8月版，第二次是2012年10月版。(4)《食草家族》先后被出版过3次。第一次是2005年6月版，第二次是2009年8月版。第三次是2012年10月版。(5)《酒国》先后被出版过2次。第一次是2008年8月版，第二次是2012年10月版。(6)《红树林》先后被出版过2次。第一次是2009年8月版，第二次是2012年10月版。(7)《檀香刑》先后被出版过2次。第一次是2008年8月版，第二次是2012年10月版。(8)《生死疲劳》先后被出版过2次。第一次是2008年8月版，第二次是2012年10月版。(9)《四十一炮》先后被出版过2次。第一次是2008年8月版，第二次是2012年10月版。(10)《丰乳肥臀》先后被出版过2次。第一次是2012年6月版，第二次是2012年10月版。

从对莫言中短篇小说集出版的统计情况看，从2000年11月出版"莫言精短小说系列"[①]到2010年8月，上海文艺出版社出版的莫言小说集有：(1)《老枪·宝刀》，2000年11月版。(2)《苍蝇·门牙》，2000年11月版。(3)《初恋·神嫖》，2000年11月版。(4)《白狗秋千架》[②]("莫言短篇小说全集"之一)先后出版过2次。第一次是2005年6月

---

① 包括《老枪·宝刀》、《苍蝇·门牙》、《初恋·神嫖》三个短篇小说集。

② 内收小说30篇，分别是：《春夜雨霏霏》、《丑兵》、《放鸭》、《白鸥前导在春船》、《因为孩子》、《黑沙滩》、《岛上的风》、《售棉大路》、《民间音乐》、《三匹马》、《大风》、《石磨》、《五个饽饽》、《枯河》、《秋水》、《白狗秋千架》、《老枪》、《断手》、《草鞋窨子》、《苍蝇·门牙》、《罪过》、《弃婴》、《飞艇》、《凌乱战争印象》、《革命浪漫主义》、《猫事荟萃》、《养猫专业户》、《遥远的亲人》、《人与兽》、《爱情故事》。

版，第二次是2012年10月版。(5)《与大师约会》①("莫言短篇小说全集"之二)先后出版过3次，第一次是2005年6月版，第二次是2009年1月版，第三次是2012年10月版。(6)《欢乐》②("莫言中篇小说系列"之一)，2010年8月版。(7)《怀抱鲜花的女人》③("莫言中篇小说系列"之二)，2010年8月版。(8)《师傅越来越幽默》④("莫言中篇小说系列"之三)，2010年8月版。

从上面的统计数据可以发现，就笔者所掌握的材料而言，上海文艺出版社是出版莫言所有小说最为全面的一家出版社。该出版社不仅已经全部出版了莫言创作的11部长篇小说，而且一些长篇小说被再版或重印。同时，该出版社还出版了莫言公开发表的短篇小说全集。从1981年发表在河北保定市刊物《莲池》第5期上的《春夜雨霏霏》开始，到2005年1月发表在《上海文学》第1期上的《小说九段》为止，共收入短篇小说75篇，时间跨度为24年。另外，上海文艺出版社还将莫言全部的中篇小说重新进行编排，分为三集出版，共收入莫言中篇小说25部：其中第一集《欢乐》主要收入莫言创作于80年代的中篇小说8部；第二集《怀抱鲜花的女人》主要收入创作于80年代的《筑路》和90年代初期创作的中篇小说7部；第三集《师傅越来越幽默》所选的主要是90年代末至21世纪以来创作的作品，最早的一部是发表于1998年《东海》第3期上的《牛》，当过多年中学语文教师的莫言大哥管谟贤认为《牛》是莫言写得最好的中篇。最晚的一部是发表于《人民文学》2009年第10期上的《变》。⑤

上海文艺出版社对莫言小说如此全面、集中地出版，一方面为读者更为全面地了解莫言的创作轨迹及其创作风格的嬗变提供了完整的借鉴。正如莫言本人所言："过去虽多次出过短篇集子，但都羞于拿出全部稍作示人。这次则和盘托出，不避浅陋，为的是让那些对我的创作比较关注的读者，了解我的短篇小说创作的发展轨迹。也让那些对我的

---

① 2005年6月版内收小说44篇，到2005年1月发表在《上海文学》第1期上的《小说九段》为止。2009年1月版内收小说45篇，分别是：《初恋》、《奇遇》、《辫子》、《金鲤》、《夜渔》、《鱼市》、《地道》、《地震》、《天才》、《良医》、《神嫖》、《飞鸟》、《粮食》、《灵药》、《铁孩》、《翱翔》、《姑妈的宝刀》、《屠户的女儿》、《麻风的儿子》、《马语》、《拇指铐》、《长安大道上的骑驴美人》、《白杨林里的战斗》、《一匹倒挂在杏树上的狼》、《蝗虫奇谈》、《祖母的门牙》、《儿子的敌人》、《天花乱坠》、《沈园》、《学习蒲松龄》、《与大师约会》、《茂腔与戏迷》、《枣木凳子摩托车》、《冰雪美人》、《倒立》、《嗅味族》、《木匠与狗》、《火烧花篮阁》、《月光斩》、《普通话》、《大嘴》、《挂像》、《养兔手册》、《小说九段》、《麻风女的情人》。

② 内收中篇小说8部，分别是：《透明的红萝卜》、《球状闪电》、《金发婴儿》、《爆炸》、《欢乐》、《流水》、《野种》、《你的行为使我们恐惧》。

③ 内收中篇小说8部，分别是：《筑路》、《怀抱鲜花的女人》、《红耳朵》、《白棉花》、《战友重逢》、《梦境与杂种》、《幽默与趣味》、《模式与原型》。

④ 内收中篇小说9部，分别是：《牛》、《我们的七叔》、《三十年前的一次长跑比赛》、《师傅越来越幽默》、《野骡子》、《司令的女人》、《藏宝图》、《扫帚星》、《变》。

⑤ 参见莫言：《师傅越来越幽默·序言》，上海文艺出版社2010年版，第1页。

创作了解不多的读者，通过阅读这部合集，可以看到一个作者是怎样随着时代的变化和自身的变化，使自己的小说不断地改换着面貌。”[①]另一方面，作家出版社作为人民文学出版社的附属出版社，更多地以出版比较经典性的文学艺术作品为主。虽然上海文艺出版社与作家出版社一样，也是成立较早的“国家级”出版社，但是作为省、市级的文艺类出版社，随着出版机制的“市场化”转型，上海文艺出版社在出版方面更注重受众群体的广大和经济效益的追求。因此，上海文艺出版社如此大规模地多次出版、印刷莫言的所有小说，也从一个侧面反映出莫言小说的销量之广。销量的增多则又无形中加快了莫言小说的阅读与传播速度，而文学经典化过程的一个重要因素即在于“某一文学作品在特定文化范围内为尽可能广大的民众所知晓和熟悉的社会化过程”。因此，阅读与传播速度的加快对于推动莫言小说的进一步经典化无疑起到了一种发酵作用。

作为比较集中出版莫言小说的两家出版社，在对莫言小说的宣传、包装方面，如果说作家出版社更注重对莫言小说进行“原创”式的评介，那么上海文艺出版社则更注重引用莫言小说被广泛接受后在文坛引起的阅读效应对其进行广泛宣传和倾力打造。而且，就笔者掌握的相关材料看，上海文艺出版社也是在出版时对莫言的小说创作宣传力度最大的一家出版社。

首先，在文学生产与消费环节，文学评奖以及知名作家、批评家对一个作家的好评，不仅是对一个作家创作水平和文学价值的充分肯定，而且也会对读者的阅读形成一种无形的引导作用。因此，出版社在再版一个作家的作品时，往往注重在封面等显要位置罗列出该位作家所获的各项重要奖项，或者引用一些授奖辞以及一些知名人士对该作家的点评，以突显该作家创作的文学价值和文学意义。上海文艺出版社在出版莫言的小说时正是充分利用了这一点，对封面、封底进行了精心的设计。

如出版于 2010 年 8 月的中篇小说系列《欢乐》、《怀抱鲜花的女人》和《师傅越来越幽默》，编辑特意把封面放大，一打开封面，首先是黑白色的莫言生活照以及对莫言创作的简介，其次是对莫言所获海内外各种奖项的简介，然后是对莫言中篇小说系列的简介：

莫言：

山东高密人，1955 年生，著有《红高粱家族》、《天堂蒜薹之歌》、《酒国》、《丰乳肥臀》、《檀香刑》、《生死疲劳》、《蛙》等长篇小说十一部，《透明的红萝卜》、《欢乐》、《司令的女人》等中短篇小说一百余部，并有剧作、散文集多部；其中许多作品已被翻译成英语、法语、德语、意大利语、西班牙语、日语、韩语、越南语等多种语言，在国内外文坛上具有广泛影响。

---

① 莫言：《与大师约会》，上海文艺出版社 2009 年版，扉页。

> 莫言和他的作品获得过多种国内外文学奖项,如:“联合文学奖”(“台湾”)、“华语文学传媒大奖·年度杰出成就奖”、“Laure Bataillin(儒尔·巴泰庸)外国文学奖”(法国)、“法兰西文化艺术骑士勋章”、“NONINO(诺尼诺)国际文学奖”(意大利),“福冈亚洲文化大奖”(日本)、“纽曼华语文学奖”(美国)以及“世界华文长篇小说奖·红楼梦奖”(香港浸会大学),等等。其最新长篇小说《蛙》(2009年12月出版),被《南方周末》评选为“2009年度文化原创榜虚构类致敬作品”,并获得“《人民文学》长篇小说双年奖”、“春申文学奖”等多个奖项。
>
> “莫言中篇小说系列”(三册)收入作者迄今为止的全部中篇小说二十五部。相比于作者的《丰乳肥臀》、《檀香刑》、《生死疲劳》等长篇巨制,这二十多部中篇小说不仅艺术风格鲜明,而且各具特色;其中有许多部,无论内容或篇幅都堪称是十分精彩的“小长篇”。

这里对莫言及其获奖情况的简介不仅可以增强读者对莫言小说创作的了解,更是对莫言创作成就的最有力的肯定与说明,而且最大限度地宣传了莫言创作在国内外文坛产生的广泛影响。

2009年1月出版、2011年4月重印的《与大师约会》(“莫言短篇小说全集”之二)在封面同样对莫言以及莫言的获奖情况作出了介绍,而且对莫言的获奖情况介绍得更为详尽:

> 莫言和他的作品获得过海内外众多奖项,主要有:1988年获得台湾“联合文学奖”;1996年获得首届“大家·红河文学奖”;2001年获得法国“Laure Bataillin外国文学奖”;2001年获得第二届“冯牧文学奖·军旅文学创作奖”;2002年获得首届“鼎钧文学奖”,入围第六届“茅盾文学奖”;2002年获得台湾联合报评选“2001年十大好书奖”;2004年获得第二届“华语文学传媒大奖·年度杰出成就奖”,入围首届“曼布克亚洲文学奖”;2004年获得“‘茅台杯’人民文学奖”;2004年获得法国政府颁发的“法兰西文化艺术骑士勋章”;2005年获得第十三届意大利“NONINO国际文学奖”;2006年获得日本第十七届“福冈亚洲文化大奖”;2007年获得“‘福星惠誉杯’《十月》优秀作品奖”;2008年获得香港浸会大学世界华文长篇小说奖“红楼梦”首奖,入围“茅盾文学奖”。

同时,编辑对莫言获奖情况进行简介之后,又在肯定莫言长篇小说创作成就的同时,对莫言短篇小说创作的总体成就和丰富创造力进行了充分的肯定和评价:

> 二十多年来,莫言不仅在长篇小说领域取得了辉煌的成就,在短篇小说方面也同样显示了丰富的创造力,并获得过多种文学奖项。他的短篇小说故事饱满,风格

> 多样，如同肥沃而复杂的中国土地上生长出来的丰富多彩的朵朵奇葩，既有对乡村残酷现实的犀利揭露，也有对乡村纯朴人情的感人描写，还有种种荒诞离奇却又逼真入神的传奇述说……其中的《月光斩》获得2005年首届“蒲松龄短篇小说奖”，2007年“人民文学奖”。

这样带有浓郁感情色彩的褒奖，对于进一步扩大莫言短篇小说在文学界的影响显然起到了一种催化剂的作用。“如同肥沃而复杂的中国土地上生长出来的丰富多彩的朵朵奇葩”的精彩比喻，一方面肯定了中国文化底蕴的深厚，另一方面暗示出莫言小说创作的独创性与奇异性，而独创性正是以布卢姆为代表的“本质主义经典观”所持的主要观点。因此，这样的评价实际上已经指出了莫言文学经典地位的形成。

在出版莫言的长篇小说时，上海文艺出版社对莫言小说获奖情况的介绍更加详细，不仅列出了莫言获得的主要奖项，而且列出了获奖的主要作品及其获奖时间。如2008年8月出版、2008年12月重印的长篇小说《四十一炮》，编辑在封底处对莫言及其作品获得的海内外众多奖项作了详细的介绍：

> 迄今为止，莫言和他的作品已经获得海内外众多奖项，其中：
>
> 《红高粱家族》：2001年获得第二届“冯牧文学奖·军旅文学创作奖”；英美学界重量级期刊 *WORLD LITERATURE TODAY*（《今日世界文学》）评为七十五年来世界四十部杰出作品之唯一中文小说；《亚洲周报》评选为20世纪中文小说“百年百强”第十八名。其中的《红高粱》获得1987年第四届“全国中篇小说奖”，根据此小说改编的同名电影获得第三十八届柏林电影节“金熊奖”。
>
> 《丰乳肥臀》：1996年获得首届“大家·红河文学奖”。
>
> 《酒国》：2001年此书法语版获得法国“Laure Bataillin（儒尔·巴泰庸）外国文学奖”。
>
> 《檀香刑》：2002年获得首届“鼎钧文学奖”；入围第六届“茅盾文学奖”；2002年获得台湾联合报“2001年十大好书奖”、中国小说学会“2001年度小说排行榜”榜眼。
>
> 《四十一炮》：2004年获得第二届“华语文学传媒大奖·年度杰出成就奖”。
>
> 《生死疲劳》：2007年获得“‘福星惠誉杯’《十月》优秀作品奖”；入围首届“曼布克亚洲文学奖”；中国小说学会“2006年度小说排行榜”榜首、《亚洲周刊》“2006年十大好书”。
>
> 莫言获得的其他重要奖项有：
>
> 1988年获得台湾“联合文学奖”；2004年获得“‘茅台杯’人民文学奖”；2004年获得法国政府颁发的“法兰西文化艺术骑士勋章”；2005年获得第十三届意大

利“NONINO 国际文学奖”;2006 年获得日本第十七届“福冈亚洲文化大奖”。

在封面上引用授奖辞或一些资深作家、评论家对莫言作品的评介语,以突出莫言小说创作的文学价值和成就,也是上海文艺出版社在出版莫言小说时采取的主要策略。在 2008～2010 年这两年期间,上海文艺出版社连续出版、重印了莫言的几乎所有长篇小说或小说集,并且对莫言的小说分四类[①]推出:第一类是莫言获奖长篇小说系列,包括《檀香刑》、《四十一炮》、《酒国》、《生死疲劳》四部,在每部书封面的右上角均注明“莫言获奖长篇小说系列”;第二类是莫言长篇小说系列,包括《天堂蒜薹之歌》、《十三步》、《食草家族》、《红树林》四部,在每部书的右上角均注明“莫言长篇小说系列”,在《天堂蒜薹之歌》和《十三步》这两部书的封面下方特意注明是“全新修订版”;第三类是莫言短篇小说全集系列,包括《白狗秋千架》和《与大师约会》两部;第四类是莫言中篇小说系列,包括《欢乐》、《怀抱鲜花的女人》、《师傅越来越幽默》三部。除第二类之外,其他三类每本书的封面上都分别引用了不同的授奖辞抑或其他作家、评论家对莫言的点评。

如 2008 年 8 月第 1 版、2008 年 12 月重印的长篇小说《四十一炮》的封面引用的是 2004 年第二届“华语文学传媒 · 年度杰出成就奖”授奖辞:

> 他通透的感觉、奇异的想象力、旺盛的创造精神,以及他对叙事艺术探索的持久热情,使他的小说成了当代文学变革旅途中的醒目界碑。他从故乡的原始经验出发,抵达的是中国人精神世界的秘密腹地。他的笔下的欢乐和痛苦,说出的是他对民间中国的基本关怀,对大地和故土的深情感念。

2008 年 8 月第 1 版、2008 年 11 月重印的长篇小说《酒国》的封面引用的是 2001 年法国“Laure Bataillin 外国文学奖”授奖辞:

> 由中国杰出小说家莫言原创的《酒国》……是一个空前绝后的试验性文本。其思想之大胆,情节之奇幻,人物之鬼魅,结构之新颖,都超出了法国乃至世界读者的阅读经验。

2008 年 8 月第 1 版、2011 年 3 月重印的长篇小说《檀香刑》的封面引用的是 2002 年首届“鼎钧文学奖”授奖辞:

> 莫言的感觉方式有着深厚的地域和民间渊源。《檀香刑》是这样一个标志:民间渊源首次被放到文源论的高度来认识,也被有意识地作为对近二三十年中国小说创作总从西方话语的大格局中寻求超越和突破的手段加以运用——民间戏曲、

① 《蛙》单独推出,《丰乳肥臀》于 2012 年 6 月推出。

说唱,既被移植到小说的语言风格中,也构成和参与了小说人物的精神世界。这种“形式”与“内容”的浑然一体,使得《檀香刑》比以往任何高扬“民间性”的小说实践,走得更远,也更内在化。

2008年8月第1版、2011年3月重印的长篇小说《生死疲劳》的封面引用的是2007年“‘福星惠誉杯’《十月》优秀作品奖”授奖辞:

> 作品植根于中国文化的母体,将夸张的想象与质朴的现实完美地结合在一起,激情四溢的诗性笔触游走于阴阳两界,全景式地展示了乡村中国的生存画卷。作家将沉重的思想贯注于狂欢式的叙述中,在对苦难的戏谑中加深对苦难的理解。从语言、叙事到人物、事件,作品都有独到的探索。

2008年8月第1版的莫言中篇小说系列《欢乐》、《怀抱鲜花的女人》与《师傅越来越幽默》的封面分别引用了以色列著名作家奥兹、哈佛大学教授王德威、著名作家与评论家李敬泽对莫言的评价。奥兹指出了他喜欢莫言的创作风格的原因:“我很喜欢莫言的风格,因为他的文字很锋利,能看到乡村的炊烟,闻到乡村的味道。”王德威认为:“莫言的故事可以悲壮,但他的叙事姿态总有一股异想天开的青春期征候。”李敬泽则认为:“他(莫言)重新接通了我们民族伟大叙事传统之间的活生生的血肉联系。”2009年1月第1版、2011年4月重印的“莫言短篇小说全集”之二《与大师约会》的封面引用的是1994年诺贝尔文学奖获得者大江健三郎对莫言短篇小说的高度评价,在他看来:“如果在世界上给短篇小说排出前五名的话,莫言的应该进去。”同时,该书的封面还引用了第二届“华语文学传媒大奖”授奖辞:“莫言的写作一直是当代中国的重要象征之一。”

上海文艺出版社在出版莫言的小说或小说集时,不仅在封面部分引用一些授奖辞来凸显莫言文学创作的价值和意义,而且在勒口部分也引用一些授奖辞以进一步突出莫言在世界文坛的突出地位。在2008～2009年这两年期间出版的莫言的7部长篇小说①的封面勒口部分和2009年1月第1版、2011年4月重印的“莫言短篇小说全集”之二《与大师约会》的封底勒口部分,都引用了2006年日本第十七届“福冈亚洲文化大奖”对莫言的高度评价:“在西欧文学压倒性的影响下和历史传统的重压下,展示了带领亚洲文学走向未来的精神……不但是当代中国文学的旗手,也是亚洲和世界文学的旗手,他的作品引导亚洲文学走向未来。”值得一提的是,在《与大师约会》一书的封底勒口部分,还特意配置了莫言的黑白生活照。

---

① 这7部长篇小说分别是:《天堂蒜薹之歌》、《十三步》、《红树林》、《四十一炮》、《酒国》、《生死疲劳》、《檀香刑》。

其次，在出版莫言的长篇小说时，在书的封面或封底插入对莫言及其作品的总体评价，以突显莫言创作的地位之高。在2005年6月第1版第1次印刷的长篇小说《红高粱家族》的封底上，编辑称《红高粱家族》是“史诗般的小说”，莫言是“一流的中国作家”，充分肯定了莫言小说的价值和莫言在中国文坛上的地位。2008～2009年，出版莫言的几部获奖长篇小说系列①时，编辑都在封底上写有“莫言获奖长篇小说系列”、“顶级作家、顶级作品”字样。在出版短篇小说全集《白狗秋千架》和《与大师约会》时，在封底上也写有“顶级作家、顶级作品”字样，以突出莫言小说的经典性。

同时，在对该书进行版式设计时，特意在封面或封底上写上对该书言简意赅、近似广告宣传性质的评价，也是上海文艺出版社在出版莫言小说作品时引起读者购买欲望和阅读兴趣的一种策划手段。2008年8月第1版、2011年3月重印的长篇小说《檀香刑》封底对该书的评价是：“一场可歌可泣的反殖民抗争，一桩骇人听闻的血腥酷刑，一段缠绵悱恻的动人爱情，一曲惊天地泣鬼神的猫腔表演，一部真正来自民间、充满声音的长篇小说。”2008年8月第1版、2008年12月重印的长篇小说《四十一炮》封底对该书的评价是：“主人公身体虽已成年，精神却还停留在童年，通过信口开河的诉说重塑少年岁月，与苍白的人生抗衡，与失败的奋斗抗衡，与流逝的时光抗衡。”2008年8月第1版、2008年12月重印的长篇小说《酒国》封底对该小说的评价是：“侦探小说、残酷现实主义小说、表现主义小说、象征主义小说、魔幻现实主义小说、武侠传奇小说、抒情小说、结构主义小说——小说文体的‘满汉全席’。”2008年8月第1版、2011年3月重印的长篇小说《生死疲劳》的封底对该小说的评价是：“‘六道轮回’民间想象与古典章回体成功结合展示半个世纪农民命运和乡村变迁的长篇史诗，关于人和灵、生和死、苦难和慈悲的长篇力作。”

如果说上述这几部小说都是获过奖的小说，编辑在封底对这几部小说附上如此高的评价，对于充分调动读者的阅读期待起到了一种积极的引导作用，那么在莫言的其他几部小说《天堂蒜薹之歌》、《十三步》、《食草家族》和《红树林》的封底处，编辑索性直接以“敬请期待”四个红色大字吸引读者的眼球：“莫言最新长篇小说将于近期由本社隆重推出：对生命强烈的人道关怀，贴近生活的史诗般叙述，长达数年的精心打造，令人惊叹的艺术探索。”暂且不说这样的评价是否属实，但是这一近乎广告性质的推介已经有力地加速了莫言小说的传播，激起了读者对莫言小说的文学想象。值得注意的是，出版社不仅在封底处对莫言小说做足宣传和推介，还在这几部小说的封面上对小说进行了煽情式的评介。编辑对小说《红树林》的推介是：“莫言唯一一部离开高密东北乡的长篇小说，爱恨情仇的复杂描写，全知全能的神秘叙述。”对《食草家族》的推介

① 这几部小说是：《红高粱家族》、《酒国》、《檀香刑》、《四十一炮》、《生死疲劳》。

是:“充分展示作者‘食草哲学’将荒诞与魔幻发展到极致的艺术探险。”对《十三步》的推介是:“当代中国版‘变貌记’、用荒诞艺术手法描写知识分子生活、鲜明的时代烙印、大胆的艺术实验。”对《天堂蒜薹之歌》的推介是:“体现作家良知、反映弱势群体的长篇力作,义愤填膺的叙述与民间艺人的演唱互为联动,汹涌澎湃、充满力度。”

对于最新出版的书或者重新修订的小说,上海文艺出版社在进行封面设计时,更注重对内容的详细介绍。2009 年 12 月第 1 版第 1 次印刷的长篇小说《蛙》在封面莫言彩色生活照片及其获奖简介的文字下面,从创作历程、艺术结构和小说内容几个方面对小说《蛙》进行了评介:“《蛙》是莫言酝酿十余年、笔耕四载、三易其稿、潜心打造的一部触及国人灵魂最痛处的长篇力作。小说由剧作家蝌蚪写给日本作家杉谷义人的四封长信和一部话剧构成,讲述了姑姑——一个乡村妇科医生的人生经历,在用生动感人的细节展示乡土中国六十年波澜起伏的生育史的同时,毫不留情地剖析了当代知识分子卑微的灵魂。”2012 年 6 月第 1 版第 1 次印刷的长篇小说《丰乳肥臀》的封面设计更加富有创意。该书封面由乔祯设计,左边是一幅赭色的抽象画,画着一位丰乳肥臀的女子,此位女子一臂弯曲举过头顶,另一臂自然下垂,右侧紧靠着这幅画用白色宋体字竖行写着“莫言著”。封面右上角写着“茅盾文学奖获得者莫言作品系列”,这几个字被巧妙地安置在一个黄色衬底的长方形里面。下面以黑色字体、竖行版错落有致地写着该部小说的题目“丰乳肥臀”,显得既美观又不失庄严。题目下面以比题目小得多的字体和横排版分三行写着对该小说的短评:“大苦闷、大悲悯、大抱负;天马行空般的大精神;落了片白茫茫大地真干净的大感悟。”腰封上面写着莫言本人对该部小说近似自我经典化的推介:“你可以不看我所有的作品,但你如果要了解我,应该看我的《丰乳肥臀》。”接下来是编辑对《丰乳肥臀》在中国当代文学中的地位的充分肯定:“《丰乳肥臀》是一道艺术想象的巨流,五十万言一泻而下,辉映出了北方大地近一个世纪的历史风云。这是莫言小说创作的突破,也是中国当代文学的一次突破。”编辑如此高地评价莫言小说,一方面拉动了读者的购买力;另一方面则在客观上提升了莫言的文学地位,促进了莫言文学的经典化。

再次,在新出版的莫言一些书的正文本后面对上海文艺出版社已经出过的莫言的其他书进行广告宣传,以拉动读者对其他书的购买需求,也是上海文艺出版社采取的策略。这一方面可以拉动读者的购买力;另一方面则加快了莫言小说的传播和流通速度,增进了莫言小说的影响力。2009 年 12 月版的长篇小说《蛙》,在正文本后面用了 4 页的篇幅对上海文艺出版社已出的莫言作品《红高粱家族》、《酒国》、《四十一炮》、《檀香刑》、《生死疲劳》、《天堂蒜薹之歌》、《十三步》、《食草家族》、《红树林》、《白狗秋千架》、《与大师约会》进行了介绍。值得注意的是,编辑不仅介绍了本书的定价,而且还进行了精当的点评。对于《红高粱家族》、《酒国》、《四十一炮》、《檀香刑》和《生死疲劳》,点评之后还附上了一些代表性的授奖辞以及图书封面。如:在介绍《红高粱家族》时,直接指出该部小说是莫言小说迈向经典的初具规模的奠基之作:“让莫言走向世界的经典;他的文学帝国‘高密东北乡’以此奠基,初具规模。”在介绍《四十一炮》和《檀香刑》时,分别指出:《檀香刑》是入围“第六届茅盾文学奖”终评作品,《四十一炮》是入围“第七届茅盾文学奖”终评作品。这样的简介,给不太了解莫言的读者提供了无比珍贵的信息,也将成为中国当代文学史上弥足珍贵的史料;同时,这也使读者充分认识到小说的文学价值,提升了小说的文学品位,调动起了读者的阅读期待。

最后,在小说正文本前附上作家本人或他人为该书撰写的序言,是使读者更好地解读该书的一种主要途径。根据金宏宇的研究,序分自序和他序两种。他进一步指出:“新文学版本中一些特别重要的或影响很大或者版次很多的作品往往有很多他序和自序,如汪静之的《蕙的风》有朱自清的序、胡适的序、刘延陵的序和自序。《尝试集》有三个自序。多序的版本无非证明了作品的文学史经典意义或证明了版本演变的复杂性。”①因此,序言有时候也会对文本的经典化建构起到一定的推动作用。

上海文艺出版社在出版莫言的多部长篇小说或小说集时,同样运用了序(或引言)和跋(或后记)对莫言的创作进行价值判断和定位。如在2008～2009年出版的莫言长篇小说系列丛书中的每一部长篇小说和2012年6月版的长篇小说《丰乳肥臀》的正文本前,编辑都把莫言写的《捍卫长篇小说的尊严》这篇文章作为代序言,借以传达出莫言对长篇小说创作的推崇,也从一个侧面反映出莫言的小说创作经典观。在莫言看来:“长度、密度和难度,是长篇小说的标志,也是这伟大文体的尊严。”②他进一步指出:“长篇小说的长度、密度和难度,造成了它的庄严气象。它排斥投机取巧,它笨拙,大度,泥沙俱下,没有肉麻和精明,不需献媚和撒娇。”“真正的长篇小说,知音难觅,但知音难觅是正常的。伟大的长篇小说,没有必要像宠物一样遍地打滚,也没有必要像鬣狗一样结群吠叫。它应该是鲸鱼,在深海里,孤独地遨游着,响亮而沉重地呼吸着,波浪翻滚地交配着,血水浩荡地生产着,与成群结队的鲨鱼,保持着足够的距离。”③从莫言的自序中可以发现,他心目中“伟大的长篇小说”不是一味地迎合时代、迎合潮流、迎合某些读者,也不是所谓的人云亦云,一部“伟大的小说”应该具有艺术上的独特性、陌生性与原创性。而“文学的魅力,就在于它能被误读。一部作家的主观意图和读者的读后感觉吻合了的小说,可能是一本畅销书,但不会是一部‘伟大的小说’”④。

---

① 金宏宇:《新文学的版本批评》,武汉大学出版社2007年版,第17页。
② 莫言:《酒国·捍卫长篇小说的尊严(代序言)》,上海文艺出版社2008年版,第1页。
③ 莫言:《酒国·捍卫长篇小说的尊严(代序言)》,第6～7页。
④ 莫言:《酒国·捍卫长篇小说的尊严(代序言)》,第6页。

第三章
文学选刊与莫言小说的推介

罗执廷在其博士论文《文学选刊与当代小说的发展——兼论一种当代文选运作机制》中曾经概括指出："文学选刊在当代文学场中扮演着文学传播、文学评价、文学生产导引三个重要角色和功能。"①同时，由于文学选刊自身所具有的"选优"特质而拥有数量可观的读者，因此，其在当代作家作品的经典化过程中便具备了一种毋庸置疑的资质和能力。本章拟以《小说月报》、《小说选刊》与《中篇小说选刊》为例重点考察文学选刊在莫言创作的经典化历程中所发挥的重要推介作用。

第一节　文学选刊与中国当代文学的繁荣

"文革"浩劫结束之后，许多在"文革"中被迫停刊的文学期刊纷纷复刊，许多在"文革"中被剥夺了创作权利的作家重新回归文坛，许多文学新秀也怀着对文学的憧憬向艺术的殿堂迈进，中国因此而迎来了"举国文学热"，文学刊物的种类随之有了显著增加。据统计，1980 年全国共拥有各级文学期刊 265 种，1983 年上升为 479 种，而"文革"前，全国拥有各级文学期刊最多的年份也仅有 71 种。就小说而言，1978 年以来，平均每年创作的短篇小说高达 1 万篇左右；1980 年中篇小说的产量是 120 部，超过"文革"前十七年的总和；1983 年更是激增到了 800 部。② 伴随着文学作品以及文学期刊数量的日益激增，文学界难免会出现良莠不齐的作品充斥文坛的现象。面对众多的文学文本，渴望阅读到引领文学潮流的文学精品的广大读者由于精力、金钱和时间有

① 罗执廷：《文学选刊与当代小说的发展——兼论一种当代文选运作机制》，暨南大学博士学位论文，2008 年。

② 参见罗执廷：《文学选刊与当代小说的发展——兼论一种当代文选运作机制》，暨南大学博士学位论文，2008 年。

限，不可能穷尽所有的文学期刊，只能有选择地进行阅读。为了适应广大读者的阅读需求，新时期以来，许多以选载或转载同时期发表的文学作品为主的连续性标准出版物如《小说月报》、《中篇小说选刊》、《小说选刊》、《散文选刊》、《传奇文学选刊》等文学选刊纷纷涌现，构成了中国当代文学景观中一道独特而亮丽的风景线。这些文学选刊紧跟当代文学的发展脉络，依据一定的目的或标准，主要从同时期发行的各种原创性文学期刊中精选一些编辑部认为优秀或有助于推动当代文学发展的代表性作品编辑而成。因此，这些选刊无疑成为全面展现当代文学中某一领域创作实绩和创作面貌的重要载体和传播媒介，也为广大文学爱好者和研究者快速、迅捷地了解当代文学发展状况提供了一扇窗户。

罗执廷在其博士论文《文学选刊与当代小说的发展——兼论一种当代文选运作机制》中指出：由于文学选刊具有比原创性文学期刊更为强大的传播效力，因此，与原发性文学期刊相比，文学选刊发挥着更大、更重要的作用。文学选刊强大的传播效力体现在其拥有的发行量优势，其能够达到许多原创性文学期刊难以达到的范围和空间。① 仅以《小说选刊》、《小说月报》、《中篇小说选刊》为例，《中国出版年鉴》的统计数字显示：与同时期各级原发性文学期刊相比，这三种文学选刊的发行量一直居于领先地位。如 1980 年全国平均期印数在 50 万册以上的文学期刊有《人民文学》（132 万册）、《小说月报》（112 万册）、《解放军文艺》（62 万册）三种，《小说月报》位居第 2 位。② 1982 年，《小说月报》的期印数为 86.1 万册，位居第 1 位；《小说选刊》的期印数为 70.4 万册，位居第 2 位；《人民文学》的期印数为 67.1 万册，位居第 3 位。③ 1983 年，全国平均期印数位居前三名的文学期刊是《小说月报》（80.6 万册）、《小说选刊》（60.5 万册）、《收获》（54.4 万册），其中《小说月报》的期印数远远高于其他文学期刊而位居第 1 位，《中篇小说选刊》的平均期印数也达到 43.3 万册，位居各级文学期刊平均期印数排行榜第 7 位。④ 1984 年，《小说月报》、《小说选刊》、《中篇小说选刊》的年均发行量与其他文学期刊相比更是遥遥领先，稳居前 3 位。⑤

1978～1985 年是文学期刊的“黄金期”，走过这一段极度繁荣期之后，文学期刊开

① 参见罗执廷：《文学选刊与当代小说的发展——兼论一种当代文选运作机制》，暨南大学博士学位论文，2008 年。

② 参见《中国出版年鉴 1981》，商务印书馆 1981 年版，第 635 页。

③ 参见《中国出版年鉴 1983》，商务印书馆 1983 年版，第 720 页。

④ 参见《中国出版年鉴 1984》，商务印书馆 1984 年版，第 720 页。位于第 4、第 5、第 6 位的文学期刊分别是：《当代》（50.1 万册）、《十月》（47.1 万册）、《人民文学》（45.2 万册）。

⑤ 参见《中国出版年鉴 1985》，商务印书馆 1985 年版，第 763 页。其中，《小说选刊》54 万册、《中篇小说选刊》50.6 万册、《收获》45.7 万册、《当代》45.5 万册、《十月》40 万册。

始逐步进入一个大幅度的“下滑期”。[1] 尤其是1990年以后，伴随着市场经济的出现、社会文化的全面转型以及通俗、流行文化的勃兴，“许多以大众娱乐节目和电视连续剧为主要内容的电视的蓬勃发展，以及时尚、消闲性的报纸杂志、书籍的大量涌现”[2]，纯文学日益被边缘化，国内许多纯文学期刊面临着窘迫的处境，一些中小型文学期刊更是陷入举步维艰甚至不得不宣告停刊的境地。

1998年10月28日，《羊城报》记者何龙曾经发出报道，传达了在珠海召开的全国大型文学期刊主编（社长）研讨会上，部分代表对文学前景的忧虑：“纯文学期刊目前正面临着空前的困难。《漓江》停刊了，《昆仑》停刊了，《小说创作》也即将停刊，下面是不是轮到我们停？”[3]在国内各种纯文学期刊整体萧条的文学场域里，《小说月报》、《小说选刊》与《中篇小说选刊》这三种文学选刊在发行量上尽管也或多或少受到一些不良的影响，但与同时期其他原创性文学期刊相比，境况要好得多。以1998年为例，据《福建文学》主编黄文山介绍：“目前全国共有800多种文学期刊，平均每种期刊发行3000册，每种期刊平均大约有10个读者。而且，这个数量还在逐渐萎缩。”[4]几家大型的“老字号”纯文学期刊的发行量也都不容乐观，发行量均未超过10万册，其中，《十月》和《收获》各10万册、《当代》9万册、《钟山》7.8万册、《人民文学》6万册、《大家》4万册，《中国作家》、《青年文学》、《花城》等知名刊物的发行量也仅有2～3万册，其他各省市的文学刊物则大多只有几千册。[5] 另据业内人士估算：“目前，纯文学期刊年平均约亏损50万元，《诗刊》副主编叶延滨曾经满怀忧虑地形容文学期刊经常处于‘吃了早茶忧午餐，吃了午餐没晚饭’的尴尬境地……”[6]在这种纯文学期刊前景普遍萧索的情形下，《小说月报》的期发行量高达32万册，位居全国文学期刊发行量排行榜之首[7]；《中篇小说选刊》的期发行量达到19.5万册[8]，远远高于其他原发性纯文学类期刊；《小说选刊》的期发行量也与排位靠前的《十月》和《收获》持平，达到10万册。

进入21世纪以后，与同期原发性纯文学期刊相比，《小说月报》和《中篇小说选刊》在发行量上仍然保持着领先的优势。相关统计数据显示，2005年，《小说月报》期发行

---

① 参见邵燕君：《倾斜的文学场——当代文学生产机制的市场化转型》，第26～27页。

② 洪子诚：《中国当代文学史》，北京大学出版社2010年版，第412页。

③ 何龙：《每种文学期刊平均只有十个读者》，1998年10月28日《中华读书报》。

④ 何龙：《每种文学期刊平均只有十个读者》，1998年10月28日《中华读书报》。

⑤ 参见章仲愕：《严肃文学刊物之命运》，1998年3月26日《文学报》。

⑥ 何龙：《每种文学期刊平均只有十个读者》，1998年10月28日《中华读书报》。

⑦ 参见陆梅：《文学期刊靠什么站稳脚跟——〈小说月报〉主编细说缘由》，1998年12月3日《文学报》。

⑧ 参见李频：《中国期刊产业发展报告NO.1——市场分析与方法求索》，社会科学文献出版社2005年版，第280页。

量是40.6万册[①],《中篇小说选刊》期发行量是15万册[②];而鲁迅文学院提供的一项调查数据显示,在当时国内比较知名的34家纯文学期刊中,发行量超过1万册的仅有13家,发行量在2000~5000册之间的仅有12家,其中9家纯文学期刊发行量还不到1000册[③]。从《小说月报》的期印数之高可以看出其发行量之大、受众之广。基于此,它曾被认为是既具有市场品牌又具有文学品牌的"双效"刊物:"说它是文学品牌是因为从1980年创刊到现在,中国最重要的小说作品都被它选载过,它记录了新时期文学发展的轨迹。说它是市场品牌,是因为它卖得好。因为职业原因,我常去北京的报刊亭看一看,发现卖得最好的文学刊物就是《小说月报》,读者购买时一般不翻看目录,只要《小说月报》到了,就交钱拿刊走人,这就是它的市场品牌。"[④]难怪有人曾经充满羡慕而又略带夸张地说:"一份《小说月报》的发行量超过了全国所有省级以上原创型文学期刊发行量总和还要多。"[⑤]

之所以出现这样的局面,笔者认为,在中国当下的文学体制下,原创性文学期刊大多是国家、省、市各级作协组织的下属机构,是其成员发表作品的空间和舞台,担负着扶植、培养作家,促进文学繁荣、发展等各项职责。因此,这样的文学期刊首先要满足作家发表作品的需要,其读者则大多是所谓的"圈内人士",即作家、批评家等文学界人士,这就在某种程度上与一般读者的阅读需求和审美期待发生了疏离。而选刊则有所不同,它们原本就是"办给读者看的……读者说好才是硬道理"[⑥],而不是仅仅局限于为作家、批评家、学者等俗称的"文学圈内人士"所创办的期刊。因此,选刊的发行就远远越出了"文学圈子"这一狭小的传播领域,尤其是《小说月报》、《小说选刊》、《中篇小说选刊》这三种文学选刊,它们所覆盖的读者阅读面是许多原创性文学期刊所无法比拟的。与许多原创性文学期刊往往局限在一个小圈子里传播不同,这三种选刊往往会在社会各个阶层广泛流通与传播。[⑦] 比如作为"我国创刊最早、深受读者喜爱的一份文学选刊"[⑧]——《小说月报》的发行范围遍及20多个国家和地区,拥有数百万的读者。教授、律师、公司职员、公务员、个体户……各行各业,各个阶层,几乎都有《小说月

---

① 参见《中国出版年鉴2005》,商务印书馆2005年版,第720页。

② 参见《中国出版年鉴2005》,第721页。

③ 参见周莉荣:《纯文学期刊:市场化中的尴尬》,《中国出版》2006年第2期。

④ 樊国安:《"三个意识"是制胜法宝——〈小说月报〉成功启示录》,2005年11月22日《中国新闻出版报》。

⑤ 张发:《是事业,而不是产业——我的文学期刊观》,《北京文学·中篇小说月报》2006年第3期。

⑥ 《〈小说月报〉:生活的再现——〈小说月报〉主编马津海访谈节选》,郝振省、汤潮主编:《期刊主编访谈》,第400页。

⑦ 参见罗执廷:《文学选刊与当代文学的发展——兼论一种当代文选运作机制》,暨南大学博士学位论文,2008年。

⑧ 《编导钟爱〈小说月报〉》,晓梅摘自《中国青年报》,转引自《当代电视》1994年第1期。

报》的忠实读者。尤其引为自豪的是,《小说月报》还吸引了许多影视界知名导演的关注。由于看中了《小说月报》强大的读者基础,他们热衷于从中选取影视改编的创作素材。如池莉的《来来往往》和《生活秀》、石钟山的《父亲进城》、苏童的《妻妾成群》、毕飞宇的《青衣》、铁凝的《永远有多远》、梁晓声的《今夜有暴风雪》、刘醒龙的《凤凰琴》、陈源斌的《万家诉讼》等一大批文学佳作都是因《小说月报》的遴选而走进大众的视野,并被推上银幕荧屏,获得观众的一致好评,引起很大的轰动效应。[①]

如果对《小说选刊》设置的"读者三言两语"这一栏目进行考察,可以发现,《小说选刊》的读者有中学语文教师、政府工作人员、工厂工人、农民等。据《小说选刊》编辑部在1996年做过的一次读者问卷调查可知:从传播区域来看,其传播面遍布全国各地,其中,直辖市及省会城市的读者占23.7%,地、县级城市的读者占62.3%,乡镇、农村读者占14%。从职业分布情况来看,工人读者占14.6%,农民读者占5.4%,干部读者占27%,教师读者占16.3%,各类职员读者占8.8%,医务工作人员读者占4%,在校学生读者占5.2%,科研及工程技术人员读者占5%,商务人员读者占4.8%,作家、编辑、记者占6%;从受教育程度看,大专学历读者占38.3%,高中、中专、中师、中技毕业生占32.9%,本科以上学历者占25%。[②] 2002年的读者调查问卷显示,《小说选刊》的读者学历分布情况是:研究生及以上者约占4%,本科学历者约占28%,专科学历者约占38%,高中及中专学历者约占27%,初中及以下学历者约占3%。[③] 依据《中篇小说选刊》所做的"读者意见调查表"统计数据,其读者遍布全国,其中年龄最小的15岁(成都四中女生徐栩),最大的83岁(离休老干部郭守惠),主要年龄为20～50岁。文化程度以大专以上为最多,既有记者、编辑、教师、离退休干部和在校学生,又有民警、火车司机、出租车司机。[④]

正是由于读者覆盖面广,受众多,这三种文学选刊在中国当代文学场域中产生了深远的影响力,为中国新时期以来文学的繁荣与发展作出了不可磨灭的历史性贡献。许多文学新人也多因这些选刊的发现、推荐、扶植与培养而成为享誉文坛的当红作家。有人就认为,由于《小说月报》"选得快、选得准、选得精和多样化",几乎"所有新时期涌现出来的中青年作家的名篇佳作都是通过《小说月报》的及时选粹、推荐而走向全国,

---

① 参见赵敏:《〈小说月报〉期发行量50万广告价值期待挖掘》,"慧聪网",http://www.baidu.com,2012年10月14日。

② 参见《〈小说选刊〉读者调查报告之二:读者如何看待当前小说》,《小说选刊》1996年第10期。

③ 参见郑良:《品质坚守与商业突围——从〈小说选刊〉与〈小说月报〉看文学期刊的广告传播价值》,《大市场·广告导报》2002年第12期。

④ 参见《致读者》,《中篇小说选刊》1999年第4期。

造成了一个又一个的文学轰动效应”①。如刘恒、池莉、王朔、王安忆、陈源斌、刘震云、苏童、贾平凹、铁凝、刘醒龙、毕淑敏等人,无不因为《小说月报》的慧眼推荐而成为中国当代文学界深受广大读者欢迎的代表作家②。也有人曾经指出:“新时期以来,‘选刊’发挥着独特的作用。一是‘选刊’做的是披沙拣金的工作,使很多好作品不致被埋没;二是‘选刊’往往反应较快,读者可以及时知道好作品;三是‘选刊’搞评奖,影响更大。所以说,‘选刊’在推荐优秀作品,推举文学新秀,促进文学创作,扩大地方文学刊物的影响,满足读者的审美需求等方面的作用,不可低估。”③

也正是因为许多作家跟《小说月报》等文学选刊之间有着割舍不断的密切联系,他们对《小说月报》等文学选刊给予了高度的评价。如广州籍作家张欣曾经如是评价《小说月报》等文学选刊的成功:“像《收获》、《十月》这些文学期刊,使用的都是首发稿件,而包括《小说月报》在内的文学期刊,是在原刊已经发表的作品中进行再次选择。选择的余地相对更大,也就更能挑选出好作品,所以文学选刊注定要比文学原刊读者多。因此,作为文学选刊,更有一种为读者推介和引导的作用,这一点《小说月报》办得特别好。”④作家张石山则对自己初出茅庐时曾经因作品被《小说月报》转载而备受鼓舞的创作经历念念不忘:“早在1980年,资深眼辣的《小说月报》就选载过我的短篇小说《最后的冲刺》和《橛柄韩宝山》。那对一个初出茅庐的小子的鼓舞扶掖自不待言。”⑤作家杨少衡认为,《小说月报》对其作品的转载是他走向创作的关键动力:“20世纪80年代之初,我还是一个年轻业余作者,刚起步,所发一个短篇即被《小说月报》选载,那成了我走上写作之路的一个关键动力。”⑥韦君宜指出,作为一份选编刊物,《小说月报》存在的必要性为:“现在刊物太多了,一个选编的刊物实在需要,《小说月报》是文学界首创的选编刊物,这一点,其功不可没,反对也反对不掉。”⑦思基认为,《小说月报》“坚定不移地,把许多严肃地从事文学创作的新老作家的作品,介绍给了读者,是一件很大的功绩,它是我们文学的希望之星”⑧。贾平凹更是认为:“《小说月报》为中国当代文学

---

① 郑良:《品质坚守与商业突围——从〈小说选刊〉与〈小说月报〉看文学期刊的广告传播价值》,《大市场·广告导报》2002年第12期。

② 参见《编导钟爱〈小说月报〉》,晓梅摘自《中国青年报》,转引自《当代电视》1994年第1期。

③ 傅活:《营造精品——关于近年文学的一些思考》,《小说选刊》1999年第1期。

④ 转引自郑良:《品质坚守与商业突围——从〈小说选刊〉与〈小说月报〉看文学期刊的广告传播价值》,《大市场·广告导报》2002年第12期。

⑤ 张石山:《固执的证明》,《小说月报》1997年第9期。

⑥ 杨少衡:《林老板的枪·后记》,百花文艺出版社2006年版,第252页。

⑦ 韦君宜:《〈小说月报〉百期贺词》,《小说月报》1988年第4期。

⑧ 思基:《〈小说月报〉百期贺词》,《小说月报》1988年第4期。

发展作出了不可磨灭的贡献。”①

作为作家协会的机关刊物之一，创刊于 1980 年的《小说选刊》也曾经受到学界的高度评价：“……十几年来，杂志以儒雅脱俗的格调，丰富广博的内容，权威公信的甄选，成为国内权威的文学选刊。一代又一代的中青年作家从这里脱颖而出，成为我国文坛的中坚力量。也是我国中产阶级的形象符号和精神生活必需品。”②评论家孟繁华则认为：“《小说选刊》创刊于 1980 年 10 月，至今已有 20 多年的历史。可以毫不夸张地说，20 多年来，《小说选刊》对于推动中国当代小说的发展起到了相当重要的作用。它的刊选标准以及在这个标准下推出的作家作品，从一个方面显示了中国当代中短篇小说创作的最高水准，自选刊创刊以来，重要的中短篇小说作家，几乎没有人没在《小说选刊》上被刊选过作品。甚至一些名不见经传的青年作家，也因《小说选刊》的推介而一举成名，从而成为中短篇小说创作的主流力量。因此，《小说选刊》所遵循的艺术尺度和对艺术尊严的维护，代表了中国当代小说创作的健康倾向。在红尘滚滚的时代，它也难免受到世风的影响，但总体来说，它仍然可以称得上一块艺术的绿洲和文学的精神高地。它拥有的读者的质量和数量，证实了它存在的意义和价值。在这个意义上，《小说选刊》所坚持和维护的一切，从某个方面代表了中国作家在可能的情况下所坚持的文学的最高正义，我们应该向这本刊物表达我们应有的尊重。”③作家池莉更是直言不讳地坦承：“多年以来，我一直处于《小说选刊》的教导与扶持之下……”她进一步满怀深情地忆及当《小说选刊》转载她的中篇小说《烦恼人生》时的激动心情：“一时间使我诚惶诚恐，当然，同时也使我感到了巨大的鞭策，由此，我便又不做文学编辑了，巴巴地做了一个专业作家。”④作家东西则认为，《小说选刊》曾经深刻地影响了他好几年，正是由于它的帮助，他由一个读者变成了作者，并由此品尝到收获的喜悦。⑤

《小说选刊》不仅深受一些作家、批评界等“圈内人士”的好评和厚爱，也受到来自全国各地、各个行业的普通读者大众的欢迎与喜爱。来自江西鹰潭市江西有色地质勘探一队四分队的读者王国龙不仅指出了《小说选刊》的好处，尤其对“编后”更是推崇有加，同时也提出了自己对“编后”的建议：“《小说选刊》好，好在一册在手，可览当代近期小说之精华、发展之方向，选得好。还有一好，可能被人们忽略，或以为不值一提，就是那简短的几句编后。每期必有几篇，或提示、或介绍、或评价，谈意图、谈想法、谈认识。

---

① 贾平凹：《〈小说月报〉百期贺词》，《小说月报》1988 年第 4 期。

② 郑良：《品质坚守与商业突围——从〈小说选刊〉与〈小说月报〉看文学期刊的广告传播价值》，《大市场·广告导报》2002 年第 12 期。

③ 孟繁华：《这个时代的小说隐痛——2004 年〈小说选刊〉季评（之一）》，《小说选刊》2004 年第 4 期。

④ 池莉：《纪念青春好年华》，《小说选刊》2000 年第 10 期。

⑤ 参见东西：《让陌生人喜欢》，《小说选刊》2000 年第 10 期。

活、精、风趣，好像和你面对面交谈，感觉甜、亲。别看几句话，少了就少了味，就不完整……望能保持风格，继续发扬。若能更凝练些则更好。"[①]来自新疆军区乌鲁木齐训练大队的战士罗元顺则以饱蘸感情的笔触表达了对《小说选刊》的感激和希望："收到《小说选刊》新的一年第1期，案头恰好备齐了五十整册。当初，我是从零售书摊上随意捡起一册以瞧瞧看的，不料，看之无心，欲罢则不能了。后来每期都去邮局索买，再后来便常年每期订阅，成为生活中的第二伴侣。我被刊物精选的力作佳制所吸引，从中深深领略了当代中国作家笔下雄浑狂悍的美、柔婉氤氲的美、真切缜密的美和荡逸超拔的美；体验了我们的国家、民族在深刻的历史变革中成功的喜悦、教训的阵痛、迷惘的惶惑以及对未来希冀中的亢奋。为此，我对《小说选刊》这种从浩如烟海的众多刊物里披沙拣金的工作精神表示由衷的感佩！我唯一的希望是多一些、更多一些反映当代军人战斗风貌的精品入选。"[②]来自吉林省舒兰市庆丰乡太平村三社的农民张君对《小说选刊》的痴迷和爱恋更让人感动："……我是一个整天牵着一头牛放牧的人，就用这头牛耕种我家那仅有的6亩地来维系着正常生计。我每次进城买书都是步行三十多里往返一个来回的。中午在市场里也只舍得吃上两元钱一碗的冷面，水都是从家里自身携带的。尽管收入微薄，我还是要在这节俭朴素的生活中尽可能地挤出一些钱来订阅我最喜爱的文学刊物。特别是《小说选刊》没有让我失望，在今年的每期中都有让我读出泪水的文章；从中又能让我悟出了很多人生的真谛来，也让我听到了来自天籁的声音，又让我多少知道了我身外的世界是个啥样子……我的生活不能没有《小说选刊》！"[③]在文学普遍被边缘化的当下，为了能够买到每一期《小说选刊》，张君不惜往返三十多里路，尽管收入微薄，但是还是要省吃俭用尽可能挤出一些钱订阅他最喜爱的文学刊物。这种行为一方面显示了农民读者张君对文学的痴迷；另一方面也从客观上折射出《小说选刊》这类文学选刊给广大读者带来了无法割舍的阅读期待，它相应地也为当代中国文学的发展繁荣作出了不可磨灭的历史性贡献。

孙康宜在《陶诗的经典化与读者反映》一文中指出："……经典化的作者总是处于不断变化的流程中的读者反馈的产物。"[④]曾经提出"经典化产生在一个累积形成的模式里"这一理论的斯蒂文·托托西也指出对文本的阅读以及读者是经典形成的两个不可或缺的重要因素。[⑤] 童庆炳指出了"读者"和"发现人"（又可称为"赞助人"）在文学经典建构中不容忽视的重要性："……最后两项'读者'和'发现人'，处于'自律'和'他

① 王国龙：《读者三言两语》，《小说选刊》1988年第2期。
② 罗元顺：《我的感激和希望》，《小说选刊》1988年第4期。
③ 《小说选刊》2006年第11期。
④ 孙康宜：《文学经典的挑战》，百花洲文艺出版社2001年版，第17页。
⑤ 参见[加]斯蒂文·托托西：《文学研究的合法化》，第44页。

律’之间，它是内部和外部的中介因素和连接者，没有这二项，任何文学经典的建构也是不可能的。”[①]张清华在其关于经典与我们的文学之关系的研究论文《经典与我们时代的文学》中指出了经典化过程与阅读之间的密切关系。他认为：“毫无疑问，‘经典’至少同时有两个重要的含义：一个当然首先是‘文本’，但它同时又是一个‘阅读’现象，是在相当长的时间里由专业阅读指认的，或由专业阅读与消费阅读共同指认和评定的文本。经典首先是‘阅读率’高的文本，它是一种‘共鸣’与‘共鸣’的产物……”[②]王宁则认为，一部文学作品是不是经典，主要取决于“文学机构的学术权威、有着很大影响力的批评家和拥有市场机制的读者大众”这三种人，其中前两种人可以决定文学作品在文学史上的地位及其学术价值，后一种人既可以决定文学作品的流传价值，有时也能在某种程度上影响前两类人所作出的价值判断。[③] 上述这些学者颇具见地的观点都不同程度地强调了“读者”和“阅读”在文学经典建构中的重要作用。

文学传播是借助一定的物质媒介和传播方式，将文学信息或文学产品传递给文学消费者的过程。而《小说月报》、《小说选刊》、《中篇小说选刊》都因其自身所具有的“选优”特质而拥有数量可观的读者，从而在当代作家作品的“经典化”过程中具备了一种毋庸置疑的资质和能力。正是基于此，资深学者陶东风认为：“《小说选刊》、《小说月报》等权威性、官方化的文学选刊，作为文学权威的重要标志，在文学的经典化方面有不可小觑的力量。”[④]

可以说，在我国新时期以来的文学发展史上，许多作家的作品因这些文学选刊的发现、扶植和推荐而走近更多的受众，并经过历史的淘洗沉淀，成为文学史上大家耳熟能详的经典佳作。例如池莉在创作《烦恼人生》之前已经坚持业余创作长达八年之久，但是并未在文坛上产生多大的影响。长时间的默默无闻和不被人认可，使她有一种走投无路、心灰意冷的感觉。在这种心情郁闷、苦思冥想的情形下，池莉怀着“写的时候也不太指望有人看它”[⑤]的心理，尝试着创作了《烦恼人生》。先后遭遇湖北、西北、东北几家刊物退稿后，倍感失望的她甚至对写作失去了信心，“考虑是否还是回头做医生好一些”[⑥]。直到后来一个偶然的机会，《上海文学》的女编辑吴泽蕴发现了这篇“尝试之作”，并且怀着对池莉“鼓励和同情”[⑦]的初衷于 1987 年第 8 期刊发了这篇后来被誉

---

① 童庆炳：《文学经典建构诸因素及其关系》，童庆炳、陶东风主编：《文学经典的建构、解构和重构》，第 80 页。

② 张清华：《经典与我们时代的文学》，《钟山》2000 年第 4 期。

③ 参见王宁：《“文化研究”与经典文学研究》，《天津社会科学》1996 年第 5 期。

④ 陶东风：《文学经典与文化权力(上)——文化研究视野中的文学经典问题》，《中国比较文学》2004 年第 3 期。

⑤ 池莉：《写作的意义》，《池莉文集》，江苏文艺出版社 1995 年版，第 240 页。

⑥ 池莉：《伟大的职业之一》，《给你一轮新太阳》，经济日报出版社 2000 年版，第 143 页。

⑦ 池莉：《我与〈上海文学〉》，《熬至滴水成珠》，作家出版社 2006 年版，第 164 页。

为“新写实主义”文学思潮代表性作品之一的典范文本。作品刊发后，并未引起学界的特别注意。然而，《小说选刊》和《小说月报》同时以头条的重要位置转发了这篇小说，《中篇小说选刊》也紧接着转载了这篇小说。三家文学选刊的相继转载和推介，使得《烦恼人生》迅速在读者中引起轰动并逐渐引起评论界的关注，最终因评论界的注意而被写进文学史，并且与方方的《风景》、刘恒的《狗日的粮食》、刘震云的《一地鸡毛》等小说一起构成“新写实主义小说”的经典作品系列。再如藏族作家阿来的长篇小说《尘埃落定》在完成初稿之后，曾先后被六家出版社退稿，直到得到人民文学出版社编辑朋友的帮助，作品才得以面世。然而，即便如此，人民文学出版社也并未真正看好这部小说，最初只打算印刷1万册。而《小说选刊·长篇小说增刊》却对这部小说青睐有加，在未正式出版之前就把它放在显要位置比较完整地转载了这部小说。并且，负责人关正文还为这部小说举办了一场“别开生面”的作品研讨会，引起了比较热烈的反响。正是《小说选刊》的一系列运作及效应，使得人民文学出版社信心大增，积极地投入该书的出版推介，小说尚未发行便已引起评论界和广大读者的普遍关注，最终，这部长篇小说荣获第五届“茅盾文学奖”。[①] 或许可以说，如果没有《小说选刊》的发现和运作，当代文学史上的经典之作《尘埃落定》很可能就会流失、埋没，更有可能会与“茅盾文学奖”失之交臂。

第二节　文学选刊对莫言经典化的推动

前文结合新时期以来的文学场域着重分析了以《小说月报》、《小说选刊》、《中篇小说选刊》为代表的文学选刊对中国当代文学的发展所产生的深远影响，尤其是它们在当代文学经典建构过程中所发挥的不容置疑的作用。作为1981年初登文坛、由一个名不见经传的文学爱好者而成长为一位蜚声文坛的世界顶尖级作家的莫言，也同样受泽于这三种文学选刊的慧眼推荐。本节将以《小说选刊》、《小说月报》与《中篇小说选刊》这三种文学选刊为个案，考察文学选刊主要转载了莫言的哪些小说文本，进而探讨这些文学选刊在莫言创作的经典化历程中发挥了哪些作用。

在这三种以转载中短篇小说为主的文学类选刊中，入选作品在大型文学评奖中的中奖率高达80%的《小说选刊》是选载莫言中短篇小说相对较多的文学选刊。[②] 提起《小说选刊》，莫言本人曾经直言不讳地说：“创刊于上个世纪八十年代的《小说选刊》，毫无疑问已经是当今的著名刊物。现在活跃于文坛的作家，大概都与这家刊物有过联

① 参见黄发有：《人文肖像——人民文学出版社与当代文学》，《当代作家评论》2004年第4期。

② 参见《〈小说月报〉：生活的再现——〈小说月报〉主编马津海访谈》，郝振省、汤潮：《期刊主编访谈》，第400页。

系……一个初学写作者，如果作品能够被《小说选刊》选载，马上就会引起人们的注意，如果连续有两三篇作品被选载，那他或她，几乎就可以堂而皇之地将作家的桂冠戴在头上了……”[①]他进一步坦承：自己年轻时曾经写信给《小说选刊》编辑部，希望能转载其小说《透明的红萝卜》，只是《小说选刊》的编辑没有理睬他。但是莫言依旧对《小说选刊》心存感激：“《小说选刊》虽然没有选载我的《透明的红萝卜》，但选载了我的《红高粱》，并且附上了李陀等人的评论，造成了很大的影响。粗粗地回忆一下，截至目前，《小说选刊》选载过的我的作品有《大风》、《猫事荟萃》、《蝗虫奇谈》、《沈园》、《拇指铐》、《木匠与狗》、《牛》、《三十年前的长跑比赛》、《我们的七叔》，也许还有其他的篇目被我遗忘，但这已经足够证明，《小说选刊》对我是很关注的，对此我深表感谢。更让我感动的是，今年，《小说选刊》增加了一个原创作品栏目，我的《火烧花篮阁》得以首篇发表，尽管这第一把火烧得似乎没有像原初设想得那样猛烈，但幸好有‘抛砖引玉’的说法，后来的作品，必将使这个栏目，呈现出鲜明的创新姿态，提醒着原创的意识，使我们的小说，出现真正的百花齐放的局面。”[②]他认为：“作品如果被《小说选刊》选载……这表示着他们的创作，得到了一种带有某种程度的权威肯定。”[③]

从 1985 年到 2009 年[④]，《小说选刊》共选载莫言的中短篇小说 15 篇，分别是：(1)1985年第 8 期选载了莫言的短篇小说《大风》（选自《小说创作》1985 年第 6 期）；(2)1986 年第 6 期选载了中篇小说《红高粱》（选自《人民文学》1986 年第 3 期）；(3)1986年第 8 期转载了短篇小说《断手》（选自《北京文艺》1986 年第 3 期）；(4)1988年第 2 期选载了中篇小说《猫事荟萃》（选自《上海文学》1987 年第 11 期）；(5)1998 年第 2 期选载了短篇小说《拇指铐》（选自《钟山》1998 年第 1 期，《北京文学》1998 年第 11 期“精彩阅读”专栏同时转载了这篇小说）；(6)1998 年第 5 期选载了短篇小说《蝗虫奇谈》（选自《山花》1998 年第 5 期）；(7)1998 年第 9 期选载了中篇小说《牛》（选自《东海》1998 年第 6 期）；(8)1999 年第 2 期选载了中篇小说《我们的七叔》（选自《花城》1999 年第 1 期）；(9)1999 年第 6 期选载了短篇小说《沈园》（选自《长城》1999 年第 5 期，《小说月报》1999 年第 12 期也选载了这篇小说，《北京文学》2000 年第 4 期“精彩阅读”、“短篇小说排行榜”专栏部分转载了这篇小说）；(10)2001 年第 1 期选载了短篇小说《冰雪美人》（选自《上海文学》2000 年第 11 期，《名作欣赏》2003 年第 1 期“佳作邀赏”栏目也转载了该篇小说）；(11)2003 年第 6 期“小说原创”栏目刊发了莫言的原创

① 莫言：《我与〈小说选刊〉》，http://vip.book.sina.com.cn，2004 年 1 月 2 日。
② 莫言：《我与〈小说选刊〉》，http://vip.book.sina.com.cn，2004 年 1 月 2 日。
③ 莫言：《我与〈小说选刊〉》，http://vip.book.sina.com.cn，2004 年 1 月 2 日。
④ 从 1989 年 8 月到 1995 年 6 月，《小说选刊》因故停刊长达六年之久，于 1995 年 7 月复刊。

小说《火烧花篮阁》;(12)2003 年第 11 期选载了短篇小说《木匠和狗》(选自《收获》2003 年第 5 期);(13)2004 年第 3 期选载了短篇小说《养兔手册》(选自《江南》2004 年第 1 期);(14)2005 年第 3 期选载了短篇小说《与大师约会》(选自《大家》2005 年第 1 期);(15)2009 年第 11 期选载了中篇小说《变》(选自《人民文学》2009 年第 10 期)。

从以上统计结果可以看出:1986 年可以说是莫言与《小说选刊》关系较为密切的一年。这一年,《小说选刊》及时转载了后来为莫言带来极大声誉的中篇小说《红高粱》,并在小说正文后面附上了莫言的个人简介。紧接着,《小说选刊》又特意在该年度第 7 期"评论创作谈"栏目刊登了著名评论家李陀撰写的"佳作评论"文章《读〈红高粱〉笔记》。第 8 期再度选载了莫言的短篇小说《断手》。第 9 期又在"读者之页"栏目选登了来自河南省新野县棉织厂的一位名叫葛磊的读者关于《红高粱》的评价文字——《令人荡气回肠的〈红高粱〉》,这位业余文学爱好者以真诚的情感基调由衷地表达了对小说《红高粱》以及莫言的喜爱之情:

> 好多日子没有读到动人心魄的历史题材佳作了。莫言的中篇小说《红高粱》(见《小说选刊》今年第 6 期)却好似一坛用红高粱酿成的陈年老酒,翻开书页便觉一股醇厚的酒香直扑心脐,读后犹如醍醐灌顶,回肠荡气,热血沸腾。《红高粱》写法奇特,别具一格,全篇用一个少年的眼光向我们展现了抗日战争的烽烟图,诸如具有男儿英气的奶奶、抗日豪杰余司令以及视死如归的罗汉大爷都写得有血有肉,栩栩如生,给人留下难忘的印象。有人说抗日战争等历史题材的小说没有人读了,《红高粱》的出现使这种观点站不住脚。事实说明,不管是什么题材,只要写得好,写得有新意和深度,就会受到读者的欢迎,这也好比用红高粱酿酒,只要你酿的酒好人们就爱喝,如果你酿的酒是酸的或者掺了假兑了水,就会使人倒胃口。我们欢迎像莫言《红高粱》这样的历史题材小说不断出现在读者面前。①

《小说选刊》在同一年连续四期选载了莫言的两篇小说及对《红高粱》的评价,足以看出《小说选刊》对莫言小说的高度重视以及对莫言的极力推介,客观上也形成了莫言小说的广泛传播效应和社会流通效果。

时隔一年,《小说选刊》1988 年第 2 期又一次选载了莫言的中篇小说《猫事荟萃》。为使读者更好地解读小说文本,编辑特意加了"编后":

> 再往前不敢说,这二三十年上过学的人都知道天下文章必有"中心思想",这道理年年听,月月听,持之以恒十余年之久,要是再有什么好文章叫你左看右看找不出那"归根结蒂一句话"来,自然必属野狐禅无疑。人如果自以为掌握了万应灵

① 葛磊:《令人荡气回肠的〈红高粱〉》,《小说选刊》1986 年第 9 期。

> 丹,万一不“应”,多半是人家的病生得荒唐,不会说自己的灵丹生得不灵的。《猫事荟萃》大概有点“野狐禅”的味道,转载于此,表明了我们的态度。第一,小说怎么写永远是一个有待解答的问题,人人都可以说“我要这么写”,而教导别人“应该怎么写”,最后证明是“卖假药”的概率极高。第二,不管怎么写,叫人爱看总是好事。现在作“深刻状”的作品极多,而标准的“深刻状”就是奇奥和平淡。对此我们并无成见,但有虚招而无内功的花架子令人生厌。作品写得“热闹”些,“好玩”些,未必就一定不深刻,两全其美,免得有些评论家白天呕心沥血地“破译密码”,晚上如醉如痴地攻读金庸,是件功德无量的事。

这里,刊物首先表明了转载小说《猫事荟萃》的态度:一方面借此探讨“怎么写”的问题,充分肯定了莫言创作手法的创新性、创作态度的特立独行,而如果一味用自以为已经掌握的“万应灵丹”对待略带“野狐禅”意味的小说《猫事荟萃》,可能会不再灵验;另一方面,也讽刺了文坛一些作家“故作高深”、“玩深沉”的创作弊病,指出标准的“深刻状”就是奇奥和平淡。紧接着,《小说选刊》1988 年第 4 期“创作谈”栏目又邀请莫言撰写了关于《猫事荟萃》的创作谈《明知上帝在发笑,为什么还要思索》,为读者更好地解读小说提供了多向度的领悟空间。

进入 21 世纪,《小说选刊》又多次选载莫言的小说,并且有 3 次把莫言的小说作为封面作品加以重点推荐。这 3 次分别是:(1)2003 年第 6 期“小说原创”栏目刊发莫言新作《火烧花篮阁》时,责任编辑贝加不仅把该篇小说作为封面第一位置推荐的重点作品,而且还把这篇小说以头条位置刊发。同期作为封面推荐文本的作品还有叶广芩的中篇小说《广岛故事》、林斤澜的短篇小说《隧道·惊乍》、李铁的中篇小说《花朵一样的女人》、陈昌平的短篇小说《特务》、余华的短篇小说《朋友》。尤为值得一提的是,《火烧花篮阁》也是《小说选刊》改版后第一次发表的原创性小说。这种由“转发”到“首发”的突破性改革,显然是希望作为实力派作家的莫言能够为改版带来一个良好的开端。刊物负责人还特意在期刊扉页上对刊物改版的动机以及小说《火烧花篮阁》的思想内蕴、社会意义等进行了阐发:

> 本期刊物有了两个变化,一是改变了封面与版式,二是增加了“小说原创”这个新栏目。今后,我们将在这个栏目中不断刊登当今实力派作家的首发作品。莫言的短篇小说《火烧花篮阁》为我们的新栏目开了一个好头。作品虚构了一个荒唐而又古怪的循环——随着美丽的花篮阁的一次次被烧毁,这座小城的市长们也一个个平步青云,迈上了晋升的台阶。建筑阁楼是历届市长们的追求,而那源于意外的大火,才是心照不宣的真正目的。可悲的是,这种劳民伤财的心照不宣,这个荒唐而又古怪的循环,竟然得到了神秘的、广泛的、真真假假的维护。花篮阁的

大火透视了人们的心灵，也进行了意味深长的思索。

(2)2003年第11期转载短篇小说《木匠与狗》时，编辑把该篇小说放在封面第五的位置。同期放在封面位置的作品还有张欣的中篇小说《有些人你永远不必等》、席建蜀的中篇小说《一剪梅》、李眉的中篇小说《糊涂人老莫的糊涂日子》、严歌苓的中篇小说《拖鞋大队》、张抗抗的短篇小说《何以解忧》。(3)2005年第3期选载短篇小说《与大师约会》时，编辑把该篇小说放在封面第六的位置。同期放在封面位置的作品还有杨少衡的中篇小说《林老板的枪》、曹多勇的短篇小说《幸福花儿开》、刘庆邦的中篇小说《卧底》、迟子建的短篇小说《二重唱》、叶弥的中篇小说《云追月》、张生的中篇小说《个园Ⅱ》。

由天津百花文艺出版社创办的《小说月报》创刊于1980年，是我国创刊最早、发行量最大(最高发行量曾达160万册)的文学选刊，曾荣获首届、第二届"国家期刊奖"，第三届"国家期刊奖"提名奖，第二届"中国出版政府奖期刊奖"提名奖。作为最为海内外读者喜爱的文学选刊之一，新时期以来涌现出的众多小说家的名篇佳作，很多都是通过《小说月报》的及时选萃、推荐而走向全国，从而造成了一个又一个文学轰动效应的。不少读者也是通过《小说月报》选载的中短篇小说认识莫言的。莫言的同乡杨守森在忆及与莫言的交往时就谈到："莫言引起我的注意，是比较早的了。早在1983年，当我从《小说月报》第7期读到了他的短篇小说《售棉大路》之日起，莫言这个名字就深深地印进了我的心中。"[①]据统计，《小说月报》历年来曾10次选载过莫言的中短篇小说：(1)1983年第7期选载了莫言的中篇小说《售棉大路》(选自《莲池》1983年第3期)；(2)1986年第6期选载了短篇小说《断手》(选自《北京文学》1986年第3期)；(3)1989年第12期选载了短篇小说《奇遇》(选自《北方文学》1989年第10期)；(4)1992年第10期选载了短篇小说《鱼市·夜渔》(选自《小说家》1992年第2期)；(5)1998年第9期选载了中篇小说《牛》(选自《东海》1998年第6期)；(6)1998年第11期选载了短篇小说《一匹倒挂在杏树上的狼》(选自《北京文学》1998年第10期)；(7)1999年第12期选载了短篇小说《沈园》(选自《长城》1999年第5期)；(8)2001年第1期选载了短篇小说《冰雪美人》(选自《上海文学》2000年第11期)；(9)2001年第3期选载了短篇小说《倒立》(选自《山花》2001年第1期)；(10)2012年第1期选载了短篇小说《澡堂(外一篇：红床)》。

从上面的统计结果可以发现，早在1983年，莫言还是一个默默无闻的作者时，《小说月报》已经开始选载他的小说《售棉大路》，而且在文中配上了颜宝臻画的插图。到了1986年，《小说月报》第6期选载了莫言的短篇小说《断手》，配有刘丰杰画的两幅插

① 杨守森：《故园情结》，莫言研究会编：《莫言与高密》，第19页。

图;紧接着,1986 年第 8 期以莫言画像以及中篇小说《红高粱》的部分手稿作为封面,俨然已经把莫言作为文学界的权威人物进行宣传和肯定。

20 世纪 90 年代,《小说月报》共选载莫言的中短篇小说 4 篇。值得注意的是,1998 年第 9 期在选载中篇小说《牛》时,特意邀请画家蔡延年画了与文本内容相关的插图,而且在小说后面配发了莫言关于小说《牛》的创作谈《牛就是牛》。莫言后来又写了一篇关于小说《牛》的创作谈《文学与牛》,被收入百花文艺出版社 2000 年版《小说月报第八届百花奖获奖作品集》。而且,小说荣获了《小说月报》1997～1998 年度暨第八届百花奖。本届获奖的作家作品还有刘恒的中篇小说《贫嘴张大民的幸福生活》、李佩甫的中篇小说《败节草》、池莉的中篇小说《来来往往》、叶广芩的中篇小说《黄连·厚朴》、方方的中篇小说《过程》、张欣的中篇小说《你没有理由不疯》、陈世旭的中篇小说《青藏手记》、楚良的中篇小说《清明过后是谷雨》、阎连科的中篇小说《年月日》、铁凝的短篇小说《秀色》、邓一光的短篇小说《狼行成双》、徐坤的短篇小说《厨房》、梁晓声的短篇小说《一只风筝的一生》、陆涛声的短篇小说《再见千岛湖》、赵德发的短篇小说《选个姓金的进村委》、裘山山的短篇小说《幸福像花开放》、阙迪伟的短篇小说《村长有事》、石钟山的短篇小说《国旗手》、赵本夫的短篇小说《天下无贼》。之后,《小说月报》1999 年第 12 期选载的短篇小说《沈园》,让莫言荣获了 1999～2000 年度第九届《小说月报》百花奖,他关于《沈园》的创作谈《心灵的废墟》被收入《小说月报第九届百花奖获奖作品集》。本届获奖的作家作品还有铁凝的中篇小说《永远有多远》、池莉的中篇小说《生活秀》、李西岳的中篇小说《农民父亲》、胡发云的中篇小说《老海失踪》、林潇潇的中篇小说《高四学生》、毕飞宇的中篇小说《青衣》、叶广芩的中篇小说《醉也无聊》、方方的中篇小说《在我的开始是我的结束》、李唯的中篇小说《腐败分子潘长水》、阿宁的中篇小说《无根令》、冯骥才的短篇小说《俗世奇人》、池莉的短篇小说《一夜盛开如玫瑰》、周梅森的短篇小说《基本国策》、梁晓声的短篇小说《双琴祭》、王蒙的短篇小说《枫叶》、裘山山的短篇小说《保卫樱桃》、赵琪的短篇小说《援军》、铁凝的短篇小说《第十二夜》、谈歌的短篇小说《燕赵笔记》。

进入 21 世纪,2001 年第 1 期选载的短篇小说《冰雪美人》,又使莫言荣获 2001～2002 年度第十届《小说月报》百花奖,他关于《冰雪美人》的创作谈《文学创作的民间资源》被收入百花文艺出版社 2003 年版《小说月报第十届百花奖获奖作品集》。本届获奖的作家作品还有衣向东的中篇小说《过滤的阳光》、毕飞宇的中篇小说《玉秀》、池莉的中篇小说《看麦娘》、方方的中篇小说《奔跑的火光》、李肇正的中篇小说《永远不说再见》、孙春平的中篇小说《老师本是老实人》、梁晓声的中篇小说《民选》、潘军的中篇小说《合同婚姻》、贾平凹的中篇小说《阿吉》、叶兆言的中篇小说《马文的战争》、毕淑敏的短篇小说《藏红花》、铁凝的短篇小说《有客来兮》、苏童的短篇小说《人民的鱼》、裘山山的短篇小说《我讲最后一个故事》、梁晓声的短篇小说《讹诈》、王安忆的短篇小说《民工刘建华》、贾平凹的短篇小说《饺子馆》、赵本夫的短篇小说《鞋匠与市长》、迟子建的短篇小说《花瓣饭》。

“当代文坛上的许多优秀作品，一经《小说月报》的遴选、刊载，就会借助于《小说月报》的市场活力，接触、扩展到更广大的读者群，对这些作品来说是其文学价值的又一次开发。现在，通过评选优秀佳作，使得这些优秀的文学作品能够进一步成为社会公众所瞩目的文学样品，又一次得到价值开发。”[①]莫言小说连续三届荣获《小说月报》百花奖，加之《小说月报》对评奖活动进行的多方传播以及小说和关于小说的创作谈尽数收入《小说月报百花奖获奖作品集》，所有这些无疑是对莫言小说的文学价值的再度发掘。而且从第八、第九、第十连续三届获奖的作家作品名单上可以看出，连续三届获此殊荣的作家并不太多，除莫言外，仅有铁凝、池莉、梁晓声和裘山山四人。当然，这样说并不意味着否定其他作家的创作成就，只是为了说明这种连续性的获奖为提升莫言在文学界的地位提供了最大的文化象征资本，对扩大莫言作品的社会知名度无疑起到了良好的推动作用，收到了广泛的文本共鸣效果。因此，莫言本人也非常看中《小说月报》的评奖活动：

> 荣获了《小说月报》“百花奖”，十分高兴，但听说要写“获奖感言”，又十分犯愁。真是得奖不易感言更不易；不易也要写，为了这个我盼望许久的奖。记得当年汪曾祺先生到我们班上来讲课，开首就在黑板上写上了六个大字“卑之无甚高论”，这句话出自何典我忘了，汪先生当时是说过的，但话的意思还明白。谈到文学，连汪先生这样的大家都说没有高论，如我这般蠢货，只怕连低论也不敢有。不敢有也得有，因为我的《牛》得了奖，因为我很看重这个奖。[②]

相对于《小说选刊》和《小说月报》而言，《中篇小说选刊》是选载莫言小说较少的文学选刊。《中篇小说选刊》共选载了莫言的小说 3 篇，第一篇是 1986 年第 3 期选载的《红高粱》(选自《人民文学》1986 年第 3 期)，后附作者简介，同时附有莫言写于 1986 年 3 月 5 日的创作谈《十年一觉高粱梦》。这也是莫言较早的一篇关于《红高粱》的题材来源、创作动机、创作理想的创作谈，因此对于读者更为深入地理解、把握小说《红高粱》具有深远的意义。在这篇创作谈中，莫言认为统领自己近年来作品的思想核心是“对童年生活的追忆，是一曲本质是忧悒的、埋葬童年的挽歌”。他要用这些作品，为自

---

① 《〈小说月报〉第十一届百花奖颁奖典礼隆重举行》，《小说月报》2005 年第 11 期。

② 莫言：《文学与牛》，《小说月报第八届百花奖获奖作品集》，百花文艺出版社 2000 年版。

己的童年"修建一座灰色的坟墓"[①]。关于《红高粱》的创作动机,莫言写道:"《红高粱》是我修建的另一座坟墓的第一块基石。在这座坟墓里,将埋葬1921～1958年间,我的故乡一部分父老的灵魂。我希望这座坟墓是恢弘的、辉煌的,在坟墓前的大理石墓碑上,我希望镌刻上一株红高粱,我希望这株红高粱成为我的父老们伟大灵魂的象征。"[②]莫言进一步指出:"我的'第三世界'是在我种高粱、吃高粱的基础上,是在我的祖父祖母父亲母亲喝过高粱酒后讲的高粱话的基础上,加上了我的高粱想象力胡乱捣鼓出来的。"[③]对于"寻根"这一当时学界流行的时尚思潮,他认为:"……我是在寻根中扎根。我的'红高粱'是扎根文学。我的根只能扎在高密东北乡的黑土里,我爱这块黑土就是爱祖国,我爱这块土地就是爱人民。""我准备用十年时间做一场高粱梦。"[④]第二篇是1987年第3期选载的书写计划生育题材的小说《弃婴》(选自《中外文学》1987年第1期),在小说后面,编辑再度附上了作者简介以及莫言关于小说《弃婴》的创作谈《人有时是极难理喻的……》。第三篇是1992年第1期选载的以莫言在县棉花加工厂做工那段生活经历为素材创作的中篇小说《白棉花》(选自《花城》1991年第5期)。值得一提的是,选载这篇小说的同时,《中篇小说选刊》编辑第三次刊发了作者简介和莫言的创作谈《还是闲言碎语》。正是由于莫言与《中篇小说选刊》之间的关系,在海峡出版发行集团主办、《中篇小说选刊》杂志社承办的庆祝《中篇小说选刊》创刊30周年百名中国顶级作家评论家手迹展览会上,莫言写下了"鬼罗四海美文,荟萃天下群英。福建因有此刊,文学可夸大省"的题词[⑤],可谓是对《中篇小说选刊》发自肺腑的礼赞。

广泛的传播效应、积极的评奖机制和评论体系在文学作品的经典化过程中有着功不可没的贡献。如果对文学作品经典化的过程进行考察,可以发现,由于一些选刊具备较强的传播效力和评价效力,它们通过从众多原创文学期刊中进行选优("选优"行为本身就是一种文学评价)运作,一方面可以产生扩大传播或传播扩散的二次传播效应,另一方面也可以通过发现、赞助、价值认证等方式为广大文学爱好者和研究者进行文学研究提供一种积极的引导与参照,从而提供最初的文学经典化对象和目标,为文学经典化的进一步运作打下坚实的基础。另外,在文学生产机制的诸多环节中,文学评奖往往是对作家作品文学价值的一种特殊的认同与肯定,这种特定形式对于作家的发现、扶植、成长与创作意义的认可,同样起着举足轻重的作用,对作家从事文学创作更能够产生持续的激励、鼓舞、引导与烛照的力量。因此,通过历次评奖活动脱颖而出

---

① 莫言:《十年一觉高粱梦》,贺立华、杨守森编:《莫言研究资料》,第407～408页。

② 莫言:《十年一觉高粱梦》,贺立华、杨守森编:《莫言研究资料》,第408页。

③ 莫言:《十年一觉高粱梦》,贺立华、杨守森编:《莫言研究资料》,第407～408页。

④ 莫言:《十年一觉高粱梦》,贺立华、杨守森编:《莫言研究资料》,第407～408页。

⑤ 参见吴海虹:《莫言题词赠〈中篇小说选刊〉百名顶级作家手迹展出》,2011年6月22日《东南快报》。

的作家作品，往往有望成为文学长河中的经典而永远载入史册。《小说选刊》、《小说月报》以及《中篇小说选刊》对莫言小说的选载，对莫言小说的宣传和推介显然起到了积极的推动作用。尤其是《小说选刊》采取加“编者按”、邀请知名评论家为莫言小说写评论文章、把莫言小说作为封面作品作重点推荐等运作策略，对于提升莫言小说的自身价值，增强莫言小说的传播效应起到了重要的作用。而莫言连续 3 次荣获《小说月报》百花奖，一方面显示了《小说月报》选刊对莫言作品价值的充分肯定；另一方面，也在客观上证明了莫言的创作实力。《中篇小说选刊》每一次选载莫言的小说时，都在文本后面特意附上莫言关于该篇小说的创作谈，一方面是为了帮助读者更好地解读文本；另一方面，也显示出责任编辑对莫言及其作品的推崇，因为往往是被编辑认为具备一定创作实力的作家才有资格写创作谈。因此，每次都邀请莫言撰写创作谈，无形中会使广大读者认为莫言是一位创作经验丰富、创作风格鲜明的资深作家，这对于巩固莫言在中国当代文坛上的地位相应地起到了一种推波助澜的作用。而且，《小说选刊》、《小说日报》同时选载了莫言的同一篇小说如《红高粱》、《沈园》、《冰雪美人》等，在莫言小说的经典化过程中无疑扮演了“发现人”和“把关者”的角色。

第四章 文学选本与名作的淘选

所谓“选本”,“顾名思义就是经过选择的(或被选择过的)文本,从文学角度而言,选本是指选者按照一定的选择意图和选择标准,在一定范围内的作品中选择相应的作品编排而成的作品集”[①]。由于“选”的本身即意味着编选者需要依据一定的取舍标准,通过精心挑选,从某一时期出现的众多文学文本中选出具有一定的审美魅力和思想内蕴的作品,然后经重新排列结集成书,公开出版发行。因此,作为保存、流传作家作品的一种重要方式,文学选本的界定不仅具备目的性、选择性、限定性、群体性等本质特征,而且也体现了编选者自身的文学观念、文学思想、理论素养和评判标准,或多或少带有编选者自身的主观意志和个性色彩。方孝岳先生在《中国文学批评》中即指出:“选录诗文的人,都各人显出一种鉴别去取的眼光,这正是具体的批评之表现。”[②]许多文学选本在客观收录作家作品的同时,通过新的甄别、取舍、排序、选录,独特的解读和阐释,再融入编选者与众不同的文学趣味和审美理想,实现了对所选作家作品的“再创造”。正是在这一意义上,有研究者指出:“一部中国选本史可以说就是一部中国文学批评史、理论史,甚至就是一部‘特殊的’的中国文学史。”[③]

同时,如果从接受学的角度来看,选本则可以为文学经典的确立提供一种积极的引导和参考作用:

首先,选本以选择作家作品并编成文集的方式向读者展示编选者本人所推崇的某一类型或某一角度的经典作品,可以以比较具体、直观的方式为读者提供一份文学经典的排行榜。

---

① 邹云湖:《中国选本批评》,三联书店 2002 年版,第 1 页。

② 方孝岳:《中国文学批评》,三联书店 1986 年版,第 4 页。

③ 邹云湖:《中国选本批评》,第 6 页。

其次，编选者一般是学界具有较高的理论学养和批评素质的权威人士。因此，如果从实效性和传播范围来看，编选者依据一定的编选体例重新对作家作品排序后编撰而成的文学选本在读者的心目中往往具有一定的公信力和权威性，在一般读者对一部作品是否是文学经典的认定中往往有一种显在的导向性和影响力。而且，被选入选本的文学文本或由于选本的搜集而得以完整地保存下来，或随着文学选本的传播而得以广泛流传，从而赢得更多的接受群体，随着日益广泛的传播而逐渐成为家喻户晓的经典名篇。正如明代李东阳所言："文章如精金美玉，经百炼历万选而后见。今观昔人所选，虽互有得失，至其尽善极美，则所谓凤凰芝草，人人皆以为瑞，阅数千百年几千万人而莫有异焉。"[①]而对于读者大众来说，一部作品的知名度往往通过文学选本而得以确立。

最后，选本也可以为作家文学地位的确立提供参考，从而为一个作家定位。选本编选者在选编作品时，往往会以一定的编选原则对作家进行排序。我国文学史上许多作家都是因为在不同的选本中被推重而声名远播，陶渊明的经典化过程即是一个很好的例证。南朝时，陶渊明只是被人视为品行高洁的隐士而受到时人的礼赞，其诗歌并未引起太多人的关注。即使到了唐代，陶渊明也只是因为其高洁的人格而受到著名诗人李白、杜甫等人的敬仰。直到宋代，苏轼在其名著《与苏辙书》中高度称赞陶渊明的诗歌"质而实绮，癯而实腴，自曹、刘、鲍、谢、李、杜诸人，皆莫及也"，陶渊明的诗歌才开始被各种文学选本编选入册而得以广为流传，并最终成为文学经典。[②] 更有一些作家生前并不知名，由于不同文学选本的推重而最终获得了文学声望。如《大唐书》卷八曾记载，初唐诗人刘希夷"少有文华，初不为时所重"，由于同代人孙季良在其当代诗歌选本《正声集》中"以希夷为集中之最"而"稍为时人所称"。[③]

莫言20世纪80年代初期初登文坛、崭露头角，如今无疑已经成为我国乃至世界级文学大师。如果对其创作道路进行考察，可以发现，莫言小说创作的经典化历程与文学选本对其代表性小说的遴选同样有着不可分割的密切关系。为了更清楚地对莫言小说的编选情况进行观照，笔者首先需要对收入莫言代表性小说的文学选本进行统计与梳理。

第一节　收入莫言代表性小说的选本统计

据笔者不完全统计，莫言自登上文坛以来，其作品曾经多次入选我国当代不同类型的文学选本，具体来看，主要有以下几种类型：

---

① 转引自丁福保：《历代诗话续编·麓堂诗话》，中华书局1983年版，第1378页。

② 参见鲁克兵：《论〈闲情赋〉的经典化》，《玉溪师范学院学报》（社会科学版）2002年第6期。

③ 参见邹云湖：《中国选本批评》，第8页。

一、与各种文学史教材配套的作家作品精选或者经典作家作品精选

莫言的一些代表性小说共入选过这类文学选本3次，分别是：

1.曹文轩主编的《20世纪末中国文学作品选·小说卷》(上)(北京大学出版社2001年版)选编了莫言的短篇小说《透明的红萝卜》和中篇小说《红高粱》(存目)。该选本主要编选了1984～1988年间发表或出版的经典性小说文本，其中：1984年主要编选了阿城的《棋王》(存目)、张洁的《祖母绿》(存目)、张炜的《一潭清水》(存目)；1985年除了莫言的两部小说，还编选了汪曾祺的《虐猫》、郑万隆的《空山》、韩少功的《爸爸爸》、刘恒的《狗日的粮食》、刘索拉的《你别无选择》、马原的《叠纸鹞的三种方法》、海子的《初恋》和《木船》；1986年编选了张炜的《古船》(存目)、扎西达娃的《去拉萨的路上》、史铁生的《命若琴弦》、余华的《十八岁出门远行》、徐星的《无主题变奏》、李锐的《厚土》、残雪的《阿梅在一个太阳天里的愁思》；1987年编选了王蒙的《活动变人形》(存目)、池莉的《烦恼人生》(存目)、方方的《风景》(存目)、苏童的《1934年的逃亡》、王蒙的《冬天的话题》、陈村的《日出·印象》；1988年编选了杨绛的《洗澡》(存目)、刘心武的《白牙》、刘恒的《伏羲伏羲》(存目)、阿成的《年关六赋》、格非的《青黄》。在该书“后记”中，编者指出：“作为学府选本，这套选集稍微倾向于作品在艺术上的纯粹性。在选择它们时，我们并没有按‘曾经轰动过’和‘曾经被批评界特别关注过’作为依据，尽管这里边的许多作品也确实轰动过和被特别关注过。在选择这些作品时，我们是带了强烈的预测意识的：这些作品在几年、几十年、几十年以后是否还能配得上‘文学作品’的称号？尽管因为我们‘身在此山中’，实际上并不能超越时代的偏见、俗见、庸见而看清实相，但我们以为这种努力还是必要的，去强调我们在心中默认的那些艺术标准也是必要的。”[①]从“编后记”可以发现，此选本的编选目的显然在于以艺术性为编选原则，希望经过几年乃至几十年时间的淘洗之后，所选作品依旧可以成为文学作品中的经典。而莫言的两篇小说入选该文学选本，充分显示了编选者对莫言小说艺术魅力的认可与垂青。

2.洪子诚主编的《中国当代文学史·作品选·1977～1999》(长江文艺出版社2002年版)编选了莫言的短篇小说《透明的红萝卜》。同时，该文学选本还收录了莫言的长篇小说《红高粱家族》(存目)。在该文学选本正文本前面的“编选说明”第二条中，编者指出：“主要以‘文学性’作为标准，但从中国文学史教学中的需要出发，也会适当考虑体现文学思潮的价值。”第四条指出，在编选过程中，“作品在当时是否被阅读，产

---

① 曹文轩主编：《20世纪末中国文学作品选·小说卷(上)·后记》，北京大学出版社2001年版，第554页。

生影响，构成‘文学现象’，是判断的主要因素”。很显然，作为大学本科中文学科的文学史配套教材，该文学选本不仅以“文学性”为主要标准，而且注重所选作品在推进文学思潮的嬗变过程中所体现出的重要价值。而莫言的两部作品入选该文学选本，不仅向读者证明了莫言小说在文学艺术上的魅力，而且说明在中国当代文学史的发展与演变历程中，莫言的小说创作也产生了不容忽视的重要影响。而文学史书写，对于扩大文学的阅读传播效应具有不容小觑的推动作用，因此莫言两部小说入选该文学选本，无疑可以使其小说创作得到较大范围的传播与接受。

3.朱栋霖主编、吴秀明本卷主编的北京大学出版社 2007 年版《中国现代文学经典 1917～2000》(三)“小说卷(1949～2000)”编选了莫言的短篇小说《透明的红萝卜》，“中长篇小说作品存目(1949～2000)”编选了莫言的《红高粱》。同时编选的其他短篇小说还有：萧也牧的《我们夫妇之间》，王愿坚的《党费》，王蒙的《组织部来了个年轻人》、《春之声》，宗璞的《红豆》，茹志鹃的《百合花》，赵树理的《“锻炼锻炼”》，陈翔鹤的《陶渊明写〈挽歌〉》，刘心武的《班主任》，高晓声的《李顺大造屋》，张洁的《爱，是不能忘记的》，谌容的《人到中年》，汪曾祺的《受戒》，扎西达娃的《系在皮绳扣上的魂》，残雪的《山上的小屋》，刘恒的《狗日的粮食》，格非的《迷舟》，余华的《十八岁出门远行》，池莉的《热也好冷也好活着就好》，陈染的《嘴唇里的阳光》，刘庆邦的《鞋》，陈映真的《将军族》，白先勇的《游园惊梦》，西西的《像我这样一个女子》，张大春的《将军碑》。同时编选的其他中长篇小说作品存目还有：梁斌的《红旗谱》，周而复的《上海的早晨》，欧阳山的《三家巷》，柳青的《创业史》，杨沫的《青春之歌》，罗广斌、杨益言的《红岩》，姚雪垠的《李自成》(一、二)，古华的《芙蓉镇》，路遥的《人生》，李存葆的《高山下的花环》，陆文夫的《美食家》，张洁的《沉重的翅膀》，张贤亮的《绿化树》，刘索拉的《你别无选择》，韩少功的《爸爸爸》，贾平凹的《浮躁》，王朔的《顽主》，池莉的《烦恼人生》，王蒙的《活动变人形》，凌力的《少年天子》，张承志的《心灵史》，陈忠实的《白鹿原》，林白的《一个人的战争》，余华的《许三观卖血记》，王安忆的《长恨歌》，王小波的《黄金时代》，刘以鬯的《酒徒》，西西的《我城》，金庸的《射雕英雄传》，朱天文的《荒人手记》。

朱栋霖主编的该文学选本是《中国现代文学经典 1917～2000》系列丛书中的其中一卷。《中国现代文学经典 1917～2000》系中国语言文学专业、新闻传播学等专业的主干课教材，与朱栋霖主编的《中国现代文学史 1917～2000》相配套，被列入教育部“十五”国家教材规划。从吴秀明主编的《中国现代文学经典 1917～2000》(三)“小说卷(1949～2000)”编选的 25 篇短篇小说和 31 部中长篇小说存目可以发现，本书选篇涵盖了新中国成立以来至新千年各个时期重要作家、各种风格流派的代表性作品，而且适当遴选了台湾、香港、澳门地区的优秀作品。另外，由于《中国现代文学经典 1917～2000》“旨在以新的文学史观、新的文学观重新遴选 20 世纪中国小说经典”，“以最精炼的选目，希望从中呈现出20世纪中国现代文学发展的一个缩影，为高校中国现代文学的教学提供一个有新意的、实用性强的作品选读本”[①]，因此，一般而言，能够入选此类选本的小说作品不仅具有一定的权威性和公信力，而且对于一个作家的经典化历程在客观上会产生一种广泛、快捷的传播效应。因为作家及其作品的入史率往往成为评定作家作品经典化的一个重要参考指数，尤其是对于大学文科学生来说，他们一般把文学史中提到的重要作家作品作为认定文学经典的重要参数。文学史通过大学教师在课堂上的讲授和传播，再经过师生们的热烈讨论和阐释，这些多次被与文学史教材配套的文学选本选中的作家作品早已经成为大家公认的“经典名著”而变得“毋庸置疑”，其在文学史上的经典地位似乎更是无法撼动。

二、由杂志社或者出版社主编的一些优秀作品的选本

这类文学选本共编选过莫言的小说3次，分别是：

1. 人民文学杂志社主编的《人民文学历年获奖作品精选·中短篇小说卷》(上)(重庆大学出版社2009年版)2004年度的作品收入了莫言的短篇小说《月光斩》。正文本前附有2004年度“茅台杯人民文学奖”对该小说的授奖辞：“在《月光斩》中，莫言显示了汪洋恣肆的想象力，在短篇小说的有限规模中，它以奇诡、暴烈的风格熔铸层层叠叠的界面；而张楚的《长发》表现出耐心、准确的写实能力，在细节的涌动中，日常生活中的坚韧和伤痛获得了令人震惊的戏剧性；须一瓜的《毛毛雨飘在没有记忆的地方》则在视点转换中，完成了关于人的现代境遇的机敏洞察，证明了结构作为短篇小说基本艺术手段的重要价值。”[②]

2. 人民文学出版社编辑部编选的《2009年中篇小说》(人民文学出版社2010年版)编选了莫言的《变》。该选本编选的其他作品还有：叶广芩的《大登殿》、王梓夫的《向土地下跪》、滕肖澜的《倾国倾城》、方方的《琴断口》、胡学文的《向阳坡》、薛舒的《唐装》、迟子建的《鬼魅丹青》、林那北的《风火墙》、田林的《美丽黄羊》、钟晶晶的《手纹》。

该选本隶属于“21世纪年度小说选”，“21世纪年度小说选”的编选范围为当年全国各报刊上发表的中短篇小说，入选篇目的排列以作品发表时间先后为序。人民文学出版社从1977年起，每年都编选和出版年度短篇小说选和中篇小说选，深受读者喜爱，在学界和读者中产生了广泛而深远的影响。1994年后，此项工作一度中断。新世纪伊始，人民文学出版社决定恢复中短篇小说年度的编选和出版工作，以便及时总结

① 朱栋霖主编：《中国现代文学经典1917～2000·前言》，北京大学出版社2007年版，第1页。

② 人民文学杂志社主编：《人民文学奖历年获奖作品精选》，重庆大学出版社2009年版，第1页。

年度中短篇小说创作的实绩，向读者集中推荐优秀的中短篇小说。另外，人民文学出版社在开展“21世纪年度小说选”的编选工作时，曾经诚邀许多著名文学评论家和编辑家，对当年的中短篇小说创作状况进行深入、广泛的研讨，提出了许多极有价值的选目。因此，能够被该选本选中的中短篇小说一般情况下是得到学界同仁们一致认可和喜爱的优秀之作，这些作品也多是在本年度产生一定影响和意义的作品。

3.小说月报编辑部选编的《小说月报2001年精品集》(上)编选了莫言的短篇小说《倒立》。该册选本编选的其他作品还有：(1)中篇小说，胡发云的《驼子要当红军》、万方的《幸福派》、周大新的《旧世纪的疯癫》、叶兆言的《马文的战争》；(2)短篇小说，梁晓声的《讹诈》、阿来的《鱼》、史铁生的《往事》、阿成的《回乡》、裘山山的《我讲最后一个故事》。

三、丛书系列、年度小说排行榜和年度小说经典等文学选本

这类文学选本也多次编选了莫言的一些代表性小说，分别是：

1.《北京文学》编辑部编选的《当代中国文学最新作品排行榜》(时代文艺出版社2000年版)的小说珍藏版收录了莫言的两篇短篇小说《拇指铐》和《沈园》。入选的其他短篇小说还有：铁凝的《秀色》、徐坤的《厨房》、张继的《贷款》、毕飞宇的《火车里的天堂》、王松的《穷人皮顺子》、周洁茹的《我们干点什么吧》、迟子建的《清水洗尘》、刘庆邦的《梅妞放羊》、魏微的《在明孝陵乘凉》、王安忆的《轮渡上》、林斤澜的《轻重小驴车》、何玉茹的《到群众中去》、杨争光的《公羊串门》、沈东子的《我与佐藤木木鸟的十年友谊》。

该选本是由《北京文学》杂志社和中国当代文学研究会共同组织的大型文化活动“当代中国文学最新作品排行榜”的佳作精选。该活动历时四年，吸引了《当代》、《收获》、《天涯》、《人民文学》、《大家》、《黄河》、《钟山》、《上海文学》、《花城》、《青年文学》等20多家优秀文学期刊参与推荐，囊括了王安忆、莫言、阿来、北村、池莉、刘庆邦、迟子建等30多位名作家世纪末最好的小说。另外，本次大型文化活动特意邀请了资历深厚的作家、学者王蒙、朱寨、张炯、张守仁、邵燕祥、林斤澜、浩然、顾骧、谢冕组成排行榜顾问，邀请了当代学界当红批评家、学者王必胜、王光明、王鸿生、白烨、冯秋子、甘以雯、李陀、李洁非、朱伟、朱晖、朱向前、吴思敬、杜丽、陈超、陈晓明、陈思和、陈骏涛、陈福民、杨匡汉、张志忠、张颐武、孟亚辉、孟繁华、林建法、林莽、周政保、於可训、贺绍俊、赵为民、徐岱、唐晓渡、章德宁、楼肇明、蒋原伦、程文超、雷达、潘凯雄、魏绪玉、戴锦华组成推选委员会成员。而在此次推选活动中，莫言的两篇小说被选入“当代中国小说最新作品排行榜”。虽然并不能因此就可以把莫言的《拇指铐》和《沈园》列入文学经典的行列，也不能因此就认为这两篇小说就是当代文学界最优秀的小说，但是，它在客观上对莫言迈向经典作家阵营起到了一种积极的推介作用。

2. 由韩忠良、林建法主编的《布老虎中篇小说·春之卷》(春风文艺出版社 2002 年版)以排名第一的位置收编了莫言的中篇小说《扫帚星》,同时收入的还有魏微的《夏日1986》、程青的《机密游戏》、安妮宝贝的《七个月零九天》、孙慧芬的《保姆》。

3. 程德培主编的名家推荐丛书系列之一《名家推荐 2003 年最具阅读价值短篇小说》(上海社会科学院出版社 2003 年版)编选了莫言的小说《木匠和狗》。

4. 程德培主编的名家推荐丛书系列之一《名家推荐 2004 年最具阅读价值短篇小说》(上海社会科学院出版社 2004 年版)编选了莫言的小说《普通话》。该丛书是一套与众不同的年度精选,由 26 位名家[①]联手推荐的 2004 年最具阅读价值的作品组成,包括中篇小说卷、短篇小说卷、散文随笔卷、演讲谈话卷和人物印象卷。

5. 中国小说学会编选的《2003 年中国小说排行榜》(时代文艺出版社 2004 年版)编选了莫言的短篇小说《木匠和狗》,并附有杨扬的评论文章《讲故事与听故事——评〈木匠与狗〉》。该选本编选的其他短篇小说还有:铁凝的《逃跑》、汤吉夫的《猛虎》、王松的《雪色花》、盛可以的《手术》、魏微的《化妆》、张学东的《送一个人上路》、戴来的《茄子》、潘向黎的《奇迹乘着雪橇来》、迟子建的《一匹马两个人》。在 2003 年短篇小说排名中,莫言的《木匠与狗》名次仅次于铁凝的《逃跑》,位居第二名。中国小说学会 2003 年中国小说排行榜评委会主任由中国文联副主席、中国小说学会会长冯骥才担任,评委会副主任由评论家雷达、陈骏涛和教授汤吉夫担任。评委会成员则由中国当代著名教授王科、毕光明、杨扬、李大鹏、李运抟、吴义勤、陈公仲、金汉、夏康达、曹文轩(缺席)和知名评论家李星(缺席)、李国平、何向阳、陈冲、施战军、洪治纲、盛英、阎晶明、韩石山、谢有顺、谭湘组成,特邀委员有评论家汪政和汪亚明教授。因此,《木匠与狗》能够被学术研究界如此强大且占主流位置的主力批评阵容组成的评委会看中,而且又能够以第二名的位置高居 2003 年中国短篇小说排行榜前列,其文学价值上的权威性不容置疑。

评论家杨扬在《讲故事与听故事——评〈木匠与狗〉》中,更是对莫言的短篇小说创作作出了总体性的评价和肯定:“莫言这样的作家没有人敢轻慢他,尽管他的小说是有

① 这 26 位名家是:南京大学中文系教授、评论家丁帆,上海大学中文系主任、评论家王光东,作家东西,《海燕·都市美文》主编、评论家古耜,评论家白烨,作家艾伟,作家刘长春,作家刘醒龙,作家孙甘露,评论家朱小如,作家朱增泉,《山花》主编、评论家何锐,山东师范大学中文系教授、评论家吴义勤,作家吴玄,交通大学中文系教授、作家张生,中国诗歌协会秘书长、诗人张同吾,评论家张闳,评论家张柠,《文艺报》副总编辑、评论家张陵,复旦大学中文系教授、评论家张新颖,《南方文坛》主编、评论家张燕玲,《人民文学》副主编、评论家李敬泽,评论家汪政,江西省文联主席、作家陈世旭,作家陈村,《作家》主编、评论家宗仁发,《当代作家评论》主编、评论家林建法,评论家施战军,评论家洪治纲,《当代》编辑部主任、作家洪清波,复旦大学中文系教授、评论家郜元宝,作家鬼子,作家夏季风,作家谈瀛洲,《钟山》杂志副主编、评论家贾梦玮,评论家盛子潮,《收获》杂志副主编、作家程永新,评论家程德培,上海大学中文系教授、作家葛红兵,评论家谢有顺,《山西文学》主编、作家韩石山,中国作协创研部主任、评论家雷达。

这样那样的毛病，但有时你会发现所谓的毛病未必都是毛病，特别是他的短篇小说，常常开局不凡，有着出人意料之处。这种出人意料的地方，说穿了也不是什么秘密，主要就是莫言的短篇小说经常不合既定的所谓小说规则，天马行空，独往独来，构成了一种可以称之为莫言小说构造法的文学图景。假如偏执于某种既定的小说理念，你或许会觉得莫言的小说太散，没有章法。但对于一个想从小说阅读中获得惊喜和想象的读者来说，莫言的小说是能够给你带来满足和抚慰的。”①此说虽然在对莫言的小说评论中并不新鲜，但是杨扬在此重申莫言小说独来独往、天马行空的独创性，实际上正是对莫言小说经典性的一种认同，因为在持本质主义经典观的学者看来，经典性的一个重要因素即在于文本的独创性。

6. 吴义勤主编的《2006 年中篇小说经典》（山东文艺出版社 2007 年版）的附录“2006 年中国长篇小说存目”把莫言的长篇小说《生死疲劳》放在第一的位置。其次是：阎连科的《丁庄梦》、铁凝的《笨花》、艾伟的《爱人有罪》、刘建东的《女人嗅》、红柯的《乌尔禾》、邓刚的《山狼海贼》、范稳的《悲悯大地》、严歌苓的《第九个寡妇》。

四、20 世纪中国文学精选或 20 世纪中国文学大系

莫言的一些代表性小说共有 9 次入选过这类文学选本，分别是：

1. 陈思和、李平主编的《二十世纪中国文学精品·当代文学 100 篇（下）》（学林出版社 1999 年版）编选了莫言的中篇小说《红高粱》，在编选说明中，编者指出了本书的编选范围主要是 20 世纪以来的优秀文学作品。

2. 李国文主编的《中国当代文学作品精选（1949～1999）·短篇小说卷（下）》（十月文艺出版社 1999 年版）选入了莫言的短篇小说《夜渔》。该选本在正文本前的题词中指出：“谨以共和国五十年的文学精品献给新世纪热爱文学的朋友们。”该选本编者在出版说明中对编选的方针、范围、宗旨以及编选的时间顺序作了介绍：“编选工作坚持‘二为’方向，贯彻‘双百’方针，从当代文学发展的实际出发，兼顾不同题材、不同创作风格、不同地区（包括台、港、澳）和不同作家的作品，力求全面准确地反映新中国成立五十年文学发展的面貌，同时，又充分体现了各位主编对作品取舍的独特见解，具有经典性及文献性。选文按发表时间为准。选文前有作者简介，后附作品出处。各位主编均撰写了极有价值的导论。”②此文学选本索性直接指出所选作品具有经典性和文献

① 杨扬：《讲故事与听故事——评〈木匠与狗〉》，中国小说学会编选：《2003 年中国小说排行榜》，时代文艺出版社 2004 年版，第 430 页。

② 李国文主编：《中国当代文学作品精选（1949～1999）·短篇小说卷（上）·出版说明》，第 2 页。

性价值，而莫言的短篇小说《夜渔》能够入选，客观上展示了该文学选本对它的经典性价值的认同。尤其是在导论中，李国文着重指出莫言的短篇小说与众不同的耐人寻味之处在于“作品里那想象力的扩张”[①]，充分肯定了莫言小说的独创性及其在阅读接受过程中所产生的陌生化效果。

3. 陈建功主编的《中国当代文学作品精选(1949～1999)·中篇小说卷(中)》(十月文艺出版社1999年版)编选了莫言的中篇小说《红高粱》。陈建功在导论中对莫言等20世纪80年代涌现出的一批年轻作家的优秀中篇小说创作作出了独到的点评：“……随着80年代的推进，也随着更为年轻的一代作家的成长，中篇小说创作在保持其关注时代关注生活的敏锐触角的同时，寻找更为个性化的叙事方式和语言方式已经成为了作家们的自觉。我们从张承志《北方的河》中，领教了汪洋恣肆的叙事和激情饱满的语言；我们从史铁生《关于詹牧师的报告文学》中，读出了貌似平静的叙述后面的幽默以及这幽默背后的冷峻；我们从莫言的《红高粱》中，感受到了意象的冲击和色彩的热度；我们从刘索拉的《你别无选择》中，品味到了幽默的无奈和残酷……就这样，近二十年间，中篇小说的创作一直保持着多样化发展势头经久不衰，不断有新的优秀作家在中篇小说领域雄踞一方。”[②]此点评客观地指出了莫言小说对读者产生的情感震荡效应和强大的冲击力，对于扩大莫言小说的传播范围无疑会起到一种最有说服力的宣传效果。

4. 钱乃荣主编和选编的《20世纪中国短篇小说选集·第6卷(1990～1999)》(上海大学出版社1999年版)编选了莫言的中篇小说《师傅愈来愈幽默》。

5. 王铁仙任主编、杨剑龙与刘挺生任分卷主编的《新时期文学二十年精选·中篇小说卷》(上海教育出版社2003年版)编选了莫言的《透明的红萝卜》和《红高粱》(存目)。该选本编选的其他中篇小说还有：马原的《冈底斯的诱惑》、刘索拉的《你别无选择》、池莉的《烦恼人生》、王朔的《顽主》、余华的《现实一种》、陈染的《与往事干杯》、刘醒龙的《分享艰难》、毕飞宇的《青衣》。

6. 王蒙、牛玉秋主编的《新中国六十年文学大系·中篇小说精选》(长江文艺出版社2009年版)编选了莫言的代表作《红高粱》。同时选入的中篇小说还有：孙犁的《铁木前传》、鲁彦周的《天云山传奇》、邓友梅的《那五》、陆文夫的《美食家》、阿城的《棋王》、王安忆的《小鲍庄》、贾平凹的《黑氏》、铁凝的《麦秸垛》、苏童的《妻妾成群》、方方的《风景》、池莉的《烦恼人生》、叶广芩的《祖坟》、邓一光的《父亲是一个兵》、毕飞宇的《玉米》、陈应松的《松鸦为什么鸣叫》、晓航的《师兄的透镜》、迟子建的《世界上所有的

① 李国文主编：《中国当代文学作品精选(1949～1999)·短篇小说卷(上)》，第14页。

② 陈建功：《中国当代文学作品精选(1949～1999)·中篇小说卷(中)》，第5页。

夜晚》、蒋韵的《心爱的树》、乔叶的《最慢的是活着》。

从该选本精心编选出的这20篇中篇小说篇目可以发现，这些篇目几乎都是被很多种版本的当代文学史提及并且引领当时社会思潮和文学思潮的优秀作品，其在文学史上的代表性、经典性以及它们的思想价值、文化韵味和美学品位也已经得到当代文坛的一致认同。莫言的《红高粱》能够被该选本选中，一方面显示了莫言的创作实力，另一方面也显示了中篇小说自身所具有的便于艺术创新、文体灵活的先天优势：

> ……从《你别无选择》、《无主题变奏》以及马原、洪峰、残雪的现代主义、后现代主义尝试，到《小鲍庄》、《爸爸爸》、《棋王》以及贾平凹、李杭育的文化寻根，再到莫言、孙甘露、余华的新感觉，又到刘震云、方方、池莉的新写实，每一次小说艺术创新的浪潮中，都有中篇小说的代表力作。当小说创作由于过分迷恋文体、技巧试验而一度疏离了读者之后，河北的"三驾马车"何申、谈歌、关仁山以中篇小说的形式发起了现实主义冲击波。新世纪以来，"底层写作"成为最引人关注的文学现象，陈应松、曹征路、杨少衡、荆永鸣的中篇小说在形式上的几次突围和回归都能做到出入自如，正是得益于它文体灵活的特点。①

此处虽然探讨的是中篇小说在文体上所具有的优势，但是客观上在对文学思潮的爬梳中肯定了莫言等新时期以来登上文坛的作家在每一次艺术创新的浪潮中所发挥的重要作用。同时，编者还借谈论中篇小说的第三个优势，也即其既便于掌握又易于产生影响，因而对作家的成长具有重要意义的特点，指出新时期以来，正如《人到中年》之于谌容、《棋王》之于阿城、《大厂》之于谈歌等在他们的成长历程中都具有重要的意义，众多读者也常常是通过这些作家的代表作品而知道了这些作家，莫言的成名作《透明的红萝卜》之于莫言同样具有第一块里程碑的重要意义。② 此说一方面肯定了中篇小说的优势，另一方面也肯定了《透明的红萝卜》在读者中间产生的深远影响。

7. 王蒙任总主编的《新中国六十年文学大系·小小说精选》(长江文艺出版社2009年版)编选了莫言的小小说《奇遇》。

8. 杨匡汉、杨早主编，中国社会科学院文学研究所当代室著的《六十年与六十部：共和国文学档案(1949～2009)》(三联书店2009年版)编选了莫言的小说代表作《红高粱》。同时编选的小说还有：萧也牧的短篇小说《我们夫妇之间》、王蒙的短篇小说《组织部新来的青年人》、宗璞的短篇小说《红豆》、梁斌的长篇小说《红旗谱》、杨沫的长篇小说《青春之歌》、周而复的长篇小说《上海的早晨》、茹志鹃的短篇小说《百合花》、赵树理的短

① 王蒙、牛玉秋主编：《新中国六十年文学大系·中篇小说精选·前言》，长江文艺出版社2009年版，第2页。
② 参见王蒙、牛玉秋主编：《新中国六十年文学大系·中篇小说精选·前言》，第2页。

篇小说《“锻炼锻炼”》、柳青的长篇小说《创业史》(第一部)、浩然的长篇小说《艳阳天》、刘心武的短篇小说《班主任》、张洁的短篇小说《爱，是不能忘记的》、汪曾祺的短篇小说《受戒》、古华的长篇小说《芙蓉镇》、张承志的中篇小说《黑骏马》、阿城的中篇小说《棋王》、马原的中篇小说《冈底斯的诱惑》、张贤亮的中篇小说《男人的一半是女人》、韩少功的中篇小说《爸爸爸》、张炜的长篇小说《古船》、路遥的长篇小说《平凡的世界》、王朔的中篇小说《顽主》、铁凝的长篇小说《玫瑰门》、刘震云的中篇小说《一地鸡毛》、严歌苓的短篇小说《少女小渔》、余华的中篇小说《活着》、陈忠实的长篇小说《白鹿原》、贾平凹的长篇小说《废都》、金庸的长篇小说《射雕英雄传》、王小波的中篇小说《黄金时代》、王安忆的长篇小说《长恨歌》、姜戎的长篇小说《狼图腾》、张爱玲的长篇小说《小团圆》。

从上述选出的34篇(部)长、中、短篇小说篇目可以发现，入选《六十年与六十部：共和国文学档案(1949～2009)》一书的这些小说或者是“曾经引起文学界乃至社会上普遍关注或争议的作品”，或者是“不同程度地反映了当时社会的主流情绪和文学史价值的作品”，或者是“在回眸过往和注视当今时，仍然有思想史和文学史价值的作品”，或者是“创作和批评都能对当代精神生活的变化有所展示与影响的作品”。总之，《六十年与六十部：共和国文学档案(1949～2009)》一书的初衷“是在60年文学风雨路上，尽力寻找文学史视野与思想史、文化史视野这三者的结合点，以问题意识为切入口，观察社会变迁，触摸主流情绪，重新发现文学史上的意义”①。正是由于该书所编选的小说文本不仅时间跨度长(1949～2009)、涉及范围广(不仅涉及大陆文学，而且涉及港台文学)，而且它们“在精神史、思想史和文学史意义上，都触动了时代神经，也投影于历史沧桑，艺术上都各有追求和光彩”②。因此，能够入选该书的小说被称为“六十年文学史上的经典”当之无愧。而莫言的小说《红高粱》有幸入选，其在文学史上的价值和地位，其在广大读者中产生的权威性和公信力也就不言而喻。

9.雷达主编的《新中国文学精品文库·短篇小说卷》(海天出版社2010年版)编选了莫言的小说《冰雪美人》。《新中国文学精品文库》专家委员会成员由中国当代文学研究界的权威学者、批评家组成，这些成员是(排名不分先后)：程光炜、吴义勤、胡平、阎晶明、李敬泽、李星、雷达、李辉、李建军、贺绍俊、陈晓明、张颐武、孟繁华、白烨、白描、彭学明、朱向前、何向阳、张清华、谢有顺、洪治纲、李洁非、汤吉夫、程金城、赵学勇、施战军、王干、张志忠、张陵、汪政。

---

① 杨匡汉：《此史可待成追忆·前言》，中国社会科学院文学研究所当代室：《六十年与六十部：共和国文学档案(1949～2009)》，三联书店2009年版，第7页。

② 杨匡汉：《此史可待成追忆·前言》，中国社会科学院文学研究所当代室：《六十年与六十部：共和国文学档案(1949～2009)》，第9页。

第二节　精选集的出版：以四本精选集为个案

如果说，上述文学选本仅仅是对莫言的一到两篇代表性文学文本进行编选，那么还有一些编选者对莫言的一些代表性小说文本进行了集中编选，推出了莫言的小说精选集。这些精选集的出版与发行对于莫言小说的广泛传播无疑将会起到更大的推进作用，因为这显然是对莫言小说作品的一次集中展示。由于莫言作品的精选集数量较多，笔者打算以四本精选集为个案，对文学选本在莫言创作经典化历程中所发挥的作用进行考察。

一、《冰雪美人》

2001 年 8 月，莫言的部分中短篇小说和一部话剧《霸王别姬》被北京文化艺术出版社以《冰雪美人》为名，收入“华语新经典文库”第一辑。该作品集共收入中短篇小说 6 篇，分别是：《司令的女人》、《冰雪美人》、《倒立》、《嗅味族》、《球状闪电》、《筑路》。“华语新经典文库”第一辑同时收入了莫言的长篇小说《生蹼的祖先们》，第一辑除了莫言的两部作品之外，其他书目还有《文工团——王安忆小说》、《地主研究——梁晓斌随笔》、《切·格瓦拉——黄纪苏戏剧》、《为女士点烟——阿坚诗选》、《致世上的亲人——杨键诗选》。

“华语新经典文库”学术委员会主要由国内外知名学者组成，其成员主要有（排名不分先后）：陈嘉映、崔卫平、邓正来、韩欣、简宁、蓝棣之、梅丹理、童庆炳、吴思敬、王富仁、西川、奚密、谢冕、叶匡政、邹静之。其中，蓝棣之任学术委员会主任，叶匡政任执行主编。莫言的这几部作品组成的作品集能够得到这些学界权威人士的一致认同，并被选入“华语新经典文库”，说明他们已经初步认定了这些作品具备经典性的文学合法性。在正文本前“作者的话”中，莫言又逐步介绍了每一部作品的创作和发表情况。通过介绍，我们得以了解一些作品发表背后鲜为人知的故事。如莫言提到，创作于 1985 年暑假的中篇小说《筑路》在《中国作家》1986 年第 3 期发表后，时任该刊主编的老资格评论家冯牧先生认为《筑路》比《红高粱》好。而发表于《收获》2000 年第 1 期的《司令的女人》则是长篇小说《檀香刑》的前奏，所以这部中篇小说对于莫言具有重要的意义。① 通过“作者的话”，我们发现，这几部作品被收入“华语新经典文库”的确是当之无愧的。

---

① 参见莫言：《冰雪美人·作者的话》，文化艺术出版社 2001 年版，第 1～2 页。

二、《藏宝图:中短篇小说》

春风文艺出版社2003年10月出版了莫言作品精选集《藏宝图:中短篇小说》。该选集精心选取了莫言的11篇中短篇小说,推荐给广大读者阅读、品鉴。这11篇小说分别是:《大风》、《秋水》、《嗅味族》、《一匹误入民宅的狼》、《长安大道上的骑驴美人》、《冰雪美人》、《爆炸》、《野种》、《牛》、《我们的七叔》、《藏宝图》。该选集同时还在正文本前选录了《羊城晚报》记者陈桥生与莫言的访谈录——《在路上寻找故乡》作为代序言,虽然有删节,但是依旧给读者提供了许多弥足珍贵的信息,透露出莫言本人对自己作品的评价。在访谈录里,莫言提到,《透明的红萝卜》是含蓄而节制的描写,给人留下了充分想象的空间,而《红高粱》则是一览无余,很多人认为《透明的红萝卜》是他最好的作品。[①] 莫言还进一步谈到就小说的结构而言,他比较满意的是《酒国》。先是荣获"大家"文学奖,然后又遭到猛烈批评和诟病的《丰乳肥臀》则应该是他的长篇代表作。[②] 最后,莫言指出自己最高的理想就是创作上的创新性和突破性:"每部作品都有追求,对我来说,就想下一个作品要和之前的不一样,起码有很大的区别,让读者感觉到这个人不是在重复自己,这就是最高理想。"[③]此说实际上也是向读者表明莫言本人的创作追求和文学经典观。

三、《复仇记》

谢有顺主编的"第二届'华语文学传媒大奖'获奖作者作品集"编选了莫言、韩东、王小妮、余光中、王尧和须一瓜的重要作品,从而组成了一套丛书。以莫言的代表作品之一为书名的小说选集《复仇记》[④]于2005年1月由北京华艺出版社出版发行。

在该选本的封面上,封面设计者周明以醒目的文字,从文学史的视角对莫言小说在我国当代文学中的地位进行了肯定:"莫言的写作一直是当代中国的重要象征之一,他通透的感觉、奇异的想象力、旺盛的创造精神、汪洋恣意的语言天才以及他对叙事探索的持久热情,使他的小说成了当代文学变革旅程中的醒目界碑,他的努力极大地丰

---

① 参见莫言、陈桥生:《在路上寻找故乡(代序)》,莫言:《藏宝图:中短篇小说》,春风文艺出版社2003年版,第7页。

② 参见莫言、陈桥生:《在路上寻找故乡(代序)》,莫言:《藏宝图:中短篇小说》,第9页。

③ 莫言、陈桥生:《在路上寻找故乡(代序)》,莫言:《藏宝图:中短篇小说》,第10页。

④ 该选本主要收入莫言的11部中篇小说,分别是:《二姑随后就到》、《复仇记》、《倒立》、《一匹倒挂在杏树上的狼》、《父亲在民夫连里》、《红耳朵》、《爆炸》、《木匠和狗》、《弃婴》、《幽默与趣味》、《你的行为使我们恐惧》。

富了当代文学的整体面貌。”谢有顺为莫言的小说选集《复仇记》写的序言，既指出丛书出版的目的，也对莫言等六位作家的文学地位进行了整体性的评价和定位：“这套丛书里的六位作者，都是国内的文学名家，因为他们在2003年度里出版或发表了重要作品，荣获由《南方都市报》和《新京报》联合主办的第二届‘华语文学传媒大奖’。现在，将他们的作品集结在一起出版，不仅是为了留存一种语言记忆，也是为了展示一种文学的可能性——在我看来，这六位作者，分别从不同的角度，为我们见证了文学的某种创造性和自由精神。”①

在序言之后，编者在目录前附上了“第二届华语文学传媒大奖年度成就奖莫言获奖授奖词”以及莫言的获奖演说。值得一提的是，莫言在获奖演说中一方面回顾了自己二十多年的创作历程：“……上个世纪八十年代初，新时期文学勃发之时，我是凭借着一股‘初生牛犊不怕虎’的勇气，凭借着一股急于发出不与他人雷同的声音的热望，几乎是在懵懂无知的状态下，冲上了文坛，并浪得了虚名。这个过程中，当然离不开师长们的教诲、栽培和同行们的帮助和鼓励……”另一方面也表明了自己的创作理念和经典文学观：“二十多年来，尽管我的文学观念发生了很多变化，但有一点始终是我坚持的，那就是个性化的写作和作品的个性化。我认为一个写作者，必须坚持人格的独立性，与潮流和风尚保持足够的距离；一个写作者应该关注的并且将其作为写作素材的，应该是那种与众不同的、表现出丰富的个性特征的生活；一个写作者所使用的语言，应该是属于他自己的、能够使他和别人区别开来的语言；一个写作者观察事物的视角，应该是不同于他人的独特视角……”②

在正文本之后，编者附上了《新京报》记者术术对莫言的访谈文章《我的写作还能成长——答新京报记者术术问》，这次访谈对于读者更好地了解莫言的几部代表性长篇小说起到了至关重要的作用。莫言首先对第二届“华语传媒大奖”的获奖作品——他的第九部长篇《四十一炮》作了自我评价。在他看来，“《四十一炮》是一部成长小说”：一方面这部小说写了“一个‘炮孩子’叙述自己的成长并在叙述中成长”；另一方面，这是他“写作成长过程中的一部作品”。莫言以戏谑的言语称“嘈杂吵嚷的《四十一炮》：黑色老树上抽出的绿枝”③。接下来，莫言对小说《四十一炮》中出现的两个关键词“炮”和“肉”作出了颇具见地的阐释：“至于‘炮’，可以简单地解释为‘吹’，或者是‘侃’，‘少年侃’，大概有三分之一的小说可以归类到‘少年侃’里，样板是那部《麦田守望者》。我唯一可以沾沾自喜的是《四十一炮》的叙事是在虚与实两个层面上穿梭游

---

① 谢有顺：《复仇记·序》，莫言：《复仇记》，华艺出版社2005年版，第1页。

② 莫言：《获奖演说》，莫言：《复仇记》，第2～3页。

③ 莫言、术术：《我的写作还能成长——答新京报记者术术问》，莫言：《复仇记》，第419页。

弋,而《麦田守望者》始终固守在现实的层面上。”“肉是肉,也不是肉。肉和灵,是互相依存又相互排斥的对立统一。肉又是欲望,是人的本能,但精神的升华总是建立在本能和欲望的基础上。肉是象征,又是食物。”[①]最后,莫言又指出他的小说大概可以分为两条路线:“一是《十三步》《酒国》这条路线,技术至上,超现实的成分很多,将社会性的内容深藏其中。另外一条路线,就是《红高粱家族》《天堂蒜薹之歌》这样的小说,注重地域、环境、历史、家族、命运等比较传统的小说因素。”针对《丰乳肥臀》出版后曾经遭到的很强烈的批评,莫言作出了自己的辩护和回应:“《丰乳肥臀》是沿着《红高粱家族》路线发展下来的那种小说的一个总结,这里边有比较多的我的人生体验和故乡、家族等原始素材,是对自己进行清算的一种写作方式。至于别人是否看懂,那是别人的原因。写作过程,其实就是《诗经》上说的‘嘤其鸣兮,求其友声’的过程。《红楼梦》比《丰乳肥臀》好九千九百九十九倍多,但我十几岁时,根本看不进去。比起《三国演义》、《水浒传》、《封神演义》,对于一个野孩子来说,《红楼梦》那是太不好看了。”[②]言外之意,就像《红楼梦》一样,虽然《丰乳肥臀》大家读不懂,但是并不说明其就不是一部经典之作,而这部小说恰恰是莫言最重要的一部总结性巨著。对于有人认为《檀香刑》过于“残酷”,莫言解释说:“从人性的角度讲,每个人,其实都是受刑者、观刑者、施刑者三位一体。”“我这样写,是希望人能认识自己。”[③]

该选本在《我的写作还能成长——答新京报记者术术问》之后,以《让记忆说话》作为后记,后记从“出道,带着高密上路”、“成名,激情四溢的军艺”、“巅峰,终结家族小说写作”三个方面,对莫言从 1976 年参军到 2003 年出版《四十一炮》这二十多年来的创作历程和成长道路进行了条分缕析的梳理,为读者较好地了解莫言的创作道路提供了较为翔实的参照和弥足珍贵的第一手资料。

四、《莫言精选集》

北京燕山出版社 2006 年 1 月出版了《莫言精选集》。该精选集是“20 世纪文学 60 家”书系之一,共精心挑选了莫言的代表性中短篇小说 10 篇,分别是:《红高粱》、《透明的红萝卜》、《金发婴儿》、《牛》、《拇指铐》、《白狗秋千架》、《火烧花篮阁》、《木匠和狗》、《月光斩》、《与大师约会》。该书目由当代知名学者贺绍俊选定。

其实,“20 世纪文学 60 家”书系的创编与推出,主要目的即在于积累优秀、先进的

① 莫言、术术:《我的写作还能成长——答新京报记者术术问》,莫言:《复仇记》,第 420 页。
② 莫言、术术:《我的写作还能成长——答新京报记者术术问》,莫言:《复仇记》,第 421～422 页。
③ 莫言、术术:《我的写作还能成长——答新京报记者术术问》,莫言:《复仇记》,第 423 页。

文化成果，囊括20世纪华文创作的精华，展示、传播具有经典意义的作家作品，倾力打造一份适于典藏的精品书目。尤其是在当下过于强势的“市场化”使得文学生产日见繁杂，过于追求“娱乐化”、“消费化”的文化环境使得文学接受日益浅薄化、低俗化的情势之下，搜集、整理、出版20世纪华文文学中重要作家的经典文学作品便成为学界许多有识之士的一项亟须完成的历史重任。基于此，以“世界文学文库”树立了良好品牌形象的北京燕山出版社，在以中国社会科学院文学研究所为核心的文学研究权威机构的支持和帮助下，由著名文学批评家和出版家白烨、倪培耕，著名学者和文学批评家陈骏涛、贺绍俊总策划，于2005年春天开始启动了这项以“20世纪文学60家”命名的策划、评选活动。

为使“20世纪文学60家”书系的评选与出版活动体现出客观、公平、公开的原则，编辑委员会采取了专家评选与读者投票相结合的方式，既体现了文学专家的学术见识，又广泛吸纳了文学读者的有益意见，力图综合各个方面的意愿和要求。首先根据20世纪华文作家在中国现当代文学史上的地位和影响，经过专家反复推敲、斟酌，联名推荐、确定出100位作家及其代表性作品作为候选名单。然后，又约请25位中国现当代文学专家组成“20世纪文学60家”评选委员会，在精心挑选出的100名候选名单中进行书面记名投票，按照得票的多少进行排名，最终产生了“20世纪文学60家”的专家评选结果。这25位专家分别是：南京大学中文系教授丁帆、清华大学中文系教授王中忱、华东师范大学中文系教授王晓明、汕头大学中文系教授王富仁、中国社会科学院文学研究所研究员白烨、鲁迅博物馆研究员孙郁、首都师范大学文学院教授吴思敬、复旦大学中文系教授陈思和、北京大学中文系教授陈晓明、中国社会科学院文学研究所研究员陈骏涛、华东师范大学中文系教授陈子善、沈阳师范大学教授孟繁华、武汉大学文学院教授於可训、中国社会科学院文学研究所研究员杨匡汉、中国社会科学院文学研究所研究员杨义、中国社会科学院文学研究所研究员张炯、北京师范大学文学院教授张健、中国社会科学院文学研究所研究员张中良、中国社会科学研究院文学研究所研究员赵园、北京大学中文系教授洪子诚、沈阳师范大学中文系教授贺绍俊、北京大学中文系教授谢冕、中国人民大学中文系教授程光炜、中国作家协会创研部研究员雷达、中国社会科学院文学研究所研究员黎湘平。为了采纳广大读者对20世纪华文作家作品的阅读意见，在国内最具人气的“新浪网·读书频道”的鼎力支持和全力合作下，此项评选又展开了为期两个月的“华文‘20世纪文学60家’全民网络大评选”活动。数万名读者积极、踊跃地参与了该项活动，并提出了许多见地独到的阅读体验和建设性意见，表达了他们对20世纪文学极具个性化的思考和见解。2005年12月16

日，读者评选结果在“新浪网·读书频道”正式公布。[①]

季广茂认为，经典化的方式有很多种，在他看来至少包括“排座次”（鲁、郭、茅、巴、老、曹就是这样排定的）、“上皇榜”（把金庸的武侠小说收入某某“大师文库”或“百年中国文学经典”，或称为“金庸现象”）与“入教材”（许多作家以自己的文本选入教材为无上的光荣）几种。[②] 为了使“20 世纪文学 60 家”的评选与编选，既能够反映 20 世纪华文文学发展的实际情形，真正体现文学研究者的普遍共识和广大读者的阅读取向，又能够经受住历史的淘洗和时间的检验，将来能够成为各大图书馆的馆藏经典，成为高等学校文科生和广大文学爱好者的指导性阅读书目，该书系编委会经过反复磋商，综合了专家和读者两项评选结果，以各占 50%的权重，得出了“20 世纪文学 60 家”排名表。[③] 从“20 世纪文学 60 家”的评选与编选程序可以看出，该项活动综合了各个方面的要求和意愿，一方面凝聚了数十位专家的心血，另一方面也寄托了数以万计的广大文学爱好者对中国现当代文学的殷切希望。因此，该项活动排名结果的公信力和权威性不言而喻。而作为 20 世纪 80 年代登上文坛的作家，莫言能够跻身“20 世纪文学 60 家”的行列，足以说明其在文学史上的地位与影响不仅得到了专家们的认可，也受到了数万名热爱中国现当代文学读者的认同。为了便于说明问题，下面不妨把“20 世纪文学 60 家”的评选结果以表格的形式列出：

表 4-1　　“20 世纪文学 60 家”评选结果表

排　名	作　家	专家评分	读者评分	最终得分
1	鲁　迅	100	100	100
2	张爱玲	100	97	98.5
3	沈从文	100	96	98
4	老　舍	94	94	94
5	茅　盾	100	88	94
6	贾平凹	94	92	93
7	巴　金	94	90	92

① 参见莫言：《莫言精选集·出版前言》，北京燕山出版社 2006 年版。

② 参见季广茂：《经典的由来与命运》，童庆炳、陶东风主编：《文学经典的建构、解构和重构》，第 122 页。

③ 参见莫言：《莫言精选集·出版前言》。

续表

排　名	作　家	专家评分	读者评分	最终得分
7	曹　禺	100	84	92
9	钱钟书	80	99	89.5
10	余　华	85	92	88.5
11	汪曾祺	100	76	88
12	徐志摩	85	89	87
12	莫　言	94	80	87
14	王安忆	94	77	87
15	金　庸	70	98	84
15	周作人	94	74	84
17	朱自清	70	93	81.5
18	郁达夫	78	83	80.5
19	戴望舒	94	66	80
20	史铁生	80	79	79.5
20	北　岛	78	81	79.5
22	孙　犁	94	62	78
22	王　蒙	78	78	78
24	艾　青	94	60	77
25	余光中	78	73	75.5
26	白先勇	85	64	74.5
27	萧　红	85	61	73
27	路　遥	60	86	73
29	闻一多	78	67	72.5
30	林语堂	54	87	70.5
31	赵树理	83	55	70
32	梁实秋	67	55	69
33	郭沫若	70	65	67.5

续表

排名	作家	专家评分	读者评分	最终得分
33	陈忠实	67	68	67.5
35	张恨水	64	70	67
36	苏　童	58	75	66.5
36	冰　心	51	82	66.5
38	穆　旦	78	52	65
39	丁　玲	78	47	62.5
49	顾　城	29	95	62
41	舒　婷	51	69	60
42	张承志	67	51	59
43	王　朔	45	72	58.5
44	刘震云	58	58	58
45	韩少功	54	57	55.5
46	阿　城	54	56	55
47	张　洁	64	44	54
48	三　毛	22	85	53.5
49	铁　凝	51	53	52
50	张　炜	60	40	50
50	李劼人	78	22	50
52	宗　璞	64	33	48.5
53	郭小川	58	36	47
55	施蛰存	51	42	46.5
56	张贤亮	42	49	45.5
56	刘　恒	64	27	45.5
56	高晓声	45	46	45.5
56	李　锐	51	40	45.5
60	徐　讦	45	43	44

从上表"20世纪文学60家"的评选结果可以发现:在中国现当代文学史上前60位作家中,莫言综合排名位于第12位,专家评选结果则以94分高居第7位,仅次于鲁迅、张爱玲、沈从文、茅盾、曹禺和汪曾祺这些文学史上公认的经典性作家,而与曾经在中国现代文学史上居于重要地位且产生过重大影响的著名经典作家老舍、巴金、周作人、戴望舒、艾青名次相同。虽然莫言的综合排名位于第12位,但是在入选"20世纪文学60家"的33位当代作家中,莫言位居第4位,名次仅次于汪曾祺、贾平凹和余华。而且,就专家评选结果来看,莫言更是以94分的高分与贾平凹、王安忆并列当代作家第2位,仅次于汪曾祺。尤其值得一提的是,就专家们综合评选的结果来看,莫言获得了与以小说叙述语言清新自然、优美动人、充满诗情画意而享誉文坛的代表性作家孙犁同样高的评价。众所周知,早在20世纪40年代,孙犁的小说就以抓取个别的生活片断、场景,渲染或浓或淡的主观情感色彩而形成了独具一格的诗意抒情风格,进而在现代文学史上产生了深远的影响。因此,一些文学史家曾经对孙犁的文学贡献作出了中肯而公允的评价:"孙犁以散文的笔法来写小说,虽以抗战生活为题材,却不以金戈铁马的厮杀、尖锐激烈的冲突、曲折惊险的情节取胜,而是以一条简单的情节线索串联起几个重要场景,用饱含诗情而又灵巧轻捷的笔触加以精雕细琢,将写景叙事、抒情写人融于一体,从中发掘出生活的诗意和人情美的光华。孙犁小说的景物描写非常出色,不仅洋溢着冀中平原淳厚的泥土气息和水淀荷花的幽幽清香,而且与人物的心境、情节的发展相契合。孙犁小说的描写、叙述语言清新自然,优美动人,人物语言达到了高度的个性化和口语化。小说具有散文的韵味,充溢着既深沉又明丽的诗的情调。"①而且,在他的影响下,一些作家如刘绍棠、韩映山、从维熙等在五六十年代追随其创作风格形成了被称为"荷花淀派"的小说流派。这也因此而奠定了孙犁在我国当代文学史上举足轻重的地位。而经过25位专家打分、评选,莫言能够与孙犁比肩,莫言及其创作在我国当代文学史上的地位和意义也可从中窥见一斑。至少在我国当代一些知名学者、批评家的心目中,莫言的创作将成为各大图书馆的馆藏经典,成为高校文科学生和文学爱好者的必读书目而载入文学史教科书,是当之无愧的。

① 朱栋霖、朱晓进、龙泉明主编:《中国现代文学史》,北京大学出版社2007年版,第333页。

第五章 文学评奖与文学的经典化

任何文学评奖的宗旨也许都不外乎一个不容忽视的朴素真理，即奖励最优秀的作品或创作出最优秀作品的人。换句话说，在设置者心里，拔擢出文学史的经典，使获奖作品经典化，是文学奖评奖的不二选择和美好愿景。因之，在当代波澜壮阔的文学创作长河中，在当代日益繁荣的文学生产场域里，作为文学创作激励机制的重要一环，社会各界举办的各种评奖活动始终扮演着重要的角色。因为评奖实际上也是一种极为重要的文学评价，它可以使一个作家获得“威望、名声、荣誉”等布迪厄所称的“象征资本”或“符号资本”。[①] 因此，作为文学场中颁发这种“象征资本”的重要行为，评奖往往被视作对获奖作家作品文学价值的一种认同和肯定。它对作家从事文学创作始终发挥着一种积极的激励、鼓舞、引导与烛照作用，通过历次评奖活动评选出的作家和作品往往成为文学创作长河中的经典作家、经典作品而被永远载入史册。

从 20 世纪整个世界文学场域来看，各种重要的文学评奖也是较好地建立作品与大众审美接受之间关系的一条重要传播途径。众所周知，有着几十年乃至上百年历史的世界各项著名的文学大奖对于文学经典的发掘以及文学的经典化都发挥着无可替代的重要作用。如创立于 1901 年的瑞典诺贝尔文学奖、创设于 1903 年的法国龚古尔文学奖、创设于 1917 年的美国普利策小说奖、创设于 1935 年的日本芥川奖、创设于 1975 年的英国塞万提斯奖，其他还有英国的布克奖、德国的柏林文学奖、前苏联的斯大林文学奖、加拿大的阿波利奈尔文学奖、葡萄牙的卡蒙斯奖以及创设于 1981 年，被誉为中国最高荣誉的茅盾文学奖等，都曾经为文学经典的发掘作出过不容忽视的贡献。正是在这个意义上，张丽军结合中国当代文学发展的历史嬗变指出了文学评奖在

① 参见[美]玛丽·弗兰西斯·霍普金斯：《学术市场中的文化资本：文学在行为研究中的地位》，潘飞译，薛晓源、曹荣湘编：《全球化与文化资本》，社会科学文献出版社 2005 年版，第 564 页。

整个新时期文学经典化历程中所起的重要作用:“评奖不仅是新时期以来文学生产制度走向制度化的重要标志,也是文学生产机制日益科学化的现代性制度尝试,而且也是文学经典化的重要保障,还是文学经典化有效的、最初的、权威的传播与接受途径。”他进一步用形象的比喻指出:“评奖就如一条鲶鱼一样搅动了整个新时期文坛,使之处于一种良性的生机与活力之中,构成并促进新时期文学的经典化过程。”①

的确,在文学生产机制的诸多环节中,文学评奖往往承担着“文学价值”的生产作用。其对于作家的发现、扶植、成长与成熟及其创作的意义认定起着举足轻重的作用。在这个意义上,文学评奖在文学经典化历程中无疑是最初的、权威的、有效的一道工序。所以,如果要研究一个作家的经典化历程和问题,对其所荣获的各种奖项以及众多同时代的“阅读者”对其作品的传播接受与伟大阐释进行考察、发掘便成为不可或缺的重要一环。如果对莫言的创作历程进行跟踪考察,不难发现,莫言自 1981 年开始在《莲池》上公开发表小说处女作《春夜雨霏霏》以来,一直勤奋创作、笔耕不辍,至今已经多次荣获国内外文学、文化大奖,乃至被学界戏称为“获奖专业户”②,从而使得其小说创作日益受到学界权威机构有效的、具有公信力的价值认定,逐步迈入经典的行列。因此,对莫言的获奖情况及其产生的文学史意义进行发掘与考察便成为本章的重点。为了更清楚地了解莫言的获奖情况,笔者认为,有必要首先对其作品的获奖情况进行统计和梳理③。

第一节　莫言获奖情况考

可以毫不夸张地说,莫言获奖次数之多,在国内作家中是不多见的,早在其荣膺世界最高级文学奖项诺贝尔文学奖的宝座之前,就有很多国际权威人士认为他是最有希望获得诺贝尔文学奖的中国当代作家。如日本作家大江健三郎就直言不讳地指出:“要是让我来选诺贝尔文学奖获奖者,我就选莫言……”④姜智芹也借马悦然先生之口指出莫言最有希望获诺贝尔文学奖,她在一篇文章中提到:“莫言是一位在国内外都享有极高声誉的作家,他的作品题材广泛,内容深刻,情节曲折诡秘,语言汪洋恣肆……瑞典文学院唯一的汉学家、诺贝尔文学奖评委马悦然先生在上海等地两次提到,中国

① 张丽军:《文学评奖与新时期文学经典化》,《南方文坛》2010 年第 5 期。

② 魏修良、毛维杰:《莫言文学观巡礼》,莫言研究会编:《莫言与高密》,第 171 页。

③ 确切地说,本数据主要参考莫言研究会编《莫言与高密》,并参考了其他一些相关资料,力求搜求完整。之所以这样做,主要是想借助这些文学评奖的文学史事实,证实莫言的创作实绩,进而分析文学评奖在莫言经典化过程中所引起的轰动效应。

④ 转引自魏修良、毛维杰:《莫言文学观巡礼》,莫言研究会编:《莫言与高密》,第 176 页。

最有希望获诺贝尔奖的作家是莫言。”[①]依据笔者目前掌握的资料，截至 2012 年 10 月 11 日莫言荣获诺贝尔文学奖，莫言共获各类奖项 52 项，其中国内文学奖项 40 项，国际文学奖项 12 项。

一、国内文学奖项

就奖项性质而言，莫言所获国内文学奖项主要包括以下一些性质的奖项：

（一）规格较高、比较重要的“官方专家奖”，共获过 4 次，分别是：(1)1987 年，中篇小说《红高粱》荣获第四届“全国优秀中篇小说奖”；(2)1989 年 5 月，中篇小说《复仇记》获 1984～1986 年度“青年文学创作奖”；(3)2001 年，《红高粱家族》获第二届“冯牧文学奖”；(4)2011 年，《蛙》获第八届“茅盾文学奖”。另外，长篇小说《檀香刑》曾经入围第六届“茅盾文学奖”终评作品，《四十一炮》入围第七届“茅盾文学奖”终评作品，长篇小说《生死疲劳》也曾经入围过“茅盾文学奖”。

“官方专家奖”是在“政府三大奖”[②]之外，由中国作协系统举办的全国性文学评奖。由于作协在文学生产系统中所处的位置特殊：“它既是由中宣部直接领导的‘官方机构’，代表政府对文学进行管理和协调，同时，又是中国最高级别作家的协会组织(是否作家协会会员、是哪个级别的作协会员往往标志着一个作家的创作水准和文坛地位)。”[③]因此，由作协系统主办而产生的文学评奖也就兼具“官方奖”和“专家奖”两种属性：它一方面要求获奖作品对该时期的文学创作产生积极的引导示范作用和政策导向性；另一方面，又要求获奖作品具有可以代表该时期中国文学在艺术审美领域最高水准的权威性。正是在这个意义上，在许多“文学圈”内人士看来，其规格甚至高于“政府三大奖”，能够获得代表中国最高水准的权威大奖——“官方专家奖”，不仅是许多文坛人士渴望的事情，也是确立其在文坛上重要地位的一件引人瞩目的大事。而莫言能够 4 次荣膺该奖项，4 次入围“茅盾文学奖”，尤其是于 2011 年荣获素有“中国诺贝尔文学奖”之称的“茅盾文学奖”，并且得到评奖委员会较高的赞誉——称其是“莫言酝酿十余年、笔耕四载、三易其稿、潜心打造的一部触及国人灵魂最痛处的长篇力作”，对于其文坛地位的提升无疑起到了一种极具说服力的重要作用。

尤其值得一提的是，第二届“冯牧文学奖”对莫言的获奖评语既对莫言的创作道路

---

① 转引自魏修良、毛维杰：《莫言文学馆巡礼》，莫言研究会编：《莫言与高密》，第 176 页。

② “政府三大奖”包括国家图书奖、中国图书奖和“五个一工程·一本好书奖”(参见邵燕君：《倾斜的文学场——当代文学生产机制的市场化转型》，第 192 页)

③ 邵燕君：《倾斜的文学场——当代文学生产机制的市场化转型》，第 202 页。

进行了总结，也对莫言在新时期军旅文学创作方面作出的杰出贡献给予了充分的肯定，同时又对莫言小说《红高粱》在艺术上的创新作出了权威性的价值评判："莫言以近20年持续不断的旺盛的文学创作，在海内外赢得了广泛声誉。虽然，他曾一度在创新道路上过犹不及，但他依然是新时期以来中国最有代表性的作家之一。他创作于80年代中期的'红高粱'家族系列小说，对于新时期军旅文学的发展产生过深刻而积极的影响。《红高粱》以自由不羁的想象，汪洋恣肆的语言，奇异新颖的感觉，创造出了一个辉煌瑰丽的莫言小说世界。他用灵性激活历史，重写战争，张扬生命伟力，弘扬民族精神，直接影响了一批同他一样没有战争经历的青年军旅小说家写出了自己'心中的战争'，使当代战争小说面貌为之一新。"①

（二）作为军队出身的"军旅作家"，莫言的长篇小说《红高粱家族》曾经于1988年8月23日荣获过规格稍低于"政府三大奖"的第二届"全国图书金钥匙奖"。1985年4月10日，莫言荣获河北保定市文联颁发的"创作数量二等奖"，并且7次荣获军队系统、公安系统的文艺大奖，分别是：(1)1985年5月，短篇小说《黑沙滩》荣获"解放军文艺优秀作品奖"；(2)1986年10月，中篇小说《红高粱》曾荣获总参谋部首届"新长征文学奖"一等奖；(3)1987年6月，散文《马蹄》荣获"解放军文艺优秀作品奖"；(4)1987年7月，散文《大音希声》荣获"总参谋部第二届新长征文学奖"；(5)1989年9月，中篇小说《红高粱》荣获"总参首届文艺奖"；(6)1992年5月，报告文学《一夜风流》荣获"总政文化部报告文学优秀奖"；(7)2001年9月，报告文学《你坐在我的对面》荣获"最高人民检察院金鼎奖一等奖"。

这些奖项的获得，表明莫言不仅追求特立独行的创新精神和艺术魅力，而且也注重在思想性上弘扬中华民族精神，追求我国社会主义阶段正统的价值取向，以在作品的思想性、艺术性和可读性之间寻求一个良好的结合部。

（三）除了多次荣获"官方专家奖"和部队系统、公安系统主办的带有一些官方色彩的文学奖项外，莫言还多次获得各种"民间文学奖"。这些"民间文学奖"主要有：

1. 由文学期刊、出版社（丛书）举办的旨在奖励自己发表、出版的作品而设置的奖项。莫言共获此类奖项13项，分别是：(1)1986年3月，短篇小说《枯河》获"《北京文学》奖"；(2)1988年9月，中篇小说《狗道》荣获第三届"十月文学奖"荣誉奖；(3)1989年3月，中篇小说《红高粱》获"中篇小说选刊奖"；(4)1992年8月9日，报告文学《一夜风流》荣获第四届"全国报纸副刊好作品"二等奖；(5)1996年，《丰乳肥臀》获首届"大家文学奖"；(6)1999年10月，中篇小说《牛》荣获"广厦杯·东海文艺奖"银奖；(7)1999年12月，中篇小说《牛》荣获第八届"小说月报百花奖"；(8)2001年10月，短

① 魏修良、毛维杰：《莫言文学馆巡礼》，莫言研究会编：《莫言与高密》，第172页。

篇小说《沈园》获第九届“小说月报百花奖”;(9)2003 年 7 月,杂文《一碗羊肉面与五万元红包》荣获“新世纪北京文学奖”二等奖;(10)2003 年 11 月,短篇小说《冰雪美人》荣获第十届“小说月报百花奖”;(11)2004 年 10 月,短篇小说《月光斩》荣获“茅台杯人民文学奖”;(12)2007 年,长篇小说《生死疲劳》荣获“《十月》优秀作品奖”;(13)2009 年,长篇小说《蛙》荣获“《人民文学》长篇小说双年奖”。

一般而言,由纯文学期刊、出版社(丛书)举办的“民间文学奖”是在与中国作家协会系统主办的“官方专家奖”的对抗中建立起来的,更加注重作品的文学性、艺术性是评奖时所遵循的主要标准。[①] 另外,自 20 世纪 80 年代后期起,随着文学期刊体制的转轨,生存压力加大,一些期刊为寻求企业赞助、补充办刊经费而把举办评奖活动作为缓解压力的一种重要方式。[②] 所以,这些由纯文学期刊或者出版社(丛书)主办的“民间文学奖”与“官方专家奖”相比,虽然建立时间稍短,而且难以避免商业化、市场化的干扰,但是,“名刊(丛书)+巨额奖金”依旧会在文坛产生轰动效应。如“新世纪北京文学奖”总奖金高达 18 万元,1994 年创刊的《大家》以 10 万元的大奖设立“大家·红河文学奖”,都在文坛引起了不小的震荡效应。

作家莫言 13 次荣获由文学期刊、出版社主办的“民间文学奖”,足以在我国当代文坛刮起一阵旋风,引起巨大的轰动效应。尤其值得一提的是,1994 年 1 月,《大家》创刊时即在创刊号上刊登了设立“中国第一文学大奖”——“《大家》文学奖”的启事,并且以诺贝尔文学奖获得者“虔诚仰视文学殿堂的肖像”作为封面,以暗示“《大家》文学奖”旨在打造一项“中国的小诺贝尔文学奖”,再加上 10 万元的巨额奖金,足以对我国当代文坛产生一种巨大的冲击效应。1995 年底,莫言的长篇巨著《丰乳肥臀》即荣获首届“大家·红河文学奖”。颁奖典礼又是在象征着国家最高权威的人民大会堂举行,足以显示此奖项的权威性。小说的授奖辞更是对小说文本的艺术性和思想性作出了充分的肯定:

> 莫言的《丰乳肥臀》,旨在写一个母亲并希望她能代表天下的母亲,歌颂一个母亲并企盼能借此歌颂天下的母亲,充分表现了母亲的勤劳、勇敢、善良、正直、无私等等;母亲具有大地那厚德载物、任劳任怨、无私奉献等品格,母亲又象征着大地。作品似有一种反史诗味道。艺术特点是:言说方式的爆炸性、情境构成的魔幻性和结构策略的戏仿性。作家以此摘取了首届“大家文学奖”的桂冠。”[③]

---

① 参见邵燕君:《倾斜的文学场——当代文学生产机制的市场化转型》,第 220 页。

② 参见邵燕君:《倾斜的文学场——当代文学生产机制的市场化转型》,第 218 页。

③ 魏修良、毛维杰:《莫言文学馆巡礼》,莫言研究会编:《莫言与高密》,第 173 页。

《大家》编者则声称此次颁奖使“《大家》激励中国作家向世界文学巅峰发起冲击的愿望进入实质性操作阶段”①。《大家》编者的声言固然是为了倾力打造《大家》的品牌效应，但这也从一个侧面向读者暗示了莫言具有向世界文学巅峰冲击的实力和魄力。

2. 由各种评审委员会评审产生的“民间文学奖”。莫言共获此类奖项 8 项，分别是：(1)1988 年，《白狗秋千架》获“台湾联合文学奖”；(2)2001 年，《檀香刑》获“台湾联合报 2001 年十大好书奖”；(3)2001 年，长篇小说《檀香刑》被中国小说学会评为“2001 年度小说排行榜榜眼”；(4)2003 年 11 月，莫言在“庐山·小说选刊”组织的投票活动中被评选为读者最喜爱的“新世纪十大小说家”；(5)长篇小说《生死疲劳》被香港《亚洲周刊》推选为“2006 年十大华语好书”；(6)长篇小说《生死疲劳》被中国小说学会评为“2006 年度小说排行榜榜首”；(7)2008 年，莫言凭其长篇小说《生死疲劳》获得由香港浸会大学文学院主办的第二届“世界华文长篇小说奖——红楼梦文学奖”的桂冠；(8)2009年，长篇小说《蛙》被《南方周末》评选为“2009 年度文化原创榜虚构类致敬作品”。

根据邵燕君的研究，与由文学期刊、出版社(丛书)举办的“民间文学奖”相比，这类“民间文学奖”有两个特点：一是不具有连续性，操作不太规范，但可以多角度地反映出不同“文学人群”的审美标准，因此可以打破官方评奖的垄断格局，使文学创作出现多元化的局面；二是评选一般不设奖金，基本上是非商业性的，完全由专家评选。② 因此，此类奖项的评选可以避免商业性的干扰，更多地体现出对获奖作品文学艺术性的推重，也使得这类奖项更加客观、公允。如果说莫言获得由文学期刊、出版社(丛书)主办的“民间文学奖”带有一些商业炒作的嫌疑，那么莫言能够 8 次荣获由各种评审委员会评审产生的“民间文学奖”，说明莫言的创作在文学性方面确实有其不可置疑的艺术魅力。2008 年，莫言凭其长篇小说《生死疲劳》获得由香港浸会大学文学院主办的第二届“世界华文长篇小说奖——红楼梦文学奖”尤其值得关注。本届评审委员会由第一届“红楼梦奖”得主、著名作家贾平凹，著名作家严歌苓、司马中原，哈佛大学讲座教授王德威，复旦大学中文系教授陈思和，香港浸会大学中文系教授黄子平组成。评审委员会的授奖辞以及一些评审专家对小说的评价值得一提。授奖辞一方面对入围的 7 部作品作出了总体的评价，然后指出入围的 7 位作家都是非常有实力的作家，接着指出经过多轮投票选举，才选出了莫言的长篇巨著《生死疲劳》，从而体现了评委们客观、严肃、公允的态度③；另一方面，从小说叙事手法上的大气磅礴与荒诞怪异、艺术手法上对中国文学传统的继承与创新、创作立场上的民间追求等方面对小说作出了总体

① 《不一样的〈大家〉编年史》，《大家》期刊 1998 年末随刊附页。

② 参见邵燕君：《倾斜的文学场——当代文学生产机制的市场化转型》，第 234～235 页。

③ 参见香港浸会大学文学院编：《论莫言〈生死疲劳〉》，天地图书有限公司 2010 年版，第 15 页。

的价值判断，进而指出小说的意义、价值以及对我国当代文学在表达民间审美精神方面所作出的杰出贡献：

> 莫言先生的《生死疲劳》以大气磅礴、荒诞怪异的叙事手法，描述了中国大陆农村半个世纪所经历的巨大的变化，这里有残酷的阶级斗争风暴，有农民对土地和劳动的极其深厚的感情，有轮回转世的各种牲畜的悲惨故事，有中国农村集体所有制的解体和乌托邦理想的破灭，有改革开放以后各阶层人们面临的新的困惑和灵魂挣扎，还有青年一代的迷茫和挣扎等等。小说里描写三代中国人典型的生活方式和思想感情的变化，人、畜的小轮回与历史的大轮回互相照应，包容了极其复杂的历史内容和时代信息。
>
> 莫言先生站在农民的立场上反思历史，反思现状，他呼唤人们要从阶级与权力的暴力怪圈中解脱出来，不仅应该忘记历史上的仇恨与报复，更应该警惕新的权力与贪念造成的人性堕落，在这个伦理基础上，他歌颂了中国农民安于土地、勤于劳动、忠于爱情的传统生活观念。
>
> 在艺术手法上作家表达了对传统小说形式的敬意。作家故意使用了古代小说中人畜混杂、阴阳并存的民间审美观念，用多种视角来观察和描述人间社会所发生的一切荒诞变化。《生死疲劳》改变了中国长篇小说历来用现实主义手法表达历史的叙事方法，突出了民间叙事、动物叙事和游戏历史的态度，在表达民间审美精神方面作出了重要贡献。①

不仅授奖辞对小说进行了评判，评审委员会的一些成员也从小说的艺术性和思想性上对小说作出了精到的评价。如著名作家司马中原对小说奇特的结构以及异想天开的情节进行了肯定。② 美国"爱荷华国际写作计划"前主任、著名作家聂华苓则从小说的语言、结构、创作手法、历史真实与艺术真实之间的关系等方面对小说《生死疲劳》作出了独具特色的阐释。她认为《生死疲劳》是"一部有宏观有气魄的小说。书中人物在时代变化中的遭遇，反映了高密 1950 到 2000 年的历史和社会变化，也就是中国社会在那五十年间的缩影。作者利用古典章回小说的形式，说唱的语言，现代魔幻现实的手法，佛教的轮回思想，多种观点（驴、牛、猪、狗、人），来叙说 20 世纪五十年间中国社会的变化。驴、牛、猪、狗，能记下客观的、全面的印象，现实的场景，以及它们的心理反应。小说充满反讽。一个个细节，扣得很紧。这就是好小说家的手笔。小说荒诞，

---

① 香港浸会大学文学院编：《论莫言〈生死疲劳〉》，第 15～16 页。

② 参见香港浸会大学文学院编：《论莫言〈生死疲劳〉》，第 12 页。

历史却真切"[1]。第一届"红楼梦奖"获得者、《秦腔》作者贾平凹则认为，莫言的写作是一种充满激情的写作，尤其描写大的历史场面时显得更为精彩，情绪的爆发和语言的狂欢都使得作家莫言的才华得以凸现。在他看来，小说《生死疲劳》同样是一部充满激情的写作："其夸张的语言，浓烈色彩团块的叙述方式，再加上生死轮回和章回小说的套式和框架写大陆几十年的生活图案，使阅读充满了快感。"[2]授奖辞和评审委员会委员对长篇小说《生死疲劳》的评判不仅对小说的文学价值作出了最充分的阐释和注解，也在客观上对读者的阅读与接受产生了积极、有效的引导与帮助作用。

3. 在"民间文学奖"中，除了上述两种奖项外，莫言还获得过由个人或基金会捐助的"民间文学奖"。此类文学奖共 4 项，分别是：(1)2003 年 1 月，长篇小说《檀香刑》获 21 世纪"鼎钧文学双年奖"；(2)2004 年 4 月，长篇小说《四十一炮》获第二届"华语文学传媒大奖·年度杰出成就奖"；(3)2007 年 9 月，短篇小说《月光斩》获"蒲松龄短篇小说奖"；(4)2009 年，长篇小说《蛙》荣获"春申文学奖"。

在莫言所获得的这 4 项奖项中，长篇小说《檀香刑》获 21 世纪"鼎钧文学双年奖"值得关注。因为 2003 年 1 月在北京首度颁奖的"鼎钧文学双年奖"与大量涌现的奖项相比，有自己鲜明的特色。首先，此次评奖具有鲜明的"同仁"性，由 11 位国内知名文学人士担任评委，评判标准完全建立在个人的阅读情趣上，不受任何主流观念的影响与干扰。其次，此次评奖具有严格的专业性，11 位评委分别是来自国内著名高校和社科院等文学研究机构及《人民文学》、《收获》、《作家》等权威文学期刊的资深学者和编辑。评审标准主要注重两点：一是获奖者在评选期内有新作问世，而且其水准在该作家创作史上居于高峰状态，足以代表该作家创作水平的提升；二是要求获奖作品必须对汉语创作有突出的贡献。最后，它具有难得的非商业性。[3] 莫言的小说《檀香刑》能够荣获该奖项，一方面表明莫言在个人创作史上有了新的突破；另一方面也向广大读者暗示了小说《檀香刑》为汉语的写作作出了巨大的贡献，甚至可以说为新世纪中国小说的发展确立了一个新的发展方向。正如授奖辞所认为的那样：莫言之所以从《透明的红萝卜》开始即保持旺盛的创作生命力，正是因为其感觉方式有着深厚的地域和民间渊源。小说《檀香刑》无疑是一个标志：

> 民间渊源首次被放大到文源论的高度来认识，也被有意识地作为对近二三十年中国小说创作从西方话语的大格局寻求超越和突破的手段加以运用——民间戏曲、说唱，既被移植到小说的语言风格中，也构成和参与了小说人物的精神世

---

① 香港浸会大学文学院编：《论莫言〈生死疲劳〉》，第 14 页。

② 香港浸会大学文学院编：《论莫言〈生死疲劳〉》，第 14 页。

③ 参见邵燕君：《倾斜的文学场——当代文学生产机制的市场化转型》，第 238 页。

界。这种“形式”与“内容”的浑然一体，使得《檀香刑》比以往任何高扬“民间性”的小说实践，走得更远，也更内在化。①

第二届“华语文学传媒大奖·年度杰出成就奖”的授奖辞则一方面从莫言通透的感觉、奇异的想象力、旺盛的创造精神以及他对叙事艺术探索的持久热情几个方面，指出莫言的小说成了当代文学变革旅途中的醒目界碑；另一方面又从原乡经验的书写、对民间中国的关怀、文字性格的天真与沧桑、书写事物的朴素绚丽、作品中的狂欢精神以及莫言对本土生活的执着书写等方面出发，认为莫言的写作一直是当代中国文学的重要象征之一，他的努力极大地丰富了当代文学的整体面貌。②

（四）莫言所获得的国内文学奖除了上述列举出的以外，还有各种大赛奖或征文奖。莫言共获得这类奖项 3 项，分别是：(1)1994 年 12 月，报告文学《千万里追随着你》荣获“建国 45 周年国防现代化征文二等奖”；(2)1995 年 12 月，散文《望星空》荣获“浙江南浔杯散文大奖赛一等奖”；(3)1997 年 10 月，散文《我的大学梦》荣获“国家教委高校学生司和《中国教育报》联合征文一等奖”。

二、国际文学奖项

莫言不仅 40 次荣获过国内各类文学奖项，从而奠定了其在我国当代文坛上的较高地位，而且还先后荣获过国外文学奖项 12 项，从而使其声名远扬海内外，在世界文坛上拥有一席之地。这些国外文学奖项分别是：(1)1987 年，根据中篇小说《红高粱》改编的电影《红高粱》荣获第 38 届“柏林电影节金熊奖”；(2)《红高粱家族》被英美学界重量级期刊《今日世界文学》(*World Literature Today*)评为“七十五年来世界四十部杰出作品之唯一中文小说”；(3)1988 年根据小说《白狗秋千架》改编的电影《暖》获第 16 届“东京电影节金麒麟奖”；(4)1996 年，莫言编剧、张瑜主演、严浩导演的电影《太阳有耳》获第 46 届“柏林电影节银熊奖”；(5)2001 年，法文版《酒国》获法国“Laure Bataillin(儒尔·巴泰雍)外国文学奖”；(6)2004 年 3 月，莫言获“法兰西艺术与文学骑士勋章”；(7)2005 年 1 月，莫言获第 13 届“意大利诺尼诺(NONINO)国际文学奖”；(8)2006年，莫言获日本第 17 届“福冈亚洲文化奖”；(9)2009 年，《生死疲劳》获“美国首届纽曼华语文学奖”；(10)2011 年，莫言荣获“韩国万海文学奖”；(11)2012 年 10 月，莫言获世界最高文学奖项“诺贝尔文学奖”；(12)2007 年，长篇小说《生死疲劳》入围首

---

① 参见上海文艺出版社 2008 年 8 月第 1 版、2011 年 3 月第 3 次印刷的莫言长篇小说《檀香刑》封面。

② 参见魏修良、毛维杰：《莫言文学馆巡礼》，莫言研究会编：《莫言与高密》，第 173 页。

届“曼布克亚洲文学奖”。

这些国外大奖从艺术性和思想性两方面对莫言的代表性小说文本进行了充分的肯定和高度的评价。如2001年由莫言原创、汉学家杜特莱翻译的法文版《酒国》荣获法国“Laure Bataillin(儒尔·巴泰雍)外国文学奖”时,评审委员们分别从思想之胆大、人物之鬼魅、情节之奇幻、结构之新颖几个方面对《酒国》进行了精致而全面的点评。评委们一致认为,作为一部极具创新性的试验性文本,小说《酒国》可能不会被广泛的阅读,但却会为刺激小说的生命力而持久地发挥效应。① 莫言于2004年3月荣获“法兰西艺术与文学骑士勋章”时,评委们一致认为:无论是莫言的长篇小说还是中短篇小说,都擅长以颇具历史感的叙述、有声有色的精彩语言、反映农村生活的笔调以及对故乡高密东北乡的深挚情感,将中国的生活片段描绘成同情、暴力和幽默感融成一体的生动场面。评委们进一步从接受学的角度指出莫言的小说已经在法国广大读者中享有盛誉,而最令评委们认同的是莫言小说中展现出的叙述试验,最令广大读者欢迎的是莫言对其笔下所有的人物都能够以深入浅出的笔法进行恰当的处理,从而收到完美的效果。② 2005年1月莫言获第13届“意大利诺尼诺(NONINO)国际文学奖”时,评委们则以莫言创作的丰厚资源为支点,对莫言创作的价值作出了整体性的评价:

> 莫言的作品植根于古老深厚的文明,具有无限丰富而又科学严密的想象空间,其写作思维新颖独特,以激烈澎湃和柔情似水的语言,展现了中国这一广阔的文化熔炉在近现代史上经历的悲剧、战争,反映了一个时代充满爱、痛和团结的生活。③

从在该奖的颁奖仪式上一大群意大利男女青年围着莫言的热闹场面,不难看出莫言的小说受意大利青年读者欢迎的程度。2006年,莫言荣获“福冈亚洲文化奖”时,评委们则一致认为,莫言不仅是当代中国文学的旗手,也是亚洲和世界文学的旗手,并预言其创作将会引导亚洲文学走向未来。在他们看来,作为当代中国的代表作家之一,莫言以独特的写实手法和丰富的想象力,描写了中国城市与农村的真实现状,作品被翻译成多种语言足以证明其创作已经引起世界文坛的高度关注。④

总之,莫言能够多次荣获国外文学大奖,一方面折射出莫言的创作实力已经得到世界文坛的重视和认同;另一方面也为莫言创作在世界领域的传播和接受提供了较大的空间和平台,使得世界上更多读者对莫言的小说创作产生了浓厚的阅读兴趣。正如铁凝所回忆的那样:“莫言不仅深受国内广大读者的喜爱,在国外也深受一大批读者的

① 参见莫言研究会编:《莫言与高密》,第172~173页。

② 参见莫言研究会编:《莫言与高密》,第173页。

③ 莫言研究会编:《莫言与高密》,第173页。

④ 参见莫言研究会编:《莫言与高密》,第174页。

喜爱，我和他一起在西班牙参加中西文学论坛的时候，他生病住进医院，主治医生竟然也是他的读者。”[①]尤其是2012年10月11日莫言荣获世界最高文学奖诺贝尔文学奖之后，更是在世界文坛上引起飓风般的轰动效应。

第二节 “诺奖”效应与“诺贝尔情结”

“诺贝尔文学奖”是诺贝尔奖的其中一项，它是与诺贝尔物理、化学、生理学及医学、和平奖并列的一项世界性大奖。作为世界最高的一项文学奖项，该奖由瑞典文学院负责遴选、颁发，每次选出1～2名获奖人。每年10月的第一个星期四的1点钟，都是全世界热切关注、期盼的一刻。因为每逢此时，瑞典文学院的常务秘书都会准时地打开秘书处办公室和大厅之间的那扇门，聚集在斯德哥尔摩那座处处流光溢彩的大厅里的大批记者则早已等候多时。当常务秘书用几种语言郑重地向新闻界公布该年度诺贝尔文学奖获奖者后，获奖者将立即成为一个举世关注的明星级人物，一个令人钦羡、谈论、评判的公众人物，其原本可能极为平静的生活也将会随之发生一系列变化。学者蔡毅把这种现象称为“诺奖效应”。[②]

作为世界最高级别的一项文学奖项，诺贝尔文学奖曾经产生了巨大而深远的影响，因而具有极高的地位，受到的赞誉也相应很多。如有人即对其地位和影响给予了高度的评价：

> 在诺贝尔设立的诸奖中，诺贝尔文学奖始终以其在人类精神领域的巨大影响而具有独特的地位。整整一个世纪以来，几乎全世界所有的作家、诗人、剧作家，包括历史学家们，都把它作为自己所能拥有的最高的荣誉。这不仅因为它悠久的历史和巨额的奖金，更因为瑞典文学院始终以诺贝尔遗嘱的根本精神——“理想主义倾向”作为判断获奖作品及获奖人的最高标准，即始终把颁奖的标准置于人类精神产品最高层位上，因而多年以来，这项奖励已成为国际社会中地位最高、影响最大的世界性文学巨奖。[③]
>
> 无疑地，在当今国际知名的文学奖金中，诺贝尔文学奖的地位是无可匹敌的。部分原因当然是这笔奖金的实质分量，以及使人一夜成名的伟大力量(在不少的实例中，一个作家在获奖后才赢得国际声誉)引起全世界文人的侧视。不过，最重

① 董阳采访整理:《中国当代文学走入世界》,2012年10月13日《人民日报》。

② 参见蔡毅:《渴盼辉煌——诺贝尔文学奖与当代中国文学发展方向》,中国社会科学出版社2003年版,第103页。

③ 建刚、宋喜、金一伟编译:《诺贝尔文学奖颁奖获奖演说全集》,中国广播电视出版社1993年版,第2页。

要的还是该奖对于国家威望的提携；这点是很重要的，因为它与诺贝尔文学奖自身的隆誉不衰的确有着唇齿相依的关系。[①]

在价值标准如林、奖章奖杯奖状何止千万的20世纪，诺贝尔奖无疑已成为影响最大、涵盖面最广、最为崇高、最受人景仰的一种殊荣，诺贝尔获奖项目已成为本世纪人类创造型精神活动与进步事业的集中展现，而摘取了诺贝尔奖桂冠者已形成了本世纪人类精英的一支大军……比起种种偏激狭隘的标准，诺贝尔奖毕竟更具有广阔的视野、博大的胸襟、公正的态度、合理的取舍，毕竟是为地球上更广大的人群所认同、所推崇，毕竟更经得起历史的检验，而它之所以能保持这种全球性的崇高地位与长存性，就在于它的价值标准中有一最简单也最可贵的精髓，那就是提倡为全人类的进步而有所作为。[②]

当今之世，诺贝尔文学奖无疑是一项最耀眼、最辉煌，同时也最具权威性的大奖……诺贝尔文学奖在当今世界各国名目繁多的各种文学奖中，已成为地位最高、影响最大的巨奖，没有任何一种奖项能与之比并，更没有哪一种奖项能超越或取代它，这恐怕是谁也否认不了的事实。[③]

尽管这四段评语的侧重点有所不同，但都对诺贝尔文学奖在世界各类文学奖项中所具有的崇高地位和存在价值进行了充分肯定与高度评价。

也有人对其所评选出的代表性作家及其对世界文学作出的历史性贡献给予了极高的赞誉。诺贝尔文学奖研究者陈春生即认为："在诺贝尔文学奖体系中，无论现实主义作家还是现代主义作家，他们在艺术上都取得了具有开创性的、'最出色的'成就。他们的艺术创新为20世纪文学的发展做出了贡献。"[④]也有人认为："得奖人大致上是本世纪文学的精华"，从而形成了一个"高擎着光明火炬的诺贝尔家族。"[⑤]学者柳鸣九则认为："诺贝尔奖获奖者，就是西绪弗斯式的巨人，他们的人生是充实的、不朽的人生。"[⑥]宋兆霖虽然客观、公正地指出一些获奖者也许稍显不足这一事实，但是他还是充分肯定了诺贝尔文学奖得主对世界文学产生的深远影响。在他看来："综观九十多年的授奖情况，虽有不少文学大家未能获得这一殊荣，也有一些获奖者似嫌不足，但大部分获奖作家应该说都得到了全世界的公认，他们不愧为20世纪的文学精英，为人类

① ［法］诺科韦，［瑞典］阿司特隆、斯特龙伯格：《诺贝尔文学奖秘史·前言》，王鸿仁译，中国友谊出版公司1986年版，第1页。

② 柳鸣九：《不朽的人生》，1995年7月26日《中华读书报》。

③ 蔡毅：《渴盼辉煌——诺贝尔文学奖与当代中国文学发展方向》，第251、253页。

④ 陈春生：《擎着光明的火炬：诺贝尔奖和文学》，商务印书馆2010年版，第31页。

⑤ 转引自蔡毅：《渴盼辉煌——诺贝尔文学奖与当代中国文学发展方向》，第128页。

⑥ 柳鸣九：《不朽的人生》，1995年7月26日《中华读书报》。

留下了经得起历史考验的优秀作品，或者是在某一时期、某一地区、某种形式的文学创作中产生了重大影响。"[①]

也有一些人一方面对诺贝尔文学奖的地位和影响进行了肯定和赞誉，另一方面也对获得此奖的代表性人物所作出的不可磨灭的历史性贡献给予了高度的评价。出版家沈登恩就认为："诺贝尔文学奖的持续性，不但使之成为人类历史上最悠久的文学大奖，更可说是锲而不舍地为人类的精神文明作证。来自世界各地的79位得主，虽然风格殊异，流派不同，但透过这项殊荣，得以不断地肯定人类精神积极优秀的一面，仿如一道亮光穿越这个世纪的黑暗。"[②]台湾作家陈映真则认为：诺贝尔文学奖在复杂万端的情况下，"挑选了这些公认——或争议较少——的世界性作家。无可怀疑的，这些作家或者在思想的启发上，或者在对人类和世界所怀抱的理想上，或者在文学表达的技巧上，或者在文学表现的辽阔可能性性之探索上，都做出了伟大而令人感谢和敬仰的贡献……"他进一步指出："诺贝尔文学奖，便是由许多作家如卡缪这样智慧的创造天才，谱成了独特的谱系。平均地来说，世界上再也没有一项文学奖能像诺贝尔文学奖一样，历史悠久，在争论和众说纷纭中，坚定地树立起独有的权威。"[③]蔡毅则以已经荣获诺贝尔文学奖并且曾经引领世界文学潮流的代表性作家为例，对他们所取得的辉煌成就进行了总体性的评价。他认为："90多年来的评选结果也说明，诺贝尔文学奖授予显克维支、拉格洛夫、泰戈尔、罗曼·罗兰、法郎士、叶芝、萧伯纳、托马斯·曼、高尔斯华绥、艾略特、福克纳、莫里亚克、海明威、加缪、斯坦贝克、萨特、萧洛霍夫、川端康成、贝克特、聂鲁达、马尔克斯等诸多当之无愧的文坛巨擘，基本反映出20世纪世界文学的水准和主要潮流，展示了古典主义、现实主义、现代主义、后现代主义多元并存、百花争妍、互补共荣的面貌。"[④]应该说，他们对诺贝尔文学奖的地位和影响及其历届得主对20世纪世界文学作出的历史性贡献所作出的高度评价和礼赞，还是符合20世纪世界文学史事实的，他们的看法还是比较客观、中肯、公正的。

正是由于诺贝尔文学奖在世界文坛具有崇高的地位，因此，摘取诺贝尔文学奖不仅是许多作家梦寐以求的事，也是当今世界从事文学创作者所能获取的最高荣誉。在许多作家的心目中，获得诺贝尔文学奖无疑是一件无上荣耀的事情。因为对一个本来就声名显赫的文学大师来说，荣获该奖则具有"鲜花着锦"、"烈火烹油"之效，可以使其声名更为远播。如1905年波兰作家显克维支荣膺诺贝尔文学奖之后，各地纷纷发来

---

① 宋兆霖：《我看诺贝尔文学奖》，1998年9月30日《中华读书报》。

② 转引自陈映真主编：《诺贝尔文学奖全集》，台湾远景出版事业公司1982年版，第5页。

③ 陈映真主编：《诺贝尔文学奖全集》，第17～19页。

④ 蔡毅：《渴盼辉煌——诺贝尔文学奖与当代中国文学发展》，第253页。

贺电，华沙电台特意播放了关于他的专门节目。波兰人民把他看作一位象征全民族文学和文化结晶的代表人物而对其崇拜有加，并且为其举办大规模的全国性庆祝、纪念活动。其作品很快销售一空，波兰人民用他的作品出售的巨额款项购买了他的故居，当作一件贵重的礼物赠送给他。可以说，获奖后的显克维支一夜之间达到了其创作生涯中的光辉顶峰。1966 年，以色列作家阿格农获得诺贝尔文学奖的消息传来后，举国欢庆，尤其是犹太人如同听到国王驾临那样虔敬和兴奋，他们集合在阿格农常去的礼拜教堂专门为其举办了一次隆重而盛大的礼拜仪式。许多记者紧接着纷纷涌向阿格农居住的陋室对其专访并向其表达最诚挚的祝贺。前任总统、现任总统也都向阿格农发去贺电，盛赞其为“以色列最伟大的诗人”。《耶路撒冷邮报》则辟出好几版篇幅对阿格农获奖的消息进行了大规模的专门报道。1998 年，葡萄牙作家若泽·萨拉马戈恰在其 76 岁生日来临之前接到获奖通知，新闻媒体声称“他得到了一个全世界作家都梦寐以求的大蛋糕”。当他偕同夫人乘坐葡萄牙空军专机离开西班牙回到阔别多年的祖国时，他们受到了国人最隆重的礼遇，掌声与欢呼声经久不息，不时有人向他敬献美丽的鲜花。最令若泽·萨拉马戈感动的是，在市政礼仪大厅，市长亲自把一把象征着友好的金钥匙送到他手里。若泽·萨拉马戈因受到如此隆重而盛大的礼遇而激动得热泪盈眶，他哽咽地说：“不论在哪里，我的心一直在祖国，因为我的血是葡萄牙的。”①

总之，正如一些诺贝尔文学奖研究者所言：“只要是跻身进入了诺贝尔文学奖得奖者的行列，那就注定了这一作家从此名垂青史，百世流芳。因为获取这一荣耀实在不易，得到了它简直可以说是‘封神榜’上有名了。所以有人将它称为‘不朽的冠冕’。”②也即是说，一旦某位作家荣膺诺贝尔文学奖，该作家便可以挤入经典作家的行列而从此声名鹊起，其作品便因此可以成为经典名著而受人垂青。事实证明，的确如此。一些曾经荣获诺贝尔文学奖的作家如福克纳、马尔克斯、泰戈尔等文坛巨匠在世界文坛形成的深远影响足以说明：“诺奖”确实可以给人们带来长期而巨大的轰动效应，无论如何估价都不会让人产生一种过分的感觉。

如果对“诺贝尔文学奖”的颁奖历史进行跟踪考察，可以发现，从 1901 年首次颁奖截至 2011 年，共有 108 人荣获此奖。其中法国获奖人数最多，共有 14 人荣登该宝座；英国次之，有 11 人；美国有 10 人；瑞典和德国各有 8 人；意大利有 6 人；西班牙有 5 人；苏联、波兰各有 4 人；爱尔兰、挪威、丹麦各有 3 人；智利、希腊、瑞士、日本、南非各有 2 人；澳大利亚、比利时、埃及、芬兰、危地马拉、印度、冰岛、墨西哥、尼日利亚、捷克斯洛伐克、圣卢西亚、南斯拉夫、以色列、葡萄牙、匈牙利、奥地利、土耳其、秘鲁、哥伦比

① 蔡毅：《渴盼辉煌——诺贝尔文学奖与当代中国文学发展方向》，第 106 页。

② 蔡毅：《渴盼辉煌——诺贝尔文学奖与当代中国文学发展方向》，第 103～104 页。

亚各有1人。其间因两次世界大战停颁了6次,分别是1914年、1918年、1940年、1941年、1942年、1943年;1935年因文学院内无法达成决议而停颁一年。另外,1904年、1917年、1966年、1974年同时颁给了两个人。[①]

从上述统计结果可以看出,诺贝尔文学奖自1901年首次颁发到2011年,一百年倏忽而逝。一百年来,尽管中国文学、文化界人才辈出,精英荟萃,可是,在莫言获“诺奖”之前,中国人一直无缘摘取诺贝尔文学奖。尽管辜鸿铭、梁启超、鲁迅、刘半农、胡适、沈从文、巴金、老舍、林语堂、钱钟书、李敖、金庸、虹影、余光中、洛夫、王蒙、杨牧、白先勇、北岛、贾平凹、严歌苓等现当代文学大师也曾经或者被提名,或者被认为有希望获得该奖项,但最终由于种种机缘与诺贝尔文学奖擦肩而过。尽管新时期以来,中国文学的发展已经出现繁荣的局面,中国文学也开始逐渐与世界文学接轨,越来越多的人开始关注中国文学的伟大成就,但是,由于种种原因,在莫言获“诺奖”之前,仍然未有人问鼎诺贝尔文学奖。因此,对诺贝尔文学奖的渴盼甚或焦虑便成为中国人一种挥之不去的情结。尽管曾有人对诺贝尔文学奖提出尖锐的质疑,如凭借《饥饿的女儿》获2001年诺贝尔文学奖提名的著名作家、诗人、中国新女性的代表之一的虹影就曾经直言中国人已被诺贝尔奖弄疯狂了,她还直率地指出:“诺贝尔奖在国外根本不算什么,英国布莱克奖、法国龚古尔奖、瑞典托马斯·特朗斯奥都比它有意义得多。”[②]不过,也有学者指出他们看法的偏颇,认为实乃是“井底之蛙之见”[③]。甚至有人认为这种心态折射出一种吃不到葡萄说葡萄酸的弱者心理。此处,笔者不打算对这些质疑、批评评头论足,只是想说明一个不争的事实:在世界文学史上,诺贝尔文学奖在促进一国文学的发展与繁荣,从而使一个民族的文学汇入世界文学的洪流,使一个民族的文学变成世界文学的兼容力方面,是功不可没的。一个作家荣获诺贝尔文学奖之后,一定会在本国乃至世界文坛产生一场轰动效应,这一点不容置疑。作家莫言在2012年10月11日晚7点这一历史性的时刻荣获诺贝尔文学奖这一振奋人心的消息,便是一件令中国文学界为之沸腾、也让亿万国民倍感兴奋的大事。

第三节　莫言获“诺奖”的轰动效应

莫言获诺贝尔文学奖后,在我国产生了震荡人心的轰动效应。其创作对中国广大读者产生的冲击波更是无法估量,尤其是莫言获“诺奖”的系列小说的畅销无疑构成当

① 参见蔡毅:《渴盼辉煌——诺贝尔文学奖与当代中国文学发展》,第37页。
② 转引自任瑄编:《高粱红了:对话莫言》,人民日报出版社2012年版,第143页。
③ 陈春生:《擎着光明的火炬:诺贝尔奖和文学》,第287页。

下严肃文学日益被边缘化之后，文学社会阅读行为中一道亮丽的风景线。可以说，莫言折桂“诺奖”后，其作品受到读者热捧，其作品迅速被抢购一空。据新华社记者金良报道：“北京西单图书大厦12日上午开门营业不到1小时，包括近200本《蛙》在内的9种莫言文学作品均销售一空，目前正联系出版社紧急调货。”[①]“中国网”提供的一则消息也从一个侧面反映出莫言获“诺奖”后其小说产生的轰动性社会效应。消息称，上海文艺出版社的一位编辑人员透露，曾经荣获第八届“茅盾文学奖”的长篇小说《蛙》从2009年出版至今共印刷20万册，莫言荣获诺贝尔文学奖后，库存的5000册被抢购一空。[②] 孔夫子旧书网上一些书店店主则趁机大势炒作，把库存的莫言小说以高出之前几倍的“天价”标出。尽管如此，也有人不惜本钱高价购买。这种百年难遇的独特社会现象，虽然不可排除一些读者并不关注小说的思想价值和文学意义，只是为了装点门面而购买的“追星心理”，但是这种社会性行为却在客观上使作家莫言的声誉得到最大限度的提升。“百度新闻”显示的统计数据即从一个侧面折射出莫言获“诺奖”后在国人心目中的地位之高：“莫言已经成了眼下中国最炙手可热的人。最近一个月媒体关注度提升了约3100％，他现在红过了任何明星。”[③]

莫言获“诺奖”后产生的轰动效应不仅仅体现在其作品被抢购一空这一民间社会行为中，还可以从国内各大媒体、机构对莫言获奖的大肆宣传中窥见一斑：CCTV-13频道新闻节目即在第一时间向全国观众播报了这一振奋人心的消息，同时还围绕莫言获“诺奖”这一事件播放了对莫言的专访节目。

新华社于2012年10月11日电传了中国作家协会对莫言的贺词：“在几十年文学创作道路上，莫言对祖国怀有真挚情感，与人民大众保持紧密联系，潜心于艺术创新，取得了卓越成就。自20世纪80年代以来，莫言一直身处中国文学探索和创造的前沿，作品深深扎根于乡土，从生活中汲取艺术灵感，从中华民族百年来的命运和奋斗中汲取思想力量，以奔放独特的民族风格，有力地扩展了中国文学的想象空间、思想深度和艺术境界。莫言的作品深受国内外广大读者喜爱，在中国当代文学史上占有重要地位。”充分肯定了莫言在文学创作道路上所取得的伟大成就，同时指出了莫言获奖所具有的世界性意义：“莫言的获奖，表明国际文坛对中国当代文学及作家的深切关注，表明中国文学所具有的世界意义。”并且以莫言为标杆，殷切希望：“中国作家继续勤奋笔耕，奉献更多精品力作，为人类的文化发展做出新的贡献！”许多高等院校隆重举办了“莫言获诺贝尔文学奖座谈会”，以向莫言表示祝贺。如中国艺术研究院即于2012年

① 任瑄编：《高粱红了：对话莫言》，第12页。

② 参见“中国网”，news. china. com. cn，2012年10月12日。

③ 任瑄编：《高粱红了：对话莫言》，第9页。

10月8日举办了一场声势浩大的“祝贺莫言获诺贝尔文学奖座谈会”。中国文学艺术界联合会副主席杨承志，解放军艺术学院原院长、少将陆文虎，《人民文学》杂志主编施战军，国家广电总局电影局党组书记、副局长张宏森，中国现代文学馆常务副馆长吴义勤，《文艺报》总编辑阎晶明，《人民日报》文艺部副主任李舫，《中国文化报》报社副总编辑徐涟以及来自中国艺术研究院和文学艺术界的知名学者、作家、艺术家和新闻媒体的朋友共计100余人参加了座谈会。

业内同行对莫言的力挺也是莫言在文坛上的地位迅速攀升的一个重要因素。中国文化部部长蔡武，中国作协党组书记、副主席李冰，中国作协主席铁凝，著名文学评论家雷达等都向莫言表示了热情洋溢的祝贺。有的从莫言获得诺贝尔文学奖所产生的历史性意义出发，指出莫言获奖会让中国文学更自信。如中国作协党组书记、副主席李冰即认为：“莫言获奖具有多重意义。一方面，拉近了中国文学和世界各国读者之间的距离……诺贝尔文学奖颁给中国作家莫言，会使外国读者更加关注中国文学和中国作家，激起他们对中国文学的兴趣，而这种兴趣又会激发国外汉学家下功夫把更多的中国文学作品翻译介绍到世界上去。另一方面，拉近了诺贝尔文学奖和中国文学界的距离……”①中国作协主席铁凝则认为：“莫言讲述的中国故事，洋溢着浑厚、悲悯的人类情怀，因而不仅深受国内广大读者的喜爱，在国外也深受一大批读者的喜爱，我和他一起在西班牙参加中西文学论坛的时候，他生病住进医院，主治医生竟然也是他的读者。在中国当代作家中，莫言的作品可能也是译成国外语种最多的。莫言的获奖表明国际文坛对中国文学和作家的关注，表明几代中国作家孜孜不倦的实践和努力，正在产生越来越大的国际影响。”②作家陈忠实则以前瞻性的目光指出：“莫言获奖实至名归。这不仅是莫言个人的荣耀，更是中国当代文学的荣耀……莫言的获奖对中国当代文学将带来非常大的激发力量。”③中国作家协会副主席、莫言好友何建明接受《环球人物》记者采访时说：“诺贝尔文学奖颁给莫言，既是对莫言的肯定，也是对中国传统现实主义写作的充分肯定，说明了世界文学在表现现实、表现社会、表现人的命运上是一致的。人文关怀、历史关怀和时代的关怀都是文学主题的东西。自鲁迅始，一百多年来，中国一直有诺贝尔文学奖情结。莫言获得了这个奖，对中国文学既是一种提升也是一种鼓励，因为这会使中国作家感到我们的作品是响当当的。”④陈若曦也认为：“莫言获奖象征着华人文学的一种提升，它让世界关注中国。也标志着一个神话时代

① 转引自董阳采访整理：《中国当代文学走入世界》，2012年10月13日《人民日报》。

② 转引自任瑄编：《高粱红了：对话莫言》，第97页。

③ 转引自任瑄编：《高粱红了：对话莫言》，第21页。

④ 转引自王延辉：《对中国文学的意义和启示》，《环球人物》2012年第27期。

的结束。”[①]也有一些作家如马原在对诺贝尔文学奖进行质疑的同时，指出莫言此次荣获诺贝尔文学奖是评奖委员会精到的选择：“诺贝尔文学奖在20世纪中后期以来已经失去了活力，很多真正影响了世界文学史的作家被错过。这次他们选择莫言，是非常精到的选择。莫言比诺贝尔文学奖这五六十年以来绝大多数的获奖者都更加出色。”[②]也有人认为莫言此次获奖对于诺贝尔文学奖自身也是一种促进。如张翎认为：“不是诺贝尔文学奖给了莫言什么，而是莫言给了诺贝尔文学奖什么。诺奖一直颁给那些有争议的，文学作品超越人种本身的作家，诺奖因为莫言这个中国作家的加入而有了新的视野。”[③]还有一些作家如范小青不仅指出了莫言此次获奖的意义，而且对莫言的创作个性表达了充分的认同和肯定，同时分析了莫言创作个性形成的深层次原因：“莫言的获奖没有让我特别意外，因为莫言作品的个性是如此鲜明，没有谁能取代他。这么多年来，他的许许多多作品一直保持这种特立独行的气质，这是与他个人的生活经验和文学天赋分不开的。莫言获得诺奖，既是他多年潜心创作的成果。同时也是中国当代文学的重要收获，中国作家经过几代人的努力，创作出越来越多优秀的作品，使得中国当代文学渐渐地为世界所了解，所接纳。”[④]

莫言荣获诺贝尔文学奖后，在我国当代文学批评界更是引起空前的轰动效应，国内许多大牌批评家、学者、文艺理论家纷纷对莫言的创作发表了自己独到的见解和阐释。

有些人从莫言特立独行的创作个性及其作品对读者产生的冲击效应出发，对莫言创作进行了精到的总结和概述。如资深教授严家炎老师即不无坦率地说：“莫言获诺贝尔文学奖，我并不感到意外。因为在我心目中，莫言是一位艺术上很有作为、很有才华、敢闯暗礁、敢冲禁区的作家，迟早总会引起世界文学爱好者的更多注意。在文坛出现不久，他就掀起过一阵‘红高粱’旋风。随后的作品也带来过或大或小的冲击波。”同时，严老师又对曾经因为过多渲染残酷的氛围而与“茅盾文学奖”擦肩而过的长篇小说《檀香刑》进行了新的解读，并结合作品指出莫言作品与众不同之处主要在于其作品奇特的叙事方式、厚重的力度：“莫言的小说不但有冲击力，而且耐读，经得起品味，经得起一读再读。像《檀香刑》，我就认认真真地读过两遍，第一遍还是八年前评茅盾文学奖时作为候选作品读的，给我留下的印象很深……整部作品的成就相当全面。以后的不同长篇也都有各自的独特创造和新的推进。莫言的许多作品都有近乎奇特的叙事方式。读莫言小说，我们仿佛在看语言文字的焰火：五光十色，缤纷多姿。莫言的作品

① 转引自任瑄编：《高粱红了：对话莫言》，第29页。
② 转引自任瑄编：《高粱红了：对话莫言》，第12页。
③ 转引自任瑄编：《高粱红了：对话莫言》，第24页。
④ 转引自董阳采访整理：《中国当代文学走入世界》，2012年10月13日《人民日报》。

很少有轻飘飘的东西，它们几乎都体验着严酷的生存考验和野性的生命张力，并且渗透着强烈的社会良知与责任感，鞭打着过度消费和奢侈的享乐主义，因而总有相当厚重的力度。莫言获诺奖，无异于向前进着的中国文学提出了新的挑战。"[1]北京师范大学教授、莫言研究专家张清华也认为："莫言的很多大作品给读者带来很强烈的冲击，来势汹汹，主题和结构都很宏大，时间跨度很长，从《透明的红萝卜》《红高粱家族》到《丰乳肥臀》都是如此。莫言的《丰乳肥臀》讲述的是一个世纪的完整历史，《檀香刑》则是关于中国现代文化的重大主题，《生死疲劳》是半个世纪以来农民被各种政策不断折腾的历史，这些小说都有很大的决心和抱负。而读《蛙》，我感觉到莫言的求变思路，作家的创作、经验积累到一定程度，他想来个小的动作，《蛙》标志着莫言改变了自己选取重大主题、宏大历史的处理方式，为其作品世界增添了新的元素。"[2]

也有些人畅谈了莫言此次获奖在世界文学领域所产生的影响。如中国人民大学文学院院长孙郁在接受《环球人物》记者采访时以博大的文学视野、前瞻的文学眼光，站在世界文学的高度指出百年中国文学的发展与变化以及莫言获奖的世界性意义："莫言此次获奖，将促使世界各国更多地关注中国文学，在过去的一百年里，中国文学还是在发展变化的……此次莫言获奖，是中国文学的一个标志，一个象征。"[3]

也有些人在充分肯定莫言创作成就的基础上指出莫言获奖对中国纯文学发展及其在证明中国综合国力方面所具有的深远意义。如北京大学教授张颐武在接受《环球人物》记者采访时说："莫言获奖实至名归。"他认为，莫言取得的这一成就是他二三十年来艰苦努力、积累的结果，莫言是全球华人作家中国际影响最大、在世界文学圈子里最有影响力的作家之一。他进一步指出莫言获奖对中国纯文学发展产生的巨大意义，在他看来："此次获奖对中国是个好事，可以激励未来中国纯文学的发展，以前似乎遥不可及的事情现在一下子变成了现实。"同时，他认为："莫言获奖是诺贝尔文学委员会的一个大战略，是从一个更大尺度、更大空间看待文明所做出的一个判断。是对中国综合力量的肯定，是对中华文明、中国成就的肯定。"[4]

也有一些人指出了莫言获奖给中国文学的发展带来的启示。如中国人民大学文学院院长孙郁在接受记者采访时以世界经典巨著《圣经》为参照，指出莫言的创作之所以能够展现出无穷的美学魅力与丰厚的思想内涵，在于其创作的独创性："莫言的创作是有独创性的。不同于以往革命文学对人物的塑造，莫言是在一种不纯粹、不完美的

① 严家炎：《有感于莫言获诺奖》，《明报月刊》2012年11月号。

② "中国人民网"，www.people.com.cn，2012年10月15日。

③ 转引自王延辉：《对中国文学的意义和启示》，《环球人物》2012年第27期。

④ 转引自王延辉：《对中国文学的意义和启示》，《环球人物》2012年第27期。

环境中来表现人性的美，他把丑恶和美丽的东西杂糅在一起，在一个很混沌的、很复杂的时空中展现人性。《圣经》是一部很伟大的作品，但里面有血腥；佛教很慈悲，但里面也有搏杀。任何纯粹的、美好的东西都是在复杂的环境中出现的。莫言在一种复杂的语境中来展现中国文化和中国人的个性，这是有贡献的。他反映了生活，反对专制主义，对中国的黑暗社会、对人性的弱点以及几百年的历史反省得很深刻，这是他文学作品表现出来的独创性。”①

也有一些评论家，如北大资深教授陈晓明一方面阐释了莫言此次获奖的意义，一方面指出许多媒体尤其是西方媒体对中国当代文学主观的批评和贬损这一批评现状值得学界深刻地反思：“过去西方承认的主要是中国的传统文化和古典文学，最多到现代，而对中国当代文化和当代文学一直存在抵触和偏见，通过莫言的获奖，西方将会有一个更加开放的姿态来接受当代中国。对于中国人而言，我们一直在寻找文化上的肯定，这次诺贝尔文学奖颁奖给莫言，是对中国当代文学客观的肯定。这些年媒体上很多对中国当代文学的批评和贬损是很不客观的，常常建立在没有充分阅读和认真思考的基础上，常常为了博取眼球而把一些片面的观点发挥到极端。莫言的获奖可以让我们冷静下来，回到对文本认真探讨的批评立场上来。”②

也有一些人不仅指出莫言创作所具有的丰富内涵，而且为莫言曾经遭遇的批评进行了辩护。如文艺理论家鲁枢元即站在文艺心理学的理论高度对莫言的创作作出了权威性的肯定：“一些小说家的创作天性里原本就更多地具备了言语的心理内向性，如张承志、莫言、残雪。他们的言语风格，其中特别是莫言，我们总觉得是闻一多和布勒东的媾和。比如莫言的一些文字曾经招致不少批评，批评者的着眼点往往只是小说家字面上的‘猥亵’，而没有注意到小说家的文学语言审美特质，其实这样的文字讲述了小说家写作时近乎迷狂的心境，这文字正是一颗癫狂心灵的内分泌。袒露内部语言实际上也是袒露作家自己的心灵，其中肯定有比技巧更为重要也更为困难的东西。心灵的丰富经常需要的是心灵的封闭和孤独，而文学的创造又催促着作家心灵的敞开与袒露，真正的写作是将作家钉上心灵拷问的十字架，是崇高，也是酷刑。”③著名文艺理论家童庆炳则坦承莫言之所以成为他敬重的作家，是因为“从莫言身上我们看到了中国作家的优秀品质，从他的演讲和交流中我们感觉到莫言的真诚、绝对不说假话。一个说掩饰话、矫情话的作家不是好作家，其作品也不会得到读者的欣赏和认可。莫言是一位非常优秀的作家，在他平静的叙述中时时迸出很多幽默的语言，幽默是一个人自

① 转引自王延辉：《对中国文学的意义和启示》，《环球人物》2012 年第 27 期。

② 转引自董阳采访整理：《中国当代文学走入世界》，2012 年 10 月 13 日《人民日报》。

③ “中国人民网”，www. people. com. cn，2012 年 10 月 15 日。

信的表现，有力量的表现，我们期待时代不断地触动莫言继续创作出更多的优秀作品，像歌德一样创作持续一生。同时，我感觉莫言的小说总能保持很高的思想性和艺术性，他不仅有创作小说的热情，而且保持对社会的强烈使命感，这是不容易的”[①]。

不仅国内一些作家、批评家、文艺理论家等权威人士力挺莫言，国外一些知名人士也纷纷向莫言表示祝贺，并充分肯定了莫言的创作成就，表达了对莫言创作的喜爱之情。俄罗斯著名文学评论家、《明日》周报副主编邦达连科一方面表达了对莫言获奖的祝贺，一方面对莫言的人品、文品均作出了较高的评价，同时指出莫言创作对其思想所产生的情感震荡，使其在阅读时经常能看到自己祖国社会的影子：“我来中国访问时与莫言见过数面，在交谈中，莫言的稳重、平易近人和内心的强大，给我留下了深刻印象。我曾读过《酒国》、《丰乳肥臀》等作品，书中对人物的刻画和情节的把握，都让我大开眼界。莫言出身农民，是一位真正的人民作家，通过他的作品，能更好地了解当今中国的众生百态。不仅如此，我在阅读莫言的作品时，还经常能看到当代俄罗斯社会的影子。莫言是‘史诗级的作家’，是中国文学界的翘楚，他获得诺贝尔文学奖实至名归。”[②]虽然此说有些溢美之嫌，但是的确道出了国外记者对莫言作品的情感认同，折射出国外媒体开始关注、接纳中国当代文学这一文学事实，同时也的确道出了莫言小说所具有的特殊的文学价值和思想意义。

---

① “中国人民网”，www. people. com. cn，2012 年 10 月 15 日。

② 转引自任瑄编：《高粱红了：对话莫言》，第 97 页。

第六章
文学批评与作家的定位

一个作家的成长、成熟、身份认证及经典化过程与读者的认同和批评家的叙述之间存在着巨大的张力。埃斯卡皮曾经指出:"……作家之所以获得文学意义,成为一位名副其实的作家,那是在事后,在一个站在读者立场上的观察者能够察觉出他像一个作家的时候。一个人成为作家,仅对某人而言;换言之,在某人的眼里,他是作家。"① 著名学者吴义勤则认为:"文学的经典不是由某一个'权威'命名的,而是由一个时代所有的阅读者共同命名的,可以说,每一个阅读者都是一个命名者,他都有命名的'权力'。"②无论是埃斯卡皮还是吴义勤,都指出了一个不争的文学事实:读者的阅读、接受、传播和评价在作家乃至经典作家的身份认定中往往起着不可或缺的作用,尤其是在我国新时期以来文学创作日益繁荣与多元化的语境下,众多读者的审美接受与评价都可能会成为一种文学经典化的重要途径,众多同时代阅读者以共时性审美震荡的方式构成了当代文学经典命名的一个重要环节。因此,以历史分析的态度,通过对莫言登上文坛以来的文学场进行考察,进而发掘文学批评在莫言创作经典化过程中所发挥的重要作用,便成为本章研究的重点所在。

第一节　莫言相关研究成果的数据统计

伴随着莫言小说创作的日益成熟,学界对莫言的研究也成为热点。如果对莫言进行跟踪考察,不难发现,自从1985年发表成名作《透明的红萝卜》以来,莫言便成为众

① [法]罗贝尔·埃斯卡皮:《文学社会学》,于沛编选,浙江人民出版社1987年版,第15~16页。

② 吴义勤:《我们为什么对同代人如此苛刻?——关于中国当代文学评价问题的一点思考》,《文艺争鸣》2009年第9期。

多文学爱好者和学院派研究者的主要关注对象。在对莫言进行研究的学术队伍中，涌现出了徐怀中、李陀、朱向前、张志忠、季红真、雷达、贺绍俊、张清华、吴义勤、周政保、朱珩青、程光炜、孙郁、陈思和、李洁非、丁帆、杨联芬、王德威、杨守森、贺立华、张灵等一大批学术底蕴深厚、学术视野开阔、学术成果丰硕的莫言研究专家与学者。当然，作为一位勇于创新的"试验型"、"创造型"作家，莫言也是一位遭遇口水较多的作家，学术界对他的研究也呈现一种曲线上涨的趋势。

莫言是如何由一个只是被少数批评者关注的边缘化作者而逐渐成为一位日益受学界热评的当红作家的？又是谁最先发现莫言的？……这一系列问题将是本节重点考察的对象。为了更好地对批评叙述与莫言经典地位的形成之间的张力关系进行历史考古学式的考察，本节首先借助统计分析的方法，对 1985 年以来国内学界公开出版、发表的有关莫言的著作、文章以及硕士、博士毕业论文作出统计。

据笔者不完全统计，1990～2011 年 12 月，全国公开出版发行的莫言研究专著共计 9 部，分别是：张志忠的《莫言论》[①]、钟怡雯的《莫言小说："历史"的重构》[②]、黄文倩的《莫言〈丰乳肥臀〉论》、谢静国的《论莫言小说(1983～1999)的几个母题和叙述意识》[③]、朱宾忠的《跨越时空的对话——福克纳与莫言比较研究》[④]、张文颖的《来自边缘的声音——莫言与大江健三郎的文学》[⑤]、张灵的《叙述的源泉——莫言小说与民间文化中的生命主体精神》[⑥]、付艳霞的《莫言的小说世界》[⑦]。出版发行的莫言评传共有 2 部，分别是：贺立华、杨守森等的《怪才莫言》[⑧]，叶开的《莫言评传》[⑨]。莫言研究资料汇编共有 5 部，分别是：贺立华、杨守森编的《莫言研究资料》[⑩]，杨扬编的《莫言研究资料》[⑪]，孔范今与施战军主编、路晓冰编选的《莫言研究资料》[⑫]，香港浸会大学文学院编的《论莫言〈丰乳肥臀〉》[⑬]，莫言研究会编著的《莫言与高密》[⑭]。

---

① 张志忠：《莫言论》，中国社会科学出版社 1990 年版。

② 钟怡雯：《莫言小说："历史"的重构》，台湾文史哲出版社 1997 年版。

③ 谢静国：《论莫言小说(1983～1999)的几个母题和叙述意识》，台北秀威资讯科技股份有限公司 2006 年版。

④ 朱宾忠：《跨越时空的对话——福克纳与莫言比较研究》，武汉大学出版社 2006 年版。

⑤ 张文颖：《来自边缘的声音——莫言与大江健三郎的文学》，中国传媒大学出版社 2006 年版。

⑥ 张灵：《叙述的源泉——莫言小说与民间文化中的生命主体精神》，中央编译出版社 2010 年版。

⑦ 付艳霞：《莫言的小说世界》，中国文史出版社 2011 年版。

⑧ 贺立华、杨守森等：《怪才莫言》，花山文艺出版社 1992 年版。

⑨ 叶开：《莫言评传》，河南文艺出版社 2008 年版。

⑩ 贺立华、杨守森编：《莫言研究资料》，山东大学出版社 1992 年版。

⑪ 杨扬编：《莫言研究资料》，天津人民出版社 2005 年版。

⑫ 孔范今、施战军主编，路晓冰编选：《莫言研究资料》，山东文艺出版社 2006 年版。

⑬ 香港浸会大学文学院编：《论莫言〈丰乳肥臀〉》，天地图书有限公司 2010 年版。

⑭ 莫言研究会编：《莫言与高密》，中国青年出版社 2011 年版。

值得一提的是，2012 年 10 月 11 日莫言荣获诺贝尔文学奖引起了莫言研究著述的激增，其中莫言创作与"诺奖"的关系、莫言荣获"诺奖"对中国当代文学发展的历史贡献和文学史意义、莫言成长道路给人们带来的启示等成为莫言研究新的学术增长点。据笔者不完全统计，仅 2012 年 11 月到 2013 年 1 月三个月之间，国内公开出版发行的关于莫言生平与创作的研究专著、评传和资料汇编就有 18 部，分别是：(1)杨景民、贾西贝、彭思云编的《中国·百年之痒：聚焦莫言》[①]；(2)郭小东等的《看穿莫言》[②]；(3)叶开的莫言传记《野性的红高粱：莫言传》[③]；(4)杨扬主编的《莫言作品解读》[④]；(5)任瑄编的《高粱红了：对话莫言》[⑤]；(6)朱向前的《莫言：诺奖的荣幸》[⑥]；(7)谭五昌主编的《见证莫言——莫言获诺奖现在进行时》[⑦]；(8)重新修订的张志忠《莫言论》[⑧]；(9)任瑄编的《人生与文学的奋斗历程：走近莫言》[⑨]；(10)任瑄编的《文学与我们的时代：大家说莫言，莫言说自己》[⑩]；(11)蒋泥的《大师莫言》[⑪]；(12)张清华、曹霞合编的《看莫言——朋友、专家、同行眼中的诺奖得主》[⑫]；(13)林建法主编的《说莫言》(上、下)[⑬]；(14)郭小东的《为什么是莫言》[⑭]；(15)王德威等的《说莫言》[⑮]；(16)邵纯生、张毅编著的《莫言与他的民间乡土》[⑯]；(17)林间的《莫言和他的故乡》[⑰]；(18)陈晓明编的《莫言研究(2004～2012)》[⑱]。从编著者的身份可以发现：有学院派资深学者、批评家，如陈晓明、郭小东、蒋泥、王德威、杨扬、张清华、张志忠等；也有资深编辑，如林建法等；还有知名记者，如任瑄等。如此多的研究学人的加入无疑形成了一支壮观、庞大的莫言研究梯队。

---

① 杨景民、贾西贝、彭思云编：《中国·百年之痒：聚焦莫言》，四川巴蜀书社 2012 年版。

② 郭小东等：《看穿莫言》，武汉大学出版社 2012 年版。

③ 叶开：《野性的红高粱：莫言传》，二十一世纪出版社 2012 年版。

④ 杨扬主编：《莫言作品解读》，华东师范大学出版社 2012 年版。

⑤ 任瑄编：《高粱红了：对话莫言》，人民日报出版社 2012 年版。

⑥ 朱向前：《莫言：诺奖的荣幸》，百花洲文艺出版社 2012 年版。

⑦ 谭五昌编：《见证莫言——莫言获诺奖现在进行时》，漓江出版社 2012 年版。

⑧ 张志忠：《莫言论》，北京联合出版社 2012 年版。

⑨ 任瑄编：《人生与文学的奋斗历程：走进莫言》，人民日报出版社 2012 年版。

⑩ 任瑄编：《文学与我们的时代：大家说莫言，莫言说自己》，人民日报出版社 2012 年版。

⑪ 蒋泥：《大师莫言》，安徽文艺出版社 2012 年版。

⑫ 张清华、曹霞编：《看莫言——朋友、同行眼中的诺奖得主》，华中科技大学出版社 2013 年版。

⑬ 林建法主编：《说莫言》(上、下)，辽宁人民出版社 2013 年版。

⑭ 郭小东：《为什么是莫言》，花城出版社 2013 年版。

⑮ 王德威等：《说莫言》，上海书店出版社 2013 年版。

⑯ 邵纯生、张毅编著：《莫言与他的民间乡土》，青岛出版社 2013 年版。

⑰ 林间：《莫言和他的故乡》，厦门大学出版社 2013 年版。

⑱ 陈晓明编：《莫言研究(2004～2012)》，华夏出版社 2013 年版。

总之，如此丰硕的关于莫言的评传、研究专著在研究水平上均达到了较高的水平，显示了研究者敏锐的学术眼光，为莫言学术研究大厦打下了坚实的基础。几部研究资料汇编汇集、编选了大量极具代表性的莫言研究成果，并且以附录的形式展现了莫言作品发表、出版以及相关研究成果的整体索引。这既为莫言文学研究者继续研讨提供了第一手的研究资料，也使他们在资料查找和检索方面更为便捷，对于深化、拓展莫言研究具有深远的意义。这些研究成果的相继出版与发行，使得有关莫言的研究趋向集中化、细致化、学术化、历史化，也使得莫言在中国当代文坛上的地位及其取得的文学成就进一步获得学界可观、公允的价值判断和认同。

在文学经典地位的形成过程中，学校、研究所等机构起着不可低估的作用，正是“以文学为业”最强有力地支持和促进了文学经典的建立。进入课堂、教学大纲或者阅读书目也相应成为作家获得经典地位的一个标志。新世纪以来，越来越多的博士、硕士毕业论文以莫言为研究对象，暗示了关于莫言的研究逐渐引起学院派的高度关注。笔者根据CNKI中文期刊全文数据库对莫言的相关研究成果进行不完全数据统计的结果显示：2004～2011年八年间关于莫言创作的博士学位论文共计9篇①，2004年1篇、2005年3篇、2007～2011年连续五年每年各有1篇；2000～2012年十三年间关于莫言及其创作的硕士学位论文共计131篇，2000年1篇，2002年1篇，2003年4篇，2004年8篇，2005年11篇，2006年13篇，2007年19篇，2008年19篇，2009年14篇，2010年9篇，2011年15篇，2012年17篇。该统计结果显示：新世纪以来，关于莫言研究的毕业论文呈现出曲线上升的趋势，而且这些毕业生既有毕业于武汉大学、北京师范大学、暨南大学、南京大学、复旦大学、华东师范大学等名牌高校的，也有毕业于湖南科技大学、贵州大学、西南大学等稍嫌偏远的高等院校的。这从一个侧面反映了对莫言的研究辐射面之广，而这也在客观上形成了一种学院派式的“莫言研究热”。这些硕、博学位论文的研究向度和学界对于莫言的研究基本一致，大多数学位论文以莫言创作的艺术感觉、艺术创新、民间立场、审丑意识、狂欢化写作、生命意识、死亡意识、继承与借鉴等为切入视角，展现出对研究主体既宏阔壮观又细致入微的深入发掘与研究。

1985～2012年，在我国各级报刊上公开发表的关于莫言的创作和生平的相关研

---

① (1)廖增湖：《沸腾的土地——莫言论》，华东师范大学博士学位论文，2004年；(2)朱宾忠：《福克纳与莫言比较研究》，武汉大学博士学位论文，2005年；(3)张灵：《莫言小说与民间文化中的生命主体精神》，北京师范大学博士学位论文，2005年；(4)付艳霞：《莫言小说文体论》，北京师范大学博士学位论文，2005年；(5)胡沛萍：《狂欢化写作——莫言小说论》，南京大学博士学位论文，2007年；(6)徐国祯：《莫言民间叙事的原型与祭仪特征》，复旦大学博士学位论文，2008年；(7)杨枫：《民间中国的发现与建构——莫言小说创作综论》，吉林大学博士学位论文，2009年；(8)刘广远：《莫言的文学世界》，吉林大学博士学位论文，2010年；(9)宁明：《论莫言创作的自由精神》，山东大学博士学位论文，2011年。

究文章共计 1253 篇。为了更客观、清晰地展示关于莫言研究文章的数值变化，笔者特对每年公开发表的文章数据列出相应的表格。

1985～1990 年六年间我国各级报刊上公开发表的有关莫言的创作和生平的相关研究文章共计 169 篇(见表 6-1)：

表 6-1　　1985～1990 年莫言研究文章统计

年　份	文章数
1985	7
1986	42
1987	39
1988	38
1989	29
1990	14
合计	169

该时期研究莫言的文章的均值约为:28.2 篇/年。

1991～2000 年十年间我国各级报刊上公开发表的有关莫言的创作和生平的相关研究文章共计 101 篇(见表 6-2)：

表 6-2　　1991～2000 年莫言研究文章统计

年　份	文章数
1991	5
1992	16
1993	10
1994	3
1995	3
1996	21
1997	7
1998	6
1999	7
2000	23
合计	101

该时期研究莫言的文章的均值为:10.1 篇/年。

2001～2010 年十年间我国各级报刊上公开发表的有关莫言的创作和生平的相关研究文章共计 665 篇(见表 6-3):

表 6-3　　2001～2010 年莫言研究文章统计

年　份	文章数
2001	38
2002	49
2003	60
2004	41
2005	40
2006	71
2007	69
2008	87
2009	85
2010	125
合计	665

该时期研究莫言的文章的均值为:66.5 篇/年。

2011～2012 年两年间我国各级报刊上公开发表的有关莫言的创作和生平的相关研究文章共计 297 篇(见表 6-4):

表 6-4　　2011～2012 年莫言研究文章统计

年　份	文章数
2011	84
2012	213
合计	297

该时期研究莫言的文章的均值为:148.5 篇/年。

将几个时期研究莫言的文章的年均值进行比较,可以发现,对莫言的研究呈现出曲线上升的趋势:20 世纪 90 年代十年与 80 年代六年相比较是负增长 18.1 篇/年;2001～2010 年十年与 20 世纪 80 年代六年、90 年代十年相比较均是正增长,分别是 38.3 篇/年和 56.4 篇/年;2011～2012 年两年与 2001～2010 年十年相比较是正增长 82 篇/年。1986 年以后,学界对莫言的评述文章主要集中于对其代表作《红高粱》的阐释上。1988～1995年，莫言主要致力于长篇小说的创作，先后出版了长篇小说《天堂蒜薹之歌》、《十三步》、《酒国》。但是这几部长篇小说并未引起学界的过多关注。而且，1995年莫言因长篇小说《丰乳肥臀》的发表而引起极大的争议，他曾因此而停笔三年，直到1998年方重新开始小说创作。因此，20世纪90年代对莫言的研究文章与20世纪80年代"红高粱"时期相比呈下降趋势。

2012年10月11日，莫言获得世界最高文学奖项诺贝尔文学奖，该年度国内各种报刊发表有关他的生平与创作的研究文章达到历史最高，据笔者不完全统计，共有213篇。其中《河北大学学报》(哲学社会科学版)、《天津师范大学学报》(社会科学版)、《小说评论》、《中国比较文学》、《文艺争鸣》、《当代作家评论》、《中国现代文学研究丛刊》、《重庆社会科学》、《鲁迅研究月刊》等通常被认为是核心期刊。正如我国进行职称评定时把核心期刊作为"权威期刊"一样，我们不妨把这几种期刊发表论文的情况作为一个作家被学术界研究关注程度的标志。该年权威性学术期刊发表有关莫言的研究论文的情况是：《小说评论》6篇，《文艺争鸣》6篇，《河北大学学报》、《天津师范大学学报》、《中国比较文学》、《当代作家评论》、《中国现代文学研究丛刊》、《重庆社会科学》、《鲁迅研究月刊》各1篇。九种期刊共19篇。

上述数据的结果还显示：(1)1985～1990年六年间关于莫言的学术性研究文章并不太多，说明此时的莫言并未处于文学界的中心。1991～2000年这十年间关于莫言的学术性研究文章与前几年相比呈现下滑趋势，说明此时的莫言逐渐淡出评论界。(2)21世纪以来，关于莫言的相关研究文章呈现上升趋势，说明此时的莫言开始处于文学界的中心。

尤其值得一提的是，笔者在对报纸杂志发表的关于莫言的研究文章进行统计时发现，一些"权威性期刊"在同一期集中发表多篇关于莫言的学术性研究文章。这些近似于"集束手榴弹"式的"莫言研究专号"的推出在国内学术界产生了极大的影响，吸引了许多莫言研究者的眼球，在一定程度上也起到了对广大读者的引导作用。其中比较有代表性的"莫言研究专号"[①]有：

1.《当代作家评论》共计5次集中刊发关于莫言的研究文章。(1)1986年第4期发表了4篇，分别是：朱向前的《莫言小说"写意"散论》、钟本康的《现实世界·感情世界·童话世界——评莫言的四部中篇小说》、谢欣的《心灵的渴望与追求——谈莫言小说集〈透明的红萝卜〉》、北川的《〈透明的红萝卜〉的美学意蕴》。(2)1993年第2期共发表3篇，分别是：李洁非的《回到寓言——论莫言及其近作》、周英雄的《酒国的虚实——试看莫言叙述的策略》、万千的《莫言：一个物化时代的感伤诗人——读莫言的

① 统计时间截至2012年12月。

几个近作》。(3)2000 年第 5 期共发表 3 篇,分别是:张闳的《感官的王国——莫言笔下的经验形态及功能》、周春玲的《变化中的莫言——谈莫言近期中短篇小说》、王光东的《民间的现代之子——重读莫言的〈红高粱家族〉》。(4)2001 年第 5 期共发表 3 篇,分别是:谢有顺的《当死亡比活着更困难——〈檀香刑〉中的人性分析》、张伯存的《挑战阅读:莫言长篇小说》、黄善明的《一种孤独远行的尝试——〈酒国〉之于莫言小说的创新意义》。(5)2006 年第 6 期更是以"集束手榴弹"的方式推出了"莫言评论专辑",共发表了 10 篇中国当代文学研究界知名学者撰写的极具学术价值的研究文章,几乎占该期一半的篇幅。这 10 篇文章分别是:孙郁的《莫言:与鲁迅相逢的歌者》、黄发有的《莫言的"变形记"》、张清华的《天马的缰绳——论新世纪以来的莫言》、王者渡的《"胡乱写作",遂成"怪诞"——解读莫言长篇小说〈生死疲劳〉》、王光东的《复苏民间想象的传统和力量——由莫言的〈生死疲劳〉说起》、郭冰茹的《寻找一种叙述方式——论莫言长篇小说对传统叙述方式的创造性吸纳》、周立民的《叙述就是一切——谈莫言长篇小说中的叙述策略》、季红真的《神话结构的自由置换——试论莫言长篇小说的文体创新》、李静的《不驯的疆土——论莫言》、程光炜的《魔幻化、本土化与民间资源:莫言与文学批评》。

2.《名作欣赏》共计 4 次集中刊发关于莫言的研究文章。(1)2003 年第 5 期以"佳作有约"、"佳作回眸"的专栏文章形式同时推出关于莫言的小说《倒立》、《冰雪美人》和《丰乳肥臀》的 9 篇学术性解读文章,明确表明了对莫言作品的价值定位。这 9 篇文章分别是:杨剑龙的《揭示老同学聚会中不同的心理心态——读莫言的短篇小说〈倒立〉》、傅金祥的《天凉好个秋——莫言〈倒立〉内蕴解读》、吴毓生的《一次出乖露丑的表演——读莫言的短篇小说〈倒立〉》、达吾的《艺术的叙述和"载道"的期许——〈冰雪美人〉的阅读体验》、洪玲的《在压抑中艰难地生存——读莫言的短篇小说〈冰雪美人〉》、曲春景的《爱缘于合目的性的生命形式》、任军的《致命的偏见与可敬的尊严——读莫言的短篇小说〈冰雪美人〉》、何希凡的《冰雪欺美人,美人如冰雪——〈冰雪美人〉的文化心理与美学内涵解读》、赵奎英的《一个可逆性的文本——〈丰乳肥臀〉的语言文化解读》。(2)2003 年第 7 期再次以"佳作有约"专栏文章的形式集中推出关于莫言的小说《倒立》和《冰雪美人》的 4 篇解读文章,分别是:姚洋音的《冲突中的理性探索——读莫言的〈冰雪美人〉》、孙华南的《情节的延宕与人物刻画的反差——〈冰雪美人〉的叙事艺术》、何希凡的《权力崇拜与猎艳心理合力中的悲喜剧——〈倒立〉的心理蕴含与叙述视角探析》、黄睿的《写到灵魂深处最痛的地方——读莫言小说〈倒立〉》。(3)2004 年第 1 期"佳作有约"专栏文章推出两篇关于莫言的短篇小说《冰雪美人》的学术性解读与赏析文章:一是曹民光的《美的毁灭:一出几乎无事的悲剧——读莫言的短篇小说〈冰雪美人〉》,一是张秀琴的《冷漠,虐杀了冰雪美人——〈冰雪美人〉赏析》。(4)2004 年第 3 期再次以"佳作回眸"和"佳作有约"的形式发表了 4 篇对于莫言的小说《复仇记》和《檀香刑》的专栏性解读和赏析文章，分别是：吴周文、樊保玲的《从消解到反文化思辨——从〈复仇记〉看莫言创作的颠覆意识》、周志雄的《〈檀香刑〉的民间化意义》、潘新宁的《颠覆"超越"的文化寓言——解读〈檀香刑〉》、王寰鹏的《人性黑洞与历史隐喻——莫言长篇小说〈檀香刑〉赏析》。

3.《小说评论》共计3次集中刊发关于莫言的评论文章。(1)2002年第6期在发表周罡的关于莫言的学术性研究性文章《犹疑的返乡之路——论莫言民间文化立场的回归与游离》的同时，发表了周罡对莫言的访谈文章《发现故乡与表现自我——莫言访谈录》，既有助于增进读者对莫言创作的深入研究，也为周罡的学术性文章提供了最有力的阐释依据。(2)2003年第1期同时发表了3篇关于莫言的学术性研究文章，分别是：郑坚的《在民间戏说民间——〈檀香刑〉中民间叙事的解析与评判》、周景雷的《红色冲动与历史还原——对莫言小说的一次局部考察》、王爱松的《杂语写作：莫言小说创作的新趋势》。(3)2012年第6期发表了关于莫言的4篇学术性研究文章。其中，王春林的《莫言、诺奖与百年汉语写作的命运》以莫言获"诺奖"为切入点，对莫言创作与中国百年汉语写作的命运之关联进行了探讨，表达了对莫言创作价值和意义的高度认同；赵奎英的《修辞与伦理：莫言〈蛙〉的叙事修辞学解读》、李荣博的《论莫言〈蛙〉的生命哲学与生命自觉》和傅书华的《论〈蛙〉意蕴与结构上的缺失》都对莫言的作品《蛙》进行了文本细读式的解读，显示出对创作主体研究的深入。

4.《文艺争鸣》共计2次集中刊发关于莫言的研究文章。(1)2002年第2期在同一期推出两篇关于《檀香刑》的阐释性文章：一是朱国昌的《〈檀香刑〉：人性的丑恶展览》，二是杨经建的《"戏剧化"生存——〈檀香刑〉的叙事策略》。这两篇关于小说《檀香刑》的研究文章从不同视角对该长篇文本进行解读，一方面为读者提供了阅读和阐释的多重视角，另一方面也暗示了该文本内在意蕴的丰富性、阐述空间的广延性，同时在客观上对小说的经典地位的形成起到了一种推波助澜的作用。(2)2012年第8期"当代文学六十年·莫言研究专辑"发表了4篇关于莫言的研究文章，分别是：程光炜的《小说的读法——莫言的〈白狗秋千架〉》、王敏的《记忆术代际隐喻、意识幻象与记忆场——读莫言的〈透明的红萝卜〉》、钟怡雯的《论莫言小说"肉身成道"的唯物书写》、张书群的《最早的〈莫言研究资料〉校读札记》。

5.其他还有：(1)《南方文坛》2001年第6期共发表关于莫言的学术性研究文章3篇，分别是：张柠的《文学与民间性——莫言小说里的中国经验》、蒋原伦的《中国风格——关于〈檀香刑〉》、洪治纲的《刑场背后的历史——论〈檀香刑〉》。(2)《南方文坛》2010年第3期同时发表了关于莫言的新作《蛙》的5篇解读文章，对于读者更好地理解、把握莫言的新作起到了引导和评介作用。这5篇文章分别是：颜妍的《如何朴素，怎样奇观——以〈蛙〉为镜》、梁振华的《〈蛙〉：时代吊诡与"混沌"美学》、王春林的《历史观念重构、罪感意识表达与语言形式翻新——评莫言长篇小说〈蛙〉》,同期还配发了张勐的《生命在民间莫言〈蛙〉剖析》,吴义勤的《原罪与救赎——读莫言长篇小说:〈蛙〉》,莫言、童庆炳、赵勇、张清华和梁振华等人的对话录文章《对话:在人文关怀与历史理性之间》。(3)《文学自由谈》1987 年第 1 期共发表了 3 篇关于莫言的学术性研究文章,分别是:朱珩青的《情绪、情感、文体意识——读莫言的小说》、常智奇的《理论不足将使莫言没言——读〈断手〉有感》、应雄的《莫言的艺术感觉与现代生活》。(4)《时代文学》2001 年第 1 期共发表了 4 篇关于莫言生平的回忆性文章,分别是:从维熙的《话说莫言》、杨守森的《我的高密同乡莫言》、张志忠的《莫言的九十年代进行曲》、何镇邦的《我与莫言》。(5)《创作》2002 年第 2 期同时推出了两篇关于莫言的长篇力作《檀香刑》的解读文章:陈晓兰的《死亡仪式的狂欢化再现——关于〈檀香刑〉》和陈润华的《肉体与政治的寓言——关于〈檀香刑〉中的酷刑》。(6)《渤海大学学报》(哲学社会科学版)2004 年第 1 期发表了 3 篇"莫言近年小说创作的缺失"的专题文章,分别是:周景雷的《莫言小说的困境与"堕落"》、孙玉双的《媚俗:莫言近期小说创作的价值取向》、刘广远的《自我的缺失》。(7)《海南师范学院学报》(社会科学版)2005 年第 2 期集中推出了 4 篇学术性研究文章,分别是:张清华的《莫言与新历史主义文学思潮——以〈红高粱家族〉、〈丰乳肥臀〉、〈檀香刑〉为例》、李钧的《叙事狂欢与价值迷失——评莫言的〈四十一炮〉》、马春花的《莫言小说中的鬼魅世界》、吕周聚的《人性恶的象征符号——莫言〈檀香刑〉中的赵甲解读》。(8)《华文文学》2012 年第 6 期发表了 3 篇与莫言相关的文章,分别是:杨小滨的《莫言小说中的性爱描写》,卫毅、刘再复的《刘再复谈莫言》,张康子、石志鹏的《莫言"热"后的"冷"思考——著名旅澳学者欧阳昱教授来汕头大学讲学》。(9)围绕着莫言获"诺奖"这一令举国振奋的喜讯,《阴山学刊》2012 年第 6 期及时地推出了与莫言获"诺奖"相关的 4 篇文章,分别是:曲慧芳的《莫言——拿什么倾倒了诺奖评委》、王芳的《莫言与诺贝尔文学奖的理想主义》、赵剑华的《莫言的自信》、张伟的《感觉,感觉,还是感觉》,表现了对莫言获"诺奖"的密切关注及文学思索。(10)《中国图书评论》编辑则诚邀学界各路豪杰,围绕着莫言获"诺奖"的消息畅谈莫言,并对"莫言现象"进行了颇具见地的反思,于 2012 年第 11 期发表了学界一些著名学者谈"莫言现象"的 5 篇文章。分别是:张柠的《莫言的意义和研究的歧路》,叶祝弟的《请不要过度消费莫言》,郑春光、刘堃、严彬、伊北、许苗苗的《莫言之我见》,杨联芬、孙郁、许纪霖、张闳、宋明炜、张莉、蔡元丰的《名家谈莫言》,周志强的《莫言的书卖火了也卖没了》。(11)《东岳论丛》也在 2012 年第 12 期开设了"文学史上的鲁籍作家研究 · 莫言专题",发表了相关文章 3 篇,分别是:温儒敏、叶诚生的《"写在历史边上"的故事——莫言小说的现代质》,贺仲明的《为什么写作——论莫言创作的乡村立场及其意义》,黄发有的《莫言的启示》。

上述文章对莫言及其不同时期的小说创作的探讨与阐释主要聚焦于以下几个方面：

第一，从叙述策略、人性观照、生命意识、民间书写等研究视角对莫言的代表性小说文本进行细致入微的个案分析。如《南方文坛》2010 年第 3 期同时发表了关于莫言的新作《蛙》的 5 篇解读文章，《名作欣赏》2003 年第 5 期则以“佳作有约”、“佳作回眸”的专栏文章形式同时推出关于莫言的小说《倒立》、《冰雪美人》和《丰乳肥臀》的 9 篇学术性解读文章，《小说评论》2002 年第 2 期同期推出 2 篇关于《檀香刑》的阐释性文章。正如一些研究者所言：“经典包括那些在讨论其他作家作品的文学批评中经常被提及的作家作品”，“在一种文学成规主要由作者、销售商、批评家和普通读者组成的情况下，如果它得到了一群人的支持，那么它就是合理的”。[①] 因此，这些个案分析的解读文章不仅对创作主体的研究更加深入，而且也拓宽了对小说的多重研究视野，提高了小说被反复阅读的频率，无论对于小说的思想性还是艺术性都是一种颇具启发意义的发掘和提升。

第二，以叙事策略、文体创新、对传统的继承与变异、民间立场、感觉意识、语言风格、修辞伦理学、莫言小说与文学思潮的关联以及生命意识等研究视角为切入点，对莫言的小说创作作出总体的评判和定位。既肯定了莫言的文学创作在思想和艺术上的创新价值，也指出了莫言在文学史上的地位，表现了对莫言文学创作的情感认同。

第三，也有一些文章是“文人圈子”的亲朋好友对莫言的日常生活事迹、与莫言的交往以及对莫言创作和人品进行回忆、评价的文章，如《时代文学》2001 年第 1 期即发表了 4 篇关于莫言生平的回忆性文章。这些文章不仅可以为读者更真实地了解现实中的莫言提供了弥足珍贵的资料，而且也为读者更好地解读莫言的小说提供了最好的注解。

程光炜老师在研究“令人熟悉的文学经典”这一问题时指出：“……《中国现代文学研究丛刊》、《当代作家评论》是两家国家管理机构认定的‘权威杂志’（另外还有《中国社会科学》、《文学评论》、《文艺研究》、《新文学史料》、《文艺争鸣》、《南方文坛》和转载性杂志《人大复印报刊资料》、《新华文摘》等），它们对所有大学有一种至高无上的‘管辖权’和‘监督权’，很多老师，只有通过在上面‘露面’，才能获得副教授、教授的职称。尤其在于，它还是‘权威学者’的专属论坛，这二十年来，前者发表的那些文章都是我们‘必读’的东西。几乎每天张开眼睛，就能看到‘它们’。这使这个学科的老师、本科生和研究生，对这些杂志和作者认定的‘文学经典’，包括由此进行的‘细读’、‘阐释’，已经非常‘熟悉’。而且这种‘熟悉’不认为是在‘被动接受’，它经过课堂‘讲授’和‘传播’，再经过老师学生的进一步‘讨论’和‘阐释’，这些文学经典在我们的‘文学记忆’中

① ［荷］D. 佛克马、E. 蚁布思：《文学研究与文化参与》，第 51、92 页。

已经变得'无可置疑'。"[1]正如程光炜老师所言,上述文章的集中发表对于莫言"经典作家"地位的确立获得了"无可置疑"的"授权"。尤其是《当代作家评论》2006 年第 6 期集中发表了孙郁、黄发有、张清华、王者渡、王光东、郭冰茹、周立民、季红真、李静、程光炜等人对莫言创作表示认同的研究文章。毫无疑问,这些学者、批评家都堪称当前中国研究界的权威人士,由他们组成的研究队伍无疑是当前中国研究界的绝对主力阵容。他们不仅是来自中国人民大学、北京师范大学、上海大学等名牌高校的大学教授,处于文学研究界的"主流社会",而且还承担着向读者宣传、推介和传播中国当代文学作家作品,遴选中国当代经典文学作品的历史重任。因此,他们对莫言作品的细读、阐释、讲授和传播,他们对莫言作品经典化认同式的权威批评,无疑会对高校文科教学、文学史对经典作家的定位以及众多文学爱好者对经典文学的接纳与认同产生毋庸置疑的深刻影响。

总之,这些文章的集中推出,不仅对莫言创作进行了集中而深入的研讨,而且在客观上推动了莫言的研究热,也为日后国内外学界进一步研究莫言创作提供了弥足珍贵的文献资料。

第二节　批评家、批评叙述与作家经典地位的形成

文学经典的生成离不开批评家对作品的解读、阐释与批评叙述。当代著名批评家、学者张清华在研究"长篇小说的当代变革"这一议题时,结合俄罗斯文学的繁荣指出了批评在文学发展中所扮演的重要角色:"19 世纪俄罗斯文学之所以出现了繁星璀璨的局面,不仅仅是作家们自身的努力,也有他们同时代批评家的一份功劳,没有他们筚路蓝缕的伟大阐释,适时敏锐地发现和推动,便没有这个局面。"[2]在文学价值的生成过程中,文学批评起到了一种不容忽视的影响:"文学的各种价值产生于历代批评的积累过程之中,它们反过来又帮助我们理解这一过程。"[3]因为,一个尽职的批评家"能将一个作品——尤其是被流行的有商业味的观念所抑扬的作品——加以分析和解释,扼要而具体地指出内容的得失,一切能作得恰如其分,见解既深切、透辟,态度又诚实坦白,且笔下生动亲切,本身还是一篇好文章;它沟通了作者与读者的间隔,缩短了作者与读者的距离;对作者而言他是一个诤友,对读者而言他是一个良友。"[4]

① 程光炜:《文学史的兴起——程光炜自选集》,第 25 页。

② 张清华:《〈红高粱家族〉与长篇小说的当代变革》,杨扬主编:《莫言作品解读》,华东师范大学出版社 2012 年版,第 49 页。

③ [美]勒内·韦勒克、奥斯汀·沃伦:《文学理论》,第 35 页。

④ 沈从文:《我对于书评的感想》,《沈从文全集》第 17 卷,北岳出版社 2002 年版,第 124 页。

如果对莫言创作的“批评与接受史”进行细致的考察，将不难发现，在莫言成名的背后有一个长期关注莫言创作的批评家组成的批评序列，在莫言创作的经典化过程中存在着尽职尽责的“良友”和“诤友”。他们以各种形式对莫言作品的精彩“叙述”和“评论”在莫言创作的经典化过程中发挥了重要的作用。一部分批评家本身就是学界颇具声名的知识精英，他们对莫言作品的解读与阐释无疑具有一定的权威性，得到了许多人的认同和响应，在读者对莫言创作的阅读与接受中产生了重要的影响，他们的评介无疑会使作品声名远播。因此，他们在使莫言创作经典化的过程中，起到了重要的推动作用。另外，也有一部分批评家在特殊的历史语境中对莫言作品作出了质疑与否定，直接影响了莫言创作风格的嬗变。对批评家在莫言创作经典化过程中所发挥的重要作用进行观照，便成为本节讨论的重点所在。为了论述的方便，笔者拟以几位批评家对莫言小说的解读与阐释为个案对批评叙述在莫言创作经典化过程中扮演的重要角色进行考察与发掘(见表 6-5)。

表 6-5　　几位批评家对莫言作品的评论

序　号	批评家	发表文章及刊发时间
1	张志忠	(1)《奇情异彩亦风流——莫言感觉层小说探析》,1986 年;(2)《论莫言的艺术感觉》,1986 年;(3)《莫言:走上文坛》,1987 年;(4)《莫言文体论》,1987 年;(5)《陌生化——感觉的重构:谈莫言的创作》,1988 年;(6)《充满生命感觉的世界》,1988 年;(6)《一点启迪》,1988 年;(7)《莫言的九十年代进行曲》,2001 年;(8)《感觉莫言》,2002 年;(9)《跨越时空的文学对话——评〈福克纳与莫言比较研究〉》,2006 年
2	季红真	(1)《忧郁的土地,不屈的精灵——莫言散论之一》,1987 年;(2)《现代人的民族民间神话——莫言散论之二》,1988 年;(3)《神话世界的人类学空间——释莫言小说的语义层次》,1988 年;(4)《恋乡与怨乡的双重情结》,1993 年;(5)《神话结构的自由置换——试论莫言长篇小说的文体创新》,2006 年
3	杨守森、贺立华	(1)《说梦:人生之谜的沉思——莫言〈食草家族〉序》,1991 年;(2)《莫言与中国传统文化与西方现代派——〈怪才莫言〉代序》,1992 年;(3)《魔鬼与天使——关于莫言小说中的人性分析》(杨守森独著),1992 年;(4)《作家莫言与红高粱大地》(杨守森独著),1992 年;(5)《红高粱歌者的履印》(贺立华独著),1992 年;(6)《故园情结》(杨守森独著),2007 年;(7)《莫言创作 30 年主体意识三度跃迁》(贺立华独著),2012 年

续表

序　号	批评家	发表文章及刊发时间
4	张清华	(1)《选择与回归——论莫言小说的传统艺术精神》,1991 年;(2)《莫言文体多重结构中传统美学因素的再审视》,1993 年;(3)《叙述的极限——论莫言》,2003 年;(4)《莫言与新历史主义文学思潮——以〈红高粱家族〉、〈丰乳肥臀〉、〈檀香刑〉为例》,2005 年;(5)《〈红高粱家族〉与长篇小说的当代变革》,2006 年;(6)《天马的缰绳——论新世纪以来的莫言》,2006 年;(7)《介入、见证、一路同行——莫言与中国当代小说的变革》,2009 年;(8)《诺奖之于莫言,莫言之于中国当代文学》,2012 年
5	朱珩青	(1)《感觉化的世界——莫言小说印象》,1986 年;(2)《莫言和他的小说》,1986 年;(3)《情绪、情感、文体意识——读莫言的小说》,1987 年;(4)《愤怒,一种新的情感形式的探索——读莫言第一部长篇小说〈天堂蒜薹之歌〉》,1988 年;(5)《他不想重复自己——〈十三步〉和莫言》,1989 年;(6)《红色、亮色、对比色及其弥漫和爆炸——谈莫言小说的色彩》,1989 年
6	朱向前	(1)《天马行空——莫言小说艺术特点》,1986 年;(2)《莫言小说"写意"散论》,1986 年;(3)《穿越历史的悠长召唤——莫言的〈红高粱〉中篇系列一瞥》,1986 年;(4)《深情于他那小小的"邮票"——莫言小说漫评》,1986 年;(5)《"莫言"莫可言》,1987 年;(6)《新军旅作家"三剑客"——莫言、周涛、朱苏进平行比较论稿》,1993 年

之所以选择上述六位批评家作为个案来考察莫言创作的经典化历程,首先是因为他们是国内莫言研究影响比较大的学者、批评家。由于他们撰写的关于莫言创作的研究成果丰硕,再加上他们自身在学界有很高的名望,因此他们的评价比较具有权威性和公信力。其次,从上表列出的文章篇目和发表时间来看,张志忠、张清华、贺立华与杨守森对莫言的研究文章都延续到当下,体现出对莫言创作"追踪式"研究的强烈意图,足以显示他们对莫言创作的高度重视。再次,文学的经典化过程最重要的一个因素在于它是一个历史化的过程,通过考察"经典的内部构成在时间流程中的起伏变化,我们可以探察出一位作家(或一部作品)在他或她被纳入文学史家的固定经典之前必须得跨越的那些障碍"①。对于 20 世纪 80 年代中期在我国当代文坛崭露头角的莫言而言,最早发现、认同甚或否定其作品的某一批评家或者某一批评群体的存在,在其创作经典化的过程中无疑起到了不可替代的作用。而朱珩青、朱向前、杨守森、贺立华和

① [荷]D. 佛克马、E. 蚁布思:《文学研究与文化参与》,第 52 页。

季红真的批评文字虽然主要集中在20世纪80年代末90年代初，但是他们对莫言的早期创作表现出较多的关注，为莫言文学创作的经典化作出了前期的准备。因此，他们对莫言早期作品的研究对于我们考察莫言的经典化过程具有弥足珍贵的史料价值。

在莫言创作经典化的过程中，张志忠不仅是较早对莫言作品进行全面研究、定位的批评家，而且是对莫言创作进行"追踪式"研究的批评家。他不仅撰写了大量的关于莫言创作的学术性研究文章，而且还撰写了第一本研究莫言创作的学术专著《莫言论》。他在研究莫言的小说创作时，主要以生命意识和艺术感觉为切入点，以对中国农民文化的思考为旨归，对莫言小说进行了精彩的分析："他的生活之梦、文学之根、情感和想象自由腾飞的天地都在那高粱如血、棉花似雪的土地上，张扬着乡村和大自然孕育出的生命血性，也倾诉着现实生活中灰黯而凄凉的童年记忆，他的认知方式、他的价值观念、他的情感取向，都打上源远流长的农民文化的深刻印记，连他那奇异的艺术感觉和表达方式，在兼得福克纳、马尔克斯和川端康成之启悟的同时，都带有浓厚的乡土气息。这正是他在中国文坛得以独树一帜的根基之所在。"[①]

作为最早撰写莫言传记的两位学者，贺立华、杨守森对莫言的创作有着深厚的情感认同。从1987年开始，他们便拟出传记《怪才莫言》一书的框架与大纲，为了能够尊重历史的真实，为读者形塑出一个本真的莫言，他们曾经四下高密，对莫言的好友如张世家、崔红旗、王继美、李桂荣、高建等人以及莫言的父母和长兄进行采访，掌握了珍贵的第一手资料。在对莫言的生活环境及其青少年时期所接受的文化濡染相当熟悉的情况下，杨守森与贺立华于1991年便完成了第一部莫言传记的书写。该书以资料的翔实见长，为学界更好地研究莫言创作提供了最为弥足珍贵的文献资料。

作为最早的莫言传记作者，杨守森早在1992年便从发生学的角度出发，以莫言创作与高密齐文化之间的关联为支点，对莫言创作作出了较高的评价和定位，表达了情感上的接纳与认同：

> 高密，这是一片有着古老文明和独特"高粱文化"的土地。这片土地，曾经养育了齐国名相晏婴、东汉经学大师郑康成等这样一些中国政治、文化史上的第一流人物。在20世纪80年代，又正是从这片土地上，走出了震动中国新时期文坛，以"怪才"著称的青年作家莫言。莫言立足于高密大地，以凝重的地域文化为背景，以涌泉飞瀑之势，在短短几年之内，向读者奉献了《透明的红萝卜》、《红高粱》、《红蝗》、《天堂蒜薹之歌》、《十三步》等一系列奇异瑰丽的篇章，为中国新时期文学增添了烁烁光彩。

① 张志忠：《感觉莫言》，杨扬编：《莫言研究资料》，第442页。

莫言，没有辜负红高粱大地的深情。

高密，应该引莫言而自豪！[①]

此处，杨守森把莫言与齐国名相晏婴、东汉经学大师郑康成等先贤圣哲相提并论，一方面指出了莫言曾经深受底蕴深厚的齐文化濡染这一文学史事实，另一方面则对莫言在新时期以来中国文坛上所处的地位作出了高调的定位。他不仅肯定了莫言的早期创作为中国新时期文坛作出的杰出贡献，而且进一步指出，莫言虽然出身农民，执着于故乡的土地，但是并没有囿于封闭的农民意识，局限于狭小的高密地理空间，而是表现出一种博大的胸襟与现代化眼光，小心翼翼地挑选、改装着有关的民俗材料。在杨守森看来："莫言虽然眷恋着故乡的土地，但他绝不是一个普通的农民之子，他在作品中表现出的是一种博大的现代文化的眼光，作品中流露出来的，是与世界性的现代文化意识相通的脉绪。也许只有从这个角度，我们才能更准确地判定莫言在中国当代文坛上的地位。"[②]

如果说杨守森、贺立华更多着眼于对莫言创作所受的艺术濡染及其作品中体现出的人性之思进行探索，那么朱向前、季红真在 20 世纪 80 年代末 90 年代初则主要致力于对莫言作品的艺术独创性进行孜孜不倦的发掘。

作为"莫言最早的鼓吹者和诺奖的预言者"[③]、莫言在首届军艺文学系的同窗好友，朱向前早在 1985 年 10 月 10～25 日便洋洋洒洒地写下了长达 15000 余字的关于莫言的创作论《天马行空——莫言小说艺术评点》，并刊发在国内权威性的小说类学术期刊《小说评论》1986 年第 2 期上。这篇文章既是朱向前撰写的第一篇关于莫言的创作论，也是当时中国文坛上最早的比较全面、系统地对莫言小说进行研究的文章之一。[④] 在这篇文章中，朱向前从丰富、奇谲的想象力，百无禁忌的小说结构，传神写意而飘逸玲珑、气势灌注而潇洒蓬松、灵动活泼而变化无穷的语言特色，特立独行的小说人物塑造，魔幻荒诞手法的巧妙运用，"东方神秘主义"氛围的营构，准确、真实而又传神的典型细节描写，广远而深层次的象征和寓意目标的创作追求，小说内在形态结构所包容的雄深悠长的历史感、人生感和时代感以及小说内在结构形态所笼罩着的充分象征化的、诗意化的美学氛围等[⑤]几个方面深入分析、阐释了莫言早期创作所具有的鲜明、独特的创作个性和艺术特色。在这篇文章中，朱向前还对莫言初登文坛时小说

---

① 贺立华、杨守森等：《怪才莫言》，第 22～23 页。

② 贺立华、杨守森等：《怪才莫言》，第 35 页。

③ 朱向前：《我与同学管谟业——从莫言获诺贝尔文学奖谈起》，《军营文化天地》2012 年第 12 期。

④ 参见朱向前：《我与同学管谟业——从莫言获诺贝尔文学奖谈起》，《军营文化天地》2012 年第 12 期。

⑤ 参见朱向前：《天马行空——莫言小说艺术评点》，《小说评论》1986 年第 2 期。

创作的“多产”、“高质量”以及小说艺术的独创性与经典性表达了肯定与认同:“一个名不见经传的青年作者在短短一年之内就奉献出一个多达数十万字的作品群,这已经是蔚为大观了。但仅止于此,我们至多也只能把他称作为一个‘快手’。值得庆幸的是,他创作的质量几乎和产量等高。他不仅是带着‘天马行空的狂气和雄风’,而且也是带着立足继承传统而又打破传统钳束的‘邪劲儿’,带着从中外小说艺术的融渗中脱颖出来的独异的小说风貌登上文坛的。”[①]同时,朱向前还对莫言创作作出了大胆的价值判断,认为“莫言集束手榴弹般抛出的短篇小说《白狗秋千架》、《枯河》、《秋水》,中篇《球状闪电》、《金发婴儿》等一批作品是新中国成立以来写农村题材最好的小说”,并不无谦虚地指出“我遇到了在创作上永远不可逾越的高峰”。[②] 他还兴高采烈地到处宣讲,为莫言创作大肆“鼓”与“呼”。从此,朱向前一发不可收拾,对莫言的创作密切关注,进行了“追踪式”阅读与研究,仅在1986年前后就陆续推出了《红高粱:穿越历史的悠长召唤——兼谈历史战争题材创作中的当代意识》(《解放军报》1986年7月23日)、《在传统堤岸与现代潮流之间构筑自己的世界——莫言小说“写意”散论》(《当代作家评论》1986年第4期)、《莫言莫可言》(《昆仑》1987年第1期)、《马·猫头鹰·牛犊——为“莫言游戏”作注》(《作家生活报》1987年7月23日)以及《莫言:“五老峰”上种“高粱”》(1988年1月《长河》创刊号)等一系列学术性研究文章,共约5万字,基本上都成为刊发报刊最早的莫言评论。尤其是刊发于国家最高级别的党报——《人民日报》的《深情于他那方小小的“邮票”——莫言小说漫谈》这篇文章,以通栏标题的形式刊发,几乎占了大半个版面,在新时期以来的中国文坛上产生了较大的影响。朱向前陆续推出的这一系列文章,不仅为莫言在中国文坛上的声名鹊起奠定了基础,而且也使得朱向前因为“搭上了莫言的快车道”,而“得以在1986年短短的一年中摇身一变为青年批评家”。[③] 以至于莫言事后曾经这样回忆:“我大概可以惭愧地说,朱向前的文学批评是从批评莫言开始的。”[④]

早在1987年,季红真就对莫言创作全然不顾艺术成规戒律的叙事个性进行了关注和肯定:

> 他沉默着走上文坛,像大地活泼的精灵,神出鬼没,任性恣情,全不顾艺术的成规戒律,一支笔呼风唤雨,赋灵于草木众生。于是,出现了北方古老的土地,土地上颓败而喧嚣的村镇,村镇里形状各异的人生,人生中历久弥新的故事。而热

---

① 朱向前:《天马行空——莫言小说艺术评点》,《小说评论》1986年第2期。

② 朱向前:《天马行空——莫言小说艺术评点》,《小说评论》1986年第2期。

③ 朱向前:《我与同学管谟业——从莫言获诺贝尔文学奖谈起》,《军营文化天地》2012年第12期。

④ 莫言:《部长·教授·批评家》,2001年12月13日《中国文化报》。

情洋溢的红色主旋律，就像氤氲的地气，从世世代代的贫困战乱与生死仇怨中，从祖祖辈辈的屈辱压抑与希冀抗争中，丝丝缕缕升华汇聚，透过漫无边际的高粱地，越来越激昂高亢，惊天地、泣鬼神，民族的血性精魂便以这翻腾狂舞的红色主旋律，呼唤着众多在现代生存的困扰中日趋萎缩的生命。这便是莫言的小说，如歌如画，如剪接奇妙的电影，如音响嘈杂的现代音乐——繁多的意象与痛苦纷扰的情绪，都以原子裂变般的冲击力，震荡得人们头晕目眩，这使我们不能不首先关注这位才华横溢的小说家独特的叙事个性。①

文学批评真正的职能在于为读者大众选取样本书。批评家跟文人圈子中的读者接受相同的教育，并属于同一个社会阶层。在批评家身上，我们可以看到政治、宗教和美学见解的多样化，看到气质的多样化，这一切都酷似同一圈子里的那位读者，而在文化和生活方式上却存在着一致性。如果不去注意已经作出的评判，就以批评论及某些作品而不论及其他一些作品，这一事实就已经成为一种有意义的选择：不管是一本好书或是坏书，只要是“批评家提到的”，也就是在社会上被那个集团接受的书籍。②

当然，笔者在这里并不是说莫言的早期创作就是所谓的“坏书”，只是为了阐明：无论是张志忠、贺立华、杨守森还是朱向前与季红真，他们在80年代对莫言的认同、接纳与定位对于读者进一步了解莫言都起到了一种积极的引导作用，这也在客观上对莫言创作的经典化过程起到了一种潜在的准备和推动作用。

当然，除了上述提到的几位批评家外，在20世纪80年代中后期和90年代初期，李陀、从维熙、雷达、胡河清、李万钧等人也都对莫言的创作进行了及时的关注和积极的肯定。李陀在《“妙在似与不似之间”——评中篇小说〈透明的红萝卜〉》（《文艺报》1985年7月6日）、《现代小说中的意象——序莫言小说集〈透明的红萝卜〉》（《文学自由谈》1986年第1期）中，敏锐地觉察到：莫言的中短篇小说《白狗秋千架》、《枯河》、《球状闪电》等“集合在一起，无疑成为当前文学发展中十分值得注意的文学现象。因为它们使作家试图在现代小说中恢复——当然是在新的水平上的恢复——中国古典小说的某些宝贵传统的努力，不再是个别的尝试”③，从莫言小说与传统文学中的意象之关联的角度对莫言的早期作品进行了细致的解读和阐释，并对莫言创作向“本土化”

① 季红真：《忧郁的土地，不屈的精魂——莫言散论之一》，孔范今、施战军主编，路晓冰编：《莫言研究资料》，第153页。

② ［法］罗贝尔·埃斯卡皮：《文学社会学——罗·埃斯卡皮文论选》，于沛选编，浙江人民出版社1997年版，第60页。

③ 李陀：《现代小说的意象——序莫言小说集〈透明的红萝卜〉》，《文学自由谈》1986年第1期。

转变的努力作出了颇具见地的预见性判断。李陀的《读〈红高粱〉笔记》(《小说选刊》1986年第7期)则对莫言的小说《红高粱》的文学价值进行了肯定。从维熙的《"五老峰"下荡轻舟——读〈红高粱〉有感》(《文艺报》1986年4月12日)从人物塑造、题材驾驭、自然风情的描摹几个方面指出,《红高粱》打破了以革命战争和抗日战争为题材的传统文学模式,开创了革命战争和抗日战争的文学题材的新的书写模式,给读者带来一种耳目一新的感觉,从而肯定了莫言的"艺术才力"。雷达的《游魂的复活——评〈红高粱〉》(《文艺学习》1986年第1期)、《历史的灵魂与灵魂的历史——论红高粱系列小说的艺术独创性》(《昆仑》1987年第1期)、《灵性激活历史——〈红高粱〉、〈灵旗〉、〈第三只眼〉纵横谈》(《上海文学》1987年第1期)对《红高粱》将历史书写灵魂化、民族精神与本土化的"酒神精神"之激扬等进行了条分缕析的阐释,为一代学人研究莫言提供了独具个性色彩的路径。胡河清的《论阿城、莫言对人格美的追求与东方文化传统》(《当代文艺思潮》1987年第5期)、李万钧的《试论莫言小说的借鉴特色和独创性》(《当代文艺探索》1987年第6期)、胡小林与刘伟合著的《福克纳、莫言比较论》(《当代作家评论》1990年第8期)和张卫中的《论福克纳与马尔克斯对莫言的影响》(《徐州师范学院学报》1991年第1期)着重探讨了莫言对中外文学与文化传统的继承与创新。

优秀的批评家在文学经典化过程中往往扮演着发现人(赞助人)的重要角色:"发现人就是最早发现某个文学经典的人。发现人可以是一个人,也可以是不同时代的好几个人。"①与普通读者相比,他们有更渊博的学识、更深厚的理论功底、更丰富的美学造诣,具备发掘和认定文学经典的意识和能力,具备能够把自己的发现加以推广的权威性,在某种意义上自觉地参与了文学经典的建构。张志忠、朱向前、杨守森、贺立华、季红真、朱珩青、李陀、从维熙、雷达、胡河清、李万钧等人在莫言创作的早期对莫言进行了较多的关注,他们在莫言创作的经典化过程中无疑扮演了"发现人"的重要角色。他们对莫言作品的推荐和赏识,不仅促使莫言的创作日益走向成熟,而且尤为重要的是,他们通过对莫言作品的解读发掘出的经典因素,在莫言创作的经典化历程中不断得到受众的认同。正是以他们为代表的文学批评使得莫言研究变得多姿多彩,形成了这一时期莫言研究的开放姿态和多元化格局。这一时期的莫言研究对莫言创作的艺术感觉、文体特征、主题意蕴、借鉴与超越、突破与创新等方面均有所涉及。同时,在参与莫言创作经典化建构的过程中,他们关于莫言创作的研究成果也成为经典,至今仍是莫言研究的重要参考文献和典范之作。因此,他们对莫言创作的经典化无疑起到了积极的奠基作用。

---

① 童庆炳:《文学经典建构诸因素及其关系》,童庆炳、陶东风主编:《文学经典的建构、解构和重构》,第88页。

如果说张志忠、朱向前、杨守森、贺立华、季红真、朱珩青、李陀、从维熙、雷达、胡河清、李万钧等人为莫言创作的经典化作出了积极的准备工作，那么正如我国现当代文学史上曾经出现过的对张爱玲、沈从文、王安忆等进行“二度发掘”一样，著名学者张清华在莫言创作的经典化过程中则起到了重要的“二度发掘”作用。尽管莫言曾经因《透明的红萝卜》和《红高粱》而一度享誉文坛，然而，到了20世纪90年代初，伴随着商业大潮的兴起和文学的边缘化，莫言陷入了文学创作的低潮期。尽管此期间曾有长篇小说《天堂蒜薹之歌》、《酒国》等问世，但学界反映平淡。伴随着莫言小说中语言的泥沙俱下和审丑描写的大肆渲染，莫言的创作一度遭遇学界的批评和质疑，也使得他成为遭遇口水较多的当代作家之一。尤其是1995年长篇小说《丰乳肥臀》的公开出版，更是在批评界引起轩然大波。此书尽管荣获“大家·红河文学奖”，获得高达10万元人民币的奖金，但是并未摆脱广大读者狂轰滥炸式的抨击。

针对一些读者对长篇小说《丰乳肥臀》的批评与质疑，张清华对莫言进行了声援并力挺《丰乳肥臀》。在其极富学术价值的鸿篇巨制《叙述的极限》一文中，张清华以《红高粱家族》、《丰乳肥臀》和《檀香刑》为解读对象对莫言的创作作出了中肯而稍嫌高调的综合评价，充分肯定了莫言创作的多面性、丰厚性和复杂性：

> 用什么样的词语和概念可以概括他(莫言)的写作？任何一种企图都会因为这个作品世界的过于宽阔、巨大和生气勃勃而陷于虚飘、苍白和支离破碎。我甚至找不到一个差强人意的题目，因为他太综合了，他的江河横溢和泥沙俱下，他的密密麻麻与生机盎然，他的粗粝奔放又精细入微，他的庞大理念与泛滥感性，他的来自泥土大地的根根须须原汁原味，他的横移于欧风美雨的形形色色洋腔洋调，他的民间的丰饶野性与芜杂欲望，他的人文的大雅情趣与磅礴诗意，他的杂花生树繁缛富丽肢体横陈汪洋恣肆……使任何题目都失去了譬喻的意义。尤其是在《丰乳肥臀》和《檀香刑》之后，莫言已不再是一个仅用某些文化或者美学的新词概念就能概括和描述的作家了，而成了一个异常多面和丰厚的，包含了复杂的人文、历史、道德和艺术的广大领域中几乎所有命题的作家。[①]

在这篇文章中，张清华用“叙述的极限”这一术语指出莫言是用“加法”甚至“乘法”，最成功、最大限度地裹挟了一切相关的事物和经验、最大限度的潜意识活动，以狂欢和喧闹到极致的复调手法，使叙事达到了更感性、细节、繁复和戏剧化的“在场”与真实。[②]紧接着，他又结合具体作品进一步阐释了“叙述的极限”在莫言的叙事伦理学里主要有

---

① 张清华：《叙述的极限》，《莫言精选集·序言》，北京燕山出版社2006年版，第1页。

② 张清华：《叙述的极限》，《莫言精选集·序言》，第1页。

表层和内里两种表现：

> 《欢乐》中长达八万字不分段的极尽拥挤和愁闷，堪称是形式上的极限；《酒国》中通篇的漫不经心地将写真与假托混为一谈的叙述，堪称是荒诞和谐谑的极限；《檀香刑》中刽子手赵甲以五百刀对钱雄飞施以凌迟酷刑的场面描写，堪称是极限，可它同最后行刑孙丙时的檀香刑大戏相比，却还仅仅是一个'铺垫'；《红高粱家族》中奶奶中弹倒地时插上的何止万字的"林中抒情"与回忆场景的壮丽笔法，堪称是抒情的极限，但和二奶奶恋儿之"奇死"——"诈尸"之后大骂不止的奇闻相比，又不免有小巫见大巫之嫌；《丰乳肥臀》中"配种站长"乌瑞莲用马配牛、驴配猪、绵羊配家兔的骇人听闻的方式，进行她的所谓"无产阶级科学实验"的描写，堪称是荒谬的极限，但这和整个作品中母亲上官鲁氏一生的复杂和苦难的传奇比起来，却又显得那样平易和简单……这样的极限在莫言的小说中绝不是少量的例子。但这也还只是叙事的"表层"，在深层的意义上，莫言还创造了另一种极限，比如结构上的宏伟与磅礴——《丰乳肥臀》不是当代小说中"部头"最大的，但却是结构最宏伟和壮丽、最具历史辐射力的小说；《檀香刑》在表现中西文化冲突、传承新文学"吃人"主题传统方面是不是最深刻的一部小说可以讨论，但在叙事上却称得上是最富狂欢气质、最接近"戏剧"的小说；还有莫言在最近的一次演讲中所提出的"不是代表老百姓"，而是"作为老百姓写作"的观念，也堪称是确立了当代作家"写作伦理"的"底线"，这看起来是最低的，但也许又是最高的。①

正是由于莫言小说无论从表层还是深层都为广大读者提供了如此丰厚、繁缛的"叙事伦理"，张清华认为："在当代的语境中，他（莫言）的这种反省式的表述其实是最睿智和精确的——不仅是一种'说话的艺术'，更是彻底和令人感动的良知。"②作为一位资深学者，张清华对莫言小说作出如此高的评价，对于提升莫言小说在当代文坛上的地位和价值无疑会起到一种积极的引导作用。

对于引起颇多争议的《丰乳肥臀》，张清华不仅认为它是一部通向汉语的伟大小说，而且对于一些读者包括一些研究者对该部小说的"误读"，明确表明了自己的不理解，并为小说曾经引起的批判和质疑进行了掷地有声的辩护：

> 《丰乳肥臀》是莫言迄今为止最好和最重要的一部小说，但现在关于这一点还远没有形成"共识"，甚至它还是莫言迄今受到最严重误读的一部小说。即便在专业的批评家和研究者中，也存在着广泛的粗暴而简单化的误读。我不知道是什么

① 张清华：《叙述的极限》，《莫言精选集·序言》，第1～2页。
② 张清华：《叙述的极限》，《莫言精选集·序言》，第1～2页。

原因造成了这种局面，这样一部真正具备了“诗”和“史”的品质、一部富有思想和美学含量的磅礴和宏伟的作品，为什么没有得到人们耐心的阅读和公正的承认？①

张清华坦承，八年间他认真地将《丰乳肥臀》读了三遍，而且每读一次都有新的收获、新的体认。同时，他更加坚定地认为：

它是新文学诞生以来迄今出现的最伟大的汉语小说之一——至少它已经具备了某些这样的品质。就思想的深度和艺术的容量而言，不管是在当代，还是在整个20世纪的新文学中，能够和它媲美的作品可以说寥寥无几。②

对于《檀香刑》，张清华则认为：

它可能是莫言小说中迄今“艺术含量”最大的一部小说，也是他的风格大变的一部小说。……因为它最“用心良苦”……③

值得一提的是，张清华还用莫言小说中的“吃人”主题与鲁迅的“吃人”主题进行对比，认为：

莫言的小说中又增加了“当代性”的思考——他要试图揭示东方的民族主义是以怎样的坚忍和蒙昧，来上演这幕民族的现代悲剧的；它要见证乡土与民间的“猫腔”同强大的钢铁的“火车”鸣笛混响在20世纪中国的土地上，上演了怎样的滑稽的喜剧；它要揭示民族文化和民族根性的内部，是什么力量把酷刑演变成了节目和艺术……即使在《檀香刑》强烈的喜剧叙事的氛围中，也掩饰不住这样一些庄严的命题……从这个意义上说，莫言获得了最大的历史深度。④

在这里，张清华对莫言作品作出的近乎溢美式的辩护和礼赞，既从艺术性方面对莫言创作的经典性品格进行了发掘，又从现代性、民族性的角度对中华民族的文化与民族根性进行了反思，进而对莫言创作的史诗品格和民间元素等思想意蕴方面的价值进行了探讨。他对莫言创作的研究，融入了满腔激情但又不失理性，充分体现了一个“尽职”的批评家的本色，真正扮演了沈从文所谓的“诤友”和“良友”的角色，在客观上已经形成了对莫言创作经典化近乎“盖棺定论”式的评判和裁决。尤为重要的是，张清华对莫言作品的解读，显然是以一个知识分子的自我生命体验对另一生命个体的体

① 张清华：《叙述的极限》，《莫言精选集·序言》，第4页。

② 张清华：《叙述的极限》，《莫言精选集·序言》，第4～5页。

③ 张清华：《叙述的极限》，《莫言精选集·序言》，第8页。

④ 张清华：《叙述的极限》，《莫言精选集·序言》，第9～10页。

认，是批评家与作家之间生命的对话与灵魂的交流，既体现了对莫言作品的关注，也展示出研究者的自我反省意识与哲理性沉思。这种以理性的方式把自我情感与研究对象融为一体，与研究对象进行心灵上的交流与碰撞的研究范式，不仅在莫言创作的经典化历程中起到了重要的作用，使莫言研究呈现为一种动态，而且也是张清华自我价值实现的方式，充分彰显了其关于莫言研究的个性色彩。其在莫言研究中折射出的哲学内涵、心理情绪、文化思考、美学理念与思想价值无疑为学界研究莫言提供了一种富有学术意识的标本价值。

当然，由于种种原因，莫言的某些作品并未最先被国内批评家发现，而是首先引起了国外汉学家的关注，随着时间的检验与淘洗，才逐渐引起国内批评家的关注，其经典性才被开掘出来，并迈进经典的行列。莫言于 1989 年 9 月开始动笔创作的长篇小说《酒国》的经典化历程无疑是最好的例子。毫无疑问，莫言 1985 年在《中国作家》第 2 期发表成名作《透明的红萝卜》，即奠定了其在中国文坛上的经典地位。而《人民文学》1986 年第 3 期对其小说《红高粱》的公开发表，则在新时期以来的中国当代文坛刮起了一阵引人瞩目的“红高粱旋风”，莫言的文学史地位也随之攀升。但是，就整个文学界来看，1989 年是新时期文学一个重要的分界线。1989 年以前，大家对文学的热情普遍很高。1989 年整个社会进入商品社会以后，作家和读者的心态都发生了很大的扭转：作家纷纷下海经商，文学从社会的热点、关注点逐渐走向边缘化。[①] 莫言虽然没有下海经商，但 1989～1993 年这一段时期是其创作的低潮期。同时，莫言也因《欢乐》、《红蝗》[②]等小说作品的发表，受到学界的质疑与诟病。

由于当时的社会语境、文化氛围、意识形态、莫言创作的低潮期等复杂因素的影响，长篇小说《酒国》在发表、出版时一度备受冷落，曾经遭到北京几家出版社的连续退稿。后来，莫言又委托作家余华把书稿推荐到浙江，同样难逃被退稿的遭遇。一直到 1993 年 2 月，《酒国》才得以混在湖南文艺出版社策划的一套“当代著名青年作家长篇系列”丛书中面世。然而，小说出版后一直无声无息。中国大陆学术界对其采取熟视无睹的态度，甚至很多文学评论家根本不知道莫言曾经创作过《酒国》这部长篇小说，更遑论对其进行足够的评价和关注了。直到后来，国外的文学评论家李陀读到了这部小说，并认为小说写得很好。随后，中国香港的周英雄在《当代作家评论》1993 年第 2 期发表《〈酒国〉的虚实——试看莫言叙述的策略》，美国的杨小滨在《中外文学》1994 年第 6 期发表《盛大的衰颓——论莫言的〈酒国〉》，上海的张闳分别在《今天》1996 年第 1 期、《作品》1996 年第 1 期发表《〈酒国〉散论》与《〈酒国〉的修辞分析》。此时，小说

① 参见莫言、王尧：《莫言王尧对话录》，第 143～145 页。

② 《欢乐》发表于《人民文学》1987 年第 1、2 期合刊；《红蝗》发表于《收获》1987 年第 3 期。

《酒国》才引起一些作家、批评家的关注。紧接着,《酒国》被作家出版社、湖南文艺出版社、南海出版公司、山东文艺出版社、当代世界出版社、春风文艺出版社、上海文艺出版社 7 家出版社出版了 9 次。其中,作家出版社分别于 1994 年 9 月、1995 年 9 月 2 次出版《酒国》(出版时名为《酩酊国》),上海文艺出版社分别于 2008 年 8 月、2012 年 10 月 2 次出版《酒国》。2001 年,由汉学家杜特莱翻译的法文版《酒国》荣获法国"Laure Bataillin(儒尔·巴泰雍)外国文学奖",评审委员们从思想之胆大、人物之鬼魅、情节之奇幻、结构之新颖几个方面对《酒国》进行了精致而全面的点评。随着出版社的多次再版和广泛传播,《酒国》在文体上的创新性等不同凡响之处也逐渐在学界达成共识。学界一致认为:小说《酒国》在文体上集侦探小说、残酷现实主义小说、表现主义小说、象征主义小说、魔幻现实主义小说、武侠传奇小说、抒情小说、结构主义小说于一体,可谓是小说文体的"满汉全席";小说尤其在精神深处很好地实现了与鲁迅思想的衔接与对话。《酒国》成为毫无争议的文学经典。

对莫言的肯定性评价在莫言创作的经典化中无疑起到了不可替代的作用,然而,对莫言创作的否定性评价在莫言创作的经典化构建中所起的作用也不可忽视。综观关于莫言创作的文学批评可以发现,莫言具有新奇性与独创性的文学探索在受到大多数批评家热烈称赞的同时,也受到一些批评家的诟病与质疑。如 20 世纪 80 年代中后期至 90 年代初期,张君恬的《谈〈透明的红萝卜〉的一点缺憾》(《当代文坛》1986 年第 4 期)、李清泉的《赞赏与不赞赏都说——关于〈红高粱〉的话》(《文艺报》1986 年 8 月 30 日)、常智奇的《理论不足将使莫言没言——读〈断手〉有感》(《文学自由谈》1987 年第 1 期)、吴亮的《欢乐的错误》(《文汇读书报》1987 年 2 月 21 日)、潘新宁的《〈红高粱〉的失误及其原因》(《文艺争鸣》1987 年第 5 期)、贺绍俊与潘凯雄的《毫无节制的〈红蝗〉》(《文学自由谈》1988 年第 1 期)、王干的《反文化的失败——莫言近期小说批判》(《读书》1988 年第 10 期)、杨联芬的《莫言小说的价值与缺陷》(《北京师范大学学报》1990 年第 1 期)和朱向前的《新军旅作家"三剑客"——莫言、周涛、朱苏进平行比较论纲》(《解放军文艺》1993 年第 9 期)等文章对莫言一些作品中的历史观、文化观以及莫言在审丑意识、荒诞不经、过度铺陈、缺乏节制等方面的缺陷进行了颇具见地的学理性分析、透视、批评与质疑。

作为莫言的同窗好友和最早的热烈"鼓吹者",朱向前不徇私、不避嫌。在长达 4 万余字的比较性文章《新军旅作家"三剑客"——莫言、周涛、朱苏进平行比较论纲》中,他首先从作家生成学和创作发生学的角度,深入剖析了莫言创作所具有的先天优势和动力源泉:

事实上,莫言无欢少爱的童年记忆和深重的婚姻情感历程就像两个巨大的能量源，不仅催发了他的早期作品如泉喷涌，而且以它凄迷而忧伤的美丽光晕笼罩并照亮了它们。

接下来，他又以皮亚杰的认识发生论为理论支撑从三个层面具体阐释了童年经验对莫言日后创作的影响和制约：

> 第一，莫言作为自然之子，通过高粱地这个文化摇篮，毫无保留地拥抱或融入了深沉博大的农业文化，并以此作为自己生生不息的艺术活力之根。第二，莫言作为农民之子，在感同身受了农民的苦难的同时，也全部接受了他们的情感，包括他们的心态、思维、价值判断和行为方式，等等，并终生不能割舍，从而使他获得了一个极其独特和宝贵的资格——农民代言人，始终代表农民自身对其历史和现实做出农民式的抒写和评判。第三，莫言作为缪斯之子，他的艺术个性和他的人格个性一样，都是在乡村生活的锻打中磨炼出来的。

同时，朱向前也在如实地讲述完自己对 1987 年以来莫言创作嬗变的真切感受后，以较为复杂的心境用一章的篇幅写下了 8000 字左右的对莫言的批评意见。他直率、诚挚而又满怀隐忧地指出：巨大的成功和期望有时对一个青年作家不啻是一个陷阱，如果其在众人的喝彩声中不能很好地把握“分寸”，难免会迷失了自我。因此，朱向前认为：

> “成也萧何，败也萧何”——成在以极端化的风格独标叛帜，败在极端化的道路上过犹不及；因此，他在创作状态巅峰的极地上和艺术风格的极限上颠覆了自己，也迷失了自己，至今陷入一种失落了美学目标的躁动与徘徊之中。

朱向前结合 1986 年前后的整体文学场域和文学生态进一步指出：

> 全面浮躁操之过急的文坛不断给莫言以蛊惑和施压，结果是怂恿了他的两点严重失误。一是过于自信乃至自我膨胀，面对编辑部索稿大军的催逼和“围剿”，开始逞才使气，“天马行空”，大量高速写作，搞无米或少米之炊，既是应酬别人，更是表演自己……第二点失误也许是更致命的，那就是极端化风格的成功误导了莫言在这条道上铤而走险直至颠覆。

因此，朱向前以一位同窗好友的身份语重心长地提出建议：

> 现今的莫言不是写得太少，而是写得太多。他确实急需调整，但这种调整绝不是拿某一种“时尚”来校正自己，更不是用写作的高速高产来证明自己，而是要切切实实地沉静一段甚至辍笔一段，休养生息以恢复一种心境，重建一种自信，从根本上调整自己的感觉系统和心理结构，整合与铸炼自己对人生和艺术的深层思考，在传统向现代的转换中、在世界性和民族性的边缘处寻找并确立一个宏大遥

深的小说美学目标，以保证在“极地”上新的扎实稳健的出击。”[①]

此文一经发表，立即在文坛引起极大的反响。如首届解放军艺术学院中文系主任徐怀中读完该篇文章后即感慨万千地说：“既深入剖析了作家的优势及创作个性，也尖锐指出了局限性。称颂作家的成就与艺术才华，唯恐遣词不够重量；触及其病灶，又出语激烈，不留余地。所持论点是否得当，大可讨论。但如此坦诚相见，直言不讳，足以显示了一个批评家应有的品格。”[②]正如徐怀中所言，朱向前对莫言的批评，正是出于对同窗好友的关爱和期待，是“爱之深，责之切”的情感体现，在一定程度上扮演了莫言的“诤友”角色。他对莫言的批评并不意味着对莫言的失望，相反，他对莫言巨大才力的信服并未产生丝毫的动摇。朱向前俨然是在以一个天才大师的标准来衡量莫言，动辄以“高粱地里的精魂”、“天纵才情”、“天之骄子”等溢美之辞称颂莫言，毫不吝啬地指出莫言创作的意义、价值、贡献以及在中国当代文坛和广大读者中间产生的震荡效果和轰动效应：

> 他的成名方式是“爆炸”型的，他以强大的爆发力在1985年竞相攀登文学高峰的拥挤山道上突然蹦了个高，一下子就冲上了制高点。他几乎是在一夜之间，漫不经心地就撼动了整个文坛。
>
> 《红高粱》将莫言塑造成了一位凌厉狂怪的小说革命的前锋。这位前锋对中国小说界造成的震荡与冲击是严重而深刻的，他在《红高粱》里所贡献出来的新的审美经验对当时的读者和作家们来说都有“挡不住的诱惑”，以致一时间很少有人能完全抗拒莫言或不谈莫言。
>
> 1986年的中国文坛正迎着八面来风，各种外域或现代小说艺术之风把我们已经紊乱的“风向标”吹得旋如转蓬，不少小说家因此而心慌意乱心无定数而随风飘荡。当此之际，莫言既得风气之先而又毫不动摇地坚持“根本”，敏锐及时地将域外现代小说艺术与民族本土文化做了一个巧妙的沟通和“嫁接”。所以，莫言只不过是适逢其时地起到了一个中介和桥梁的作用……在整个新时期以来的小说进程中，莫言的冲击力和影响力都是罕有其匹的。莫言是新时期军旅作家中的天之骄子，更是新时期小说革命的杰出代表。[③]

杨联芬在《莫言小说的价值与缺陷》一文中一方面从色彩的运用、意象的营造、陌

---

① 以上均引自朱向前：《新军旅作家“三剑客”——莫言、周涛、朱苏进平行比较论纲》，《解放军文艺》1993年第9期。

② 徐怀中：《两个车轮一起转——序〈军旅文学史论〉》，1999年1月5日《解放军报》。

③ 朱向前：《新军旅作家“三剑客”——莫言、周涛、朱苏进平行比较论纲》，《解放军文艺》1993年第9期。

生的语言、冷静的诗意几个方面深入分析、阐释了莫言鲜明、独特的创作个性与艺术形式，进而指出莫言创作的意义、价值以及对当代文学创作的独特贡献：

> 莫言之崛起于新时期文坛，绝不仅仅在于其慷慨悲凉的《红高粱》，似乎更取决于他与众不同、瑰丽奇谲的表现形式——这体现着他独特的思维方式，反映着他的复杂审美情趣，灌注着他个性化的价值判断的艺术形式，使其作品呈现出独具一格的鲜明特色，这才是莫言小说的价值所在。

另一方面，她也在文章中客观而诚挚地指出，作家形成自己鲜明的风格固然重要，然而如果固守于自己的风格而不寻求新的突破，风格就会成为束缚手脚的镣铐甚至致命的绞索。她认为：

> 莫言小说的危机正是面临着这种“突破——新生”与“循环——衰竭”的选择。
>
> 莫言小说的缺陷，无论是感觉(直觉)铺陈的泛滥与浮华，还是语言运用的单调，或者写丑的失控，都在于他过分沉醉于感性描写而忽略了理性的引导与选择，结果走到造作的极端，因而也失掉了感性描写的真诚。因此，莫言需要的远不是形式缺陷的补救，而是理性的灌注——真诚的现实主义精神之理性。①

总之，上述批评家更多从文学本体出发，对莫言的小说创作作出的客观、公允的评价和坦诚的批评，无疑为读者更加深入、更加科学地解读、阐释与研究莫言作品提供了较好的注解。莫言本人也可以从中受到启发，逐渐调整自己的创作方向，使自己的创作日益成熟。

1995年出版的长篇小说《丰乳肥臀》在备受好评的同时，也遭遇了具有政治色彩的围剿。如楼观云曾在《当代文坛》1996年第3期发表文章《令人遗憾的平庸之作——也谈莫言的〈丰乳肥臀〉》，唐韧在《文艺争鸣》1996年第3期发表文章《百年屈辱、百年洪荒——对〈丰乳肥臀〉的文学史价值质疑》，彭荆风在《文艺理论与批评》1996年第6期发表文章《视觉的瘫痪——评〈丰乳肥臀〉》，对莫言的新作《丰乳肥臀》进行了批判。《中流》期刊编辑部则在1996年第7～12期连续以专栏的形式发表批判性文章对这部小说进行声讨。这些文章分别是：陶琬的《歪曲历史，丑化现实——评小说〈丰乳肥臀〉》，汪德荣的《浅谈〈丰乳肥臀〉关于历史的错误描写》，赛时礼的《评小说〈丰乳肥臀〉》，玉华的《历史不能胡乱涂抹》、《听“大家”的，还是听大家的》，晓阳的《这不仅是一部作品的问题》，冬生的《读书偶感》、《文化的堕落与背叛》。其中，部队老作家彭荆风的批评最具代表性：

① 杨联芬：《莫言小说的价值与缺陷》，《北京师范大学学报》(哲学社会科学版)1990年第1期。

> 过去国民党反动派诬蔑共产党是共产共妻,灭绝人伦,也只是流于空洞的叫嚣,难以有文学作品具体地描述,想不到几十年后,却有莫言的《丰乳肥臀》横空出世,填补了这一空白……国共两党几十年的斗争,谁是谁非谁得到人民的拥护,谁给人民带来灾难早有定论,莫言却不顾历史事实,把人民的苦难全都推给共产党,这是历史唯物主义者的态度?再创新,也不能捏造事实吧?中国共产党领导的革命政权,如果真像莫言所写的,没完没了地折磨人民,还能得到人民的拥护并取得胜利?[①]

还有一些批评家甚至联名给国家和军队的领导人以及莫言当时所在的部门、国家宣传部门和公安部门写信,认为莫言有"反党倾向"和"性变态心理"。尽管莫言曾经在《光明日报》发表文章为小说《丰乳肥臀》进行辩护,但是并未平息对《丰乳肥臀》的批判。莫言的同事也因此而受到牵连,他们需要彻夜不息地"帮助"莫言改造思想。[②]

但是,这些带有强烈政治色彩的批评并未阻挡住一些批评家对这部小说更加"正面"的声音,使得这部小说的经典性得到更为全面的发掘。许多知名学者都对小说的思想与艺术价值等经典性因素进行了辩护和肯定。如张清华即公开宣称它是中国"伟大的汉语小说……在20世纪的新文学中,能够和它媲美的作品可以说寥寥无几",因为"先锋新历史小说是在努力逃避历史的正面",而"莫言却在毫不退缩地面对历史的核心部分"[③],因此"《丰乳肥臀》最为典型地体现了新历史主义的小说观念……"[④]邓晓芒则从思想史的角度指出:

> 莫言的大功劳,就在于惊醒了国人自我感觉良好的迷梦……他做到了一个"寻根文学家"所可能做到的极限,他是第一个敢于自我否定的寻根文学家。他向当代思想者提出了建立自己精神上的反思机制、真正长大成人、拥有独立的自由意志的任务。[⑤]

毕光明更是认为:"迄今为止,我们在中国文坛上找不到在丰富的想象力与强烈的历史批判精神上可以与《丰乳肥臀》相匹敌的作品。"[⑥]李敬泽则认为莫言是"我们的惠特

---

① 彭荆风:《莫言的枪投向哪里》,《求是(内部文稿)》1996年第12期。

② 参见莫言:《高密东北乡散记——〈丰乳肥臀〉日文版后记》,莫言:《小说的气味》,当代世界出版社2003年版,第63~68页。

③ 张清华:《叙述的极限——论莫言》,《当代作家评论》2003年第2期。

④ 张清华:《十年新历史主义文学思潮回顾》,《钟山》1998年第4期。

⑤ 邓晓芒:《灵魂之旅》,上海文艺出版社2009年版,第163页。

⑥ 毕光明:《偏离与追逐:中国大陆的新时期纯文学》,《中国文化研究》1998年第6期。

曼”,“有一种大地般安稳的心”。[①] 在特殊的时代语境中,一些批评家将文学问题升级为政治问题,进而否定莫言创作的种种言说,尽管有些偏颇,但同样成为莫言创作经典化历程中不可或缺的关键因素。它们的存在,一方面彰显了莫言创作经典化进程中“非文学”因素的力量,一方面则凸显出莫言创作思想意蕴的复杂性与丰富性。而另一些批评家为《丰乳肥臀》所做的翻案工作对于扩大小说的传播效应无疑也会产生一种推波助澜的效果。

“千百年来的阅读史和传播史已积累了层出不穷的文学经验,作家与批评有冲突时当然也会妥协:创作既是对各种文学范本的反抗,也是创造性的大胆模仿。”[②]在批评家对莫言创作的经典化建构过程中,莫言与批评家的叙述之间也存在着既认同又反叛的互动关系。近年来,程光炜以莫言为文学批评的考察对象,敏锐地指出了文学批评、文学史与莫言之间的互动关系:

> 二十年来“批评”一直在冲荡、影响莫言的“写作”,给他的写作过程带来了某些“阴影”。“批评话语”纷纷进入他的小说,成为某种驱之不去的艺术想象“因素”。与此同时,他也在反抗、摆脱着这些话语的改造和侵蚀,顽强地擦去留在作品表面的某些细微锈斑……漫长的文学史其实一直重复着这些作家、批评家之间的陈旧“故事”。这是他们之间激烈争辩、驳难、分歧、合作、阐释和叙述时的话语游戏。就在这一话语游戏中,多少作品进入“正典”和“异类”,又出人意料地出现位置的更换:多少新的作家匆匆露面,多少老的作家黯然沉落,人们已不得而知。但是,不管作家是否愿意,文学批评都在对他做着各式各样的文学史“定性”,并通过这一工作使自己的话语坦然载入煌煌史册。因此,所谓的文学批评史,无非是对作家创作一次次的当下“评述”,同时又是对这些评述的修改、变更和增删的过程;而作家留给后人的“创作史”,可以说就是批评家对作家主观愿望和创作意图的“改写史”。[③]

的确,如果重返莫言的创作场域,对莫言的接受史进行重新打捞,可以发现:莫言有时乐于接受批评家对他的文学定位:“有时候,评论家不但引导读者,而且引导作家向某一方向走。”[④]有时也在对一些批评进行解释的同时,折射出自己的经典文学观。如在《丰乳肥臀》遭遇一些批评家的严厉批评时,莫言曾经写文章进行澄清:“丰乳与肥臀是大地上乃至宇宙中最美丽、最神圣、最庄严,当然也是最朴素的物质形态,她产生

① 李敬泽:《莫言与中国精神》,《小说评论》2003 年第 1 期。

② 程光炜:《文学史的兴起——程光炜自选集》,第 389 页。

③ 程光炜:《文学史的兴起——程光炜自选集》,第 404 页。

④ 莫言:《我的故乡与我的小说》,《当代作家评论》1993 年第 1 期。

于大地，象征着大地。这就是我把小说命名为《丰乳肥臀》的解释。”[①]

“评论家通过他们对一种艺术的思考直接促进了作品的生产，这种艺术本身常常也加入了对艺术的思考；评论家同时也通过对一种劳动的思考促进了作品的生产，这种劳动总是包含了艺术家对其自身的一种劳动。”[②]综上所述，批评家在莫言创作的经典化过程中显然扮演了重要的角色。张志忠对莫言作品生命意识与艺术感觉的发现，贺立华、杨守森对莫言创作所受的艺术濡染及其作品中体现出的人性之思的发掘以及对莫言的较高定位，李陀富有预见性的评价，朱向前客观、公允的解读与建议，季红真对莫言创作艺术独创性的欣赏与肯定，张清华对莫言无法掩饰的欣赏、认同以及为莫言作品被人误读的极力辩护，张君恬、李清泉、常智奇、吴亮、贺绍俊、潘凯雄、王干、杨联芬等人对莫言小说存在的缺失的批评与质疑，彭荆风等人带有鲜明政治意识形态色彩的社会式批评，不仅引导着广大读者，尤为重要的是，在批评家、文学史与作家的互动关系中，莫言的创作思路也会受到影响。或许正是由于《丰乳肥臀》风波的影响，莫言经过两年时间的思索和积淀，才会蓄势待发，卷土重来，最终东山再起，接连创作出一大批足以载入史册的文学经典。总之，批评家以自己对莫言作品的解读、阐释与定位，成为莫言创作嬗变、转型的诱因，在一系列批评家、文学史与莫言的互动过程中，折射出莫言创作复杂、曲折的发展历程。批评家们关于莫言创作的研究成果也是他们以文学评价彰显自我的情感智慧、艺术品格、文学观念和社会理念，从而实现自我价值的一种方式。同时，他们对莫言的评价与特定时期的历史文化语境、知识谱系以及社会思潮、文学思潮的嬗变有着密切的勾连。而对同一作家、同一作品作出的迥然不同的评价，不仅充分显示了莫言创作的丰富性，而且也展现出莫言创作经典化过程的复杂性。也正是这些批评家独具特色、极具张力、丰富多彩而又富有学理的精彩评述，使莫言创作研究成为目前学术界一个值得深入发掘的学术话题。

① 莫言：《〈丰乳肥臀〉解》，1995 年 11 月 22 日《光明日报》。

② [法]皮埃尔·布迪厄：《艺术的法则：文学场的生成和结构》，刘晖译，中央编译出版社 2001 年版，第 207 页。

余 论
“大师”文学史地位的确立

文学史往往是通过对各种纷纭复杂的文学现象、主要文学文本的详细分析来实现对文学发展脉络条分缕析的叙述。由此可见，作家作品在文学史叙述和构建中有着独特的作用和地位。为了保证所选作家作品所具有的公信力和权威性，文学史家在编撰文学史教材时，往往希望经过自己精心挑选出来的作品或者在思想性上或者在艺术性上能够代表同一时期文学的高度，日后成为经典性作品而永存史册。因此，文学经典与文学史之间具有密不可分的双向建构作用：一方面，经典作家与作品是构建文学史的主要依据。如果缺少文学经典的支撑，文学史的建构与编撰只能落入文学现象、资料汇编的罗列的窠臼，文学史所应该具备的精选、引导等诸多积极的功能也就无法真正体现出来。另一方面，文学史的书写与编撰又对作家作品经典地位的形成发挥着重要的推动作用。因为，作家及其作品的入史率往往是评定作家作品经典化程度的一个重要参考指数，尤其是对于大学文科学生来说，他们一般把文学史中提到的重要作家作品作为认定文学经典的重要参照。如果对几部代表性的中国当代文学史教材进行考察，可以发现，尽管早在20世纪90年代，莫言在文学史上的经典作家位置已经确立，但是对其作品的评价还是存在着细微的变化。

1999年8月由朱栋霖等主编，高等教育出版社出版的《中国现代文学史：1917～1997》下册第二十九章第七节与徐怀中“合节”对莫言20世纪80～90年代的小说创作进行了综合的介绍和评述，比较早地从思想和艺术两方面确立了莫言的早期代表性作品在文学史上的经典性地位。其云：

> 当1985年中篇小说方兴未艾时，莫言以他的中篇处女作《透明的红萝卜》震动了文坛，随之而至的中篇《球状闪电》、《爆炸》、《金发婴儿》和短篇《枯河》、《老枪》等使人目不暇接。1986年莫言写了《红高粱家族》系列，一篇《红高粱》便使得

整个文坛沸沸扬扬，直到电影《红高粱》获得多项国际大奖，其"红高粱"的余波还在整个文艺界呈现出此起彼伏之状。莫言成了评论界的热门话题。

接下来，文学史结合1985年后中国文学场域的实际情况，对"莫言现象"的形成原因进行了深入的分析与探讨，指出莫言小说在思想和艺术上吸收外来养分、形成个人风格的同时，具有把自己独特的感知方式熔铸在对自己民族的审视中的气魄，从而能在小说的精神风貌与艺术表现方面体现出深厚的民族特色：

> 考察"莫言现象"，我们不难看出，1985年以后大量西方文学涌入中国文坛，造成了整个文学审美观念的变化。在这个文学大背景下，许多文学青年作家借鉴西方文学的形式技巧，模仿和创作出许多使中国读者耳目一新的作品来。尤其是对70年代后的拉美文学的借鉴，成为文坛的时尚。莫言在思想上和艺术上接受了哥伦比亚魔幻现实主义作家加夫列尔·加西亚·马尔克斯和美国意识流小说作家威廉·福克纳的影响，其创作改变了中国传统小说的轨迹，成为新时期军事文学的又一个里程碑。或许我们还可能清晰地看到莫言模仿加西亚·马尔克斯的痕迹，但我们更应该看到莫言把一种感知方式熔铸在对自己民族的审视的气魄……莫言也是"用一颗悲怆的心灵"去揭开我们民族文化心理的世界，去寻觅我们民族"迷失的温暖的精神家园"的。莫言以一种奇异的然而是新鲜的艺术感觉重新认知我们民族的生命和文化心理。①

该书在对莫言小说作品总体评述的基础上，重点对中篇小说《红高粱》在艺术上的成功尝试进行了阐释。文学史认为，小说所写的故事并不新鲜而且还极其简单，之所以能释放出灿烂动人的艺术光辉，主要原因在于：首先，"小说以敢生敢死、敢爱敢恨的生命意识作为基调，对整个农民真实的文化心理进行原生状态的描述，一方面浓墨重彩地渲染了一种火红的高粱般的民族性格，一方面则通过战争这一特殊的环境来开掘真正属于农民意识的正负两个层面。作者写了神秘的'红高粱'，写了那些充满了隐喻和象征性的人物的内心世界，写了那些主人公的灵魂面貌及思想行为，乃至情感实践的精神准则——他们的伟大与渺小，强悍与虚弱，自尊自信与自卑自贱，善良与残忍，坦率与狡猾，机智与愚昧，以及那种足以使民族强盛的气概……可以说，《红高粱》所要证明的是民族精神之魂的复杂内核，而在以往的以抗日生活作为描写对象的小说中，还没有出现过这样既充满了血腥味，但又富有神秘感的优秀作品"。其次，"《红高粱》中交织着悲剧与反讽的复合美感，即，它写的是一出悲剧，但又不同于传统的悲剧美学原则。它不是在最悲恸之处引起人们的'悲悯'、'同情'和'崇高'的美感，从而达到教

① 朱栋霖等主编：《中国现代文学史：1917～1997》下册，高等教育出版社1999年版，第130～131页。

化之目的。而是采用'反讽'的技巧，给人以一种新鲜的美学感受……总之，莫言笔下的悲剧已经打破了传统的战争题材悲剧的审美观念，给人一种新鲜的、廓大的悲剧审美空间，尽管莫言是从福克纳那里借来的'反讽'的艺术技巧，但这有助于军事文学悲剧观念的演进和发展”。再次，“在现实主义精神中容纳了大量的现代派表现技巧，造成小说创作的新格局，是莫言《红高粱》艺术上的又一成功之处”。最后，“莫言的作品中充满着幻象，这种幻象充满着浪漫色彩和诗的意境，这种美学效果的产生，有赖于作家运用童话、寓言的手法，把幻象与现实糅合在一起，精确地表现出人物的内心世界以及作者的主观世界奇特的心理过程，这也构成了莫言小说忧郁的主调之下一方面是凄楚、苍凉、沉滞、压抑，另一方面则是欢乐、激情、狂喜、抗争的独特的叙事风格”。对于莫言的早期代表作《红高粱》，该书给予了极高的评述，从而确立了小说在文学史上的经典化地位。而对莫言的其他小说，只是一笔带过。对于莫言 20 世纪 90 年代具有代表性的长篇巨著《丰乳肥臀》，该书则认为，小说“除了沿袭《红高粱》的叙述框架外，在思想和艺术上尚没有一个更新的质的飞跃”。[①] 另外，该文学史只是以“合节”的形式设置莫言在文学史中所处的位置，而且将其安排在徐怀中之后。

新世纪以来的文学史已经开始专节介绍莫言，这暗示着莫言在文学史上地位的提升。张志忠主编的《中国当代文学 60 年》通过对《透明的红萝卜》、《红高粱》和《檀香刑》进行细读、阐释，以专节的形式对“莫言笔下神奇的乡村世界”[②]进行了介绍和评述。其他文学史虽然仍然是以“合节”的形式介绍莫言，但是它们更多的是对莫言的文学成就表示认同式的评判。这时期出现的几部权威性的文学史大致可以分为以下几种类型：

第一，侧重于对莫言特立独行的创作个性进行阐释和总体评论。

吴秀明主编的《当代中国文学六十年》对莫言的创作评价道：

> 莫言以《红高粱》系列为代表的文化寻根小说至少从小说写作的两大基本要素上显示出对文化寻根的独特思考：“人”所潜藏的生命意志和“地”所呈示的生存状况……作为“寻根文学”代表作家的莫言，可能更加致力于找寻生命的物质形态之“根”，而不是生命的文化形态之“根”……这恐怕是莫言的文化寻根小说区别于汪曾祺、阿城、贾平凹的突出特质。

该书进一步从莫言小说独特的审丑艺术、奇异的艺术感觉、对感官经验的自由渲染以及天马行空的叙述语言几个方面阐释了莫言小说在艺术效果上的与众不同之处，认为：

---

① 朱栋霖等主编：《中国现代文学史：1917～1997》下册，第 131～133 页。

② 张志忠：《中国当代文学 60 年》，高等教育出版社 2009 年版，第 204 页。

在真假、善恶、美丑并存的情况下，莫言绝不回避对假恶丑的行径和现象的审视和描述，他以敏锐的艺术感觉痛快淋漓地描绘丑陋、肮脏与邪恶，并通过艺术途径化丑为美。在莫言笔下，审丑已经成了挖掘和展示民族根性的一个重要手段……莫言往往以超常的，甚至变异夸张的艺术感觉来组织故事的文本形态，把客观世界放进主观感觉中，通过各种感觉的互相交流、融合，编织出一个亦真亦幻、带有超验色彩的艺术世界。

对于曾因泥沙俱下而遭人诟病的语言描写，该书则作出了与一些批评不同的阐释与认同，一方面指出了莫言小说语言对传统读者的挑战性，另一方面则肯定了莫言小说语言的新颖性与独创性："莫言的小说语言具有强烈的感官刺激性，任意的，不事雕琢的，甚至粗鄙别扭的语言，在莫言笔下比比皆是。这对于习惯了语体统一、语调纯净、语法规范的读者来说，基本上是一个挑战；但就莫言的叙述个性而言，却是作家充分表达其艺术想象和艺术情趣的独特载体。"[①]

陈晓明著的《中国当代文学主潮》则以"历史反讽与戏谑的叙事"为切入点对莫言小说鲜明的个人风格作出了总体性的评述。在他看来，莫言从 20 世纪 80 年代中期以《红高粱家族》爆得大名以来，始终在自己的道路上展开写作。莫言鲜明的个性风格来自其家乡高密的土地，但他能够穿过这片土地，向世界性延伸。他能写出最典型的乡土，但乡土并不能规训他。对于曾经在 90 年代引起文坛争议和批判的长篇小说《丰乳肥臀》，陈晓明则认为开头堪称汉语文学的杰作，并且认为："这部小说洋洋洒洒近 60 万字，叙述始终是那么精神饱满，那么富有激情，那么充满乐趣，这就是尼采式的游戏精神，也是尼采式的美学意义上的虚无和永劫回归。"[②]这里，陈晓明无疑从文学史的角度为曾经遭遇文坛狂轰滥炸的小说《丰乳肥臀》作了正名、认可和定位。

第二，对莫言在文学史上引领文学潮流的文学贡献进行定位。

陈晓明著的《中国当代文学思潮》两次提到莫言的创作，第一次是在第十四章"先锋派的形式变革及其后现代性"中以莫言、残雪、马原为个案分析、阐释、总结、概括了他们在中国当代文学史上所起的转折作用：

总而言之，1985 年的寻根派与现代派标志着新时期文学告一段落，随后出现的莫言、马原、残雪等人，标志着一种转折，他们预示着先锋派代表着 80 年代后期至 90 年代完全不同的文学潮流——后新时期的到来。[③]

---

① 参见吴秀明主编：《当代中国文学六十年》，浙江文艺出版社 2009 年版，第 212 页。

② 陈晓明：《中国当代文学主潮》，北京大学出版社 2009 年版，第 586～587 页。

③ 陈晓明：《中国当代文学主潮》，第 337 页。

第二次是在第二十章“乡土叙事的转型与汉语文学的可能性”中指出“一个时代的文学所达到的高度是由它的重要作家和重要作品来标明的”。而莫言、铁凝、贾平凹、阎连科、刘震云就是中国21世纪初的乡土叙事方面的标志性作家。① 吴秀明主编的《当代中国文学六十年》则认为莫言的《红高粱》系列带出了一个“新历史小说”的创作高潮。②

第三，也有一些文学史从比较的视角和读者反应的视角在小说的思想性和艺术性上对莫言小说在中国当代文坛产生的轰动效应作出了总体的评论。

程光炜老师在《二十世纪中国文学史上的莫言》一文中即评述了莫言自1985年登上文坛以来在读者中间形成的“热点效应”：

> 1985年以后，莫言以一批有分量的中篇小说加入到“寻根小说”的阵营之中，引起批评界的“轰动”，它们是：《透明的红萝卜》、《爆炸》、《球状闪电》、《金发婴儿》、《红高粱》，以及短篇小说《老枪》等。九十年代后，他的长篇小说《丰乳肥臀》、《檀香刑》、《四十一炮》等，继续在读者中形成“热点”效应。莫言早期的小说强调描写童年记忆中的乡村世界，追求生命体验与大自然状态的自然和谐，但创作个性还不够鲜明。八十年代中期后，他的“红高粱”小说系列由于受到福克纳、马尔克斯小说的启发，在艺术视野和创作手法上发生了较大变化，这些小说一般都以故乡高密为背景，通过“童年视角”，表现“我爷爷”、“我奶奶”等长辈的爱恨情仇，以及这些人物生命中的野性和传奇经历，力图呈现象征着民族勃发的血性。另有一些作品，则把视线投向当代农民的生活世界，对他们的情感、生命和人性被压抑的状态给予了充分的关注……在艺术上，丰富的想象、历史、世俗生活、性爱场面、感性体验等是作家创作的“合成”因素。在一种近乎开放的文体中，作者的主观感觉天马行空、多面辐射，形成了一个具有鲜明特征的感觉世界。莫言的这种奇特的叙事方式，在不同时期都对文坛构成了强烈的冲击。③

一般而言，“文学史叙述作家的字数的多少、强调程度如何，还会反映其在文学史上的影响力和地位”④。综观上述几部权威文学史对莫言的叙述可以发现：从仅对莫言的早期作品进行介绍、对莫言的小说《丰乳肥臀》的反映平平到对其文学价值的认可，从对莫言小说艺术独创性的分析、阐释到对莫言在引领文学思潮方面的贡献的肯定，以及对莫言小说在读者中引起的轰动效应的评说，无不为莫言在中国当代文学史

① 参见陈晓明：《当代中国文学主潮》，第583～584页。

② 吴秀明主编：《当代中国文学六十年》，第212页。

③ 程光炜：《二十世纪中国文学史上的莫言》，任瑄编：《高粱红了：对话莫言》，第91～92页。

④ 程光炜：《文学史的兴起——程光炜自选集》，第60页。

上具有“大师”地位的文学史叙述打下了坚实的基础。尤其是莫言于 2012 年 10 月 11 日获诺贝尔文学奖之后，教育部规定：中国当代文学史教材将作出全面修订与改写，莫言将会以专章来介绍和叙述。众所周知，“依照文学史编写通例，名字列为‘专章’题目的是第一流作家，列为‘专节’题目的是第二流作家……”①在中国现当代文学史上只有被公认的经典性“大家”如鲁迅、郭沫若、茅盾、巴金、老舍、曹禺才享有专章介绍的资格，即便因重写文学史思潮的兴起而被公认的经典作家沈从文也是在 20 世纪 90 年代后的一些文学史中才获得专章介绍的资格。而在 1949 年以后涌现出的中国当代作家中，以专章的形式列入文学史的仅莫言一位。之所以如此，是因为他代表了我国现当代文学的最高成就，这的确将会真正确立莫言在中国当代文学史中的“大师”地位。

① 程光炜：《文学史的兴起——程光炜自选集》，第 61 页。

附　录
莫言小说篇目索引[①]

一、中短篇小说

1981 年

1.《春夜雨霏霏》(短篇小说),《莲池》1981 年第 5 期。

1982 年

1.《丑兵》(短篇小说),《莲池》1982 年第 1 期。(后附“编后附记”:“作者莫言,是驻军某部的一位年轻战士。本刊去年第五期发表了他的处女作《春夜雨霏霏》得到读者的好评。这一期的《丑兵》写得也不错。作者熟悉兵的生活,对解放军战士洋溢着深情厚爱。其作品的特点:感情真挚,笔调细腻,语言明快。写作技巧虽还不很纯熟,但态度是认真的,用力的。如不懈地坚持下去,定会写出佳作。”)

2.《因为孩子》(短篇小说),《莲池》1982 年第 5 期。

1983 年

1.《售棉大路》(短篇小说),《莲池》1983 年第 3 期。(后附肖煜、周渺评论文章《努力开掘生活美——读〈售棉大路〉随笔》;《小说月报》1983 年第 7 期转载。)

2.《民间音乐》(短篇小说),《莲池》1983 年第 5 期。

① 附录在对中国人民大学图书馆和国家图书馆关于莫言的相关期刊、存书和 CNKI 全国中文期刊数据库进行搜集、查询的基础上,参考了贺立华和杨守森编的《莫言研究资料》(山东大学出版社 1992 年版);杨扬编的《莫言研究资料》(天津人民出版社 2005 年版);孔范今、施战军主编,路晓冰编选的《莫言研究资料》(山东文艺出版社 2006 年版),在此特向他们表示感谢!

1984 年

1.《金翅鲤鱼》(短篇小说),《无名文学》1984 年第 1 期。

2.《放鸭》(小小说),《无名文学》1984 年第 1 期。

3.《白鸥前导在春船》(短篇小说),《小说创作》1984 年第 2 期。

4.《岛上的风》(短篇小说),《长城》1984 年第 2 期。

5.《雨中的河》(中篇小说),《长城》1984 年第 5 期。

6.《黑沙滩》(短篇小说),《解放军文艺》1984 年第 7 期。(获该刊本年度优秀小说奖。卷首"编者的话"指出:"小说《黑沙滩》,格调深沉而泼辣。写的虽然是十年动乱的部队农场生活,但作品却具有很强的思辨和艺术力量。我们透过那一幅幅沉重、压抑的画面,可以强烈地感到深潜着的党心、军心、民心涌流的巨大力量。主人公那铮铮铁骨和浩然正气,不愧为光荣的共产党员。")

1985 年

1.《金发婴儿》(中篇小说),《钟山》1985 年第 1 期。

2.《透明的红萝卜》(中篇小说),《中国作家》1985 年第 2 期。(后附徐怀中、金辉、李本深、施放与莫言的对话录《有追求才有特色——关于〈透明的红萝卜〉的对话》,并加"编者按";《作品与争鸣》1985 年第 12 期转载,后附《有追求才有特色——关于〈透明的红萝卜〉的对话》。)

3.《流水》(短篇小说),《风流》1985 年第 2 期。

4.《秋千架》(短篇小说),《中国作家》1985 年第 4 期。(后改名为《白狗秋千架》。)

5.《球状闪电》(中篇小说),《收获》1985 年第 5 期。

6.《石磨》(短篇小说),《小说界》1985 年第 5 期。

7.《老枪》(短篇小说),《昆仑》1985 年第 6 期。

8.《秋水》(短篇小说),《奔流》1985 年第 8 期。

9.《枯河》(短篇小说),《北京文学》1985 年第 8 期。(获该刊本年度优秀小说奖。)

10.《大风》(短篇小说),《小说创作》1985 年第 6 期。(《小说选刊》1985 年第 8 期转载。)

11.《五个饽饽》(短篇小说),《当代小说》1985 年第 9 期。

12.《三匹马》(短篇小说),《奔流》1985 年第 9 期。(后附夏厦评论文章《深入人的心灵——读〈三匹马〉》。)

13.《爆炸》(中篇小说),《人民文学》1985 年第 12 期。(卷首"编者的话"指出:"这一期我们向读者重点推荐两篇小说:莫言的《爆炸》,刘心武的《公共汽车咏叹调》。都没有惊心动魄的'事件',没有曲折离奇的情节。前者重在心灵感觉映像——纷至沓来,真切强烈,且又互相冲突纽结;……两篇作品反映现实角度与取材迥异,却都贴近时代，直面人生，令人思考。”）

1986 年

1.《草鞋窨子》（短篇小说），《青年文学》1986 年第 2 期。（后附莫言创作谈《黔驴之鸣》。卷首“编者的话”指出：“莫言的《草鞋窨子》，近乎信马由缰的散文，没有完整情节，读来却不觉艰涩，倘若您要探寻作品真正的艺术价值，不花番力气恐怕不行。”）

2.《红高粱》（中篇小说），《人民文学》1986 年第 3 期。（获本刊年度全国优秀中篇小说奖。《小说选刊》1986 年第 6 期转载；《中篇小说选刊》1986 年第 3 期转载，后附莫言关于《红高粱》的创作谈《十年一觉高粱梦》，并获“1986～1987 年《中篇小说选刊》优秀中篇小说创作奖”；《作品与争鸣》1986 年第 10 期转载；《新华文摘》同年转载。）

3.《断手》（短篇小说），《北京文艺》1986 年第 3 期。（《新华文摘》同年转载；《小说月报》1986 年第 6 期转载；《小说选刊》1986 年第 8 期转载。）

4.《筑路》（中篇小说），《中国作家》1986 年第 4 期。（卷首“编者的话”对小说作出重点推介：“一群人筑一条不知起于何处，通向哪方向的路，随着路的延伸，激起了生活中大大小小的、平凡而又惊心动魄的浪花。这是中篇小说《筑路》给那个荒谬的年代描绘的又一幅图画。它极度写实，又富于象征，显示了青年作家莫言的一贯的独特风格。过分的悲凉感，或许是其不足。”）

5.《狗道》（中篇小说），《十月》1986 年第 4 期。

6.《奇死》（中篇小说），《昆仑》1986 年第 6 期。（后附《红高粱》系列作品目录。）

7.《苍蝇·门牙》（短篇小说），《解放军文艺》1986 年第 6 期。（插图：王怀庆　作者造像：阿城　标题手书：冯向杰　后附志忠评介论文《却向荒唐演大荒——〈苍蝇〉〈门牙〉简议》；小说前附莫言自白：“莫言，原名管谟业，一九五六年生于山东高密东北乡一个荒凉村庄中的四壁黑亮的草屋里铺了干燥沙土的土炕上，落土时哭声喑哑，两岁不会说话，三岁方能行走，四五岁饭量颇大，常常与姐姐争食红薯。六岁入学读书，曾因骂老师是‘奴隶主’受过警告处分。‘文化大革命’起，辍学回乡，以放牛割草为业。十八岁时走后门入县棉油厂做临时工，每月得洋一元三角五分。一九七六年三月终于当上解放军，在渤海边站岗四年。一九七九年秋，调至‘总参’某训练大队，先任保密员，后任政治教员。1983 年侥幸提干，至“总参”某部任宣传干事，1984 年秋考入解放军艺术学院文学系。1981 年开始写作。”）

8.《高粱酒》（中篇小说），《解放军文艺》1986 年第 7 期。

9.《高粱殡》（中篇小说），《北京文学》1986 年第 8 期。（后附“作者后记”：“本文可以说是一部中篇小说，也可以看成是一部长篇小说中的相对独立的一章，其中某些有悖传统抗日程式的厮杀场面，并非作者杜撰，而且作者将在今后的小说里揭示这种残酷厮杀的必然性和合理性以及这种必然性中和合理性中所包含的深刻的悲剧意味。”）

1987 年

1.《凌乱战争印象》(短篇小说),《虎门》1987 年第 1 期。

2.《欢乐》(中篇小说),《人民文学》1987 年第 1、2 期合刊。(后附莫言自我简介:“莫言,山东高密人。生于 1956 年。自小热爱共产党、热爱祖国、热爱人民、热爱劳动。当一名光荣的解放军战士是他终生的愿望,当兵后他又想加入共产党,入党后他又想当军官,当军官后他又想写小说混入中国作家协会。现在他想认真攻读马列主义,全心全意为祖国服务。生活困难时期他饿坏了脑子,神经系统不太健全,喜欢胡言乱语,但说过就忘。他富有批评和自我批评精神,勇于向真理投降,欢迎批评,从不记仇。”)

3.《罪过》(短篇小说),《上海文学》1987 年第 3 期。

4.《红蝗》(中篇小说),《收获》1987 年第 3 期。(作者附注:“①文中所写的‘高密东北乡’并非地理学意义上的高密东北乡,望高密东北乡的父老乡亲们不要当真。②文中的叙事主人公‘我’并不是作者莫言,与同‘高粱系列’里的‘我’不是莫言一样。希望有关文艺团体开会批评作品时,不要把‘我’与莫言混为一体。”)

5.《弃婴》(中篇小说),《中外文学》1987 年第 1 期。(《中篇小说选刊》1987 年第 3 期转载,转载时附莫言创作谈《人有时是极难理喻的……》。)

6.《猫事荟萃》(中篇小说),《上海文学》1987 年第 11 期。(《小说选刊》1988 年第 2 期转载,转载时附编后记:“再往前不敢说,这二三十年上过学的人都知道天下文章必有‘中心思想’,这道理年年听,月月听,持之以恒十余年之久,要是再有什么文章叫你左看右看找不出那‘归根结缔一句话’来,自然必属野狐禅无疑。人如果自以为掌握了万应灵丹,万一不‘应’,多半是人家的病生得荒唐,不会说自己的病不灵的。《猫事荟萃》大概就有点‘野狐禅’的味道,转载于此,表明了我们的态度。第一,小说怎么写永远是一个有待解答的问题,人人都可以说‘我要这么写’,而教导别人‘应该怎么写’,最后证明是‘卖假药’的概率极高。第二,不管怎么写,叫人爱看总是好事。现在作‘深刻状’的作品极多,而标准的‘深刻状’就是奇奥和平淡。对此我们并无成见,但有虚招而无内功的花架子令人生厌。作品写得‘热闹’些,‘好玩’些,未必就一定不深刻,两全其美,免得有些评论家白天呕心沥血地‘破译密码’,晚上如醉如痴的攻读金庸,是件功德无量的事。”)

7.《飞艇》(短篇小说),《北京文学》1987 年第 12 期。

1988 年

1.《玫瑰玫瑰香气扑鼻》(中篇小说),《钟山》1988 年第 1 期。(后附莫言创作谈《也算创作谈》、陈思和评论文章《历史与现实的二元对话——兼谈莫言新作〈玫瑰玫瑰香气扑鼻〉》、莫言小传、莫言作品目录。)

2.《养猫专业户》(短篇小说),《天津文学》1988 年第 2 期。

3.《革命浪漫主义》(短篇小说),《西北军事文学》1988 年第 5 期。

4.《生蹼的祖先》(中篇小说),《长河》1988 年第 10 期。

5.《复仇记——〈五梦集〉之一》(中篇小说),《青年文学》1988 年第 11 期。(《作品与争鸣》1989 年第 5 期转载。)

6.《马驹横穿沼泽——〈五梦集〉之二》(短篇小说),《青年文学》1988 年第 11 期。(《作品与争鸣》1989 年第 9 期转载。)

1989 年

1.《你的行为使我们恐惧》(中篇小说),《人民文学》1989 年第 6 期。(后附作者附记:"文中的'高密东北乡'与真正的高密东北乡毫不相干。")

2.《遥远的亲人》(短篇小说),《时代文学》1989 年第 4 期。

3.《爱情故事》(短篇小说),《作家》1989 年第 6 期。

4.《奇遇》(短篇小说),《北方文学》1989 年第 10 期。(《小说月报》1989 年第 12 期转载。)

5.《落日》(短篇小说),《西北军事文学》1989 年第 1 期。

1990 年

1.《父亲在民夫连里》(中篇小说),《花城》1990 年第 1 期。(曾以《野种》为名,辑入《莫言中篇小说集》(上),作家出版社 2002 年版。)

1991 年

1.《地道》(短篇小说),《青年思想家》1991 年第 3 期。

2.《辫子》(短篇小说),《青年思想家》1991 年第 4 期。

3.《人与兽》(短篇小说),《山野文学》1991 年第 4 期。(后辑入《白狗秋千架》,上海文艺出版社 2005 年版。)

4.《幽默与趣味》(中篇小说),《小说家》1991 年第 4 期。

5.《白棉花》(中篇小说),《花城》1991 年第 5 期。(《中篇小说选刊》1992 年第 1 期转载,转载时附莫言创作谈《还是闲言碎语》。)

6.《怀抱鲜花的女人》(中篇小说),《人民文学》1991 年第 7、8 合期。

7.《飞鸟》、《夜渔》、《神嫖》、《翱翔》、《地震》、《铁孩》、《灵药》、《鱼市》、《良医》,分别发表于 1991 年马来西亚《南洋商报》、《星洲日报》,中国台湾《中国时报》、《联合文学》。(均被收入莫言作品系列之"莫言短篇小说全集"之二《与大师约会》。)

1992 年

1.《高密东北乡故事》(中篇小说,由《辫子》、《天才》、《良医》、《鱼市》、《夜渔》、《翱翔》组成),《小说家》1992 年第 2 期。

2.《红耳朵》(中篇小说),《小说林》1992 年第 5 期。

3.《屠户的女儿》(短篇小说),《时代文学》1992 年第 5 期。

4.《梦境与杂种》(中篇小说),《钟山》1992 年第 5 期。

5.《模式与原型》(中篇小说),《小说林》1992 年第 6 期。

6.《战友重逢》(中篇小说),《长城》1992 年第 6 期。

1993 年

1.《二姑随后就到》(短篇小说),《人民文学》1993 年第 7 期。

1998 年

1.《拇指铐》(短篇小说),《钟山》1998 年第 1 期。(后附莫言创作谈《胡扯蛋》;《小说选刊》1998 年第 4 期转载;《北京文学》1998 年第 11 期"精彩阅读"专栏转载。)

2.《长安大道上的骑驴美人》(短篇小说),《钟山》1998 年第 5 期。

3.《蝗虫奇谈》(短篇小说),《山花》1998 年第 5 期。(《小说选刊》1998 年第 7 期转载。)

4.《三十年前的一场长跑比赛》(中篇小说),《收获》1998 年第 6 期。

5.《牛》(中篇小说),《东海》1998 年第 6 期。(《小说月报》1998 年第 9 期转载,转载时附莫言创作谈《牛就是牛》;《小说选刊》1998 年第 9 期转载。)

6.《白杨林里的战斗》("短篇小说公开赛"专栏作品),《北京文学》1998 年第 7 期。

8.《一匹倒挂在杏树上的狼》("短篇小说公开赛"专栏作品),《北京文学》1998 年第 10 期。(后附"编者按":"本刊倡导'好看的小说',既是对小说现状的忧虑,更是对当下乃至将来小说写作趋向的一种设想。何谓好看,当然是仁者见仁、智者见智的事,虽然'好看'不一定就是好小说,但一部'不好看'的小说无论它多么被'看好',也是让人起疑的。本期我们刊登的两篇小说或许可以作为一种参照。从好小说这个角度看,两篇作品各具优势,但它们都有一个共同点,那就是好看。希望这一问题能引起更多作家和广大读者的关注与讨论。"《小说月报》1998 年第 11 期转载,《小说月报》第八届"百花奖"评奖候选篇目。)

1999 年

1.《祖母的门牙》(短篇小说),《作家》1999 年第 1 期。(后附莫言谈短篇创作谈《下蛋说》。)

2.《我们的七叔》(中篇小说),《花城》1999 年第 1 期。(《小说选刊》转载。)

3.《师傅越来越幽默》(中篇小说),《收获》1999 年第 2 期。

4.《藏宝图》(中篇小说),《钟山》1999 年第 4 期。

5.《野骡子》(中篇小说),《收获》1999 年第 5 期。

6.《沈园》(短篇小说),《长城》1999 年第 5 期。(《小说月报》1999 年第 12 期转载,《小说月报》第九届"百花奖"评奖候选篇目;《北京文学》2000 年第 4 期部分转载。)

7.《儿子的敌人》(短篇小说),《天涯》1999年第5期。

2000年

1.《司令的女人》(中篇小说),《收获》2000年第1期。

2.《天花乱坠》(短篇小说),《小说界》2000年第3期。

3.《枣木凳子摩托车》(短篇小说),《钟山》2000年第4期。

4.《嗅味族》(短篇小说),《山花》2000年第10期。

5.《冰雪美人》(短篇小说),《上海文学》2000年第11期。(卷首"编者的话"《一片冰心在玉壶》对此作出重点推介:"莫言是大家喜爱的一位作家,本期杂志发表他的短篇小说《冰雪美人》。在这篇作品中,莫言再一次从少年的视角,为我们讲述了一个故事。不过,在此次的少年视角中观照出的,不再是'透明的红萝卜',亦不是高密县的'红高粱',而是活泼泼的当下生命。作者保持着其一贯的叙事力度,直指人心深处。"曾被编入《冰雪美人》,文化艺术出版社2001年版;《名作欣赏》2003年第1期转载。)

6.《姑妈的宝刀》,辑入莫言短篇小说集《老枪·宝刀》,春风文艺出版社2000年版。

2001年

1.《倒立》(短篇小说),《山花》2001年第1期。(曾被编入《冰雪美人》,文化艺术出版社2001年版;《名作欣赏》2003年第1期转载。)

2.《马语》(短篇小说),《时代文学》2001年第1期。

2002年

1.《扫帚星》(中篇小说),《布老虎中篇小说·春之卷》,春风文艺出版社2002年版。

2.《枯河》(短篇小说)、《拇指铐》(短篇小说)、《胶济铁路传说》(短篇小说),《莽原》2002年第3期。(后附何向阳评莫言文章《一个叫"我"的孩子》、莫言短篇主要作品目录。)

2003年

1.《木匠和狗》(短篇小说),《收获》2003年第5期。

2.《火烧花篮阁》(短篇小说),《小说选刊》2003年第6期。

2004年

1.《养兔手册》(短篇小说),《江南》2004年第1期。

2.《挂像》(短篇小说),《收获》2004年第3期。

3.《大嘴》(短篇小说),《收获》2004年第3期。

4.《麻风女的情人》(短篇小说),《收获》2004年第3期。

5.《月光斩》(短篇小说),《人民文学》2004年第12期。(《名作欣赏》2005年第17

期"新作拔萃"栏目全文转载。)

2005 年

1.《小说九段》(短篇小说),《上海文学》2005 年第 1 期。

2.《大嘴》(短篇小说),《上海文学》2005 年第 3 期。

2009 年

《变》(中篇小说),《人民文学》2009 年第 10 期。(《小说选刊》2009 年第 11 期转载,附有"责编稿签":"这部带有浓厚的自传性的小说,以内敛而丰润的语言讲述了一个有关个人命运与时代变迁的故事:倚在墙角偷窥乒乓球比赛的退学少年'变'成了著名的作家,'离经叛道'的'混世魔王''变'成了富翁,被同学们竞相暗恋的班花'变'成了境遇凄凉的'寡妇'……不同的青春,有着不同的记忆;不同的人生,有着不同的轨迹和境遇。这些个体生命所遭遇的'变',也是改革开放三十年来,中国社会的巨大变化在他们的生活中的投影。那些在时代的日新月异中,无论是纹丝不动还是与之抗争的人,终于在某一天,与自己的内心相遇了。")

2011 年

1.《澡堂》(小小说,外一篇《红床》),《小说界》2011 年第 6 期。(《芳草》2012 年第 2 期"小说文摘·名家近作"栏目转载。)

2012 年

1.《女人》(小小说), 2012 年 10 月 18 日《国际日报》。(《微型小说选刊》2013 年第 1 期"大家手笔"栏目转载。)

2013 年

1.《莫言碰鬼》(小小说),《故事家》2013 年第 6 期。

2.《蓝色城堡》(小小说),《青年作家》2013 年第 1 期。(后附作者简介:"莫言,2012 年诺贝尔文学奖获得者,中国最具国际影响力的当代作家之一;著有《红高粱》《檀香刑》《生死疲劳》《丰乳肥臀》《酒国》等;第八届茅盾文学奖得主。")

3.《莫言小小说二篇》(包括《女人》和《狼》两篇小小说),《文苑》(半月刊)2013 年第 1 期。

二、长篇小说

1.《红高粱家族》,解放军文艺出版社 1987 年版。

2.《红高粱家族》("百年百种优秀中国文学图书"之一),人民文学出版社 2000 年版。

3.《天堂蒜薹之歌》,作家出版社 1988 年版。

4.《愤怒的蒜薹》(《天堂蒜薹之歌》修订本),北京师范大学出版社 1993 年版。

5.《天堂蒜薹之歌》,南海出版公司 1999 年版。

6.《天堂蒜薹之歌》,北岳出版社 2001 年版。

7.《天堂蒜薹之歌》,当代世界出版社 2004 年版。

8.《十三步》,作家出版社 1989 年版。

9.《十三步》,当代世界出版社 2004 年版。

10.《酒国》,湖南人民出版社 1993 年版。

11.《酒国》,当代世界出版社 2004 年版。

12.《酒国》,春风文艺出版社 2005 年版。

13.《酒国》,上海文艺出版社 2008 年版。

14.《酒国》(“东岳文库”之一),山东文艺出版社 2002 年版。

15.《食草家族》,华艺出版社 1993 年版。

16.《丰乳肥臀》,《大家》1995 年第 5 期。(“编者按”指出:“这是莫言从事创作迄今,一部总结性的长篇小说。莫言说此书从狭义上讲是奉献给母亲在天之灵的,从广义上讲是敬献给中国农村所有母亲们的。因此,在这部作品中,作家极为清醒明确地对长篇小说的意义所在进行了一次冷静深入的阐释,无论从小说的思想内涵、历史跨度、故事内容、时空容量等都进行了匠心独具的架构,使这部具有史诗品格的作品终于与读者相见了。这部小说创作历时两年。小说共分七章,包括补七另一章,分两期刊出,此书即将由作家出版社隆重推出。”)

17.《丰乳肥臀》,《大家》1995 年第 6 期。(获“首届大家·红河文学奖”,评委会评语:“《丰乳肥臀》是一部在浅直名称下的丰厚性作品,莫言以一贯的执著和激情叙述了近百年来中国社会的历史进程,深刻地表达了生命对苦难的记忆,具有深邃的历史纵深感。文风时出规范,情感诚挚严肃,是一部风格鲜明的优秀之作。小说篇名在一些读者中可能会引起歧义,但并不影响小说本身的内涵。”)

18.《丰乳肥臀》,作家出版社 1996 年版。

19.《丰乳肥臀》(增订修订版),中国工人出版社 2003 年版。

20.《丰乳肥臀》(增补修订版),当代世界出版社 2004 年版。

21.《红树林》,《江南》1999 年第 1 期。

22.《红树林》,《江南》1999 年第 2 期。

23.《红树林》,海天出版社 1999 年版。

24.《檀香刑》,作家出版社 2001 年版。

25.《生蹼的祖先们》(“华语新经典文库”第一辑书目之一),文化艺术出版社 2001 年版。

26.《四十一炮》,春风文艺出版社 2003 年版。

27.《生死疲劳》,作家出版社 2006 年版。

28.《蛙》,《收获》2009 年第 6 期。

29.《蛙》,上海文艺出版社 2009 年版。

三、小说集

1.《透明的红萝卜》,作家出版社 1986 年版。

2.《爆炸》,昆仑出版社 1988 年版。

3.《爆炸》,解放军文艺出版社 1988 年版。

4.《欢乐十三章》,作家出版社 1989 年版。

5.《白棉花》,华艺出版社 1991 年版。

6.《怀抱鲜花的女人》,社会科学出版社 1993 年版。

7.《金发婴儿》,长江文艺出版社 1993 年版。

8.《神聊》,北京师范大学出版社 1993 年版。

9.《猫事荟萃》,新世界出版社 1994 年版。

10.《莫言文集》(1～5 卷,包括《红高粱》、《酩酊国》、《鲜女人》、《神嫖》、《再爆炸》),作家出版社 1996 年版。

11.《长安大道上的骑驴美人》,海天出版社 1999 年版。

12.《师傅越来越幽默》,解放军文艺出版社 1999 年版。

13.《莫言小说精选系列》(1～3 卷,包括《老枪・宝刀》、《苍蝇・门牙》、《初恋・神嫖》),上海文艺出版社 2000 年版。

14.《幸福时光好幽默——莫言电影小说精选》,九州出版社 2001 年版。

15.《冰雪美人》(中短篇小说与话剧剧本集),文化艺术出版社 2001 年版。

16.《战友重逢》,解放军文艺出版社 2001 年版。

17.《生蹼的祖先们》,文化艺术出版社 2001 年版。

18.《莫言中篇小说集》(上、下),作家出版社 2002 年版。

19.《拇指铐》(“东岳文库”之一),山东文艺出版社,2002 年版。

20.《罪过》(“东岳文库”之一),山东文艺出版社 2002 年版。

21.《师傅越来越幽默》(“东岳文库”之一),山东文艺出版社 2002 年版。

22.《透明的红萝卜》(“东岳文库”之一),山东文艺出版社 2002 年版。

23.《司令的女人》,云南人民出版社 2002 年版。

24.《拇指铐》(“二十世纪作家文库”之一),江苏文艺出版社 2003 年版。

25.《莫言中短篇小说精选》,青海人民出版社 2003 年版。
26.《藏宝图:中短篇小说集》,春风文艺出版社 2003 年版。
27.《月光斩》(名家近作自选集),北京十月文艺出版社 2006 年版。

四、改编成电影的小说

1.《红高粱家族》,改编为《红高粱》,张艺谋导演。
2.《白狗秋千架》,改编为《暖》,霍建起导演。
3.《白棉花》,李幼乔(台湾)导演。
4.《檀香刑》,王家卫导演。
5.《师傅越来越幽默》,改编为《幸福时光》,张艺谋导演。

主要参考文献

一、专书类

1.[法]诺利韦、[瑞典]阿司特隆·斯特龙伯格:《诺贝尔文学奖秘史》,王鸿仁译,中国友谊出版公司1986年版。

2.《北京文学》编辑部编:《当代中国文学最新作品排行榜》,时代文艺出版社2000年版。

3.苍狼、李建军等:《与魔鬼下棋——五作家批判书》,中国工人出版社2004年版。

4.蔡毅:《渴盼辉煌——诺贝尔文学奖与当代中国文学发展方向》,中国社会科学出版社2003年版。

5.曹文轩主编:《20世纪末中国文学作品选·小说卷》(上),北京大学出版社2001年版。

6.陈春生:《擎着光明的火炬:诺贝尔奖和文学》,商务印书馆2010年版。

7.陈晓明编:《莫言研究(2004～2012)》,华夏出版社2013年版。

8.陈晓明:《中国当代文学主潮》,北京大学出版社2009年版。

9.陈映真主编:《诺贝尔文学奖全集》,台湾远景出版事业公司1982年版。

10.程德培主编:《名家推荐2003年最具阅读价值短篇小说》,上海社会科学院出版社2004年版。

11.陈建功主编:《中国当代文学作品精选(1949～1999)·中篇小说卷》(中),十月文艺出版社1999年版。

12.程光炜:《文学史研究的兴起》,福建教育出版社2008年版。

13.程光炜:《文学史的兴起——程光炜自选集》,河南大学出版社2009年版。

14.程光炜:《文学讲稿:"八十年代"作为方法》,北京大学出版社2009年版。

15. 池莉:《池莉文集》(4),江苏文艺出版社 1995 年版。

16. 池莉:《给你一轮新太阳》,经济日报出版社 2000 年版。

17. 池莉:《熬至滴水成珠》,作家出版社 2006 年版。

18. 邓晓芒:《灵魂之旅》,上海文艺出版社 2009 年版。

19. 丁福保:《历代诗话续编·麓堂诗话》,中华书局 1983 年版。

20. 方孝岳:《中国文学批译》,三联书店 1986 年版。

21. [荷]D. 佛克马、E. 蚁布思:《文学研究与文化参与》,俞国强译,北京大学出版社 1996 年版。

22. 付艳霞:《莫言的小说世界》,中国文史出版社 2011 年版。

23. 高翔主编:《中国社会科学学术前沿(2006～2007)》,社会科学文献出版社 2007 年版。

24. 郭小东:《看穿莫言》,武汉大学出版社 2012 年版。

25. 郭小东:《为什么是莫言》,花城出版社 2013 年版。

26. 国学整理社:《诸子集成·荀子集解》,中华书局 1954 年版。

27.《国语》,上海古籍出版社 1988 年版。

28. [美]哈罗德·布鲁姆:《西方正典——伟大作家和不朽作品》,江宁康译,译林出版社 2011 年版。

29. 郝振省、汤潮主编:《期刊主编访谈》,中国书籍出版社 2009 年版。

30. 郝振省主编:《名著的故事》,中国书籍出版社 2009 年版。

31. 贺立华、杨守森等:《怪才莫言》,花山文艺出版社 1992 年版。

32. 贺立华、杨守森编:《莫言研究资料》,山东大学出版社 1992 年版。

33. 洪子诚:《问题与方法——中国当代文学史研究讲稿》,北京大学出版社 2010 年版。

34. 洪子诚:《中国当代文学史》,北京大学出版社 2010 年版。

35. 洪子诚主编:《中国当代文学史·作品选·1977～1999》,长江文艺出版社 2002 年版。

36. 黄文倩:《莫言〈丰乳肥臀〉论》,台北文史哲出版社 2005 年版。

37. 建刚、宋喜、金一伟编译:《诺贝尔文学奖颁奖获奖演说全集》,中国广播电视出版社 1993 年版。

38. 蒋泥:《大师莫言》,安徽文艺出版社 2012 年版。

39. 金宏宇:《新文学的版本批评》,武汉大学出版社 2007 年版。

40. 孔范今、施战军主编,路晓冰编选:《莫言研究资料》,山东文艺出版社 2006 年版。

41. 雷达主编:《新中国文学精品文库·短篇小说卷》(下),海天出版社 2010 年版。

42. [美]勒内·韦勒克、奥斯汀·沃伦:《文学理论》,刘象愚等译,文化艺术出版社 2010 年版。

43. 李爱红:《〈封神演义〉的艺术想象与经典化研究》,齐鲁书社 2011 年版。

44. 李国文主编:《中国当代文学作品精选(1949～1999)·短篇小说卷》(下),北京十月文艺出版社 1999 年版。

45. 李频:《中国期刊产业发展报告 NO.1——市场分析与方法求索》,社会科学文献出版社 2005 年版。

46. 林建法编:《说莫言》(上、下),辽宁人民出版社 2013 年版。

47. 林间:《莫言和他的故乡》,厦门大学出版社 2013 年版。

48. 林精华等主编:《文学经典化问题研究》,人民文学出版社 2009 年版。

49. 刘方元、刘松来等:《十三经直解》,江西人民出版社 1993 年版。

50. (汉)刘熙:《四库全书·经部二一五》,上海古籍出版社 1997 年版。

51. (三国魏)何晏注、(宋)邢昺疏:《论语注疏·阳货》,《十三经注疏》本,浙江古籍出版社 1998 年版。

52. [法]罗贝尔·埃斯卡皮著,于沛编选:《文学社会学》,浙江人民出版社 1987 年版。

53. [美]M. H. 艾布拉姆斯:《镜与灯——浪漫主义文论及批评传统》,郦稚牛等译,北京大学出版社 1989 年版。

54. 孟繁华、程光炜:《中国当代文学发展史》,人民文学出版社 2004 年版。

55. 莫言:《檀香刑》,作家出版社 2001 年版。

56. 莫言:《冰雪美人》,文化艺术出版社 2001 年版。

57. 莫言、王尧:《莫言王尧对话录》,苏州大学出版社 2003 年版。

58. 莫言:《藏宝图》,春风文艺出版社 2003 年版。

59. 莫言:《复仇记》,华艺出版社 2005 年版。

60. 莫言:《生死疲劳》,作家出版社 2006 年版。

61. 莫言:《莫言精选集》,燕山出版社 2006 年版。

62. 莫言:《恐惧与希望》,海天出版社 2007 年版。

63. 莫言:《酒国》,上海文艺出版社 2008 年版。

64. 莫言:《与大师约会》,上海文艺出版社 2009 年版。

65. 莫言:《红树林》,上海文艺出版社 2009 年版。

66. 莫言:《食草家族》,上海文艺出版社 2009 年版。

67. 莫言:《十三步》,上海文艺出版社 2009 年版。

68. 莫言:《天堂蒜薹之歌》,上海文艺出版社 2009 年版。

69. 莫言:《莫言散文新编》,文化艺术出版社 2010 年版。

70. 莫言:《莫言对话新录》,文化艺术出版社 2010 年版。

71. 莫言研究会编:《莫言与高密》,中国青年出版社 2011 年版。

72. 莫言:《师傅越来越幽默》,上海文艺出版社 2010 年版。

73. 莫言:《小说的气味》,当代世界出版社 2003 年版。

74. [法]皮埃尔·布迪厄:《艺术的法则:文学场的生成和结构》,刘晖译,中央编译出版社 2001 年版。

75. 钱振文:《〈红岩〉是怎样炼成的:国家文学的生产和消费》,北京大学出版社 2011 年版。

76. 人民文学杂志社主编:《人民文学历年获奖作品精选·中短篇小说卷》(上),重庆大学出版社 2009 年版。

77. 人民文学出版社编辑部编选:《2009 年中篇小说》,人民文学出版社 2010 年版。

78. 任瑄编:《高粱红了:对话莫言》,人民日报出版社 2012 年版。

79. 任瑄编:《人生与文学的奋斗历程:走进莫言》,人民日报出版社 2012 年版。

80. 任瑄编:《文学与我们的时代:大家说莫言,莫言说自己》,人民日报出版社 2012 年版。

81. 邵纯生、张毅编著:《莫言与他的民间乡土》,青岛出版社 2013 年版。

82. 邵燕君:《倾斜的文学场——当代文学生产机制的市场化转型》,江苏人民出版社 2003 年版。

83. (汉)孔安国传、(唐)孔颖达等正义:《尚书正义》,《十三经注疏》本,浙江古籍出版社 1998 年版。

84. 沈从文:《沈从文全集》第 17 卷,北岳出版社 2002 年版。

85. [加]斯蒂文·托托西:《文学研究的合法化》,马瑞琦译,北京大学出版社 1997 年版。

86. 宋应离等编:《中国当代出版史料》第 8 卷,大象出版社 1999 年版。

87. 孙康宜:《文学经典的挑战》,百花洲文艺出版社 2001 年版。

88. 陶东风主编:《中国革命与中国文学》,黑龙江人民出版社 2009 年版。

89. 童庆炳、陶东风主编:《文学经典的建构、解构和重构》,北京大学出版社 2007 年版。

90. 王德威等:《说莫言》,上海书店出版社 2013 年版。

91. 王充:《论衡》,上海人民出版社 1974 年版。

92. 王蒙、牛玉秋主编:《新中国六十年文学大系·中篇小说精选》,长江文艺出版社 2009 年版。

93. 吴伯林:《文心雕龙字义疏证》,武汉大学出版社 1994 年版。

94. 吴俊、郭战涛:《国家文学的想象和实践:以〈人民文学〉为中心的考察》,上海古籍出版社 2007 年版。

95. 吴秀明主编:《当代中国文学六十年》,浙江文艺出版社 2009 年版。

96. 吴义勤:《2006 年中国中篇小说经典》,山东文艺出版社 2007 年版。

97. 谢静国:《论莫言小说(1983～1999)的几个母题叙述意识》,台北秀威资讯科技股份有限公司 2006 年版。

98. 香港浸会大学文学院编:《论莫言〈生死疲劳〉》,香港天地图书有限公司 2010 年版。

99.《小说月报》编辑部编:《小说月报 2001 年精品集》(上),百花文艺出版社 2002 年版。

100.(汉)许慎撰、(清)段玉裁注:《说文解字段注》,上海古籍出版社 1998 年版。

101.(汉)许慎撰、(五代宋)徐铉校订:《说文解字》,中华书局 1963 年版。

102. 薛晓源、曹荣湘编:《全球化与文化资本》,社会科学文献出版社 2005 年版。

103. 阎景娟:《文学经典论争在美国》,社会科学文献出版社 2010 年版。

104. 杨剑龙、刘挺生主编:《新时期文学二十年精选・中篇小说卷》,上海教育出版社 2003 年版。

105. 杨景民、贾西贝、彭思云编:《中国・百年之痒:聚焦莫言》,巴蜀书社 2012 年版。

106. 杨扬编:《莫言研究资料》,天津人民出版社 2005 年版。

107. 杨扬主编:《莫言作品解读》,华东师范大学出版社 2012 年版。

108. 杨匡汉、杨早主编:《六十年与六十部:共和国文学档案(1949～2009)》,三联书店 2009 年版。

109. 杨少衡:《林老板的枪》,百花文艺出版社 2006 年版。

110. 杨晓敏、秦俑主编:《新中国六十年文学大系・小小说精选》,长江文艺出版社 2009 年版。

111. 叶开:《莫言评传》,河南文艺出版社 2008 年版。

112. 叶开:《野性的红高粱:莫言传》,二十一世纪出版社 2012 年版。

113. 张灵:《叙述的源泉:莫言小说与民间文化中的生命主体精神》,中央编译出版社 2010 年版。

114. 张清华、曹霞编:《看莫言:朋友、同行眼中的诺奖得主》,华中科技大学出版社 2013 年版。

115. 张文颖:《来自边缘的声音:莫言与大江健三郎的文学》,中国传媒大学出版社2006年版。

116. 张志忠:《莫言论》,中国社会科学出版社1990年版。

117. 张志忠:《中国当代文学60年》,高等教育出版社2009年版。

118.《中国出版年鉴1981》,商务印书馆1981年版。

119.《中国出版年鉴1983》,商务印书馆1983年版。

120.《中国出版年鉴1984》,商务印书馆1984年版。

121.《中国出版年鉴1985》,商务印书馆1985年版。

122.《中国出版年鉴2005》,商务印书馆2005年版。

123. 中国小说学会编选:《2003年中国小说排行榜》,时代文艺出版社2004年版。

124. 钟怡雯:《莫言的小说:"历史"的重构》,台北文史哲出版社1997年版。

125. 邹云湖:《中国选本批评》,上海三联书店2002年版。

126. 周予同:《中国经史学讲义》,上海文艺出版社1999年版。

127. 朱向前:《莫言:诺奖的荣幸》,百花洲文艺出版社2012年版。

128. 朱原等译:《朗文当代高级英语辞典:英英、英汉双解》,商务印书馆1998年版。

129. 朱宾忠:《跨越时空的对话:福克纳与莫言比较论》,武汉大学出版社2006年版。

130. 朱栋霖等主编:《中国现代文学史:1917～1997》下册,高等教育出版社1999年版。

131. 朱栋霖、朱晓进、龙泉明主编:《中国现代文学史》,北京大学出版社2007年版。

132. 朱栋霖主编,吴秀明本卷主编:《中国现代文学经典1917～2000》(三),北京大学出版社2007年版。

二、报刊论文类

1. 毕光明:《偏离与追逐:中国大陆的新时期纯文学》,《中国文化研究》1998年第6期。

2.《不一样的〈大家〉编年史》,《大家》1998年末随刊附页。

3. 陈吉德:《穿越高粱地——莫言研究综述》,《山东师范大学学报》1997年第2期。

4. 池莉:《纪念青春好年华》,《小说选刊》2000年第10期。

5.董乃斌:《论文本与经典——关于文学史本体的思考》,《陕西师范大学学报》2006年第4期。

6.东西:《让陌生人喜欢》,《小说选刊》2000年第10期。

7.董阳采访整理:《中国当代文学走入世界》,2012年10月13日《人民日报》。

8.樊国安:《“三个意识”是制胜法宝——〈小说月报〉成功启示录》,2005年11月22日《中国新闻出版报》。

9.方忠:《论文学的经典化与中国现代文学史的重构》,《江汉学刊》2005年第3期。

10.傅活:《营造精品——关于近年文学的一些思考》,《小说选刊》1999年第1期。

11.盖生:《文学的文化研究退潮与经典化文艺学重建的可能》,《文艺理论与批评》2004年第4期。

12.葛磊:《令人荡气回肠的〈红高粱〉》,《小说选刊》1986年第9期。

13.灌林:《近年莫言小说评论漫述》,《福建文坛》1987年第2期。

14.何龙:《每种文学期刊平均只有十个读者》,1998年10月28日《中华读书报》。

15.洪子诚:《中国当代的“文学经典”问题》,《中国比较文学》2003年第3期。

16.黄发有:《人文肖像——人民文学出版社与当代文学》,《当代作家评论》2004年第4期。

17.黄曼君:《回到经典　重释经典——关于20世纪中国新文学经典化问题》,《文学评论》2004年第4期。

18.黄萍:《莫言小说研究述评》,《新世纪论丛》2006年第1期。

19.金宏宇:《“五四”文学经典的构成》,《江汉论坛》2000年第7期。

20.李敬泽:《莫言与中国精神》,《小说评论》2003年第1期。

21.李春青:《文学经典面临挑战》,《天津社会科学》2005年第3期。

22.李陀:《现代小说的意象——序莫言小说集〈透明的红萝卜〉》,《文学自由谈》1986年第1期。

23.李英儒:《桑梓莲花别样清——为〈莲池〉公开发行致祝》,《莲池》1981年第1期。

24.李玉平:《新世纪文学经典的生成与“文化熟知化”》,《文艺评论》2010年第7期。

25.李治建:《消费文化语境中通俗文学、大众文化的经典化》,《中州学刊》2005年第4期。

26.刘晗:《文学经典的建构及其在当下的命运》,《吉首大学学报》2003年第4期。

27.柳鸣九:《不朽的人生》,1995年7月26日《中华读书报》。

28. 刘生良、王荣整理:《文学经典的承传与重构学术研讨会综述》,《文学评论》2006 年第 5 期。

29. 鲁克兵:《论〈闲情赋〉的经典化》,《玉溪师范学院学报》(社会科学版)2002 年第 6 期。

30. 陆梅:《文学期刊靠什么站稳脚跟——〈小说月报〉主编细说缘由》,1998 年 12 月 3 日《文学报》。

31. 罗元顺:《我的感激和希望》,《小说选刊》1988 年第 4 期。

32. 马艳艳、裴秀红:《莫言小说研究综述》,《现代语文》2006 年第 6 期。

33. 孟繁华:《经典观与经典消费》,《中国戏剧》2001 年第 1 期。

34. 孟繁华:《新世纪:文学经典的终结》,《文艺争鸣》2005 年第 5 期。

35. 孟繁华:《这个时代的小说隐痛——2004 年〈小说选刊〉季评(之一)》,《小说选刊》2004 年第 4 期。

36. 莫言:《我的故乡与我的小说》,《当代作家评论》1993 年第 1 期。

37. 莫言:《〈丰乳肥臀〉解》,1995 年 11 月 22 日《光明日报》。

38. 莫言:《红高粱与张世家》,《莫言研究》2006 年第 1 期。

39. 南帆:《文学史与经典》,《文艺理论研究》1998 年第 5 期。

40. 南帆:《文学经典、审美与文化权力博弈》,《学术月刊》2012 年第 1 期。

41. 彭荆风:《莫言的枪投向哪里》,《求是(内部文稿)》1996 年第 12 期。

42. [法]圣・佩韦:《什么是古典作家》,《文艺理论译丛》1958 年第 4 期。

43. 孙绍振:《西方文论的引进和我国文学经典的解读》,《文学评论》1999 年第 5 期。

44. 宋兆霖:《我看诺贝尔文学奖》,1998 年 9 月 30 日《中华读书报》。

45. 孙士聪:《经典的焦虑与文艺学的边界》,《天津师范大学学报》(社会科学版)2005 年第 3 期。

46. 陶东风:《文化经典在百年中国的命运》,《文艺理论研究》1995 年第 3 期。

47. 陶东风:《文学经典与文化权力(上)——文化研究视野中的文学经典问题》,《中国比较文学》2004 年第 3 期。

48. 陶东风:《"大话文化"与文学经典的命运》,《中州学刊》2005 年第 4 期。

49. 陶东风:《精英化—去精英化与文学经典建构机制的转换》,《文艺研究》2007 年第 12 期。

50. 田间:《对〈莲池〉的祝愿》,《莲池》1981 年第 1 期。

51. 童庆炳:《文学经典建构的内部要素》,《天津社会科学》2005 年第 3 期。

52. 童庆炳:《文学经典建构诸因素及其关系》,《北京大学学报》2005 年第 5 期。

53. 涂光群、张书群:《我和〈乔厂长上任记〉及其他》,《长城》2012 年第 2 期。

54. 王光东:《民间的现代之子——重读莫言的〈红高粱家族〉》,《当代作家评论》2000 年第 5 期。

55. 王宁:《“文化研究”与经典文学研究》,《天津社会科学》1996 年第 5 期。

56. 王延辉:《对中国文学的意义和启示》,《环球人物》2012 年第 27 期。

57. 韦苇:《文学经典品格谈》,《浙江师范大学学报》(社会科学版)2000 年第 3 期。

58. 吴海虹:《莫言题词赠〈中篇小说选刊〉百名顶级作家手迹展出》,2011 年 6 月 22 日《东南快报》。

59. 吴泽泉:《快感的诞生——对“戏说经典”现象的文化学分析》,《中州学刊》2005 年第 4 期。

60. 吴义勤:《我们为什么对同代人如此苛刻?——关于中国当代文学评价问题的一点思考》,《文艺争鸣》2009 年第 9 期。

61. 晓梅摘自《中国青年报》:《编导钟爱〈小说月报〉》,《当代电视》1994 年第 1 期。

62.《〈小说选刊〉读者调查报告之二:读者如何看待当前小说》,《小说选刊》1996 年第 10 期。

63.《小说月报》百期贺词,《小说月报》1988 年第 4 期。

64.《〈小说月报〉第十一届百花奖颁奖典礼隆重举行》,《小说月报》2005 年第 11 期。

65. 肖煜、周渺:《努力开掘生活美——读〈售棉大路〉随笔》,《莲池》1983 年第 3 期。

66. 徐光耀:《心愿——代发刊词》,《莲池》1981 年第 1 期。

67. 徐怀中:《两个车轮一起转——序〈军旅文学史论〉》,1999 年 1 月 5 日《解放军报》。

68. 杨联芬:《莫言小说的价值与缺陷》,《北京师范大学学报》(哲学社会科学版) 1990 年第 1 期。

69. 严家炎:《有感于莫言获诺奖》,2012 年 11 月《日月报月刊》。

70. 张淳:《从四大名著的“变脸”看文学经典在当下的命运》,《中州学刊》2005 年第 4 期。

71. 张发:《是事业,而不是产业——我的文学期刊观》,《北京文学·中篇小说月报》2006 年第 3 期。

72. 张丽军:《文学评奖与新时期文学经典化》,《南方文坛》2010 年第 5 期。

73. 张清华:《叙述的极限——论莫言》,《当代作家评论》2003 年第 2 期。

74. 张清华:《十年新历史主义文学思潮回顾》,《钟山》1998 年第 4 期。

75. 张清华:《经典与我们时代的文学》,《钟山》2000 年第 4 期。

76. 张石山:《固执的证明》,《小说月报》1997 年第 9 期。

77. 章仲愕:《严肃文学刊物之命运》,1998 年 3 月 26 日《文学报》。

78. 赵勇:《谁在建构当代文学经典? 当代文学能否建构成经典? ——“当代文学经典化”问题的反思》,《文学与文化》2010 年第 2 期。

79. 郑良:《品质坚守与商业突围——从〈小说选刊〉与〈小说月报〉看文学期刊的广告传播价值》,《大市场·广告导报》2002 年第 12 期。

80.《致读者》,《中篇小说选刊》1999 年第 4 期。

81. 周莉荣:《纯文学期刊:市场化中的尴尬》,《中国出版》2006 年第 2 期。

82. 朱立元:《“经典”观念的淡化和消解——对 20 世纪 90 年代“全球化”语境中中国审美文化的审视之二》,《文艺理论研究》2001 年第 5 期。

83. 朱向前:《天马行空——莫言小说艺术评点》,《小说评论》1986 年第 2 期。

84. 朱向前:《新军旅作家“三剑客”——莫言、周涛、朱苏进平行比较论纲》,《解放军文艺》1993 年第 9 期。

三、学位论文类

1. 蔡颖华:《沈从文文学经典化研究》,福建师范大学博士学位论文,2011 年。

2. 付艳霞:《莫言小说文体论》,北京师范大学博士学位论文,2005 年。

3. 韩颖琦:《中国传统小说叙事模式的“红色经典”化》,苏州大学博士学位论文,2008 年。

4. 胡沛萍:《狂欢化写作——莫言小说论》,南京大学博士学位论文,2007 年。

5. 廖增湖:《沸腾的土地——莫言论》,华东师范大学博士学位论文,2004 年。

6. 刘广远:《莫言的文学世界》,吉林大学博士学位论文,2010 年。

7. 罗昔明:《消费主义视域下经典的生成与延存——爱伦·坡美国本土际遇的一个侧面》,华东师范大学博士学位论文,2011 年。

8. 罗执廷:《文学选刊与当代文学的发展——兼论一种当代文选运作机制》,暨南大学博士学位论文,2008 年。

9. 宁明:《论莫言创作的自由精神》,山东大学博士学位论文,2011 年。

10. 王健:《“经典焦虑症”透视——“后文学”视野中的“经典问题”研究》,吉林大学博士学位论文,2010 年。

11. 王炜:《现代视野下的经典选择——1919～1999 年间的汉语外国文学史研究》,四川大学博士学位论文,2007 年。

12. 奚念:《翻译在外国文学经典建构中的作用——〈简·爱〉汉译研究》,上海外国语大学博士学位论文,2009 年。

13. 徐国祯:《莫言民间叙事的原型与祭仪特征》,复旦大学博士学位论文,2008 年。

14. 杨枫:《民间中国的发现与建构——莫言小说创作综论》,吉林大学博士学位论文,2009 年。

15. 张灵:《莫言小说与民间文化中的生命主体精神》,北京师范大学博士学位论文,2005 年。

16. 朱宾忠:《福克纳与莫言比较研究》,武汉大学博士学位论文,2005 年。

后 记

本书是在我的博士论文的基础上修改而成的。书稿即将出版之际，我特别要向我的博士生导师程光炜先生致以最诚挚的谢意。论文从选题、构思、写作、修改到最后完成，都凝聚着老师的心血。记不清曾经有多少次，老师对我的鼓励、指点使我一次又一次茅塞顿开，突破写作的瓶颈。只是由于我天资愚钝、才疏学浅、生性懒散，虽然有老师的悉心指导，论文仍有许多疏漏、舛误之处。

感谢我的硕士生导师樊洛平教授。作为引导我走上学术之路的第一人，老师在学业上给予了我最初的肯定和鼓励，使我对中国现当代文学的研究产生了浓厚的兴趣，决定在这条并不平坦的道路上坚定地走下去。每当在学习或生活上遇到挫折时，我总喜欢向老师倾诉。老师往往能在我心情最糟糕的时候，给予我鼓舞和关心，使我得以走出困境和低谷，产生继续奋斗下去的动力。在读博期间，我也多次向老师请教，与老师交流、探讨一些学术问题，并经常能从老师那里获得启发和收获。

感谢孙郁、李今、王家新、马俊杰、姚丹、张洁宇、孙民乐、杨庆祥等师长在学业上对我的不吝赐教。论文开题时，孙郁教授、李今教授、马俊杰教授、王家新教授、杨庆祥副教授都曾经给我提出了宝贵的修改意见；在论文的写作过程中，众位师长们的建议时时给我以启迪，使我最终能够顺利完成论文的写作。

感谢参加我博士论文答辩的老师：吴思敬教授、白烨研究员、贺绍俊教授、马俊杰教授、张洁宇副教授。老师们为拙文提出了许多宝贵的修改建议，但是因为各种原因，有些建议并没有能够完全落实，每念及此我便深感惶恐与不安。

感谢山东大学贺立华教授不弃，向“莫言研究书系”编委会推荐了本书。

感谢山东大学出版社编辑董付兰在编辑加工、校对修改过程中付出的辛勤劳动。

我很庆幸自己毕业后能进入石河子大学文学艺术学院中文系。能在这个融洽、和谐、温馨的大家庭中工作与生活，能在众多领导和同事们的关怀下成长，我感到很幸福。

还要感谢我的妻儿。我的妻子田立艳女士，在我读博士期间，默默地奔忙在工作、家务、孩子之间，而没有丝毫怨言，使我能够安心求学并顺利完成博士毕业论文的写作。我的儿子张牧野小朋友，原本应该过着在爸爸膝下承欢、撒娇的无忧无虑的生活。但是，在我读博士期间，他只能漫游在动画片的世界里，自找乐子，自我玩耍。假期回家，在我写论文感到疲倦的时候，他总是主动“请缨”，帮我在电脑上“噼噼啪啪”地输入一些引文；在我需要在学术期刊网上搜索一些学术文献的时候，他又在我的指点下乐此不疲地帮我搜集、整理，并把一些重要的内容复制、粘贴到 word 文档里。每每想到这些，我内心便感到无限的幸福和欣慰。此时此刻，我只想对他说：“儿子，你真棒！”

最后，我要把这本并不完美的书稿献给我的父亲与母亲。两位老人家已经分别于 2009 年、2013 年冬天因病辞世。每当远走边疆工作的我回到家里，他们总喜欢在我面前絮叨个不停。多想再次听到他们的唠叨，可是，那只能成为一段挥之不去的历史记忆了。如今，这部书稿就要出版了，我想以此告慰父母亲的在天之灵，祈祷他们紫色的魂灵能够安息，永远！

张书群
2014 年 3 月 25 日于西域边陲小城石河子

图书在版编目(CIP)数据

莫言创作的经典化问题研究/张书群著.
—济南:山东大学出版社,2014.6
(莫言研究书系/张华总主编)
ISBN 978-7-5607-5062-0

Ⅰ.①莫… Ⅱ.①张… Ⅲ.①莫言—小说研究 Ⅳ.①I207.42

中国版本图书馆 CIP 数据核字(2014)第 141783 号

责任策划:马　新
责任编辑:董付兰
封面设计:牛　钧

出版发行:山东大学出版社
社　址　山东省济南市山大南路 20 号
邮　编　250100
电　话　市场部(0531)88364466
经　销:山东省新华书店
印　刷:山东新华印务有限责任公司印刷
规　格:720 毫米×1000 毫米　1/16
13.5 印张　257 千字
版　次:2014 年 6 月第 1 版
印　次:2014 年 6 月第 1 次印刷
定　价:28.00 元
